SUSAN ANDERSEN

Drunter und drüber

Buch

In seiner Jugend war J.D. Carver ein Tunichtgut. Streitereien, aber auch Versöhnungen standen bei ihm und seiner Pflegemutter Edwina Lawrence deshalb auf der Tagesordnung – bis es zum endgültigen Bruch kam. Jahre später ist er daher einigermaßen erstaunt, als er erfährt, dass Edwina ihm ihren Anteil am Hotel Star Lake Lodge vererbt hat. Der Zeitpunkt hätte nicht günstiger sein können, war J.D. doch gerade zur Persona non grata in Seattles korrupter Bauindustrie geworden.

Drucilla Lawrence, Mutter des zehnjährigen Tate, verwaltet mit ihrem Onkel und ihrer Tante das Hotel. Die Geschäfte werfen gerade soviel ab, dass die vier davon leben können. Sie sind deshalb nicht gerade begeistert, als sie erfahren, dass sie den Besitz und die Verantwortung für die Ferienanlage künftig mit einem Fremden teilen müssen. Aber sie sind gewillt, sich dem Wunsch von Drus Großtante zu fügen.

J.D., durch seine harte Kindheit und die Enttäuschungen in Liebesdingen misstrauisch geworden, scheint der herzliche Empfang der Familie Lawrence höchst verdächtig. Am meisten verwirrt ihn aber die verführerisch schöne Dru. Sie hat von Machos gerade mal wieder die Nase voll, weshalb es ihr ganz und gar missfällt, dass ihr Sohn Tate J.D. offenkundig bewundert – und sie kann sich noch weniger erklären, warum sie immer heftiges Herzklopfen bekommt, wenn der attraktive J.D. sie mit seinem strahlenden Lächeln ansieht …

Autorin

Susan Andersen hat sich mit ihren humorvollen und warmherzigen Liebesromanen einen Platz im Herzen ihrer Leserinnen und auf den ersten Rängen der Bestsellerlisten erschrieben. Ihren Erfolg genießt sie zusammen mit ihrem Ehemann, ihrem erwachsenen Sohn und ihrem Kater.

Von Susan Andersen ist bereits erschienen:

Ein Traummann zum Verzweifeln (35626), Nicht schon wieder Liebe (35654), Mach mich glücklich! (36076), Immer Ärger mit den Männern (36140), Küssen auf eigene Gefahr (36141), Unter die Haut (36398)

Susan Andersen

Drunter und drüber

Roman

Deutsch von Uta Hege

blanvalet

Die amerikanische Originalausgabe erschien 2001
unter dem Titel »All Shook Up« bei Avon Books,
HarperCollins Publishers, Inc., New York.

Umwelthinweis:
Alle bedruckten Materialien dieses Taschenbuches
sind chlorfrei und umweltschonend.

Einmalige Sonderausgabe Januar 2006
bei Blanvalet, einem Unternehmen der Verlagsgruppe
Random House GmbH, München.

Umschlaggestaltung: Design Team München
Umschlagfoto: buchcover.com
ES · Herstellung: LW
Druck und Einband: GGP Media GmbH, Pößneck
Printed in Germany
ISBN-10: 3-442-36409-4
ISBN-13: 978-3-442-36409-1

www.blanvalet-verlag.de

In Liebe,
den um Sues Tisch versammelten Frauen,
für Jahre des Gelächters, der Gespräche und
der spektakulären Mahlzeiten.

Für
Mildred und Mom,
Monica und Jenny,
Tara und Renee,
Sari und Karen,
Lucille und Thelma,
Neesa und Rachel,
und natürlich Sue

sowie allen Brillen tragenden Mädchen

– Susie

Prolog

Dru Lawrences Onkel Ben kam bewaffnet mit einem polizeilichen Führungszeugnis eines gewissen J.D. Carver zu der monatlichen Besprechung. »Er ist sauber«, sagte er und klatschte das Zeugnis auf den langen, rustikalen Konferenztisch. »Als Erwachsener ist er nicht einmal straffällig geworden, und seine Jugendakte ist unter Verschluss.«

»Mein Lieber, du solltest dich darüber freuen«, erklärte Tante Sophie und tätschelte ihm, ehe sie ihm das Zeugnis aus der Hand riss, um es selbst zu lesen, begütigend den Arm. »Das ist schließlich eine sehr gute Nachricht.«

Dru konnte die schlechte Laune ihres Onkels jedoch durchaus verstehen. Star Lake Lodge war seit vier Generationen ein Familienunternehmen und es hatte sie alle erschüttert, dass der Erbe des Anteils von Großtante Edwina ein Fremder, noch dazu ein fremder *Städter,* war. Edwina hatte sich über so viele Jahre niemals in die Geschäfte eingemischt, dass Dru beinahe vergessen hatte, dass sie Miteigentümerin des Hotels gewesen war.

»Vielleicht«, sagte sie jetzt langsam, »kommt dieser Carver ja nur mal kurz vorbei, um einen Blick auf das zu werfen, was sie ihm vererbt hat. Wahrscheinlich wird er gar nicht bleiben – und wir schicken ihm am Ende genau wie bisher Edwina einfach jeden Monat einen Scheck.«

»Darauf würde ich mich lieber nicht verlassen, Schätzchen«, meinte Onkel Ben. »Aufgrund seines, wenn auch ziemlich knappen Schreibens, habe ich den Eindruck, als hätte er die Absicht, sich hier häuslich einzurichten und die Leitung des Hotels möglichst ganz zu übernehmen.«

Plötzlich schob Sophie ihren Stuhl ein Stück zurück, marschierte ans Fenster, beugte sich nach vorn und fächerte sich etwas von dem leichten Wind zu, der durch die grünbraunen Gingham-Vorhänge in das Besprechungszimmer wehte. Dru stand auf, trat vor das Eichenbüfett am anderen Ende des Raums, griff an einer Sammlung handgeflochtener Körbe vorbei nach einem Krug Wasser und schenkte etwas davon in ein bereitstehendes Glas. Dann trug sie es zu ihrer Tante und verrückte auf dem Weg das Ölgemälde mit den schneebedeckten Birken, damit es in einer Reihe mit den anderen Landschaftsbildern an der holzvertäfelten Wand hing.

»Ich weiß nicht gerade viel über diesen Carver«, gab sie, als sie wieder Platz nahm, unumwunden zu. »Nur, dass er einer von Großtante Edwinas ›Jungs‹ gewesen ist. Ehrlich gesagt kann ich mich sogar an sie selbst bestenfalls bruchstückhaft erinnern.« Wie Drus Eltern war auch Edwina immer nur zu kurzen Gastspielen in ihrem Leben aufgetaucht. Die Großtante war für sie vor allem eine weltgewandte, freundliche Besucherin gewesen, die regelmäßig im August für eine Woche aus ihrem eleganten Heim in Seattle zu ihnen an den See gekommen war.

Sophie rollte das Glas an ihrer Schläfe hin und her und lächelte versonnen. »Wenn du die Gelegenheit bekommen hättest, etwas öfter mit ihr zusammen zu sein, hättest du sie ganz sicher gemocht.« Sie kehrte an den Tisch zurück und strich vorsichtig mit einer Fingerspitze über den dort liegenden Bericht. »Ich habe Edwina sehr bewundert. Und J.D. ist für sie von Anfang an jemand Besonderes gewesen. Er war der allererste Junge, den sie bei sich aufgenommen hat.«

»Und der Einzige, an dem sie ihrer Meinung nach am Ende gescheitert ist«, fügte Onkel Ben viel sagend hinzu.

»Daran kann ich mich erinnern!« Dru richtete sich auf. »Oder zumindest daran, dass ich als Kind an eurem Küchentisch gesessen und mit angehört habe, wie sie sich große Vorwürfe gemacht hat, weil sie meinte, sie hätte irgendeinen Jungen vollkommen falsch behandelt. Irgendwie ging es dabei um die Uhr von ihrem Vater.«

»Genau das war J.D.«

»Ich hatte den Eindruck, als hätte sie ihn wirklich gern gehabt.«

»Ja, das hat sie. Er war der Hauptgrund, weshalb sie sich all dieser sozial schwachen Kinder angenommen hat.« Ben seufzte leise. »Edwina hatte ein hervorragendes Gespür für Menschen. Und schließlich konnte sie mit ihrem Anteil an unserem Hotel machen, was sie wollte.« Er sah seiner Nichte ins Gesicht. »Allerdings sind Soph und ich nicht mehr so aktiv wie früher, so dass du diejenige sein wirst, die täglich mit J.D. zusammenarbeiten muss. Wie sollen wir also deiner Meinung nach in dieser Sache vorgehen?«

»Tja, eine Anfechtung des Testaments wäre sinnlos – nach allem, was ich gehört habe, war Großtante Edwina bis zu ihrem Tode im Vollbesitz ihrer geistigen Kräfte.«

»Die Frau hatte bis zum Ende einen rasiermesserscharfen Verstand«, erklärte Ben.

»Dann haben wir sicher keine andere Wahl als ihren Wunsch zu respektieren.«

»Darüber denke ich genauso«, meinte auch Sophie. »Und wenn wir das schon tun, machen wir es besser richtig und bereiten J.D. einen möglichst herzlichen Empfang.«

»Allerdings«, fügte Dru trocken hinzu, »habe ich aufgrund dieser zusätzlichen Belastung sicher eine entsprechende Gehaltserhöhung verdient.«

Ben hob den Kopf von seinen Notizen und sah sie über den Rand von seiner Lesebrille hinweg an. »Darüber müssen wir ganz bestimmt sprechen. Aber erst bei der Versammlung nächsten Monat. Diesen Monat haben wir bereits ein anderes Problem. Wir müssen dringend verschiedene Reparaturen durchführen lassen, nur ist es leider so, dass es keine fähigen Handwerker mehr in unserer Gegend gibt.«

1

Als J.D. Carver einen Tag früher als geplant in Star Lake, Washington, ankam, war der Tank seines uralten Ford Mustang laut Anzeige leer. Aber das war er immer – die Nadel klemmte, seit der Wagen 1993 von ihm erstanden worden war. Der Kofferraum war mit ein paar seiner Lieblingselektrohandwerksgeräte, einer Werkzeugkiste und einem gut bestückten Zimmermannsgürtel beladen, auf dem Rücksitz lagen zwei Tischsägen, in seiner Hosentasche steckte eine antike goldene Uhr, und eine alte Leinentasche enthielt alles, was er sonst noch auf der Welt besaß. Außerdem war er befrachtet mit einem Sammelsurium unguter Gefühle, das ihm wie ein Felsbrocken im Magen lag.

Sein Leben in Seattle war vollkommen verpfuscht, und es half ihm nichts zu wissen, dass die Schuld daran allein er selber trug. An seinen Kumpel Butch, an Bob Lankovich, den Mann, in dessen Unternehmen er vom kleinen Auszubildenden zum Vorarbeiter aufgestiegen war, und der inzwischen im Knast saß, oder dessen schwachsinnigem Sohn Robbie wollte er momentan nicht einmal denken.

Er hatte von dem ganzen Durcheinander – von seinem Pariah-Dasein und den ständigen Drohungen, die gegen ihn ausgestoßen wurden – schlicht die Nase voll. Himmel, er war ein Ausgestoßener in Rat City. Wie konnte jemand etwas tun, das derart schlimm war, dass er selbst in einer Gegend mit einem solchen Namen ein Aussätziger war? Das unerwartete Erbe von Edwina Lawrence kam genau zur rechten Zeit. Der perfekte Zeitpunkt, um einer Stadt den Rücken zuzukehren, in der ihn nichts mehr hielt.

Er lachte verbittert auf. Natürlich war auch in seiner Beziehung zu Edwina mehr als ein Wurm drin gewesen. Verdammt, vielleicht sollte er anfangen zu angeln. Köder besaß er in Gestalt der Würmer, die in seinen Beziehungen zu eigentlich allen Menschen steckten, schließlich mehr als genug.

J.D. rieb sich den steifen Nacken. Dies war so ziemlich seine letzte Chance. Seine Einzimmerwohnung hatte er gekündigt, die Werkzeuge, die nicht in den Wagen gepasst hatten, hatte er verhökert und sein Bankkonto geleert. Es war ihm also nichts geblieben in der Stadt, in der er aufgewachsen war, und falls die Sache schief ging, wüsste er ganz einfach nicht wohin. Also würde er dafür sorgen, dass die Sache klappte, egal, was geschah.

Er parkte seinen Wagen vor dem Sandstein-Holz-Gebäude, dessen hälftiger Eigentümer er urplötzlich war, blieb ein paar Minuten sitzen und atmete den würzigen Duft des klaren Seewassers und der Nadelbäume ein. Dann griff er in die Tasche seiner Jeans und strich mit einem Finger über die goldene Uhr von Edwinas Vater, die ihm zusammen mit dem Anteil an dem Hotel von ihr hinterlassen worden war.

Obwohl sie ihn einmal des Diebstahls ebendieser Uhr bezichtigt hatte.

Dieser uralte Verrat machte ihm stärker zu schaffen als die Drohungen, die Robbie gegen ihn ausstieß, oder die Enttäuschung, weil er – wie nicht anders zu erwarten – von

Butch zur Begleichung einer alten Schuld aufgefordert worden war.

Er schnaubte leise. Die Feststellung, dieser Verrat *mache ihm zu schaffen*, war eine höfliche Untertreibung.

Wie immer zogen sich auch jetzt seine Eingeweide bei der Erinnerung an die alte Geschichte elendig zusammen, doch das durfte nicht passieren, und so stieg er aus dem Wagen, schulterte seine Leinentasche und starrte auf die imposante mit Schindeln gedeckte Sandsteinveranda, die entlang der gesamten Vorderfront des Haupthauses verlief.

War es nicht schon schlimm genug, dass ein in der Kindheit erlittenes Unrecht sein ganzes bisheriges Leben hatte trüben können? Weshalb störte die Erinnerung daran ihn ausgerechnet jetzt in seiner Konzentration?

Denn – jede Wette – sicher finge in spätestens zwei Minuten der gnadenlose Kampf mit Edwinas Verwandten um den ihm von ihr vererbten Anteil an dem bisher familieneigenen Unternehmen an.

Dru dankte der Angestellten am Empfang und legte den Hörer des Telefons mit einem leisen Seufzer auf. O Gott, er war da. Mit leicht beschleunigtem Herzschlag straffte sie die Schultern. J.D. Carver stand draußen im Foyer. Dabei hätte er erst morgen kommen sollen.

Sie hatte sich eingebildet, sie hätte sich bereits völlig an die neue Situation gewöhnt. Hatte ehrlich gedacht, sie wäre bereit, Edwinas Erben mit offenen Armen sowohl in ihrem Betrieb als auch im Kreis der Familie zu empfangen. Doch dem plötzlichen Rasen ihres Pulses zufolge hatte sie sich darin offenbar getäuscht.

Sie stand auf, sah nach, ob ihr ärmelloses weißes Polohemd mit dem diskreten Logo des Hotels ordentlich in ihrer kurzen Hose steckte, strich mit beiden Händen über den frisch gestärkten dunkelgrünen Stoff, atmete tief ein und langsam wieder aus. Okay, sie war bereit. Sie wünschte sich nur, er wäre nicht früher als erwartet angekommen. Dadurch würde ihr Plan, ihn als Familie zu begrüßen, natürlich durchkreuzt.

Dru richtete sich zu ihrer ganzen Größe auf. Egal, jetzt müsste sie die Sache halt allein durchstehen. Seit ihrem sechzehnten Lebensjahr hatte sie beruflich täglich Dutzende von Fremden im Hotel empfangen, und außerdem waren Tante Soph und Onkel Ben nicht weit von ihr entfernt drüben in der für Carver reservierten Hütte, um sie möglichst einladend für ihn zu gestalten, und kämen bald zurück. *Nicht* dass sie sie bräuchte. Sie machte sich auf den Weg in Richtung des Foyers. *Sieh ihn einfach als lang verreisten Vetter von dir an.*

Was leichter gesagt als getan war, dachte Dru, als sie wenige Minuten später den vor dem mächtigen steinernen Kamin hockenden Hünen sah. Selbst von hinten betrachtet entsprach er keineswegs ihrer Vorstellung von einem Cousin.

Von der Stelle, an der seine dunklen Haare in seinen sonnengebräunten Nacken fielen, bis hin zu den mit Arbeitsstiefeln bekleideten Füßen, schien er ein einziges energiegeladenes Muskelpaket zu sein. Ein strahlend weißes T-Shirt spannte sich über seine breiten Schultern und seinen sich nach unten verjüngenden Rücken, bis es im Bund einer eng um seine muskulösen Schenkel und seinen straffen Hintern liegenden abgewetzten Jeanshose verschwand. Für den Bruchteil einer Sekunde setzte Drus Herzschlag aus für sie unerfindlichen Gründen aus.

Sie räusperte sich leise. »Mr. Carver?«

Er blickte über seine Schulter. Seine dunklen Brauen stießen über der Nase zusammen und er schien ebenfalls kurz den Atem anzuhalten. Doch das hatte sie sich vermutlich nur eingebildet, denn er sagte mit neutraler Stimme: »Nennen Sie mich nicht Mister. Mein Name ist J.D.«, und stand mit einer geschmeidigen, kraftvollen Bewegung auf.

Bei voller Größe sah er regelrecht furchteinflößend aus. Sein T-Shirt lag eng um seine Brust und seinen flachen Waschbrettbauch und schien über den Muskeln seiner Oberarme beinahe zu zerreißen. Er verströmte eine solche Energie, dass Dru aus einem Reflex heraus einen Schritt zurücktrat.

Dann jedoch riss sie sich zusammen und reichte ihm die Hand. »Also gut, J.D. Ich bin Dru Lawrence, die Hotelmanagerin.« Sie sah ihm in die Augen und merkte, dass das, was sie anfänglich für Braun gehalten hatte, ein von einem dunkelgrünen Ring umgebenes leuchtendes Grünbraun war. »Willkommen in der Star Lake Lodge.«

Ihre Finger begannen zu prickeln, als er sie kraftvoll mit seiner schwieligen Hand ergriff, und am liebsten hätte sie sie ihm ruckartig entrissen. Was war nur mit ihr los? Himmel, er war nicht der erste gut gebaute Mann, den sie in ihrem Leben traf – und es war völlig untypisch für sie, zu reagieren wie ein junges Mädchen, das sich plötzlich dem Sport-Ass ihrer Schule gegenübersah. Als er sie endlich losließ, widerstand sie dem Verlangen, sich die Hand an ihrer Hose abzureiben. Um die verbleibende Hitze loszuwerden, sagte sie sich erneut, denk an ihn als den lange verschollenen *Cousin*, und zwang sich zu einem Lächeln.

Ohne sich die Mühe zu machen, ihr Lächeln zu erwidern, nickte er mit dem Kopf in Richtung des Kamins. »Der Feuerbock ist gerissen. Er muss rausgezogen und wieder zusammengeschweißt werden.«

Himmel, der Kerl hatte wirklich Nerven – er war noch keine zehn Minuten da und fing schon an zu kritisieren.

Dru bekam vor Zorn leuchtend rote Wangen und dachte, »Leck mich doch am Arsch«, sagte jedoch mit ruhiger Stimme: »Ich werde es notieren«, und fragte mit einem neuerlichen, noch gezwungeneren Lächeln: »Ist das hier Ihr Gepäck?«

Sie hatte sich bereits nach der Tasche gebückt, als seine Hand nach vorn schoss und sie ihr unter der Nase wegriss. Also stopfte sie die Hände in die Hosentaschen und richtete sich auf. Ihm eine Ohrfeige zu geben wäre sicher nicht der allerbeste Anfang für ihre Partnerschaft. »Sicher wollen Sie sich nach der langen Fahrt ein wenig frisch machen. Ich zeige Ihnen Ihre Hütte.«

»Dru!« Sally Jensen, das Mädchen vom Empfang, kam angeschossen, bedachte J.D. mit einem entschuldigenden Lächeln, starrte ein paar Sekunden reglos auf seine Brust und zwang sich, wieder ihre Vorgesetzte anzusehen.

Zum ersten Mal, seit sie ihrem neuen Partner gegenübergetreten war, verzog Dru den Mund zu einem echten Lächeln. Wow. Einen Augenblick lang hatte sie sich wirklich eingebildet, der Kerl würde ihr vielleicht gefährlich, aber J.D. Carver war anscheinend einer dieser Typen, auf die die Frauen flogen – wahrscheinlich hätte sie sich also eher Gedanken machen sollen, hätte sie seinen Adoniskörper nicht ebenfalls bemerkt. »J.D., das ist Sally Jensen, unsere Empfangschefin. Sally, J.D. Carver, der neue Miteigentümer unseres Hotels.«

J.D. runzelte die Stirn, aber Sally kam bereits auf ihr Anliegen zu sprechen. »Brian Kebler hat eben angerufen und gesagt, er wäre krank.«

»Hätte er nicht heute eine Gruppe Wasserskifahrer mit rausnehmen sollen?«

»Ja, die Jacobsens, um drei. Ich habe bereits versucht, einen Ersatz für ihn zu kriegen, aber ohne Erfolg. Wenn Ihnen nicht noch jemand einfällt, den ich anrufen könnte, sitzen hier nachher sieben enttäuschte Kinder.«

»Wie wäre es mit Monica White? Hat sie heute die Mittagsschicht? Sie fährt Boot, seit sie alt genug war, um über das Steuerrad zu sehen, und sie hat gesagt, sie würde gern mal eine Gruppe übernehmen.«

»Ich werde gucken, ob sie da ist. Wenn nicht, rufe ich bei ihr zu Hause an, um sie zu fragen, ob sie Zeit hat. Aber was soll ich machen, wenn ich sie nicht erwische?«

»Dann melden Sie die Kinder im Adlernest zu einer Eiscreme-Party an.«

»Okay, das könnte funktionieren. Danke.« Sally machte auf dem Absatz kehrt und lief eilig davon.

»Oh, Sally, einen Moment!«, rief Dru ihr hinterher. »Bitten Sie, statt der Eiscreme-Party, Onkel Ben, auf Plan B zurückzugreifen. Falls Monica nicht kann, hat er ja vielleicht Zeit. Und wenn keiner der beiden frei ist, folgen Sie Plan C.«

Sally reckte zustimmend die Daumen in die Höhe.

Dru wandte sich wieder an J.D. und merkte, dass er sie reglos musterte. Er hatte eine kräftige Nase, die aussah, als ob sie mehr als einmal gebrochen gewesen wäre, und einen breiten, vollen Mund. »Können wir?«

Er schwang sich seine Tasche über die Schulter und nickte mit dem Kopf.

»Hat Ihnen schon mal jemand gesagt, dass es einen nicht umbringt, wenn man zu anderen ein bisschen nett ist?« Verdammt. Normalerweise war sie die personifizierte Diplomatie, aber etwas an diesem Typen reizte sie bis aufs Blut.

Er blickte kurz an ihr herab und dann in ihr Gesicht. »Bisher hatte ich einfach keinen Anlass, besonders nett zu sein.«

Dru zuckte mit den Schultern und wandte sich dem Seitenausgang zu. Ihr sollte es egal sein, wenn er weiter derart stur die Lippen aufeinander presste. Vielleicht hatte er ja schlechte Zähne oder so.

Was jedoch keine Erklärung für ihre plötzlichen Hitzewallungen war.

Sie nahm eine beinahe militärisch straffe Haltung an und erklärte ihm mit kühler Stimme: »Star Lake Lodge gibt es bereits seit neunzehnhundertelf.« Sie öffnete die Tür zum Treppenhaus. »Wir verfügen über einunddreißig Zimmer, einschließlich vier Suiten, sowie über acht Hütten, von denen in diesem Sommer sieben vermietet werden können. Die Hütte, die wir für Sie hergerichtet haben, hat im letzten Winter einen leichten Sturmschaden erlitten.« Wenn sie nicht eine Bleibe für ihn hätten finden müssen, wäre die Hütte wahrscheinlich leer geblieben. In den letzten Jahren waren Instandhaltung und Reparaturen ihre größten Sorgen, da es in der Gegend kaum noch gute Handwerksleute gab. »Ich fürchte, das Verandadach ist nach wie vor nicht repariert.«

J.D. zuckte mit den Schultern. »Damit kann ich leben.« Als sie vor ihm die Treppe hinabstieg, löste er seinen Blick von ihren wiegenden Hüften und konzentrierte sich stattdessen auf den dicken, seidigbraun schimmernden Zopf, der ihr im Rücken hing. »Ich hätte angenommen, dass Sie mich einfach in irgendeins der Zimmer stecken.« Am besten gleich im Keller.

Sie lugte über ihre Schulter. »Außer in der Skisaison haben wir im Sommer den meisten Betrieb. Wir sind zurzeit so gut wie ausgebucht, und deshalb müssten Sie, wenn Sie ein Zimmer wollten, alle paar Tage umziehen. Aber Sie sollen es hier ja schließlich bequem haben.«

Ja, sicher. Er traute keinem Menschen, der es gut mit ihm

zu meinen schien. Dafür hatte Drus feine, aufrechte Großtante gesorgt.

Nicht, dass er unbedingt glücklich gewesen wäre, bevor sein Leben im Alter von vierzehn von Edwina Lawrence völlig auf den Kopf gestellt worden war. Zahlreiche Pflegefamilien abzuklappern war sicher für kein Kind das Ideale, aber zumindest hatte sein Leben ein bestimmtes Verlaufsmuster gehabt, und er hatte die Regeln genauestens gekannt. Regel Nummer eins hatte gelautet: Mach es dir niemals zu bequem. Da er früher oder später – für gewöhnlich eher früher – garantiert auf der Straße gelandet war.

Das oberste Überlebensgebot war gewesen, sich niemals große Hoffnungen zu machen, doch Edwina war anders gewesen. Sie hatte ihn eingewickelt und schließlich hatte er einige der schmerzlich erlernten Lektionen tatsächlich vergessen. Sie hatte ihn sich ausgesucht – er war ihr von keinem überlasteten Sozialarbeiter aufgezwungen worden. Und die Tatsache, dass sie anders als alle ihm bekannten Menschen gewesen war, hatte ihn verführt.

Kennen gelernt hatten sie einander an dem Tag, an dem er versucht hatte, ihr den Geldbeutel zu klauen. Eine ziemlich blöde Idee, aber irgendwie hatte das Gerede seines Kumpels Butch vom leichten, schnellen Geld ihn am Schluss verführt.

Die zerbrechlich aussehende alte Dame jedoch hatte ihn gelehrt, dass sich Verbrechen nicht lohnte. Nicht nur, dass sie sich an ihrer Tasche festgeklammert hatte, hatte sie sich obendrein auch noch in seinem Bein verkrallt. Die einzige Möglichkeit, sich von ihr zu befreien, hätte darin bestanden, sie vielleicht ernsthaft zu verletzen. Als Butch davongelaufen war und ihn seinem Schicksal überlassen hatte, hatte J.D. im Geiste bereits das Knallen der Gittertüren in der Jugendstrafanstalt gehört.

Statt ihn jedoch bei den Bullen anzuzeigen wie jeder normal denkende Mensch, hatte sie ihn mitgenommen, hatte offiziell die Pflegschaft für ihn beantragt und ihm gezeigt, was es hieß, wenn man irgendwo daheim war.

Bereits am allerersten Tag hatte er sich unsterblich in sie verliebt.

Sie hatte ihn gelehrt, dass es eine völlig andere Welt gab als die der schmutzigen, dunklen Gassen in der City, in denen er bis dahin aufgewachsen war. Doch was sie mit der einen Hand geboten hatte, hatte sie ihm mit der anderen genommen, und zwar genau in dem Moment, als er seinen Argwohn endlich aufgegeben hatte, angefangen hatte zu glauben, dass er des sauberen neuen Lebens, das Edwina ihm bot, tatsächlich würdig war. Und während er sie anfangs beinahe angebetet hatte, hatte er sie am Ende regelrecht gehasst.

Scheiße. Beinahe wäre J.D. Dru in die Fersen getreten, als er die Vergangenheit dorthin zurückblinzelte, wohin sie auch gehörte – in die Vergangenheit. *Himmel, das Ganze war zwanzig Jahre her. Besser, er käme endlich mal darüber hinweg.*

Dru öffnete die Tür am Fuß der Treppe und sofort wurden sie beide in den Duft der Büsche und Bäume eingehüllt.

»Sie haben von einer Skisaison gesprochen«, sagte er zu Dru. »Ich sehe nirgends irgendwelche Lifts.« Obgleich der See in den Bergen lag, hätte er sich ein Skigebiet doch anders vorgestellt.

Dru spähte über ihre Schulter und ihre blauen Augen blitzten. »Das liegt daran, dass man bei uns nur Langlauf machen kann. Sehen Sie den Pfad da drüben?« Sie wies in Richtung eines Wegs, der an der Seite des Berges im Gehölz verschwand. »Wir nennen ihn Treetop, und von dort aus sind wir mit einem über hundert Kilometer langen Wegenetz verbunden, auf dem man im Sommer wandern oder biken und im Winter eben Skilanglauf machen kann.«

Sie berührte ihn beiläufig am Arm, was in ihm das Gefühl auslöste, als hätte sie ihm einen elektrischen Schlag verpasst. Mit ausdrucksloser Miene trat er einen Schritt zur Seite und sah sie fragend an.

»Kommen Sie.« Sie hatte eindeutig nichts gemerkt. »Zu Ihrer Hütte geht es hier entlang.« Sie folgte dem Weg hinab in Richtung See.

J.D. rieb sich die prickelnde Stelle seines Arms. Was zum Teufel ging hier vor sich? Am liebsten hätte er es auf die Tatsache geschoben, dass er es nicht gewohnt war, wenn man ihn berührte, doch das erklärte nicht das Aussetzen seines Herzschlags, als sie zu ihm ins Foyer gekommen war. Sein erster Gedanke war gewesen: *Haben.* Sie hatte so weich und wohl gerundet ausgesehen. Runde Augen, runde Wangen, runde Brüste, runder Hintern. Er hatte es vorhin nicht verstanden und verstand es jetzt auch nicht. Sie war durchaus hübsch, auf eine robuste Art, der Typ des netten Mädchens von nebenan. Ganz sicher nicht sein Typ, so dass sein plötzliches Verlangen völlig deplatziert gewesen war.

In Rat City entwickelte man einfach keine Vorliebe für robuste nette Mädchen von nebenan. Er hatte ein Faible für freche Weiber mit möglichst wilden Mähnen, großen Titten und so engen Kleidern, dass man jede noch so kleine Rundung möglichst sofort mitbekam.

Während er jetzt sah, wie sie in Shorts und Turnschuhen vor ihm den Weg hinunterlief, versuchte er herauszufinden, was der Grund für seine Gefühlsverwirrung war. Sicher, ihr Körper wäre in enger Garderobe sicher das reinste Dynamit. Aber er musste kein Genie sein, um zu sehen, dass sie sicher niemals wirklich enge Kleider trug. Dazu war sie mit ihrem seidig weichen, sanft wippenden Zopf, der sommersprossigen Nase und den großen, arglosen, überraschend blauen Augen ganz einfach zu … frisch. Sicher hing sie, anders als die Frauen, die er kannte, nie in der Hoffnung, irgendein Kerl lüde sie auf einen Drink ein, in irgendwelchen Bars rum. Sie wirkte eher wie die Art, die großäugig darauf hoffte, dass der Mann, der sie ansprach, sofort mit ihr Trauringe kaufen ging.

Sie bogen um eine Kurve und unvermittelt erstreckte sich vor ihnen der in der Sonne glänzende See. Geformt wie einer der Strümpfe, die man an Weihnachten für das Christkind über den Kaminsims hängte, lag er blau und friedlich da. Fröhliches Geplansche und Gelächter, das Surren eines Sprungbretts und das gelegentliche schrille Trällern der Pfeife eines Rettungsschwimmers drangen durch die Stille zu ihnen herüber.

»Hinter der nächsten Biegung gibt es einen mit Seilen abgeteilten Schwimmbereich und ein großes Floß«, erklärte Dru über ihre Schulter, bog auf einen zweiten kurzen Pfad ab und wenig später standen sie auf einer sonnenhellen kleinen Lichtung, an deren anderem Ende eine Hütte mit nur einem halben Vordach stand. Ein Mann von vielleicht Mitte fünfzig saß auf dem Geländer und rauchte eine Zigarette, während ein kleiner Junge in einem Star-Wars-Phantom-Menace-T-Shirt ein Laserschwert gegen eine Reihe imaginärer Feinde schwang.

Der Kleine sah sie zuerst und seine Miene hellte sich erkennbar auf. »Mom!«, rief er, schleuderte seine Waffe achtlos auf den Boden, warf sich von der Treppe der Veranda an Drus Brust, klammerte sich wie ein Affe mit Armen und Beinen an ihr fest, schlang ihr die verdreckten Hände um den Nacken, lehnte sich zurück und sah sie grinsend an.

»Wow, allmählich bist du für eine derart schwungvolle

Begrüßung ein bisschen zu groß.« Obgleich sie sich nur mühsam auf den Beinen halten konnte, küsste sie ihn ebenfalls breit grinsend auf die Nase.

Es war eine Szene, wie sie J.D. bereits hundertmal als Außenseiter mit angesehen hatte. Er kreuzte die Arme vor der Brust, beobachtete Sohn und Mutter und gratulierte sich zu seinem Scharfsinn. *Da hast du's, Kumpel. Alles was hier im Augenblick noch fehlt, ist der Anruf über Handy, dass die Mama des besten Freundes leider etwas später zum Kaffeetrinken kommt.*

Weiter entfernt von deinem Frauentyp könnte sie nicht sein.

2

Dru verschränkte ihre Hände im warmen Rücken ihres zehnjährigen Sohnes und sah über seinen Kopf hinweg ihren Onkel an. Er drückte gerade seine Zigarette am Verandapfosten aus. Die Tatsache, dass er vor Tate zum Glimmstängel gegriffen hatte, konnte nur eines bedeuten. »Hat Soph mal wieder einen ihrer schlimmen Momente?« Ihre für gewöhnlich stets gut gelaunte, ausgeglichene Tante war vor ein paar Monaten in die Wechseljahre eingetreten und inzwischen gingen sie ihr alle, wenn sie einen ihrer gefürchteten Stimmungsumschwünge bekam, möglichst aus dem Weg.

»Ihr ist mal wieder total heiß«, erklärte Tate der Mutter. »Und als Opa Ben gesagt hat, sie hätte eine der Spinnweben unter der Decke übersehen, hat sie gefragt, wie es ihm gefallen würde, wenn sie ihn mit diesem Staubwedel den A...«

»Tate!«

»Ich wollte es ja gar nicht sagen.« Obwohl ihm die Vorstellung, das Wort auszusprechen, eindeutig gefiel.

»Ich habe ihn vors Haus gebracht, bevor sie ihren Satz vollenden konnte«, versicherte ihr Ben.

»Aber ich weiß trotzdem, was sie sagen wollte«, meinte Tate mit einem Grinsen, bei dem seine großen Schneidezähne blitzten. »Sie wollte sagen, A...«

»Denk am besten noch nicht einmal daran, mir das Wort dadurch unterzujubeln, dass du es jemand anderem in den Mund legst.«

»Mist.« Mit einem erneuten breiten Grinsen löste er die Beine von den Hüften seiner Mutter, sprang zurück auf die Erde, wandte sich dem Haus zu, entdeckte J.D. und betrachtete ihn mit großen Augen. »Hi. Ich bin Tate. Und wer sind Sie?«

»Tut mir Leid, J.D. Wo bleibt mein Benehmen?« Auch wenn es kaum zu glauben war, hatte Dru den Typen tatsächlich kurzfristig vergessen. »Das ist mein Sohn Tate. Tate, das ist Mr. Carver.«

»J.D.«, verbesserte er sie und reichte dem Jungen eine schwielige Hand. »Wie geht's, Junge?«

»Super.« Tate ergriff die ihm gebotene Hand und verzog so schmerzlich das Gesicht, dass Dru sofort erkannte, dass er J.D.s Knöchel zu Staub zermahlen wollte. Immer, wenn er Hände schütteln konnte, fühlte er sich wunderbar erwachsen. Nur war ihm nicht klar zu machen, dass ein normal fester Griff genügte, um zu zeigen, dass er ein echter Mann war. In Bezug auf Frauen schien er das Konzept durchaus zu verstehen, doch sobald ein Mann die Hand ausstreckte, erlag er der Versuchung zu beweisen, dass er ein eisenharter Kerl war.

Da J.D. bisher nicht unbedingt der Inbegriff von Freundlichkeit und Kumpanei gewesen war, beeilte sich Dru zu sagen: »Und das hier ist mein Onkel Ben Lawrence. Onkel Ben, J.D. ist einen Tag früher angekommen.«

»Das sehe ich.« Ben kam von der Veranda herunter. »Tate, hör bitte auf zu versuchen, ihm sämtliche Knochen im Handrücken zu brechen – ich habe dir doch schon erklärt, dass das nicht nötig ist. Und jetzt geh bitte ins Haus und sag deiner Oma, dass J.D. hier ist.« Als Tate sich zum Gehen wandte, wuschelte er ihm zärtlich durch das glänzende braune Haar. »Aber sei auf der Hut. Womöglich ist sie ja noch auf dem Kriegspfad.« Sein Blick folgte dem Jungen, der sein Schwert vom Boden aufhob und vorsichtig zur Tür trabte, schließlich wandte er sich an J.D. und reichte ihm die Hand. »Willkommen in der Star Lake Lodge.«

Dru verfolgte, wie die beiden Männer einander musterten. Ihr Onkel war älter und weniger durchtrainiert als der Mann aus Seattle, doch für sein Alter sah er fantastisch aus. Inzwischen ging er in den Hüften ein wenig auseinander und seine Schultern waren nicht mehr ganz so muskulös wie in jungen Jahren, aber sein grau meliertes Haar lag immer noch in dichten Locken um sein freundliches Gesicht und seine braunen Augen wurden infolge häufigen Lächelns von zahllosen Lachfalten gerahmt.

Eine Art von Falten, die J.D. ganz sicher nie bekam. Er erwiderte Bens Händedruck mit der ernsten Reglosigkeit, die Dru schon an ihm kannte, beantwortete höflich seine Fragen, sprach jedoch kein Wort, um die gegenseitige Vorstellung ein wenig zu erleichtern. Es war, als hinge ein großes Zutritt-verboten-Schild um seinen Hals, und das brachte Dru aus irgendeinem Grund entsetzlich auf die Palme. Glücklicherweise kamen Tate und Tante Sophie aus der Hütte, ehe sie sich vergaß und etwas unverzeihliches Rüdes zu ihm sagte.

Dru war ehrlich erschüttert, weil sie auch nur versucht

war, so etwas zu tun. Was hatte dieser Kerl nur an sich, das sie ihre hart erarbeitete Selbstbeherrschung einfach vergessen ließ? Dieses beinahe übermächtige Verlangen, ihn zu einer Reaktion zu reizen, war sicherlich nicht gut.

»Oma Sophie ist wieder sie selbst«, verkündete Tate mit gut gelaunter Stimme, während er seine Großtante an der Hand in Richtung des kleinen Grüppchens auf die Lichtung zog. »Ich glaube nicht, dass sie Opa Ben noch länger mit dem Staubwedel den A…«

»Tate!«

Unbeeindruckt von der entnervten dreistimmigen Warnung zuckte er gelassen mit den Schultern und bedachte seine Oma ehrenhalber mit einem Blick aus seinen laserblauen Augen. »Das willst du doch nicht mehr, oder?«

»Nein«, stimmte Soph ihm trocken zu. »Ich kann mit Sicherheit sagen, dass der Impuls verflogen ist.« Sie trat neben ihren Gatten, schlang ihm einen ihrer Arme um die Taille, tätschelte ihm mit ihrer freien Hand die Brust und murmelte zerknirscht: »Tut mir Leid, Ben.«

»Ich weiß, Baby.« Er legte einen Arm um ihre Schulter und zog sie eng an sich heran.

Dru war sich der Tatsache bewusst, dass J.D. nach wie vor vollkommen reglos an ihrer Seite stand, und sie versuchte, ihre Tante und ihren Onkel durch seine Augen zu sehen.

Sie lebte schon so lange und so gerne bei den beiden, dass sie sie nicht unvoreingenommen sehen konnte, doch selbst nach all den Jahren rief ihre gegenseitige Nähe warme Freude und gleichzeitig eine gewisse Wehmut in ihr wach. Es gehörte einfach zu ihrer Beziehung, dass sie ständig geradezu magisch voneinander angezogen wurden. Allerdings war es keine Beziehung, die andere ausschloss – ihre natürliche Wärme erstreckte sich auf jeden, der ihnen am Herzen lag.

Drus Eltern hatten als rastlose Menschen sämtliche Erdteile bereist. Eine ihrer frühesten Erinnerungen an die zwei war die, dass sie sie bei Tante und Onkel abgegeben hatten, um sich die Welt ansehen und etwas Neues und Aufregendes ausprobieren zu können. Als sie in die Schule gekommen war, hatte sie stets den Moment gefürchtet, an dem sie mittags aus dem Bus gestiegen war. Sie hatte nie gewusst, ob, und wenn ja, wer sie dort erwartete. Manchmal hatte einer ihrer Eltern dort gestanden, meistens jedoch hatte eine Nachbarin sie netterweise zusammen mit ihren eigenen Kindern mitgenommen oder sie hatte sich alleine auf den Weg gemacht. Bereits lange bevor ihre Eltern, als sie neun gewesen war, in den Anden einen tödlichen Unfall mit einem Heißluftballon erlitten hatten, hatten Sophie, Ben und die Star Lake Lodge für sie Sicherheit und Geborgenheit repräsentiert.

Der vertraute Anblick der an Ben gelehnten Sophie zauberte ein Lächeln auf Drus Gesicht. Ihre einundfünfzigjährige Tante sah aus wie Anfang vierzig. Mit ihrer drallen Figur, ihren schimmernden Haaren und ihrem leuchtenden Teint zog sie noch immer die Augen selbst junger Männer auf sich. Ihre strahlende Erscheinung hätte einem Furcht einflößen können, wäre da nicht gleichzeitig die ständige Bereitschaft zu einem warmen, einladenden Lächeln gewesen.

Auch jetzt trat sie mit einem breiten Lächeln und ausgestreckten Armen auf den Neuankömmling zu. »Willkommen«, sagte sie und umfasste herzlich seine Pranken. »Schade, dass ich bei Ihrer Ankunft nicht im Hotel war, um Sie zu begrüßen. Dru, meine Liebe, hast du ihm schon gezeigt, wie er mit seinem Wagen zum Auspacken bis hierher an die Hütte fahren kann?«

»Nein, aber ich kann es jetzt tun, wenn er möchte.« Dru

wandte sich an J.D. und zog fragend eine Braue in die Höhe.

Er zuckte mit seinen muskulösen Schultern. »Nicht nötig«, erklärte er ihr brüsk. »Ich habe alles, was ich brauche, bei mir.« Er nickte in Richtung der Leinentasche, die einen Meter neben ihm auf der Erde stand.

Sophie strahlte. »Also gut, dann. Hätten Sie vielleicht gern ein bisschen Zeit für sich, um Ihre Sachen auszupacken und sich einzurichten?«

»Ja, das wäre gut«, antwortete er, fügte jedoch nach kurzem Zögern ein leises »Vielen Dank« hinzu.

»Dann werden wir jetzt gehen. Tate! Komm mit, Schätzchen.«

Der Junge kam fröhlich angerannt. »Kann ich jetzt vielleicht schwimmen gehen? Es ist schon fast drei und dieser Dean aus Zimmer Zweihundertelf hat gesagt, er wäre ab drei unten am See.«

Als Dru hinter Sohn, Tante und Onkel den Weg hinunterlief, sah sie sich noch einmal nach ihrem neuen Partner um. Die Hände in den Hosentaschen, stand J.D. reglos und mit zusammengepressten Lippen mitten auf der Lichtung. Er wirkte ein bisschen einsam, ja beinahe ... verloren.

Mit einem leisen Schnauben drehte sie sich wieder um und folgte Tate, der sich, während er mit seinem Plastikschwert die Luft durchtrennte, vergnügt mit Ben und Sophie unterhielt. *Na, sicher.*

Einen absurderen Gedanken hatte sie garantiert seit zig Jahren nicht mehr gehabt.

J.D. warf seine Tasche auf das breite Bett und schaute sich um. In der kleinen Hütte gab es ein Schlafzimmer, ein Bad, eine winzige Küche und ein Wohn-Esszimmer, dessen beide Hälften durch eine Bogentür mit eingebauten Buchregalen voneinander getrennt waren. Er hatte alles, was er brauchte, und jemand – wahrscheinlich Sophie Lawrence – hatte sogar eine Vase mit frischen Blumen auf den kleinen Esszimmertisch und eine auf den Tisch im Schlafzimmer gestellt. Etwas an diesem heimeligen Szenario rührte ihn tatsächlich an.

Die Hütte war offensichtlich erbaut worden, ehe vom Holz-Raubbau die Rede gewesen war, und er sah bewundernd auf die kunstvoll ineinandergefügten Wandbretter, die Hartholzböden und die Tür- und Fensterrahmen aus dem Holz einheimischer Föhren. Dann wandte er seine Aufmerksamkeit seiner auf der verblichenen Patchwork-Tagesdecke liegenden Tasche zu und zog einen Stapel weißer T-Shirts, Unterwäsche, Jeans, Rasierzeug und ein paar seiner kostbareren Werkzeuge daraus hervor.

Als Letztes strichen seine Fingerspitzen über den am Boden der Tasche liegenden Stapel alter Briefe. Behutsam nahm er sie heraus und starrte auf den in Edwinas zittriger Handschrift adressierten obersten Umschlag.

Er wusste überhaupt nicht, weshalb er ihre Briefe all die Jahre aufgehoben hatte. Bis auf die ersten hatte er sie bisher nicht einmal geöffnet, denn er ahnte, was in ihnen stand: nämlich, dass Edwina ihm verziehen hatte.

Und zwar ein Verbrechen, das er nicht begangen hatte, was wirklich verdammt großzügig von ihr gewesen war. Abermals erbost über dieses alte, ihm zugefügte Unrecht warf er das mit einem Gummiband zusammengehaltene Bündel in den neben dem Nachttisch stehenden Papierkorb und stürmte aus dem Zimmer.

Eine Minute später jedoch war er zurück und fischte die Briefe wieder heraus. Ihm war zwar nicht klar, warum – er wäre nämlich ein wesentlich glücklicherer Mensch, wenn es ihm endlich gelänge, diesen Teil seines Lebens als den Ballast abzuwerfen, der er schließlich war. Aber irgendwie hing er selbst nach all diesen Jahren noch daran. Also beförderte er die Briefe zurück in die Tasche, verstaute sie im Schrank und schloss nachdrücklich die Tür.

Leider hieß aus den Augen nicht automatisch aus dem Sinn. Er zog die goldene Uhr von Edwinas Vater aus der Tasche, strich vorsichtig mit dem Daumen über den mit einer Gravur verzierten Deckel, drückte auf das winzige Knöpfchen an der Seite, klappte den Deckel auf, betrachtete das Zifferblatt, und vor seinem geistigen Auge tauchten Szenen aus seinem früheren Leben auf. In dem Versuch, die unwillkommenen Erinnerungen endgültig zu verdrängen, klappte er den Deckel schnaubend wieder zu und schob die Uhr zurück in seine Jeans. Das erste Mal hatte er Edward Lawrences Uhr an dem Tag gesehen, als er von Edwina mit heimgenommen worden war. Die Uhr hatte auf einer ledergebundenen Kladde auf einem antiken Schreibtisch im Arbeitszimmer gelegen.

Ein so wunderbares Stück hatte er nie zuvor gesehen. Er hatte gefunden, die Uhr sähe aus, als gehöre sie einem wirklich reichen Menschen, und das hatte ihm gefallen. Noch stärker jedoch war er vom Alter der Uhr angezogen worden – auch wenn er nicht hätte in Worte fassen können, was ihm daran so gefiel.

Erst als Erwachsenem war ihm bewusst geworden, dass es die Beständigkeit gewesen war, die das Stück repräsentierte, die Tatsache, dass es sich über zwei Generationen hinweg im Besitz ein und derselben Familie befunden hatte, von der er derart beeindruckt gewesen war. Er selbst hatte seinen Vater nie gekannt, und für seine Mutter war der Konsum von Drogen weitaus wichtiger gewesen als der eigene Sohn, so dass er allein von der Vorstellung einer Familie, die ihre Kinder nicht nur versorgte, sondern obendrein noch Dinge aus den Leben der einzelnen Personen extra für sie aufhob, regelrecht überwältigt worden war. Vor seinem Einzug bei Edwina hatte er nie auch nur einen einzigen Gegenstand besessen, und schon gar nichts, was ihm von einem seiner Ahnen hinterlassen worden war.

Edwina hatte das geändert und während einiger Monate hatte er das Gefühl gehabt, als lebe er in einem Traum. Sie hatte ihn behandelt, wie man seiner Vorstellung nach eigene Kinder behandelte. Weshalb ihn der Verrat am Ende umso schmerzlicher getroffen hatte, als plötzlich Edwards Uhr verschwunden und er von ihr beinahe des Diebstahls bezichtigt worden war. Das hatte er ihr nicht verziehen, und – so lächerlich es in den Augen anderer vielleicht war – der Geist dieser Empörung lebte wie atomarer Abfall mit einer endlosen Halbwertszeit in seinem Innern fort.

Falls es also eines gab, was er ganz sicher wusste, dann, dass die Lawrences, auch wenn sie sich wie anständige Menschen gaben, ihren Anspruch auf ein wertvolles Besitztum, wie damals die Uhr und jetzt dieses Hotel, ganz sicher nicht so frohen Herzens aufgaben, wie sie ihn glauben machen wollten. Er stapfte aus der Hütte, schlug die Tür hinter sich zu und marschierte über den Pfad zurück in Richtung des Hotels.

Sie führten bestimmt irgendwas im Schilde. Und er hatte die Absicht, herauszufinden, was.

Noch während die Empfangsdame Dru darüber informierte, dass J.D. auf dem Weg zu ihrem Büro war, wurde auch schon die Tür geöffnet und er trat unaufgefordert ein. Sie verfolgte, wie er die Tür hinter sich schloss, und sagte in den Hörer: »Die Nachricht kam ein bisschen spät, aber trotzdem vielen Dank. Da ich Sie aber gerade am Apparat habe, Joy, würden Sie wohl bitte der Hauswirtschafterin sagen, dass ich ihren Bericht schon heute Nachmittag auf dem Tisch haben möchte? Die Kaffeepäckchen werden zu spät in den Zimmern ausgelegt und ich muss wissen, welchen Grund es dafür gibt.« Sie legte den Hörer zurück auf die Gabel und hakte den Posten »Hauswirtschafterin« auf ihrem Zettel ab.

Dann erhob sie sich trotz ihres beschleunigten Herzschlags langsam von ihrem Stuhl und sah ihn höflich lächelnd an. »Hallo, J.D. Sie brauchen sicher irgendetwas für Ihre Hütte, oder?«

»Nein, ich bin der Bücher wegen hier.«

Seine Antwort kam so unerwartet, dass sie ihn mit großen Augen musterte. »Wie bitte?«

»Die Bücher. Sämtliche finanziellen Unterlagen über das Hotel. Ich bin sicher, Sie haben schon mal etwas davon gehört.«

»Ich weiß, was Bücher sind.« Sie schüttelte den Kopf, kam hinter ihrem Schreibtisch hervor und trat vor einen Schrank. »Ich suche sie Ihnen raus.«

»Beide Sätze.«

Sie nahm eine geradezu militärisch straffe Haltung an und fuhr zu ihm herum. »Ich weiß nicht, mit was für Unternehmen Sie es für gewöhnlich zu tun haben, Mr. Carver, aber hier in der Star Lake Lodge gibt es nur einen Satz Bücher, und diese werden tadellos geführt.«

Er machte einen Schritt nach vorn und plötzlich schrumpfte ihr Büro auf eine einzige Wand, die nur aus seinen Schultern und seiner breiten Brust zu bestehen schien. Sie reckte das Kinn, doch gleichzeitig wich sie unwillkürlich vor ihm zurück. Es machte sie wütend, dass es ihm so mühelos gelang, sie einzuschüchtern, und so blieb sie, als er sich prompt noch näher an sie heranschob, wie angewurzelt stehen. »Wollen Sie mich vielleicht quer durch mein Büro verfolgen?«, fragte sie mit kühler Stimme, dann jedoch verlor sie die Beherrschung und sie fauchte: »Wer zum Teufel hat Ihnen eigentlich Manieren beigebracht? Ganz sicher nicht Großtante Edwina.«

In seiner Wange zuckte ein kleiner Muskel. »Nein, das, was ich von Edwina gelernt habe, ist, dass man nichts auf irgendwelches Gerede geben soll, weil nämlich der einzige Mensch, auf den man sich wirklich verlassen kann, immer man selber ist.«

»Ach ja? Sie müssen schon entschuldigen, wenn ich nicht in Tränen ausbreche, weil Sie von ihr derart schlecht behandelt worden sind. Ich habe nämlich den Eindruck, dass Edwina nicht nur geredet hat, denn schließlich sind Sie hier, oder etwa nicht? Und zwar als hälftiger Eigentümer unseres Hotels.«

Er schob sich tatsächlich noch dichter an sie heran. »Und das schmeckt dir gar nicht, Süße, habe ich nicht Recht?«

Sie hielt es für besser, verstünde sie ihn falsch. »Dass Sie schlecht über die Frau reden, von der Ihnen so viel hinterlassen worden ist?« Sie ignorierte ihre Reaktion auf seine Nähe und reckte abermals das Kinn. »Ja, Sie haben Recht, das finde ich geschmacklos.«

Seine Augen blitzten auf, was Dru mit Genugtuung erfüllte, weil es ihr endlich gelungen war, ihn aus dem Gleichgewicht zu bringen. Das war nur fair, denn schließlich hatte er sie bereits mehr als einmal völlig aus dem Gleichgewicht gebracht.

Sein Blick wurde wieder kühl und distanziert. »Tja, sehen Sie, so ist es nun mal mit uns Typen aus der Gosse«, knurrte er. »Wir saugen Geschmacklosigkeit quasi mit der Muttermilch in uns auf und einziges Ziel in unserem Leben ist es, etwas zu bekommen, ohne eine Gegenleistung dafür erbringen zu müssen.« Er strich mit einer rauen Fingerkuppe über ihre Wange und ließ eine brennend heiße Spur auf ihrer Haut zurück.

Dru riss ihren Kopf nach hinten, doch er wich keinen Millimeter. »Und es ist uns vollkommen egal, wem wir dabei auf die Füße treten müssen«, erklärte er ihr leise. »Das sollten Sie sich merken.« Sein Daumen strich über ihre Unterlippe, doch ehe sie ihm auf die Finger schlagen konnte, zog er seine Hand zurück und sah sie mit einem unverschämten Lächeln an, das ihr zeigte, dass mit seinen Zähnen alles in Ordnung war. Wenn auch eventuell ein wenig schief, waren sie doch strahlend weiß und wirkten durch und durch gesund.

Als sie ihm wieder in die Augen blickte, zog er eine Braue in die Höhe. »Was ist jetzt mit den Büchern?«

Mit wild pochendem Herzen öffnete Dru die Schranktür, zog die Ordner heraus und drückte sie ihm zornig in die Arme. »Hier. Das sind die letzten drei Jahre. Machen Sie sie nicht schmutzig und verlieren Sie sie nicht.«

»Dann esse ich meine Erbsen wohl besser nicht wieder mit dem Messer.«

Verlegen, weil sie derart unhöflich gewesen war, verzog sie sich wieder auf ihren Stuhl, schnappte sich einen Bleistift und trommelte in der Hoffnung, sich den Anschein einer Frau zu geben, die keine Zeit für derartigen Unfug hatte, ungeduldig damit auf der Tischplatte herum. »Passen Sie halt einfach auf die Bücher auf.«

»Sehr wohl, Ma'am.« Er salutierte und schlenderte dafür, dass er mehrere Pfund Leder an den Füßen hatte, erstaunlich geschmeidig aus dem Raum.

Dru saß noch lange kochend hinter ihrem Schreibtisch. Sie und J.D. kamen ganz eindeutig nicht miteinander zurecht, aber sie hatte das grässliche Empfinden, als wäre sein unerträgliches Benehmen im Vergleich zu den Gefühlen, die er in ihr wachrief, ein eher geringfügiges Problem.

O Mann, diese Sache gefiel ihr ganz und gar nicht. In ihrem ganzen Leben hatte sie bisher nur auf Tates Vater ähnlich leidenschaftlich reagiert. Doch selbst Tony hatte ein deutlich schwächeres Verlangen in ihr wachgerufen, und bereits das hatte sie an den Rand des Verderbens geführt.

Sie war damals achtzehn Jahre alt und zum ersten Mal, seit Ben und Sophie sie bei sich aufgenommen hatten, aushäusig gewesen. Das College hatte aufregend und viel versprechend angefangen. Sie war sich so erwachsen vorgekommen, und als sie sich am Ende ihres ersten Jahres in Tony verliebte, hatte sie sich eingebildet, besser könne ihr Leben nicht mehr werden. Das erste Mal fort von zu Hause und schon hatte sie die Liebe ihres Lebens gefunden.

Während des gesamten zweiten Collegejahres waren sie und Tony unzertrennlich gewesen. Sie hatten alles zusammen unternommen: gelernt, gespielt, geredet, gelacht und sich geliebt. Himmel, wie hatten sie sich geliebt! Streit hatte es nie zwischen ihnen gegeben und sie hätte geschworen, dass ihre Beziehung im Himmel geschlossen worden war. Dann hatte sie am letzten Tag der Frühjahrsprüfung festgestellt, dass sie ein Kind erwartete.

Und dass ihre Beziehung zu dem guten Tony doch nicht im Himmel geschlossen worden war. Denn bereits am nächsten Tag hatte er sich heimlich aus dem Staub gemacht.

Sie war allein zurückgeblieben und hatte sich die größten Vorwürfe gemacht. Sie hatte kaum glauben können, dass sie derart unvorsichtig gewesen und dass der Traum von einer wunderbaren Zukunft nunmehr begraben war. Sie hatte mit morgendlicher Übelkeit gekämpft, sich gefragt, wie es mit ihrem Leben weitergehen sollte, und entsetzliche Angst davor gehabt, Tante und Onkel zu beichten, wie naiv und sorglos sie gewesen war.

Während der quälenden ersten drei Wochen hatte sie,

voll der Abneigung gegen das ungewollte Baby, ernsthaft mit dem Gedanken an eine Abtreibung gespielt. Das war ihr als die praktischste Lösung erschienen: Sophie und Ben würden niemals erfahren, wie verantwortungslos sie sich gebärdet hatte, und sie nähme einfach ihr altes Leben wieder auf. Doch ihr Gefühl hatte ihr etwas anderes geraten …

Also hatte sie allen Mut zusammengenommen und Tante und Onkel gebeichtet, dass sie Mutter werden würde.

Sie hatten sich wunderbar verhalten. Sie hatte sich davor gefürchtet, die Enttäuschung in ihren Augen zu sehen, aber sie hatten sie, ohne auch nur ein Wort über die von ihr begangene Dummheit zu verlieren oder etwas auf das Geschwätz der Leute in ihrem winzigen, hinterwäldlerischen Dorf zu geben, nach Kräften unterstützt. Und Tate wurde die wirkliche große Liebe ihres Lebens – sie hatte ihre Entscheidung, ihn alleine aufzuziehen, nicht eine Sekunde bereut. Trotzdem war es nicht gerade einfach gewesen, und sie hatte gelernt, in Gefühlsdingen äußerst vorsichtig zu sein. Niemals wieder wollte sie ihr Leben derart aus den Fugen geraten lassen wie damals vor elf Jahren.

Aus diesem Grund war ihr egal, was für eine heiße Nummer dieser J.D. Carver war, und dass ihr Herz einen Hüpfer machte und sie weiche Knie bekam, sobald sie ihn nur sah. Er würde nicht einfach hier hereinschneien und das angenehme, sichere Leben durcheinanderbringen, das sie für sich und ihren Sohn aufgebaut hatte und das ihr nahezu heilig war.

3

Drus Onkel trat aus dem Souvenirgeschäft und traf in der Halle auf J.D. Beide Männer blieben stehen und J.D. straffte die Schultern, als er merkte, dass Ben den Stapel Bücher betrachtete, mit denen er aus Drus Büro gekommen war. Doch Ben sagte lediglich: »Und, haben Sie sich bereits ein wenig eingelebt?«

J.D. nickte.

Ben steckte die Hände in die Hosentaschen und bedachte den jüngeren Mann mit einem neugierigen Blick. »Der Anwalt, der Edwinas Testament eröffnet hat, hat erzählt, dass Sie im Baugewerbe sind.«

»Ja.«

»In diesem Bereich gibt es im Sommer immer alle Hände voll zu tun. Konnten Sie da so einfach weg?«

»Allerdings.« J.D.s Lachen klang total humorlos. »Das Unternehmen, bei dem ich tätig war, ist kaputt gegangen, als der Eigentümer in den Knast gewandert ist.«

»Aua. Was hatte er denn verbrochen?«

»Er hatte minderwertige Materialien verwendet, weil ihm das, was er verdient hat, offenbar nicht reichte.«

Ben grunzte. »Eine hässliche Geschichte. Und wie sind sie ihm auf die Schliche gekommen? Hat ihn jemand verpfiffen?«

»Ja.« J.D. sah ihm reglos in die Augen. »Ich.« Offenbar hatte Lankovich mehrere Bauvorhaben mit minderwertigen Materialien durchgeführt, doch J.D. hatte das erst bemerkt, als die Sicherheit eines Gebäudes, das die Männer unter *seiner* Leitung mit größter Sorgfalt errichtet hatten, durch schlechte Baustoffe gefährdet worden war. Das hatte ihn derart erbost, dass er zur Polizei gegangen war.

Als er sah, wie Ben die Kinnlade herunterklappte, fügte er abwehrend hinzu: »Ich *wollte* den Kerl gar nicht anzeigen – Lankovich ist immer anständig zu mir gewesen. Er hat mich ausgebildet und mich sogar zum Polier gemacht. Aber ich hatte nur die Wahl, ihn entweder zu verpfeifen oder damit leben zu müssen, dass vielleicht Menschen verletzt oder sogar ums Leben kommen würden, nur, weil ich die Klappe gehalten habe.«

»Oh, ich verurteile Sie überhaupt nicht. Sie haben das Richtige getan, auch wenn es sicherlich nicht leicht war. Aber ich schätze, Sie haben eine Menge Leute stolz auf sich gemacht.«

J.D. konnte ein geringschätziges Schnauben nicht verhindern. »Dort, wo ich herkomme, verpfeift man seinen Arbeitgeber nicht. Also habe ich jede Menge Leute gegen mich aufgebracht. Lankovichs Sohn zum Beispiel, der sich für einen ganz harten Kerl hält, hat es sich zum Ziel gesetzt, mich für das, was ich getan habe, bezahlen zu lassen. Und die meisten anderen reden einfach nicht mehr mit mir.«

»Das tut mir Leid«, meinte Ben mit mitfühlender Stimme. »So was ist nicht einfach.«

Das war leicht untertrieben. Robbie Lankovich hatte ihn auf Schritt und Tritt verfolgt und die Männer, die J.D. für Freunde gehalten hatte, hatten ihm, sobald er in ihre Nähe gekommen war, den Rücken gekehrt. Nie zuvor war er in einer solchen Lage gewesen und er hoffte, dass es auch nie wieder dazu käme. Ben gegenüber jedoch zuckte er gleichmütig mit den Schultern. »Tja, manchmal laufen die Dinge eben nicht so, wie man es sich wünscht.«

»Hat der Junge, der sich für so clever hält, denn eine Möglichkeit gefunden, Sie dafür bezahlen zu lassen, dass sein Vater von Ihnen verpfiffen worden ist?«

»Nein.« Sein Lächeln war kälter als der Wind am Nordpol. »Er hat sich wirklich Mühe gegeben, aber seine tatsächlichen Fähigkeiten liegen weit hinter seinem dummdreisten Gerede.«

Sie tauschten noch ein paar nichts sagende Sätze aus und dann betrat J.D. das Adlernest, eine Mischung aus Café und Bar am Ende des Foyers. Die große Glasfront des zweigeschossigen Raums bot einen atemberaubenden Blick auf die steil abfallenden, umliegenden Berge. Von dem kleinen, dazugehörigen Balkon hätte man sicher eine noch phänomenalere Aussicht gehabt, doch der Zutritt war mit einem Band und einem Schild »Geschlossen wegen Bauarbeiten« gesperrt. Sofort war seine Neugierde geweckt. Er trat vor die Flügeltür und sah, dass das gesamte Balkongeländer abgerissen war. Er drehte den Türknauf, um sich den Schaden aus der Nähe anzusehen, doch eine Stimme in seinem Rücken sagte: »Der Balkon ist aus Sicherheitsgründen gesperrt, Sir.«

J.D. drehte sich um und entdeckte den Mann, der zuvor hinter der Bar gestanden hatte.

»Wir hatten letzten Winter außergewöhnlich heftige Schneefälle«, erklärte der Barkeeper, während er ein paar Teller und Gläser von einem in der Nähe stehenden Tisch nahm und ihn anschließend mit einem Lappen abrieb. »Unter dem Gewicht ist das Geländer weggebrochen.«

»Dazu hat es sicher keines allzu großen Gewichts bedurft. Sieht aus, als wäre das Holz ziemlich verrottet.«

Der Barkeeper nickte. »Bei all dem Schnee im Winter und dem Regen im Frühjahr und Herbst bleibt ihm nicht viel Zeit zum Trocknen, so dass der Großteil des Geländers und das Balkonbodens alle paar Jahre ausgewechselt werden. Kann ich Ihnen etwas bringen, Sir?«

»Ja, ich nehme ein Corona.«

Der Mann ging zurück an die Bar und J.D. setzte sich an

einen Tisch direkt am Fenster. Das Mittagessen war vorbei, für die Happy Hour war es noch zu früh, und so hatte er den Raum ganz allein für sich. Als das bestellte Bier kam, nickte er zum Dank und schlug dann das älteste der Bücher auf.

Wider Erwarten fiel es ihm schwer, sich auf die Überprüfung der Finanzen des Hotels zu konzentrieren, denn ständig kehrten seine Gedanken zu seiner aufgezwungenen Partnerin zurück. Er war sich nicht ganz sicher, ob er als Sieger oder als Verlierer aus dem Scharmützel hervorgegangen war. Er wurde von Frauen nicht gerade umschwärmt, nie zuvor jedoch hatte eine ihn angesehen, als wäre er geradewegs aus der Steinzeit in die Gegenwart katapultiert worden. Allerdings musste er sich eingestehen, dass es ihn auf eine primitive Art befriedigt hatte, sie aus dem Gleichgewicht zu bringen.

Doch was zum Teufel hatte dieses Bedürfnis überhaupt in ihm geweckt?

Er war mit der Absicht, ein nüchternes, geschäftsmäßiges Gespräch zu führen, in ihr Büro marschiert. Sie jedoch hatte ihn mit diesem falschen Lächeln angesehen. Er hatte sich mit instinktiver Kampfbereitschaft ins Gefecht gestürzt. Als sie ihn dann noch der Geschmacklosigkeit bezichtigt und ihn gemustert hatte, als wäre er geradewegs aus einem Abwasserkanal gekrochen, war es um seine guten Vorsätze geschehen.

Doch leicht war sie nicht kleinzukriegen. Er hätte gedacht, die jahrelang in Rat City angewandte Praxis der körperlichen Einschüchterung würde bereits genügen, doch ihre großen, runden Augen und der weiche, runde Körper schienen eine Mogelpackung zu sein – denn sie hatte sich ihm erfolgreich widersetzt. Abgesehen von dem einen Schritt nach hinten, hatte sie ihre Bereitschaft demonstriert, sich ihm gegenüber zu behaupten.

Und plötzlich hatte sein Bemühen, herauszufinden, was zum Teufel sie und ihre Sippe gegen ihn im Schilde führten – verdammt noch mal –, den Charakter eines Vorspiels für ihn gehabt.

Er richtete sich auf. *Himmel, Mann, bist du vollkommen verrückt geworden?* Die Behauptung, er wäre einzig darauf aus, etwas umsonst zu kriegen, hatte nicht gestimmt, doch genau das war passiert – und wie oft hatte ein Typ wie er im Leben wohl ein derartiges Glück? Er hatte die Absicht, diese Gelegenheit zu nutzen. Spielchen in der Art *Ich weiß, dass ich dich dazu bringen kann, dass du es genauso willst wie ich* waren sicher nicht der richtige Weg, doch er wollte verdammt sein, wenn er diese Chance vertat.

In Seattle gab es nichts mehr für ihn. Nicht einmal mehr Butch, der als Einziger so etwas wie Familie für ihn gewesen war.

Und trotzdem …

J.D. stand auf, zog eine Telefonkarte aus seiner Tasche und ging zu dem neben den Toiletten befindlichen öffentlichen Apparat. Selbst wenn die Dinge zwischen ihnen nicht mehr so standen wie früher, sollte er Butch zumindest wissen lassen, wo er war, und ihm für den Fall, dass die Bullen ihn erreichen mussten, eine Nummer hinterlassen.

Er und Butch hatten als Kinder zusammen das Fürsorgesystem durchlaufen und waren ab und zu sogar zur selben Zeit im selben Kinderheim gewesen. Doch hatten sie einander draußen auf der Straße, wo sie sich viel zu häufig herumgetrieben hatten, erst richtig kennen gelernt. Und kurz vor seinem sechzehnten Geburtstag war ihm von Butch das Leben gerettet worden, als er beim gemeinsamen Spiel auf einem Fabrikdach beinahe kopfüber in die Tiefe gepurzelt war.

Es war egal, dass die Idee zu dem Spiel, das zu dem Beinahe-Unfall geführt hatte, von Butch gekommen war. Es hatte sich von selbst verstanden, dass J.D. dem Kumpel seither etwas schuldig gewesen war. In ihrem Viertel folgte man in diesen Dingen einem strengen Kodex und es war nicht ungewöhnlich, dass man für gegenseitig erwiesene Dienste noch Jahre später in der Kreide stand. Auch wenn es ein ungeschriebenes Gesetz war, war es unvorstellbar, dass sich jemand nicht eisern daran hielt.

Umso mehr hatte J.D. es zu schätzen gewusst, dass die Begleichung dieser alten Schuld niemals von Butch eingefordert worden war. So etwas war in ihrer Gegend selten und es hatte J.D. stets sehr viel bedeutet, dass sein Freund an den unsichtbaren Schuldschein nie auch nur zu denken schien.

Bis Butch letzte Woche plötzlich doch auf die Geschichte zurückgekommen war.

Beinahe hätte J.D. den Hörer wieder aufgelegt, dann jedoch gab er auch die letzten beiden Ziffern der Nummer seines Kumpels ein. Schließlich war es nicht so, als hätte er nicht irgendwo in seinem tiefsten Innern gewusst, dass er jederzeit zur Begleichung dieser Schuld aufgefordert werden könnte. Trotzdem war er enttäuscht gewesen, als es schließlich tatsächlich dazu gekommen war. Ihre Freundschaft hatte sich dadurch verändert.

Verdammt, er machte einen Fehler. J.D. wollte gerade auflegen, als jemand am anderen Ende der Leitung an den Apparat kam. »Hal-lo!«

Butchs Stimme rief einen Morast aus widersprüchlichen Gefühlen in ihm wach und einen Moment lang schwieg J.D. Butch war immer so vieles gewesen, was er selber nicht war. Zum Beispiel wirklich witzig.

Bereits als Kind hatte er dauernd irgendwelche Scherze auf den Lippen und Ideen für irgendwelche amüsanten

Zeitvertreibe gehabt. Auch als Erwachsener konnte er die Menschen oft zum Lachen bringen, was J.D. eindeutig nicht gegeben war.

Er war einer dieser Typen, zu denen sich die Menschen hingezogen fühlten. Die Frauen lagen ihm zu Füßen und es schien egal zu sein, dass er mit einer Furie verheiratet war, die jede Frau skalpieren würde, die ihm zu nahe kam.

»Was?«, wurden seine Gedanken von Butchs ungeduldiger Stimme unterbrochen. »Wenn du was zu sagen hast, spuck's aus. Ich habe keine Zeit für diesen Sch...«

»He«, sagte J.D. »Ich bin es.«

»J.D.?«

»Genau.«

Ein paar Sekunden herrschte Schweigen. Dann: »Wo zum Teufel steckst du, Mann? Ich habe schon hundertmal versucht, dich zu erreichen, aber dein Anschluss ist gesperrt und als ich zu deiner Wohnung kam, sah sie völlig verwaist aus, nur dass nicht zu sehen war, ob du die Fliege gemacht hast oder nur mal kurz einen trinken gegangen bist.«

Er klang ziemlich erregt und das leise Klimpern, das J.D. durch die Leitung vernahm, verriet, dass er wie üblich, wenn er nervös war, Kleingeld von einer Hand in die andere fließen ließ.

J.D.s Magen zog sich leicht zusammen. »Ich habe die Wohnung gekündigt – es war Zeit für eine Veränderung.«

»Ach ja? Und wo bist du jetzt?«

Butchs Stimme hatte für seinen Geschmack einen etwas zu aufgeregten Klang. »Was ist los?«

»He? Nichts ist los«, kam die allzu schnelle Antwort. »Du warst plötzlich verschwunden und ich will einfach wissen, wo zum Teufel du jetzt steckst, das ist alles.«

Das konnte er jemand anderem erzählen. Sie hatten einander auch vorher schon wochenlang nicht gesehen, was

Butch immer total egal gewesen war. »Du führst doch was im Schilde, Dickson. Also, was ist los?«

»Nichts!«

»Hat es was mit der Sache mit den Bullen zu tun?« Mit der Sache, die ihre Freundschaft für alle Zeit verändert hatte? J.D.s Magen verknotete sich noch stärker.

»Verdammt, nein. Das ist längst erledigt.«

Dann ging es um eine Frau. »Du steckst mal wieder in der Scheiße – das höre ich dir an. Ich kriege eh raus, was es ist, also kannst du es mir ebenso gut gleich erzählen.«

»Es gibt nichts zu erzählen. Himmel, wo ist das Problem, Carver? Da ist ein Mann in Sorge, weil sein Kumpel einfach verschwindet und plötzlich heißt es, er führt etwas im Schilde? Was soll der Schwachsinn?«

»Du weißt, dass du auf Dauer nichts vor mir verheimlichen kannst, warum also ersparst du uns nicht die Zeit und Mühe und …«

»Wo zum Teufel steckst du, Carver?«

»Ich werde herausbekommen, was du vor mir verbirgst!«, schnauzte J.D., knallte den Hörer auf die Gabel und stapfte zurück an seinen Tisch.

Scheiße. Er hätte sich auf seinen Instinkt verlassen sollen – Butch anzurufen war ein Riesenfehler. Er hatte gehofft, der schwelende Zorn, den er seit letzter Woche auf den alten Freund empfand, würde bei einem Gespräch mit ihm verrauchen, doch jetzt war er noch wütender als vorher.

Butch hatte seine Fehler. Die meisten waren nicht weiter schlimm, doch ein Fehler war tödlich: Er übernahm niemals die Verantwortung für sein eigenes Tun. Egal, was auch passierte, er konnte nie etwas dazu.

So war es immer schon gewesen, nur dass es sich bisher lediglich um diverse Kleinigkeiten gehandelt hatte: einen

Tadel für eine schlecht ausgeführte Arbeit, eine Beule im Kotflügel von seinem Auto, einen Strafzettel wegen Falschparkens, einen Streit mit seiner Frau. Letzten Dienstag jedoch hatte Butchs Unvermögen, für sich selber einzustehen, dazu geführt, dass J.D. die alte Schuld bei ihm hatte begleichen müssen. Jede Erinnerung daran kratzte ein wenig mehr Lack von ihrer alten Freundschaft ab, doch J.D. konnte die Sache einfach nicht auf sich beruhen lassen und kehrte, auch wenn es schmerzte, in Gedanken zu dem Tag zurück.

Butch hatte ihm die Tür geöffnet und er war an ihm vorbei ins Wohnzimmer spaziert. »Gina hat heute doch wohl wirklich Spätschicht?«

Sein Freund hatte ihn mit einem breiten Grinsen angesehen. »Weshalb seid ihr alle so versessen darauf, Gina aus dem Weg zu gehen? Ab und zu ist sie ein bisschen reizbar, aber was ist schon dabei?«

J.D. hatte geschnaubt. »Ebenso gut könntest du sagen, dass ein Pitbull ein bisschen anstrengend ist. Die Frau besteht aus fünfundfünfzig Kilo reiner Bosheit und das weißt du ganz genau.«

»Zweiundfünfzig Kilo. Du willst doch sicher nicht, dass sie mitkriegt, dass du sie für so schwer hältst.« Er hatte in Richtung der Tüte genickt, die J.D. in der Hand gehalten hatte. »Ist das Bier?«

J.D. hatte eine der sechs Flaschen herausgezogen, Butch die Tüte gegeben und sich auf die Couch geworfen, während sein Kumpel in die Küche gegangen war. J.D. hatte die Flasche geöffnet, einen Schluck getrunken und gesagt: »Weißt du, ich habe nie ganz verstanden, weshalb du sie geheiratet hast. Ihr beiden seid doch vollkommen verschieden.«

Die Kühlschranktür war zugeschlagen worden. »He, was soll ich sagen. So was nennt man eben wahre Liebe.«

J.D. hatte geschnaubt. »Wenn du mich fragst, wirkt es eher wie ein Kampf auf Leben und Tod. Ich will nur hoffen, dass du gestern Abend im *Tug* mit Kittie Lockrell wirklich nur geflirtet hast, denn falls Gina je herauskriegt, dass du sie betrügst, bist du ein toter Mann.«

Butch hatte mit den Schultern gezuckt, den Fernseher eingeschaltet und sie hatten beide, die Füße auf dem Couchtisch, das Spiel der Mariners verfolgt.

J.D. jedoch hatte nur mit halbem Auge hingesehen und gleichzeitig überlegt, wie Butch am besten beizubringen wäre, dass er plötzlich Hotelbesitzer war. Normalerweise hätte er es ihm sofort erzählt, aber er hatte von dem Erbe während der Verhandlung gegen Lankovich erfahren, als er in der Gegend nicht gerade beliebt gewesen war. Und da Butch seinetwegen keine Arbeit hatte, wäre es sicher keine allzu gute Idee, mit seinem unverhofften Glück zu prahlen oder auch nur zu versuchen, zu erklären, weshalb er deshalb in einem echten Zweispalt war.

Noch während er darüber grübelte, wie er das Thema am besten zur Sprache brächte, und wie Robbie Lankovich, der zunehmend wildere Drohungen gegen ihn ausstieß, am besten abzuschütteln wäre, hatte es an der Wohnungstür geklopft. Ohne den Blick von der Mattscheibe zu wenden, war Butch rückwärts Richtung Tür gegangen und hatte achtlos aufgemacht. J.D. jedoch hatte beim Anblick der Besucher die Schultern gestrafft.

Er hatte sich zu viele Jahre auf der Straße herumgetrieben, um nicht sofort einen Bullen zu erkennen, wenn er einen sah. Und obwohl er, seit er ein Kind gewesen war, kein Gesetz mehr übertreten hatte, hatte sich sein instinktives Misstrauen gegenüber sämtlichen Gesetzeshütern nicht gelegt.

»Ja?«, fragte Butch ohne Interesse und stöhnte, weil A-Rods erster Schlag daneben gegangen war.

»Butch Dickson?«

»Ja, wer will das wissen?« Er hatte sich umgedreht und zum ersten Mal seine Besucher angesehen. »Scheiße, Bullen. Was wollt ihr?«

Sie waren unaufgefordert eingetreten. »Wir müssen wissen, wo du dich heute Nachmittag herumgetrieben hast, Butchie«, hatte der Ältere der beiden gesäuselt. »Um vier Uhr, denn da hat jemand, auf den deine Beschreibung passt, das One Stop drüben in der Neunten überfallen.«

»He, zischt ab und geht jemand anderem auf die Nerven. Sehe ich so dumm aus? Wenn ich einen Laden überfallen wollte, würde ich doch wohl keinen nehmen, der gleich hier um die Ecke liegt.« Die Hände in den Hosentaschen, hatte Butch schulterzuckend vollendet: »Außerdem bin ich total sauber. Ich habe seit Jahren schon nichts mehr mit euch zu tun gehabt.«

Der jüngere Beamte hatte sich in der Wohnung umgesehen und J.D. war seinem Blick gefolgt. Eins musste man Gina lassen, sie hielt das Apartment wirklich hervorragend in Schuss.

Worin er anscheinend einer Meinung mit dem Bullen gewesen war. »Ziemlich nette Bleibe für jemanden, der über keine sichtbaren Einkünfte verfügt«, hatte er erklärt.

»Hol dich doch der Teufel«, hatte Butch ihn angefahren. »Meine Frau hat einen Full-Time-Job und ich hatte ebenfalls eine ziemlich gute Arbeit, bis die Firma vorletzten Monat Pleite gegangen ist. Und während ich mir eine neue Stelle suche, kriege ich Arbeitslosengeld.«

»Hast du das auch um vier Uhr heute Nachmittag gemacht?«, hatte der Ältere der beiden ihn gefragt. »Stempelgeld kassiert?«

Butch hatte ihn böse angesehen. »Mit der Frage willst du mich doch nur in die Pfanne hauen, oder etwa nicht?«

»Wo warst du heute Nachmittag um vier, Dickson?«

»Hier in meiner Wohnung«, hatte Butch gefaucht und mit dem Daumen auf J.D. gezeigt. »Und zwar mit ihm zusammen.«

J.D. hatte nicht mal geblinzelt, doch innerlich war er vollkommen erstarrt. Was zum Teufel hatte diese Antwort zu bedeuten? Er war erst um fünf gekommen. Himmel, in welchen Schlamassel hatte Butch sich reingeritten?

Dann aber hatte er sich gefragt, seit wann er aufgrund der Behauptungen irgendwelcher Bullen derart voreilige Schlüsse zog. Vielleicht war Butch nicht gerade der Inbegriff der Zuverlässigkeit, aber seit J.D. ihm vor sechs Jahren den Job bei Lankovich besorgt hatte, hatte er keine Scherereien mehr gemacht. Und wie er selbst den Cops erläutert hatte, wäre er sicher nicht so blöde und raubte einen Laden aus, in dem er selbst seit Jahren als Kunde aus und ein ging. Wahrscheinlich wollte er sich einfach den Ärger und die Mühe sparen, seine Unschuld vor Gericht beweisen zu müssen, solange es keinen anderen Verdächtigen gab.

Auf alle Fälle hatte Butch ihn mit seinem Blick daran erinnert, dass er ihm etwas schuldete, so dass er auf die Frage der Bullen, ob es stimme, dass er und Butch zur fraglichen Zeit zusammen gewesen waren, mit den Schultern gezuckt und »ja« gesagt hatte. Gleichzeitig jedoch hatten Zorn und ein Gefühl des Verrats mit schmutzigen kleinen Rattenzähnen an seinem Inneren genagt.

»Danke, Kumpel.« Butch war, nachdem er die Tür hinter den Cops ins Schloss geworfen hatte, übermütig zurück ins Wohnzimmer getänzelt. Er hatte gegrinst, als hätten er und J.D. gemeinsam den Coup des Jahrhunderts gelandet, dann jedoch das Gesicht verzogen, als ihm aufgefallen war, dass

J.D. nicht in seinen Jubel einstimmte. Schulterzuckend war er zum Kühlschrank gegangen und hatte sich eine neue Bierflasche geholt. »Willst du auch noch eine?«

»Nein.«

Butch hatte sich auf die Couch geworfen und seine Flasche wie zu einem Toast in die Luft gehalten. »Darauf, dass wir die Schweine ausgetrickst haben.«

J.D. hatte ihn wortlos angesehen.

»Was ist?«, hatte Butch ihn in genervtem Ton gefragt. »Also bitte. Bist du etwa sauer, nur weil ich dich gebeten habe, mir zu helfen? Schließlich warst du mir seit Jahren etwas schuldig.«

J.D. hätte nicht in Worte fassen können, wie sehr es ihn störte, dass ihm von seinem Freund nach all den Jahren doch noch die Rechnung für den als Kind erwiesenen Gefallen präsentiert worden war. Er war sich vorgekommen wie ein kompletter Idiot, weil er tatsächlich geglaubt hatte, so etwas würde Butch ganz sicher niemals tun. »Ja«, hatte er knapp erwidert, erst nachdenklich auf seine fast leere Bierflasche gestarrt und Butch dann reglos ins Gesicht gesehen. »Aber damit sind wir quitt.«

Während eine lärmende Besuchergruppe das Adlernest betrat und ihrer Bewunderung für die spektakuläre Aussicht lautstark Ausdruck verlieh, dachte J.D. weiter an jenen schicksalhaften Nachmittag. Er erinnerte sich an das Unbehagen darüber, dass Butch offensichtlich etwas vor ihm verbarg. Er hatte nicht gefragt, ob Butch den Laden überfallen hätte; wenn ja, wäre es besser, er wüsste nichts davon.

Andernfalls hätte er nämlich etwas unternehmen müssen – und hätte nicht gewusst, wie in aller Welt er es hätte anstellen sollen, die alte Schuld bei seinem Kumpel zu begleichen und gleichzeitig das Richtige zu tun.

Diese Frage jedoch hatte sich erledigt, als er später am selben Abend in den Nachrichten gehört hatte, dass bei dem Überfall auf einen Angestellten des Geschäfts geschossen worden war, der bewusstlos auf der Intensivstation des Highline-Krankenhauses lag.

Gleich am nächsten Tag war er zu Butch gegangen, hatte ihn gefragt, was zum Teufel er tatsächlich um vier Uhr am letzten Nachmittag getrieben hatte, und zur Antwort bekommen, dass Butch mit Kittie Lockrell zusammen gewesen war. »Aber, J.D.«, hatte sein Freund gejammert. »Wie in aller Welt hätte ich das den Bullen sagen sollen? Du weißt genauso gut wie ich, dass dann auch Gina davon Wind bekommen hätte – und wenn sie mir jemals auf die Schliche käme, könnte ich mich von meinem Schwanz verabschieden. Im Vergleich zu ihr ist selbst der Erzengel Gabriel die Personifizierung der christlichen Vergebung.«

J.D. hatte erleichtert aufgeatmet. In den zwölf Stunden, seit er erfahren hatte, dass bei dem Überfall jemand verletzt worden war, hatte er sich ständig gefragt, ob vielleicht sein Freund der Täter gewesen war. Er hatte es sich nicht wirklich vorstellen können, weil Butch nie gewalttätig gewesen war, aber er war impulsiv – und handelte deshalb manchmal zu überstürzt. Es war gut zu wissen, dass Butch nur seine Frau mit einer heißen Tussi hintergangen hatte, auch wenn das bereits mehr als blöd gewesen war.

Da er jedoch mit der Fähigkeit seines Freundes zu lügen allzu vertraut war, hatte er die Geschichte in einem Gespräch mit Kittie überprüft. Als diese Butchs Version bestätigt hatte, hatte J.D. seine Sachen gepackt und sich mit einem reinen Gewissen auf den Weg gemacht.

Von seinem Erbe und davon, dass er, um es anzutreten, Seattle verlassen würde, hatte er niemandem erzählt. Wahrscheinlich war es kleinlich, dass er Butch die Einlösung der alten Schuld verübelte, doch hatte sich dadurch ein unüberwindlicher Graben zwischen ihnen aufgetan. Offenbar hatte J.D. den Freund nicht halb so gut gekannt, wie er sich eingebildet hatte.

Weshalb ihn in Seattle nichts mehr hielt.

J.D. packte die Bücher zusammen, stand auf und ging zu seinem Wagen. Er brauchte etwas Abwechslung. Während er den Berg hinab ins Dorf fuhr, tat er sein Möglichstes, um die Vergangenheit aus seinen Gedanken zu verdrängen. In einem Supermarkt mit Namen Pack'n'Save kaufte er ein paar Lebensmittel. Danach steuerte er einen Baumarkt an und kaufte die Materialien für die Reparatur seines Verandadaches ein.

Anschließend kurvte er den Berg wieder hinauf, fand eine kleine Straße, über die man direkt bis an die Hütten kam, parkte seinen Mustang neben seinem neuen Heim und trug die Einkäufe ins Haus.

Kurz nach sieben trieb die ungewohnte Stille ihn noch einmal hinaus. Bisher war er ständig vom Lärm diverser Nachbarn, von Autos, Flugzeugen und Sirenen umgeben gewesen. Die Ruhe und der Frieden, die hier herrschten, machten ihn nervös.

Allerdings verströmte die Umgebung einen herrlichen Duft. Von den anderen Hütten wehte das Aroma gegrillten Fleischs zu ihm hinüber, und auf dem Weg den Pfad hinunter in Richtung der Bootsanlegestelle, von der Dru gesprochen hatte, sog er den frischen, grünen Duft des Waldes in sich ein. Das Fehlen der Abgase, die um diese Zeit des Jahres bleischwer in der Stadtluft lagen, war ein wirklicher Genuss.

Auch außerhalb der Hütte war es in den Wäldern um den

See vollkommen still. Die einzelnen Gebäude lagen weit voneinander entfernt, und falls jemand in der Hütte wohnte, an der er gerade vorbeikam, war es zumindest nicht zu merken. J.D. hörte keine Stimmen und sah auch keine Kinder auf den Pfaden zwischen den Bäumen am Ufer des Gewässers herumspringen. Es war, als hätte er die Gegend für sich allein.

Schließlich gelangte er an einen langen, schmalen Schwimmsteg, auf dessen einer Seite eine Reihe von Ruderbooten und an der anderen Seite zwei Motorboote vertäut lagen. Die Hände in den Hosentaschen marschierte er über das knirschende Holz. Der Anleger schwankte leicht unter seinen Schritten und die Boote dümpelten friedlich auf dem Wasser.

Draußen auf dem See war ein großes Floß vertäut. Außer mit dem erhöhten, für den Rettungsschwimmer reservierten Sitzplatz war es mit zwei Sprungbrettern ausgestattet. Das Floß schwankte etwas auf der spiegelglatten Wasseroberfläche und J.D. bemerkte zwei Gestalten, die eindeutig eben von dort losgeschwommen waren. Er folgte ihnen mit den Augen und entdeckte hinter einer kleinen Landzunge einen zweiten Steg. Wahrscheinlich den Steg, den die Kinder benutzten, um ins Wasser zu gehen, denn an dem anderen waren schließlich die Boote festgemacht.

Obgleich er kein Verlangen spürte, mit irgendwelchen Urlaubern zu sprechen, wandte J.D. sich um und lief zum zweiten Steg, um ihn sich genauer anzusehen. Als neuer Mitinhaber des Hotels machte er sich am besten möglichst schnell mit möglichst vielem vertraut.

Eine Minute später betrat er den zweiten Steg und blieb wie angewurzelt stehen.

Denn am Ende des Steges stand, den Rücken in seine Richtung, nach vorne gebeugt, um sich die Beine mit einem dicken Handtuch abzutrocknen, den Kopf jedoch erhoben, um ihren Sohn die letzten Meter bis ans Ufer schwimmen zu sehen, seine Zwangspartnerin Dru Lawrence.

4

Sie trug einen verblichenen schwarzen Badeanzug mit rotem Besatz. Abgesehen von den hoch ausgeschnittenen Beinen und dem tief gezogenen Rücken bot er nichts besonderes. Das Material hatte eindeutig schon bessere Tage gesehen, doch als er auf ihre wohlgeformte Kehrseite blickte, waren es nicht die Laufmaschen in dem verschlissenen Stoff, die dazu führten, dass es ihn plötzlich in den Fingern juckte, als hätte er in eine Brennnessel gefasst. Verdammt, er konnte einfach nicht verstehen, was ihn an ihr derart faszinierte. Er rieb sich die Hände an den Oberschenkeln seiner Jeans ab und räusperte sich.

Sie zuckte zusammen und fuhr zu ihm herum. »Sie haben mich erschreckt!«

Seewasser rann in kleinen Bächen aus ihrem nassen Zopf, unter dem nassen Stoff, der sich über ihren vollen Brüsten spannte, zeichneten sich ihre Nippel – hart von der kühlen abendlichen Brise – wie zwei kleine Steine ab, und J.D. wünschte sich von Herzen, er hätte sich davongestohlen, solange es ihm noch möglich gewesen war.

Was ihn echt wütend machte. Dann war sie halt gut gebaut. Es war normal für ihn als Mann, so etwas zu bemerken. Seine Reaktion zeigte ihm lediglich, dass er, ehe er die Stadt verlassen hatte, besser noch mit einer Frau ins Bett gegangen wäre – denn garantiert würde er die Chance, die sich ihm durch das Erbe bot, nicht ein paar überschüssiger Hormone wegen vertun. Und ebenso garantiert ließe er keine Frau an sich heran, ohne zu wissen, was sie und ihre Sippe gegen ihn ausheckten.

Als ob sie auch nur das geringste Interesse daran hätte, dir nahe zu kommen. Um ein Haar hätte J.D. verächtlich geschnaubt. So wenig Beachtung hatte ihm bisher noch keine Frau geschenkt. Sie widmete sich pro Minute mindestens fünfundfünfzig Sekunden ihrem immer noch in Richtung des Stegs schwimmenden Sohn.

Dann traf ihn ein Gedanke wie ein Vorschlaghammer direkt zwischen die Augen. »Und wo ist *Mr.* Lawrence?«, platzte er heraus. Seltsam, dass er erst jetzt auf die Idee kam, dass sie verheiratet war. Schließlich hatte sie ein Kind, so dass beinahe sicher davon auszugehen war.

»Onkel Ben ?«

»Ihr Ehemann, Süße.«

»Ach der.« Dafür, dass sie, wie er dachte, ein Heimchen am Herd war, klang ihr Lachen überraschend zynisch. Sie sah ihm reglos in die Augen und erklärte: »Den gibt es nicht – *Süßer.*«

Gut.

Scheiße. Wurde er allmählich vollkommen verrückt? Es ging einfach nicht an, dass er wegen dieser Antwort eine tiefe Befriedigung empfand. Er vergrub die Hände in den Taschen seiner Jeans. »Vom Winde verweht, was?«

»Und zwar schon vor so langer Zeit, dass selbst die Erinnerung an ihn zu Staub zerfallen ist.« Sie legte den Kopf auf die Seite und klopfte sich Wasser aus dem Ohr. »So, jetzt kann ich wieder etwas hören.« Dann zuckte sie mit den Schultern. »Was angesichts des Charmes Ihrer bisherigen Gespräche nicht unbedingt von Vorteil ist. Sind Sie aus einem bestimmten Grund hier oder schleichen Sie uns nur hinterher?«

»Ich schleiche niemandem hinterher, Schätzchen. Ich mache mir ein Bild von der Umgebung. Ich nehme an, das hier ist der Steg, von dem aus die Gäste zu dem Floß schwimmen?«

»Nein, das tun sie von dem Steg aus, an dem auch die Boote liegen. Da oben wohnen Tante Sophie und Onkel Ben.« Sie zeigte auf ein kleines Blockhaus, das auf einem Hügel stand, und ihm bisher noch nicht aufgefallen war. »Das hier ist unser Privatsteg.« Sie zog eine Braue in die Höhe. »Offenbar haben Sie das Schild bei Ihren Erkundigungen übersehen.«

Ja, er hatte sich zu sehr auf ihren hübschen Hintern konzentriert. Nun jedoch zwang er seine Gedanken zurück zum eigentlichen Thema des Gesprächs und fragte empört: »Sie lassen die Kinder vom selben Steg aus schwimmen, an dem auch die Boote anlegen?«

Sie hatte ihm wieder den Rücken zugewandt, um zu beobachten, wie ihr Sohn die letzten Meter zum Steg schwamm, und unweigerlich wanderte sein Blick erneut an ihr herab. Als er ungefähr in Kniehöhe ihrer langen wohlgeformten Beine angekommen war, knurrte sie ihn an: »Wissen Sie, dafür, dass Sie erst heute hier angekommen sind, haben Sie bereits erstaunlich viele Probleme mit der Art, wie wir das Unternehmen führen. Es ist wirklich ein Wunder, dass wir so lange ohne Sie zurechtgekommen sind.«

Er machte einen Schritt in ihre Richtung. »Sie müssen schon entschuldigen. Man muss kein Genie sein, um zu wissen, dass Motorboote und Schwimmer auf ein und demselben Terrain geradezu dazu einladen, dass irgendwann etwas passiert.«

»Was der Grund ist, weshalb wir täglich von sieben Uhr morgens bis sieben Uhr abends den Bereich für die Schwimmer mit Seilen und Leuchtbojen markieren. Und zwar vom Steg bis zur nächstgelegenen Ecke des Floßes und vom anderen Floßende bis zu dem kleinen Baum, der da drüben aus dem Wasser ragt. Der Rettungsschwimmer morgens macht die Seile fest und derjenige abends holt sie wieder ein. Hätten Sie ein bisschen genauer hingesehen, hätten Sie entdeckt, dass die Seile und Bojen in dem Ruderboot am Ende des Schwimmstegs untergebracht sind.« Ohne weiter auf ihn zu achten, beugte sie sich vor und half ihrem Jungen aus dem Wasser. »He, Tate! Ich glaube, du hast deinen eigenen Rekord gebrochen.«

J.D. verfolgte, wie das Kind auf den Steg kletterte, sich schüttelte wie ein nasser Hund und seine Mutter mit einem stolzen Grinsen ansah. »Das glaube ich auch. Hallo, Mr. Carver.«

»J.D.«

Auch wenn es fast unmöglich war, wurde das Grinsen des Jungen tatsächlich noch breiter. »Hallo, J.D. Wollen Sie auch schwimmen? Wo ist Ihre Badehose – haben Sie sie unter Ihrer Jeans? Oder wollen Sie nackt ins Wasser gehen?«

»Wozu willst du das alles wissen?« Das Lächeln, mit dem Dru den Jungen ansah, hatte wohl die gleiche Wattzahl wie sein Grinsen. Sie legte Tate ein großes Handtuch um die Schultern, schmiegte sich an seinen Rücken und zog ihn eng an ihre Brust. »Suchst du vielleicht Stoff für dein erstes Buch?«

»Aber sicher, und selbst wenn du mich am Arsch leckst, mache ich eine Liebesgeschichte draus!« Tate blickte mit einem gleichermaßen kecken wie argwöhnischen Feixen über seine Schulter. Er war eindeutig stolz auf diese verwegene Antwort, zugleich jedoch nicht sicher, welches Echo er darauf bekam.

Dru gab ihm eine Kopfnuss. »Tate Lawrence! Und mit demselben Schandmaul küsst du deine Mutter?« Dann drehte sie ihn lachend zu sich herum und pflanzte ihm einen lautstarken Kuss auf die Lippen.

»Mom!« Er fuhr sich mit der Hand über den Mund. »Himmel, doch nicht vor J.D.!«

»Phh, J.D. ist sicher auch von seiner Mutter abgeknutscht worden. Komm schon, gib mir einen Schmatzer. Gib deinen dunklen Trieben nach, Luke.«

Giggelnd entwand sich der Junge ihrem Griff. »Nie im Leben! Außerdem bin ich nicht *Luke* Skywalker, Mom. Ich bin Anakin.«

»Oh, Verzeihung. Das hatte ich kurzfristig vergessen.«

J.D. konnte sich nicht daran erinnern, dass seine Mutter je derart mit ihm herumgealbert hätte, und für das Abzählen der Küsse, die sie ihm gegeben hatte, reichten problemlos die Finger einer Hand. Der Anblick von Dru und Tate rief Unbehagen in ihm wach und plötzlich hatte er das dringende Bedürfnis zu verschwinden.

Das Holz des Stegs knirschte, als er sich zum Gehen wandte, unvermittelt jedoch Ben den Pfad heruntereilen sah. Der ältere Mann bedachte ihn mit einem Lächeln. »Hey. Kommt alle mit ins Haus. Soph hat Crème Brûlée gemacht, und ihr wisst, was passiert, wenn sie sie ganz alleine essen muss.«

Dru war überglücklich, dass ihr Onkel genau in diesem Moment aufgetaucht war. Er war genau das, was der Arzt verordnet hätte – eine zusätzliche Barriere zwischen ihr und den wirren, prickelnden Gefühlen, die J.D. Carver in ihrem Inneren wachrief.

Sie hob das Handtuch auf, das Tate fallen gelassen hatte, und schlang es sich, um ihr allzu großes Hinterteil zu kaschieren, möglichst lässig um die Hüften. Es war nicht gerade angenehm, halb nackt vor einem vollständig bekleideten Mann herumzulaufen, vor allem, wenn man selbst eher plump war und der Mann, um den es ging, nicht ein einziges überflüssiges Gramm Fett auf den Rippen zu haben schien.

Zu ihrer Erleichterung sagte J.D.: »Dann werde ich Sie jetzt mal Ihrem Nachtisch überlassen«, und wandte sich abermals zum Gehen.

Onkel Ben jedoch hielt ihn am Arm zurück. »Nicht so schnell, mein Junge. Die Einladung gilt auch für Sie.«

Nur mit Mühe unterdrückte Dru ein Stöhnen. Leider fiel ihr keine rüde Bemerkung ein, durch die J.D. entmutigt worden wäre, ohne dass sie selbst wie die wenig gastfreundliche Oberhexe dagestanden hätte.

»Ja, J.D.«, meinte auch Tate. »Sie dürfen sich Oma Sophs Crème Brûlée nicht entgehen lassen. Sie ist einfach fantastisch!«

Immer noch wirkte J.D., als wolle er gehen. Dru betete zum Himmel, dass er es wirklich täte und versuchte es sogar mit Telepathie. Dann schaute er sie an und sie wusste, dass ihr ihre Gefühle ins Gesicht geschrieben standen, denn plötzlich grinste er, zuckte mit den Schultern und erklärte: »Sicher. Warum nicht?«

Verdammt. Verdammt, verdammt, verdammt! Sie bleckte die Zähne und bestand darauf, hinter ihm zu bleiben, als er einen Schritt zurücktrat, um sie vor sich vom Steg gehen zu lassen. Sie ertrug seine Gesellschaft, weil ihr keine andere Wahl blieb und weil sie – auch wenn ihr jüngstes Verhalten nicht gerade dafür sprach – eine erwachsene Frau war. Aber sie wollte verdammt sein, wenn sie ihm auch noch erlaubte, hinter ihr zu laufen und auf ihr voluminöses, wogendes Hinterteil zu glotzen, während sie den Weg zum Haus erklomm.

Es gab einfach Momente, in denen eine Frau einen Punkt machen musste, wenn sie nicht völlig blöd war.

Andererseits war sie dadurch, dass er vorging, während des ganzen Wegs gezwungen, auf *sein* Hinterteil zu sehen. Gott, manchmal war das Leben wirklich unfair. Musste sein Hintern unbedingt so klein und straff wie seine Geisteshaltung sein? Selbst in den Jeans war deutlich zu erkennen, dass es einer dieser betonharten Pos mit eingezogenen Backen war. Sie würde einen Mord begehen, bekäme sie dafür auch nur eine halb so schöne verlängerte Rückseite.

Tante Sophie empfing sie an der Tür. »Oh, Gott sei Dank hattet ihr Zeit. Hallo, Schätzchen«, sagte sie zu Tate und bekam von ihm einen eiligen Schmatzer auf die Lippen, bevor er an ihr vorbei in den rückwärtigen Teil des Hauses rannte, wo sich der Fernseher befand. »Kommt herein! J.D.! Ich bin wirklich froh, dass Sie hier sind, um uns beim Vertilgen meiner Crème Brûlée zu helfen. Ich habe Ben gesagt, wenn ich sie ganz alleine essen müsste, wäre er ein toter Mann.«

»Warum?«, fragte J.D. »Hat er Sie womöglich mit gezückter Waffe dazu gezwungen, sie zu machen?«

Ben rang erstickt nach Luft und Dru starrte J.D. sprachlos an. Sie alle behandelten Sophie in den letzten Wochen nur noch mit äußerster Behutsamkeit. Nicht, dass man hätte sicher sagen können, wann genau sie einen ihrer Anfälle bekam. Die Dinge, von denen hätte angenommen werden können, dass sie sie aufregten, waren ihr oft völlig egal, während sie bei einer absolut harmlosen Bemerkung manchmal bereits an die Decke ging.

Nun jedoch fing Sophie an zu lachen. »Ich habe nicht gesagt, dass das vernünftig war, mein Lieber. Meine unregelmäßigen Wutausbrüche sind das unangenehme Nebenprodukt der in mir wütenden Hormone. Oder vielleicht auch der immer weniger wütenden Hormone, das habe ich noch nicht ganz begriffen. Auf alle Fälle wollen wir es doch um jeden Preis vermeiden, dass ich Ben ermorde. Schließlich habe ich ihn ziemlich gern. Außerdem finde ich es wirklich wunderbar, dass Sie sich uns anschließen.«

Dann wandte sie sich an ihre Nichte. »Drucilla, du hast ja eine Gänsehaut. Zieh dich besser erst mal um.«

»Drucilla?«, fragte J.D. mit ungläubiger Stimme. »Jemand hat Sie allen Ernstes Drucilla genannt?«

Dru stemmte die Hände in die Hüften. »Als wäre J.D. der Name des Jahrtausends«, schnauzte sie zurück. »Wofür steht das Kürzel überhaupt – vielleicht für jugendlicher Delinquent?« Sie musterte ihn von Kopf bis Fuß. »Nach allem, was ich gehört habe, würde das auf alle Fälle passen.«

»Drucilla!« Sophie starrte sie an, als hätte sie plötzlich Reißzähne bekommen.

Das Entsetzen und die Überraschung in der Stimme ihrer Tante erinnerten Dru an ihre gute Erziehung und daran, dass sie beide – auch wenn sie es kurzfristig vergessen hatte – nicht allein im Zimmer waren. Sie blinzelte verwirrt. Weshalb zum Teufel standen sie so dicht beieinander? Plötzlich spürte sie die Hitze, die von seinem Körper ausging, und trat, wie um nicht zu verbrennen, einen großen Schritt zurück.

»Tut mir Leid«, erklärte sie mit einer Stimme, die etwas ganz anderes verriet. »Das war äußerst unhöflich. Bitte entschuldigen Sie. Ich gehe nur schnell und ziehe mir was an.«

Sie spürte seinen Blick wie eine Berührung, die an ihrem Leib heruntergiitt. »Meinetwegen brauchen Sie das nicht«, sagte er und obgleich seine Stimme durchaus respektvoll klang, las sie alle möglichen Anspielungen und versteckten Andeutungen aus diesem Satz heraus.

Mit einem unverbindlichen Lächeln drehte sie sich auf dem Absatz um. Was war nur mit ihr los? Man hätte meinen können, sie käme gerade von der Schule. Sie schloss die Tür des Gästezimmers und lehnte sich einen Moment lang daran an. Sie musste endlich aufhören, derart auf diesen Kerl zu reagieren. Schließlich war er kein unangenehmer Gast, der in ein, zwei Tagen wieder verschwände.

Dru trat vor die Kommode, in der sie für ähnliche Fälle eine Notreserve an Kleidung hatte. Vielleicht würde es ihm auf dem Land ja langweilig und er beschlösse, dass ihm sein bisheriges Leben doch besser gefiel. Mit dieser inbrünstigen Hoffnung zog sie Jeans und T-Shirt aus der Schublade hervor.

Sie schälte sich aus ihrem Badeanzug, stieg in die enge Hose und zerrte sie an ihren feuchten Beinen hoch. Eventuell hätte sie ja besonders großes Glück und J.D. würde der Beruf des Hoteliers bald nicht mehr gefallen und sich bereit erklären, sich jeden Monat einen Scheck schicken zu lassen. Dann könnte sie das ruhige Leben, das sie für sich und Tate geschaffen hatte, in Frieden fortführen.

Genau das erzählte sie später am Abend am Telefon auch ihrer besten Freundin, als Tate endlich im Bett lag. Sie hob vorher noch seine Spielsachen vom Boden auf und wischte die Krümel von der Frühstückstheke zwischen der Küche und dem Wohnbereich der großzügigen Dachwohnung über dem Hotel. Doch die schrägen Wände, zwischen denen sie sich für gewöhnlich so sicher und behaglich fühlte, schienen sie heute zu erdrücken. Nicht einmal die wunderbare Aussicht auf die bewaldeten, sanft zum Tal abfallenden Hügel übte den üblichen beruhigenden Zauber auf sie aus. Also suchte sie das Telefon, fand es auf dem Läufer unter dem antiken Couchtisch, und gab Chars Nummer ein.

Sie und Char hatten sich im Sommer, bevor sie fest bei Ben und Sophie eingezogen war, auf dem Floß kennen gelernt. Dru hatte Char einen Handstand auf dem Sprungbrett vollführen sehen und sie gebeten, ihr zu zeigen, wie man dieses Kunststück machte, ohne dass man dabei umfiel. Obgleich sie grundverschieden waren, hatten sie sich auf Anhieb gut verstanden. Char war ihre beste Freundin, ihre engste Vertraute und der Mensch, der sie davor bewahrte, total durchzuknallen, wenn das Leben aus den Fugen zu geraten schien. Was heute ganz sicher der Fall gewesen war.

Sobald ihre Freundin sich gemeldet hatte, schnatterte Dru empört los.

Chars Schnauben drang unmissverständlich an ihr Ohr. »Habe ich dich richtig verstanden? Euer neuer Partner stellt sich als Testosteronbombe in Sicherheitsstiefeln heraus – als Typ, der es in weniger als zwölf Stunden geschafft hat, dein Blut zum ersten Mal seit ewigen Zeiten in Wallung zu bringen –, aber du hast keinen dringenderen Wunsch, als ihn in die Wüste zu schicken? *Hal-lo!* Wach auf und riech den Duft der weiblichen Hormone, Drucilla Jean. Du hast sie bereits viel zu lange auf Eis gepackt.«

»He, es gefällt mir, wenn meine Hormone auf Eis liegen – das ist auf alle Fälle besser, als mich lächerlich zu machen.« Dru trat vor die schmale Sitzbank vor dem Fenster, wischte die bunten Kissen auf die Seite und nahm stöhnend Platz. »Ich sage dir, Char, sobald ich auch nur in die Nähe dieses Typen komme, erkenne ich mich nicht wieder. Erinnerst du dich an die kleine Streberin Sandy Heston, damals in der sechsten Klasse? Die, die sich immer mit quengeliger Stimme an die Lehrer rangeschmissen hat? Genauso kam ich mir heute Abend vor. Wir saßen alle zusammen um den Tisch und dieser Carver hat praktisch seine Schüssel ausgeleckt – ganz zu schweigen davon, wie er sich bei Tante Sophie mit Lobgesängen auf ihren Nachtisch eingeschmeichelt hat.«

Okay, das war nicht fair, aber der Gedanke an sein Gesicht, als er auch noch den letzten Rest aus seiner Schale geschabt hatte – als hätte er bisher noch nie etwas Süßes gegessen –, war ihr unerträglich. Wahrscheinlich hatte er es als Kind wirklich nicht leicht gehabt, aber als er dann »Es schmeckt echt einmalig« zu Tante Sophie gesagt hatte, hatte ihr das jähe Mitgefühl, das sie für ihn empfunden hatte, einen Heidenschrecken eingejagt.

»Und?«, fragte Char, als sich ihr Schweigen hinzog.

»Und als Nächstes schnauze ich ihn an, weil er sich über den Schwimmsteg beschwert hat.« Sie warf sich auf den Rücken und trommelte sich mit den Fingern ihrer freien Hand auf den köstlich mit Crème Brûlée gefüllten Bauch. »Als hätte ich ihm die Sache nicht bereits ausführlich genug erklärt.«

»Das war ein Beweis für Mitdenken.«

»Das tut er. Allerdings auf seltsame Weise. Denn noch besser wurde es, als J.D. vollkommen ungerührt erklärte, trotzdem wäre er der Ansicht, wir sollten zusätzlich noch ein Schild aufstellen, auf dem die genauen Regeln festgehalten sind und auf dem gewarnt wird, dass man dort auf eigenes Risiko schwimmen geht.«

»Auch, äh, wenn es mir schwer fällt, das zu sagen, klingt das nicht völlig dumm.«

»Ich weiß«, gab Dru übellaunig zu. »Ben und Sophie fanden die Idee geradezu brillant, wenn auch nur, weil man auf diese Weise gegen mögliche Regressansprüche von vornherein geschützt ist. Also wirkte J.D. natürlich erwachsen und durch und durch vernünftig, und ich stand da wie eine Xanthippe.« Ihre Füße baumelten über den Rand des Bänkchens und sie streifte ihre Schlappen mit den Zehenspitzen ab. »Dabei war es auch nicht gerade förderlich, dass ich ohne Unterwäsche dasaß.«

»Warum? Hat er dir auf den Busen gestarrt oder so?« Char seufzte traurig. »Ich wünschte, mir würde mal jemand auf den Busen starren. Nicht alle sind so gut bestückt wie du.«

Dru schnaubte verächtlich. »Wenn wir beide sechzig sind, werden deine Brüste immer noch herrlich straff sein, während mir meine wahrscheinlich bis zum Knie reichen werden. Mein Mitgefühl für dich zerreißt mir schier das Herz.«

»Also, *hat* er sie angestarrt oder nicht?«

»Nein, das war es nicht. Ich bezweifle, dass er sie überhaupt nur registriert hat. Er war mehr – ich weiß nicht –, er war so fürchterlich gelassen, das hat mich aufgeregt. Dazu waren meine Haare nass, mein Busen hat jedes Mal, wenn ich auch nur geatmet habe, gewackelt, und mein Riesenhintern war auf der gesamten Sitzfläche meines Stuhls verteilt.«

»Hör auf. Ich würde mich glücklich schätzen, wenn ich genug Busen hätte, um damit wackeln zu können, und dein Hintern ist völlig normal.«

»Tja, ohne Unterhose hat er sich riesig angefühlt. Ich war einfach verletzlich, okay? Wie in einer Wachversion des Traums, in dem man nackt in der Öffentlichkeit herumläuft. Ich hätte meine Unterwäsche und einen Föhn einfach als Schutzschild gegen ihn gebraucht.«

»Das kann ich verstehen. Mir geht es so mit Lippenstift. Gib mir eine Tube Estée Lauder und ich komme mit jeder Situation zurecht. Aber was war mit ihm? Was für Unterwäsche, glaubst du, hatte er an? Boxershorts oder eher knappe weiße Tangas?«

»Wahrscheinlich gar keine.«

»Ooh.« Char atmete geräuschvoll aus. »Glaubst du wirklich?«

»Wenn sein Gebaren dafür ein Maßstab ist, bestimmt. Er benimmt sich derart machomäßig, dass man meinen könnte, dass er seinen Schwanz bei jedem Schritt zur Seite treten muss.«

»Verdammt. Aber, Drusie, wenn du glaubst, dass er auch keine Unterwäsche anhatte, hättest du dich dann nicht etwas besser fühlen müssen?«

»Nein. Ich habe mich wie ein Nilpferd gefühlt, während er sich wahrscheinlich ständig im Geiste dazu gratuliert hat, was für einen tollen Schniedelwutz er hat.«

»Ich muss diesen Typen unbedingt kennen lernen. Meinst du, er braucht vielleicht eine Massage?«

»Sein Ego ganz bestimmt nicht. Aber ich nehme an, dass du von einer richtigen Massage sprichst?« Diesen Dienst bot Char an vier Tagen der Woche den Hotelgästen an.

Chars Stimme bekam einen wehmütigen Klang. »Auf alle Fälle wäre es recht hübsch, zur Abwechslung mal mit richtigen Muskeln zu tun zu haben. Alles, was ich in letzter Zeit unter den Händen hatte, waren die weichen, schwabbeligen Leiber irgendwelcher Touristen.«

»Tja, wer weiß? Wahrscheinlich wäre er von einer Massage ebenso begeistert wie von der Crème Brûlée, wenn du also dein Glück bei ihm versuchen möchtest, bitte.«

»Du weißt genau, dass ich das ganz bestimmt nicht machen werde, Dru.«

Dru starrte überrascht auf den Hörer. Sie und Char hatten bereits auf der Schule ein Abkommen getroffen, sich niemals in die Beziehung der jeweils anderen zu einem Typen einzumischen – und der Gedanke, dass ihre beste Freundin dachte, J.D. hätte das Potenzial, sie wirklich schwach zu machen, rief nackte Panik in ihr wach. »So ist es nicht!«

»Ha-Haha.«

»Wirklich, Char. Ich finde ihn noch nicht mal nett.«

»Ja, das ist sicherlich der Grund, weshalb dir das Herz bis

zum Hals schlägt, sobald er auch nur in deine Nähe kommt. Unüberwindliche Abneigung.«

»Verdammt, Char«, begann Dru, als plötzlich eine verschlafene Stimme ihre Rede unterbrach.

»Mom?«

Sie setzte sich auf und blickte auf ihren an der Tür stehenden Sohn. »He, Baby, wieso bist du denn noch wach?«

»Tja, dann reden wir am besten morgen weiter«, drang Chars Stimme durch den Hörer. Sie verabschiedeten sich. Dru legte auf und stellte das Gerät zurück in seine Ladestation auf dem Tisch. »Kannst du nicht schlafen?«

»Ich musste aufs Klo«, erklärte Tate mit einem Gähnen. »Und dann habe ich dich reden gehört. Ich dachte, es wäre jemand da.«

»Ich habe nur mit Char gesprochen.«

Der Junge nickte und riss den Mund erneut zu einem Gähnen auf.

»Und, können wir jetzt wieder ins Bett gehen?«

»Hmpff.« Er schlurfte vor ihr durch den kurzen Flur in Richtung seines Zimmers, warf sich auf seine Matratze und rollte sich sofort auf die Seite.

Dru zog ihm die Decke bis über die Schultern, beugte sich zu ihm hinunter und gab ihm einen Kuss. »Nacht, mein Schätzchen. Ich liebe dich.«

»Ich dich auch, Mom«, murmelte Tate und versank, noch ehe seine Mutter sich auch nur aufgerichtet hatte, wieder in tiefen Schlaf.

Dru ließ seine Zimmertür einen Spalt breit offen, kehrte ins Wohnzimmer zurück und suchte im Fernsehen einen von Seattles Nachrichtenkanälen, doch nachdem sie von einem Öltankerunglück vor der Küste, von der Verstümmelung eines Pferdes bei einem Rennen in Arlington und dem Tod eines Kassierers gehört hatte, der am letzten Dienstag bei einem Überfall auf einen Supermarkt erschossen worden war, schaltete sie mit einem leisen Seufzer aus.

Sie hatte genügend eigene Probleme. Und diese aufmunternden Berichte aus dem Fernsehen hellten ihre Stimmung wahrlich nicht auf.

5

Butch legte den Hörer auf die Gabel, warf sich aufs Sofa, nahm einen Schluck aus der Bierflasche in seiner Hand und legte die Füße vor sich auf den Tisch. Gina wurde, wenn er das tat, immer fuchsteufelswild, aber sie war nicht zu Hause, weshalb also sollte er – verdammt noch mal – nicht einfach tun, was ihm gefiel?

Wo zum Teufel war J.D.? Der Typ, auf den Butch bei dem lächerlichen Überfall am letzten Donnerstag geschossen hatte, war gestern gestorben, und der Mann, der ihm ein Alibi verschaffen sollte, trieb sich einfach irgendwo herum.

Verdammt, wie hatte er so plötzlich in einen solchen Schlamassel geraten können? Schließlich hatte er nicht auf den Typen schießen wollen – die alte Pistole hatte jahrelang begraben unter einem Berg von alten Papierservietten in seinem Handschuhfach gelegen. Sie war die letzte verbleibende Verbindung zu seinen wilden jungen Jahren. Er hatte sie nicht behalten, um sie irgendwann zu benutzen, sondern weil sie ihm ein Gefühl der Sicherheit verlieh.

Ebenso wenig hatte er den Laden wirklich überfallen wollen. Er war es einfach leid gewesen, ständig pleite zu sein und sich Ginas endlose Tiraden darüber anhören zu müssen, was für ein Schlappschwanz er doch war und weshalb er nun, da der Laden von Lankovich, dem Schuft, dicht gemacht worden war, nicht endlich auf die Suche nach einer neuen Arbeit ging. Er hatte einfach aus einem Impuls heraus die Waffe aus dem Handschuhfach genommen, ehe er, um sich ein Six-Pack zu holen, in den Supermarkt gegangen war. Er wollte verdammt sein, wenn er wegen jedes Dollars zu seiner Alten ging.

Er hatte nicht die Absicht gehabt, die Waffe wirklich zu benutzen, aber der Idiot hinter dem Tresen hatte unbedingt den Helden spielen müssen. Verdammt, es war seine eigene Schuld, dass Butch auf ihn geschossen hatte; jeder mit ein bisschen Hirn hätte gewusst, dass man bei einem Überfall einfach die Knete rüberwachsen ließ. Aber *nein,* stattdessen hatte er mit seinem jämmerlichen Englisch einen Streit vom Zaun gebrochen und dann auch noch unter den Ladentisch gegriffen. Scheiße, woher hätte Butch wissen sollen, dass dort keine Knarre versteckt gewesen war? Das hätte bestimmt jeder in seiner Lage gedacht – und garantiert hätte er sich nicht so einfach von einem Typen mit Handtuch um den Kopf, der gerade mal den Mindestlohn verdiente, über den Haufen schießen lassen.

Trotzdem hatte er echt nicht abdrücken wollen. Aber, Himmel, an dem Nachmittag war einfach alles schief gelaufen, und vor lauter Nervosität hatte der Finger, der am Abzug lag, gezuckt. Und dann war der Kerl rückwärts getaumelt, gegen das hinter ihm stehende Zigarettenregal gekracht und jede Menge leuchtend rotes Blut war in der Gegend rumgespritzt.

Jetzt musste er etwas unternehmen, bevor J.D. von dieser Sache hörte und auf die Idee kam, eine nicht wieder gut zu machende Dummheit zu begehen. Je länger Butch darüber nachdachte, umso klarer wurde ihm, dass, was auch immer er jetzt täte, besser von dauerhafter Wirkung war.

Scheiße. Bereits der Gedanke bereitete ihm Kopfweh.

J.D. war ein echter Kumpel. Er hatte ihn wirklich gern. Aber immer schon hatte J.D. diesen unpraktischen Moralfimmel gehabt. Die Schuld dafür gab Butch der alten Hexe, von der er damals aufgenommen worden war. Aber das war eigentlich egal. Das Einzige, was zählte, war, dass J.D. niemals verstünde, was in dem Laden abgelaufen war.

Er wusste genau, was passieren würde. Sobald J.D. vom Tod des Angestellten Wind bekäme, würde er entweder erwarten, dass Butch zugab, mit Kittie zusammengewesen zu sein, damit die Bullen mit ihr sprechen könnten und sein Name ein für alle Male reingewaschen wäre, oder aber er würde die Geschichte persönlich doppelt und dreifach überprüfen. Und Kittie war nicht gerade hell. Wenn J.D. sie hart genug in die Zange nähme, würde sie ihm früher oder später sicherlich verraten, dass Butch sie darum gebeten hatte, zu behaupten, dass er an dem Nachmittag bei ihr gewesen war.

Aber verdammt, die Wahl zwischen einer alten Freundschaft und mindestens zwanzig Jahren hinter Gittern fiel nicht wirklich schwer. Es war schade, aber so liefen die Dinge nun einmal. Und er würde sicher nicht tatenlos hier sitzen, bis die Bullen kämen und ihn holten. Vor allem nach dem Anruf – er wäre beinahe ausgeflippt, als J.D. ihn praktisch für alle hörbar nach dem Supermarktverkäufer gefragt hatte. Er hatte versucht herauszufinden, woher der Anruf gekommen war, aber auch das war misslungen. Gerade als er die entsprechende Tastenfolge hatte drücken wollen, hatte Gina angerufen, um ihm zu sagen, sie würde nach der Arbeit noch mit einer Freundin einen trinken gehen.

Manchmal war das Leben wirklich Scheiße.

Er kannte J.D. einfach zu gut. Der Mann war der reinste Pitbull, wenn er Informationen haben wollte. Besser er machte einen Präventivschlag, als darauf zu warten, dass

J.D. von der neuen Entwicklung Wind bekommen und ihn hinter Gitter bringen würde.

Das Problem war, dass er einfach nicht wusste, wo sein alter Kumpel steckte. Der Aushilfsjob, den er bekommen hatte, war beendet. Vielleicht hatte er ja einen neuen Job außerhalb der Stadt gefunden oder hatte sich eine neue Bleibe in einem anderen Stadtteil von Seattle gesucht, so dass er Butch früher oder später unten beim Gewerkschaftsgebäude über den Weg lief.

Aber er würde nicht tatenlos auf ein solches Glück vertrauen. Er rollte sich vom Sofa und steckte seine Autoschlüssel ein. Es war an der Zeit, die Fühler auszustrecken und herauszufinden, wo zum Teufel J.D. abgeblieben war.

Der Gesuchte stand barfuß auf der mit Tau benetzten Veranda seiner Hütte, kratzte die Reste der Crème Brûlée von den Seiten und vom Boden der weiß gemusterten Schüssel, die ihm am Vorabend von Sophie mitgegeben worden war, und leckte anschließend genüsslich seinen Löffel ab. Verdammt, das Zeug war echt gut. Mit einem Blick des Bedauerns auf die leere Schale ging er in die Küche, hielt sie unter fließend Wasser, polierte sie blitzblank, trank den letzten Schluck seines Kaffees und spülte auch die Tasse sorgfältig aus. Dann putzte er sich die Zähne, zog sich fertig an und verließ das Haus.

Heute Morgen herrschte in der Umgebung seiner Hütte nicht annähernd die Stille vom vorherigen Abend. Um ein Haar wäre er mit drei lärmenden Teenies zusammengestoßen, die ihm auf dem Weg zum See entgegengeschossen kamen, und aus Richtung des Wassers drang das laute Juchzen wild planschender Kinder an sein Ohr. Als er das Seeufer erreichte, sah er die Leuchtbojen, von denen Dru gesprochen hatte, gut sichtbar auf dem Wasser wippen. Eins der

Ruderboote war innerhalb der Abgrenzung verblieben, eins war fest am Floß vertäut, und die anderen hatte man neben den Motorbooten auf der anderen Seite des Schwimmstegs festgezurrt.

Er ging weiter in Richtung des Lawrenceschen Privatstegs und erklomm den kurzen Weg zu der überdimensionalen Blockhütte oben auf dem Hügel, wo er Sophie in einem der Blumenbeete vor der Veranda knien sah. Sie hatte ihm den Rücken zugewandt, doch der kleine Haufen Unkraut verriet ihm, was sie tat. Momentan jedoch lagen ihre Gartenhandschuhe neben ihr auf dem Boden und sie fächerte sich mit den Enden ihrer aus der Hose gezogenen Bluse heftig frische Luft zu.

Er räusperte sich leise. »Guten Morgen.«

Sie richtete sich fluchend auf, fuhr zu ihm herum und fauchte: »Was sind Sie? Eine verdammte Katze? Schleichen Sie sich gefälligst nicht so von hinten an einen an.«

»Tut mir Leid«, erklärte er mit ruhiger Stimme, während sie den Hemdsaum losließ und sich mit dem Handrücken die puterroten Wangen klopfte.

Dann ließ sie die Hand sinken und erklärte seufzend: »Nein, mir tut es Leid.« Sie rappelte sich hoch, und während er ihr helfend eine Hand bot, gab sie widerstrebend zu: »Diese blöden Hitzewallungen sind schließlich kein Grund, Sie derart anzufahren. In letzter Zeit bin ich so explosiv wie eine Schüssel voll mexikanischer Bohnen und benehme mich oft wie ein boshaftes, durchgedrehtes altes Weib.«

Unweigerlich musste er grinsen. »Das nennen Sie boshaft? Dort, woher ich komme, wird ein solches Benehmen geradezu liebreizend genannt. Sie sollten mal eine Frau namens Gina Dickson kennen lernen. Die ist tatsächlich boshaft.«

Sie blinzelte ihn schweigend an. »Wow«, sagte sie schließlich. »Das sollten Sie häufiger machen.«

»Wie bitte?« Hatte sie, ohne dass es ihm aufgefallen wäre, plötzlich die Frequenz gewechselt?

»Sie sollten öfter fröhlich gucken. Sie haben ein wunderbares Lächeln.«

Er spürte, wie sein Lächeln schwand. Verdammt, er war nicht hierher gekommen, um Vertraulichkeiten auszutauschen. Solange er nicht mehr über diese Leute wusste, wäre das ganz einfach dumm. Er hielt ihr die Puddingschüssel hin. »Hier.«

Sie nahm sie ihm ab, doch als er sich abrupt zum Gehen wandte, fuhr sie ihn an: »Himmel, seien Sie doch nicht so steif. Setzen Sie sich zu mir auf die Veranda und trinken Sie eine Tasse Kaffee. Im Gegensatz zu dem, was Sie anscheinend glauben, sind wir nicht der böse Feind. Und wenn Sie uns wirklich dafür halten, wäre es dann nicht klüger, sich in unser Lager einzuschleichen, um herauszufinden, was für teuflische Pläne wir hinter Ihrem Rücken schmieden?«

Okay, jetzt kam er sich vor wie ein paranoider Idiot. Aber das hieß noch lange nicht, dass sie nicht heimlich irgendetwas gegen ihn im Schilde führten. Trotzdem drehte er sich wieder um und erklärte knurrig: »Dieser Nachtisch war köstlich. Kochen Sie immer solches Zeug?«

»Früher ja. Ich bin ausgebildete Konditormeisterin.« Sie klopfte einladend auf einen alten Schaukelstuhl und lehnte sich, als er endlich Platz genommen hatte, gemütlich in ihrem eigenen Schaukelstuhl zurück. »Ich war hier im Restaurant für die Süßspeisen zuständig, aber letztes Jahr haben Ben und ich beschlossen, ein bisschen kürzer zu treten, um zu gucken, wie uns später mal das Rentnerdasein schmeckt. Also tätigt er inzwischen lediglich die Einkäufe für den Souvenirshop und das Sportgeschäft, und ich backe denen das Brot und kreiere ab und zu ein paar besondere Desserts. Manchmal fehlt mir meine Arbeit und deshalb muss meine Familie bei solchen Attacken als Nachtisch-Opfer herhalten.«

Sie beugte sich nach vorn, nahm eine Tasse von dem auf dem kleinen Korbtisch stehenden Tablett, hielt sie unter die Tülle einer Thermos-Pump-Kanne und reichte ihm den aromatisch duftenden Kaffee. »Haben Sie sich denn schon ein wenig in Ihrer Hütte eingelebt?«

»Ohne jedes Problem.«

»Ich möchte mich bei Ihnen noch für den Zustand des Verandadachs entschuldigen. Wir haben in den letzten Jahren ziemliche Probleme damit, gute Handwerker zu finden. Die besten Leute zieht es früher oder später unweigerlich nach Wenatchee oder Seattle.«

»Das ist schon in Ordnung.« Er zuckte mit den Schultern. »Als ich gestern im Ort war, habe ich die Materialien für die Reparatur bereits besorgt. Ich werde mich an die Arbeit machen, sobald ich weiß, womit ich das Holz zuschneiden kann. Meine Kreissäge habe ich nämlich nicht dabei.«

»Sie wollen das Dach reparieren?« Das Lächeln, mit dem sie ihn bedachte, war von einer solchen Wärme, dass er aufhörte zu schaukeln. »Oh, mein Gott, Sie sind die Antwort auf meine Gebete. Ich bin nicht sicher, was eine Kreissäge ist, aber Ben hat alle möglichen Werkzeuge in seiner Garage. Sie steht immer offen. Und, mein Lieber, vergessen Sie nicht, mir die Quittungen zu geben, damit ich Ihnen das Geld zurückzahlen kann.«

In diesem Augenblick kam Tate, gefolgt von seiner Mutter, den Weg heraufgerannt, und unweigerlich richtete sich J.D. in seinem Sessel auf. In den adretten Shorts, dem gestärkten Polohemd und den blank geputzten Schuhen wirkte sie effizient und vielleicht sogar etwas spröde, er jedoch dachte an das Bild von ihr, mit dem er gestern Abend zu Bett gegangen war: ohne BH und barfuß, mit feuchtem, zerzaustem Haar und zornblitzenden Augen.

Tate kam die Stufen zur Veranda heraufgeschossen. »Hi, J.D.! Wir wussten gar nicht, dass Sie hier sind, nicht wahr, Mom?«

J.D. blieb die Ironie in ihrer Stimme nicht verborgen, als sie am Fuß der Treppe stehen blieb, zu ihnen heraufsah und erklärte: »Nein, ganz sicher nicht.«

Denn andernfalls wärst du ganz sicher nicht gekommen, nicht wahr, Süße?

»Und was bin ich, mein Lieber, dass ich noch nicht mal eines Hallos gewürdigt werde?«, wollte Sophie wissen. »Vielleicht ein Stück alte Leber?«

»Ich wollte dir ja hallo sagen, Oma, aber als ich J.D. gesehen habe, war ich einfach abgelenkt.«

»Du bist für ihn immer die allerfeinste Pastete«, versicherte ihr Dru.

»Oh, Pastete. Dann ist ja alles in Ordnung. Ich hatte schon Angst, ich wäre für ihn das Zeug, aus dem man Katzenfutter macht.«

Die beiden Frauen feixten einander fröhlich an.

»Kann ich ein bisschen fernsehen, Oma?«

»Diese Entscheidung liegt ausschließlich bei deiner Mutter.«

»Mom?«, fragte Tate mit einem gewinnenden Lächeln.

»Meinetwegen. Aber denk daran, dass wir nicht lange bleiben. Und ich will nicht erleben, dass du jammerst, weil du mitten in irgendeiner Sendung abdampfen musst.«

»Okay.« Er rannte ins Haus und warf schwungvoll die Fliegentür hinter sich zu.

Sophie wandte sich wieder an ihre Nichte. »Es überrascht mich, dich um diese Tageszeit zu sehen – auch wenn es mich natürlich freut. Komm rauf. Möchtest du eine Tasse Kaffee?«

»Nein, danke. Ich fürchte, dazu habe ich keine Zeit. Eigentlich bin ich gekommen, weil ich dich um einen Gefallen bitten will.«

»Worum geht's? Oh, aber ich glaube, du hast J.D. noch gar nicht begrüßt.«

Die Hände in den Hosentaschen, bedachte sie den Neuling mit einem kühlen Blick. »Hallo, J.D.«

»Drucilla«, erwiderte er und durfte mit ansehen, wie sie die Augen zusammenkniff und dadurch viel von ihrer demonstrativen Gelassenheit verlor.

Dann blickte sie erneut auf ihre Tante. »Könnte Tate eventuell für ein paar Stunden bei dir bleiben? Candy hat sich in letzter Minute krank gemeldet, so dass ich die Führung mit den Vertretern des Zahnarztverbandes übernehmen muss.«

»Wann?«

»Jetzt sofort. Sie müssten in zwanzig Minuten hier sein.«

»Oh, Schätzchen, das tut mir wirklich Leid. Ich habe um zehn einen Termin bei Dr. Case, mit dem ich ein paar neue Strategien besprechen möchte, wie ich diese verdammten Stimmungsschwankungen und die Hitzewallungen unter Kontrolle kriegen kann. Und Ben ist beim allmonatlichen Treffen des Jagd- und Angelvereins in Wenatchee und kommt erst morgen früh zurück. Vielleicht ... lass mich überlegen ... o je, wer könnte uns da helfen?« Plötzlich jedoch erhellte ein strahlendes Lächeln ihr Gesicht. »Ich hab's!« Sie wandte sich an J.D., dessen Magen sich unweigerlich zusammenzog. »Haben Sie nicht gesagt, dass Sie heute Morgen das Dach der Veranda Ihrer Hütte reparieren wollen?«

»Ach tatsächlich?« und »Ja und?«, fragten Dru und er wie aus einem Mund.

»Tja, das ist die Lösung unseres Problems. Tate kann bei Ihnen bleiben und Ihnen dabei helfen. Außerdem wird es sicher nicht länger als zwei Stunden dauern, oder Dru?«

»Nein, aber ...«

»Dann ist ja alles klar«, sagte Sophie in zufriedenem Ton.

J.D.s Schaukelstuhl hielt abrupt im Schaukeln inne. »Ich weiß nicht«, meinte er ablehnend. »Schließlich kennen Sie mich erst seit gestern. Und trotzdem wollen Sie mir einfach einen zehnjährigen Jungen anvertrauen? Verdammt, woher wollen Sie wissen, dass ich kein Mitglied im Landesverband der Pädophilen bin?«

Sophie lachte unbekümmert auf. »Ach, mein Lieber, reden Sie doch keinen Unsinn.«

»Er redet keinen Unsinn«, widersprach ihr Dru. »Schließlich ist er für uns tatsächlich ein Fremder und ich kann nicht sicher sein, ob mein Kind gut bei ihm aufgehoben ist.«

Obgleich dies nur eine Bestätigung seiner eigenen Worte war, machte sie ihn wütend. »Oh, regen Sie sich ab«, raunzte er sie an. »Ich stehe nicht auf kleine Jungs und ich werde Ihrem Kind ganz bestimmt nichts tun. Ich habe nicht gerade viel Erfahrung mit Jungen seines Alters, aber trotzdem werden wir ein paar Stunden miteinander zurechtkommen.«

»Außerdem, was hast du schon für eine Wahl?«, säuselte Sophie mit sanfter Stimme.

»Ich könnte immer noch...« Dru warf einen Blick auf ihre Uhr. »Nein, ich schätze, dazu ist es zu spät.« Und schließlich lag laut polizeilichem Führungszeugnis nichts gegen ihn vor. »Also gut«, erklärte sie mit einem Seufzer, fügte ein widerstrebendes »Vielen Dank« hinzu, erklomm die Stufen zur Veranda und öffnete die Tür. »Tate, ich mache mich wieder an die Arbeit. Du bleibst solange bei J.D.«

»Cool«, kam die abgelenkte Antwort aus dem Wohnzimmer und gleichzeitig wurde die Lautstärke des Fernsehers deutlich hörbar erhöht.

»Er scheint echt beunruhigt zu sein«, erklärte J.D. süffisant und zuckte mit den Schultern. »Aber natürlich war er auch noch nie mit mir allein.«

Drus Augen sprühten blaue Funken. »Lassen Sie diese blöden Witze«, herrschte sie ihn an. »Es kostet mich auch so bereits große Überwindung, meinen Sohn bei jemandem zu lassen, der fast ein Fremder für mich ist. Und ich will verdammt sein, wenn ich mir darüber hinaus noch irgendwelche kranken Bemerkungen anhören muss.«

Da ihr ihre Erregung deutlich anzumerken war und er selber in Tates Alter einen Mord begangen hätte, um eine Mutter zu haben, die auch nur halb so besorgt um ihn gewesen wäre, sagte er mit ruhiger Stimme: »Ja, schon gut. Es tut mir Leid. Gehen Sie ruhig zu Ihrer Führung. Wir kommen schon zurecht.«

»Machen Sie ja keinen Fehler«, drohte sie, machte auf dem Absatz kehrt und marschierte mit langen Schritten über den schmalen Pfad davon.

Muskel für Muskel löste er seine innere Verkrampfung. Nie zuvor in seinem Leben war er jemandem begegnet, von dem er sich derart mühelos aus der Fassung bringen ließ. Er atmete langsam aus, merkte, dass Sophie ihn von der Seite beobachtete, und sagte mit betont lockerer Stimme: »Ich schätze, ich mache besser wirklich keinen Fehler.«

Sie belohnte ihn mit einem breiten Lächeln. »Vielleicht klingt sie ein bisschen fürsorglich…«

Er schnaubte leise. »Sie klingt durch und durch feindselig.«

»Vielleicht. Aber Sie müssen wissen, dass sie über alle Maßen an dem Jungen hängt.«

»Ja, ich müsste ein Idiot sein, um das nicht zu merken.« Er stand auf und blinzelte auf sie herab. »Ich schätze, ich sollte mir den Kleinen schnappen, denn sicher müssen Sie allmählich los.« Er straffte die Schultern und schluckte die leise Angst herunter, die der Gedanke, während der nächsten Stunden die alleinige Verantwortung für das Kind zu haben, in ihm wachrief. Was zum Teufel wusste er schon über zehnjährige Buben? Es war reichlich lange her, seit er selbst in diesem Alter gewesen war.

Als hätte sie seine Gedanken gelesen, erklärte Sophie ihm entschieden: »Ich bin seit beinahe dreißig Jahren im Hotelgewerbe tätig und dank dieser Erfahrung lässt mich meine Menschenkenntnis so gut wie nie im Stich. Mein Lieber, ich bin sicher, dass Sie Ihre Sache prima machen werden.«

J.D. fand Tate lang ausgestreckt auf dem Fußboden vor dem Fernseher vor. »Zeit zu gehen, Kumpel.«

»Noch zehn Minuten, ja? Die Sendung ist sofort vorbei.«

»Habe ich nicht gehört, dass du deiner Mom versprochen hast, diese Entschuldigung nicht anzubringen, wenn sie dich fernsehen lässt?«

Tate blickte grinsend über die Schulter. »Ja, aber das Versprechen habe ich nur ihr gegeben. Zu Ihnen habe ich kein Wort …«

»Schalt die Kiste aus, Kumpel. Wir müssen ein neues Dach für die Veranda vor meiner Hütte bauen.«

»Echt?« Tate drückte auf den Knopf der Fernbedienung und noch ehe der Bildschirm ganz schwarz geworden war, sprang er bereits auf. »Los geht's!«

Sie gingen in die Garage und J.D. wählte eine Reihe von Werkzeugen aus, darunter eine Säge, bei deren Anblick der

Junge ihn begeistert fragte: »Darf ich auch mal etwas sägen?«

Auf dem Weg zurück zur Hütte sprang er wie ein junger Hund um J.D. herum. »Wann müssen wir was schneiden?«

»Später«, sagte J.D. »Erst müssen wir die kaputten Teile von dem Dach entfernen. Und dann bauen wir einen neuen Rahmen.«

Es war ein herrliches Gefühl, endlich wieder zu tun, was er am besten konnte. Er hatte es schon immer als befriedigend empfunden, etwas zu erschaffen, egal, ob er etwas baute oder etwas Altes, Funktionsuntüchtiges nahm und es wieder in alter Schönheit und Funktionalität erstrahlen ließ. Während die Vögel in den Bäumen zwitscherten und die Sonne über der Lichtung vor der Hütte stetig höher stieg, riss er die zerstörten Teile des Daches herunter und warf sie in den Hof. Tate sammelte sie ein, karrte sie zu der ihm von J.D. zugewiesenen Stelle und stapelte sie ordentlich übereinander auf.

Als er sich schließlich wieder vom Dach schwang, war sein T-Shirt unter den Achseln, über der Brust, dem Bauch und am Rücken vollkommen verschwitzt. Er zog es sich über den Kopf, warf es achtlos auf die Seite und verzog den Mund zu einem amüsierten Lächeln, als Tate dem Beispiel folgte und seine schmale, völlig trockene Brust ebenfalls entblößte.

»Du leistest hervorragende Arbeit«, lobte er den Jungen und fuhr sich mit dem Unterarm über die schweißbedeckte Stirn. »Was hältst du von einer Pause?«

Der Kleine ahmte auch diese Geste sofort nach. »Gute Idee.«

Ein paar Minuten später öffnete J.D. den Kühlschrank und wandte sich an Tate. »Wie wär's mit einem Bier?«

Tates Augen begannen zu leuchten und er sah sein großes

Vorbild mit dem für ihn typischen strahlenden Lächeln an. »Na klar!«

J.D. griff nach zwei Flaschen Malzbier, reichte eine Tate und stieß fröhlich mit ihm an. »Prost, Kumpel!«

Sie kehrten mit den Getränken zurück in den Hof und setzten sich gemütlich in die Sonne. J.D. nahm einen tiefen Schluck, legte sich rücklings ins Gras, schloss zufrieden seine Augen und stellte die kühle Flasche auf seinen nackten Bauch. Er spürte, dass Tate sofort das Gleiche machte, und konnte nicht verhindern, dass er abermals den Mund zu einem Lächeln verzog.

Eine Zeit lang lagen sie beide schweigend da, dann richtete Tate sich plötzlich auf. »J.D.?«

J.D. spürte, dass das Kind ihn musterte, klappte seine Augen deshalb jedoch nicht auf. »Ja?«

»Sind Sie ein Bastard?«

J.D.s Oberkörper schnellte in die Höhe und er bedachte Tate mit einem kalten Blick. »Hat das deine Mutter über mich gesagt?«

»Nein!« Tate wich so eilig vor ihm zurück, dass er dabei seine Flasche umwarf, deren Inhalt gluckernd auslief. Seine Augen waren schreckgeweitet und seine Lippen bebten, zugleich jedoch reckte er das Kinn auf eine Art nach vorne, die J.D. an seine Mutter denken ließ. »I-ich selber bin ein Bastard, und ich dachte einfach, dass Sie vielleicht, äh, auch ein Bastard sind.«

J.D. wurde starr. *Na klasse, Carver,* schalt er sich. *Du solltest dich bei deinem Geschick mal unten im Schwimmbad blicken lassen. Schließlich gibt es dort jede Menge kleiner Kinder, die du in Angst und Schrecken versetzen kannst.*

»Tut mir Leid«, erklärte er mit sanfter Stimme und richtete die umgefallene Flasche wieder auf. Er zuckte zusammen, als Tate erneut vor ihm zurückwich, reichte ihm jedoch freundlich sein Getränk. »Tut mir Leid, Tate. Ich hätte dich nicht derart anfahren sollen.«

»Schon gut.« Nach einem Augenblick erneuter Stille meinte der Junge mit zögerlicher Stimme: »Das war das erste Mal, dass Sie mich mit meinem Namen angeredet haben.«

»Ehrlich?«

Tate setzte sich in den Schneidersitz und nahm einen Schluck von dem übrig gebliebenen Malzbier. Dabei gewann er sichtlich sein gewohntes Selbstvertrauen zurück. »Das war das erste Mal, dass Sie mich Tate genannt haben. Normalerweise nennen Sie mich immer ›Kumpel‹.«

»Ach tatsächlich?«, J.D. fixierte den Jungen. »Weshalb in aller Welt denkst du, du bist ein Bastard?«

»Im Supermarkt unten im Dorf habe ich mal gehört, wie Kathleen Harris das zu Marylou Zeka gesagt hat, und als ich Mom gefragt habe, was das bedeutet, hat sie mir erklärt, das wäre ein unhöfliches Wort, mit dem unwissende Leute mich bezeichnen, weil sie, als ich auf die Welt kam, nicht verheiratet war.« Er legte den Kopf auf die Seite. »Also, sind Sie auch ein Bastard?«

»Ich wurde bereits ziemlich häufig so genannt, obwohl meine Eltern verheiratet gewesen sind.« Der Gedanke, dass Dru ihn nicht als Bastard bezeichnet hatte, brachte ihn ins Schleudern. »Ungefähr fünf Minuten verheiratet«, schränkte er leicht übertrieben ein. »Aber du weißt doch wohl, dass es wesentlich schlimmere Dinge gibt, oder? Deine Mom, deine Oma und dein Opa sind vollkommen verrückt nach dir.«

Tate zuckte mit den Schultern, als wäre die Liebe, die er von diesen Menschen entgegengebracht bekam, das Normalste auf der Welt. »Sicher.«

»Tja, ich hoffe, dass du das zu schätzen weißt, denn das ist sehr viel. Ich hätte ebenso gut ein Bastard sein können, denn mein Vater ist für mich nicht mehr als ein Name, der mehr oder weniger zufällig auf meiner Geburtsurkunde steht. Er und meine Mom waren beide drogenabhängig und er hat uns verlassen, bevor ich auch nur alt genug war, um mich an ihn zu erinnern.«

»Ja, das hat mein Vater auch getan. Er ist abgehauen, als er herausfand, dass meine Mutter mit mir schwanger war. Mom sagt, er war selber noch ein kleiner Junge, und manchmal brechen Kinder bei dem Gedanken, plötzlich eine solche Verantwortung übernehmen zu sollen, in Panik aus.«

Verdammt großmütig von ihr, den Typen zu entschuldigen dafür, dass er sie einfach mit der Verantwortung für den gemeinsamen Nachwuchs allein gelassen hatte.

Tate rutschte unruhig hin und her. »Äh, J.D?«

»Ja?«

»Erzählen Sie Mom nicht, dass ich mit Ihnen darüber geredet habe, ja? Als ich ihr erzählt habe, was Mrs. Harris über mich gesagt hat, hat sie mir zwar erklärt, mein Dad wäre gegangen, weil er Angst hatte und so, aber dabei hat sie ziemlich traurig ausgesehen.«

»Dein Geheimnis ist bei mir sicher, Kumpel.« J.D. stand entschieden auf und zog auch den Jungen auf die Füße. »In der Abstellkammer habe ich einen Altglascontainer gesehen. Lass uns die Flaschen dort reinwerfen. Und was hältst du davon, wenn wir anschließend ein paar Maße nehmen, damit wir endlich anfangen können zu sägen?«

6

Dru erhob sich aus einem der Ledersessel in der Nähe des Kamins, reichte den Vertretern des Zahnarztverbandes nacheinander die Hand und verfolgte äußerlich gelassen, wie sie einer nach dem anderen an dem langen, hölzernen Empfangstresen vorbei nach draußen entschwanden. Sobald jedoch die Tür hinter dem Letzten von ihnen lautlos wieder zugeglitten war, sah sie Jenna, die Bankett-Koordinatorin, mit einem breiten Grinsen an.

Jenna juchzte freudig auf. »Super, Dru! Nie zuvor habe ich erlebt, dass eine Konferenz derart problemlos verkauft worden ist.«

Dru zuckte mit den Schultern, grinste jedoch weiter. »Dieses Hotel verkauft sich von allein. Wo sonst findet man eine solche Aussicht zusammen mit einem derart beeindruckenden Paket von Tagungsräumen, Mahlzeiten und Freizeitaktivitäten? Vor allem während der Skisaison.«

»Trotzdem war es einfach brillant, noch Skipässe für ihre Familien in das Angebot zu integrieren.«

»Ja, das fand ich auch.« Dru drückte Jennas Arm und lachte. »Und die Menü-Kostproben, die Sie im Konferenzraum haben auffahren lassen, haben ein Übriges getan. Die waren echt gelungen.«

Ein paar Minuten später war sie, hochzufrieden mit der guten Arbeit, auf dem Weg zu J.D.s Hütte. Was hatte sie doch für ein Glück, einen Beruf ausüben zu können, den sie derart liebte.

Als sie die Lichtung erreichte, sah sie in Richtung Haus, erblickte J.D. Carver mit nacktem Oberkörper und blieb so abrupt stehen, als hätte sich eine unsichtbare Schranke vor ihr vom Himmel herabgesenkt. Ihr Herz begann zu rasen und sie leckte sich mehrere Male die Lippen, da ihr Mund mit einem Mal wie ausgetrocknet war.

J.D.s gebräunte Schultern wirkten entblößt tatsächlich noch breiter als unter dem bisher allgegenwärtigen strahlend weißen T-Shirt. Sein Rücken war lang, schweißglänzend und muskulös und verjüngte sich auf eine verführerische Weise, bis er schließlich in dem tief auf seinen schmalen Hüften sitzenden schweißgetränkten Hosenbund verschwand.

Er schwang sich herum, stemmte ein Knie auf ein über einem langen Sägebock liegendes breites Brett und die Muskulatur in seinen Armen und in seinem Rücken spannte sich, als er sich nach vorne beugte, um eine Stelle mit einem Bleistift zu markieren, für jeden sichtbar an. Dann schob er sich den Stift hinter das Ohr und krause, dunkle Haare schimmerten unter seiner Achsel, als er sich mit dem Arm über die schweißbedeckte Stirn fuhr. Dru erhaschte einen Blick auf sein seidig schimmerndes Brusthaar, und ihr klappte die Kinnlade herunter, als er sich ein wenig drehte und sie fasziniert an dem in Richtung seines Waschbrettbauchs weisenden Pfeil aus dunklen Haaren heruntersah.

Er schob das Holz nach vorne, bis die Markierung direkt am Ende des Sägebocks lag, und als er sie plötzlich durch ein herrisches Nicken zu sich zu befehlen schien, fuhr sie schuldbewusst zusammen. Doch er sah keineswegs in ihre Richtung. Offensichtlich hatte er jemand anderem zugenickt.

Und tatsächlich kam Tate gehorsam von der Veranda getrottet, wo er ihr – wie sie sich zu ihrer Schande eingestehen musste – bisher noch gar nicht aufgefallen war. Er schob sich geschmeidig unter J.D.s nach vorn gebeugten Körper, drückte genau wie sein Vorbild ein Knie auf den Sägebock und stemmte den anderen Fuß kraftvoll in die Erde. Dann beugte er sich nach vorn und legte seine linke Hand am Ende des Sägebocks seitlich auf das Brett. Dru musste lächeln, als sie seine ernste Miene sah. Sicher fühlte er sich wie im siebten Himmel, weil er in eine derart männliche Beschäftigung mit einbezogen war.

J.D. griff um den Jungen herum und hielt mit einem Mal eine runde, scharfzackige Säge in der Hand. Tate legte die Hand um den Griff, J.D. bedeckte sie mit seiner Pranke, legte einen Finger auf den Schalter und das monströse Werkzeug sprang brüllend in Betrieb.

Dru zuckte zusammen. Was zum Teufel dachte sich dieser Kerl dabei? Tate war *viel* zu jung, um mit derart gefährlichem Werkzeug umzugehen. Ein Schrei der Empörung stieg ihr in die Kehle, doch aus lauter Panik, ihr Sohn könnte vor Schreck zusammenfahren und seine Hand geriete dabei in das kreischende Blatt der Säge, das um Haaresbreite an seinen Fingerspitzen vorüberfuhr, schluckte sie ihn wieder herunter. Sobald jedoch der abgesägte Teil des Brettes auf die Erde plumpste und die Säge jammernd zum Stehen kam, schoss sie über die Lichtung.

Tate, der aufgesprungen war, um das Brett vom Boden aufzuheben, entdeckte sie zuerst. »Hi, Mom! Wir bauen ein neues Dach für die Veranda.« J.D.s Kopf fuhr in die Höhe, aber Dru würdigte ihn keines Blickes.

Am liebsten hätte sie ihren Sohn an sich gerissen und ihn vom Kopf bis zu den Zehenspitzen auf mögliche Blessuren hin untersucht. Doch sie zwang sich, tief durchzuatmen und erklärte mit einem, wenn auch leicht gezwungenen, Lächeln: »Das habe ich bereits gesehen. Aber J.D. wird eine Zeit lang ohne deine Hilfe zurechtkommen müssen. Ich möchte nämlich, dass du zu deiner Oma rüberläufst.«

»Aber, Mom…«

»Und zwar auf der Stelle.«

»*Manno.*« Er trat gegen das Gras, zog jedoch das T-Shirt an, das J.D. von der Erde aufgehoben hatte und ihm wortlos hinhielt.

»Du hast echt gute Arbeit geleistet, Tate. Danke für die Hilfe.«

Tate dankte ihm die Worte mit einem breiten Lächeln. »Ja, das war wirklich cool. Und danke für das Bier.«

»Wie bitte?« Oh, es wurde immer besser.

Tate bedachte sie mit einem beleidigten Blick, ehe er mit einem »Tschüss, J.D.« davonzutrotten begann.

Kaum war er ihren Blicken entschwunden, als Dru zu J.D. herumfuhr. »Was zum Teufel ist bloß mit Ihnen los?«

Mit einem großen Schritt stand er auf der Veranda. Wütend, weil er sie einfach ignorierte, folgte sie ihm so dicht auf den Fersen, dass sie ihn beinahe tatsächlich in die Hacken trat.

Er schnappte sich sein T-Shirt vom Geländer, wischte sich den schweißverklebten Staub von Brust und Armen und musterte sie reglos, als sie ungeduldig mit dem Fuß auf den Verandaboden klopfte. »Sie meinen abgesehen davon, dass es mir bisher nicht gelungen ist, den Weltfrieden zu erzielen?«

»Wagen Sie es ja nicht, sich auch noch lustig über mich zu machen, Carver! Ich lasse meinen Sohn zwei lausige Stunden in Ihrer Obhut und …«

»Zwei Stunden, fünfundzwanzig Minuten«, unterbrach er sie. »Ich weiß. Aber dafür brauchen Sie sich nicht extra zu entschuldigen. Auch wenn die Überstunden nicht abgesprochen waren, will ich mich nicht beklagen.«

Aus ihrer Kehle drang ein frustriertes Knurren. »Das ist einfach unglaublich! Wenn Tante Soph und Onkel Ben mich nicht so gut erzogen hätten, würde ich Ihnen für das, was Sie mit meinem Sohn gemacht haben, eine reinhauen.«

Er zog amüsiert seine dunklen Brauen in die Höhe. »Es scheint, als ob Sie Zweifel an meinen Fähigkeiten als Babysitter haben.« Er besaß tatsächlich noch die Dreistigkeit zu lächeln! »Ich fand mich gar nicht schlecht. Ebenso wie Tate.«

Sie machte einen Schritt nach vorn und piekste ihn mit ihrem Zeigefinger mitten in den Bauch. »Sie finden es nicht schlecht, einen Zehnjährigen Bier trinken und mit elektrischen Sägen herumspielen zu lassen?«, fragte sie mit zornbebender Stimme, wobei ihr bohrender Finger jedes ihrer Worte noch deutlich unterstrich. »Wenn ich ein Mann wäre, dann …«

»Wenn Sie ein Mann wären, Süße, dann ließe ich Ihnen noch nicht einmal die Hälfte dessen, was Sie da treiben, durchgehen.« Er packte ihren Finger und lenkte ihn von sich weg. »Pieksen Sie mich nicht dauernd; das kann ich nämlich nicht leiden.«

Erfüllt von reinem, gedankenlosem Zorn, holte Dru, die in ihrem ganzen Leben noch nie einen Menschen geschlagen hatte, mit ihrer freien Hand zu einem Fausthieb aus.

Er jedoch umfing geschmeidig ihre Hände, wirbelte sie herum und drückte sie mit dem Rücken gegen einen der Pfosten der Veranda. Sein verschwitzter, durch und durch männlicher Geruch, seine rauen Hände und vor allem das Blitzen in seinen dunklen braungrünen Augen hielten sie an ihrem Platz und ließen sie erstarren.

»Hör zu, Schwester«, erklärte er und schob sich dicht an ihr Gesicht heran. »Falls du noch mal Hand an mich legen solltest, dann siehst du besser zu, dass eine freundliche Absicht dahinter steckt.« Er zog seinen Kopf ein paar Zentimeter zurück und runzelte die Stirn. »Und fürs Protokoll: Ich arbeite seit über zwölf Jahren als Polier auf dem Bau. Wenn es eins gibt, was ich kann, dann ist es, andere Männer im Umgang mit Werkzeug zu unterweisen.«

»Tate ist aber kein Mann, Sie Hornochse, er ist ein kleiner Junge!«

»Verdammt, ja, er ist ein kleiner Junge – und wenn Sie auch nur einmal richtig hingesehen hätten, statt zu reagieren wie eine hysterische Bärenmutter, deren Junges bedroht wird, dann hätten Sie bemerkt, dass ich das Brett durch die Säge geschoben habe und nicht Tate.«

»Das hätte mich wirklich getröstet, wenn er einen Finger verloren hätte«, fauchte sie ihn an. »Sie waren Millimeter von dem riesigen Sägeblatt entfernt.«

»Sie waren hinter meinen Fingern! Ich hätte mir also erst selbst die Finger abschneiden müssen, ehe die Zähne an Tates Hand herangekommen wären, und glauben Sie mir, Lady, ich gehe schon viel zu lange mit solchen Geräten um, um einen solchen Anfängerfehler zu machen.«

Ihr Herz schlug bis zum Hals, das Blut rauschte in ihren Adern und am liebsten hätte sie weiter getobt und einfach behauptet, dass er log. Aber sie konnte sich nicht genau daran erinnern, wie die Hände der beiden platziert gewesen waren. Sie hatte nur gesehen, dass Tates Hand für ihren Geschmack viel zu nahe an dem kreischenden Sägeblatt gewesen war. »Also gut.« Sie knirschte mit den Zähnen. »Sagen wir, im Zweifel für den Angeklagten, und gehen davon aus, dass es wirklich so war.«

»Verdammt großzügig von Ihnen.«

»Allerdings, das ist es.« Erst als sie ihr Kinn reckte, wurde ihr bewusst, wie nahe er bei ihr stand. Durch diese plötzliche Erkenntnis wurde ihr Herzschlag tatsächlich noch beschleunigt und sie erklärte wütend: »Aber da ist noch die Sache mit dem Bier.«

»Oh, Himmel, Drucilla. Ich habe *Malz*bier mit ihm getrunken.«

»Malzbier?«

»Ja, genau. Ich bin nicht halb so widerwärtig, wie Sie anscheinend denken – verdammt, ich glaube, so widerlich kann wirklich niemand sein. Ganz zu schweigen davon, dass nur ein Vollidiot einem kleinen Kind Alkohol einflößen würde.« Er ließ ihre Handgelenke los, trat einen Schritt zurück und bedachte sie mit einem kühlen Blick. »Und das, Lady, ist etwas, was ich niemals war.«

Sie ließ ihre Arme sinken. Okay, sie kam sich vor wie ein absoluter Volltrottel. Ihre anfängliche selbstgerechte Haltung wich der peinlichen Erkenntnis, dass sie voreilig beleidigende Schlüsse gezogen hatte über diesen Mann. Sie rieb sich die schmerzenden Handgelenke und musterte ihn. Sein muskulöser Körper verströmte eine überwältigende Energie und etwas in seinem Blick raubte ihr regelrecht den Atem, weshalb sie am liebsten pausenlos weiter verbal auf ihn eingedroschen hätte. Nur lag der Grund dafür ganz sicher nicht bei ihrem Sohn.

Eins aber war klar. Sie hatte J.D. zu Unrecht beschuldigt, achtlos mit dem Jungen umgegangen zu sein. Selbst wenn sie lieber eine Schlange geküsst hätte, müsste sie sich dafür bei ihm entschuldigen. Sie verzog schmerzlich das Gesicht.

Sie hatte es immer schon gehasst, wenn sie im Unrecht war.

Als sie ihn ansah, als wäre er eine wilde Bestie, die ungebeten in ihre zivilisierte Umgebung eingedrungen war, verspürte J.D. das plötzliche Bedürfnis, ihr zu demonstrieren, was für eine Bestie tatsächlich in ihm steckte. Dieser Gedanke verursachte ihm eine erschreckte Gänsehaut und er trat hastig einen Schritt zurück und fuhr sich mit einer seiner Hände durch das Haar.

Verdammt. Woher kamen diese idiotischen Gedanken? Er war nie der Typ gewesen, der sich einer Frau aufgezwungen hätte, und er konnte nicht verstehen, weshalb gerade dieses Weibsbild ihn derart problemlos um den Verstand zu bringen schien. Angespannt und wütend, weil es ihn dringend danach verlangte, Hand an sie zu legen, wandte er sich ab.

»Warten Sie, J.D.«

Er wandte sich nicht noch einmal um. »Damit Sie mir noch mal erzählen können, dass ich alles falsch gemacht habe? Nein, danke sehr.«

»Nein«, antwortete sie, aber er musste einfach fort, ehe der plötzliche Hormonschub ihn etwas Dummes machen ließe, und so ging er entschieden weiter Richtung Tür.

»Verdammt, Carver«, schnauzte sie und packte seinen Arm. »Würden Sie mir bitte …«

Eine wilde Genugtuung wogte in ihm auf, er wirbelte zu ihr herum und drückte sie erneut gegen den Pfosten der Veranda. »Ich habe dich davor gewarnt, mich noch mal zu berühren«, knurrte er erbost. »Du kannst nicht sagen, ich hätte dich nicht eindringlich gewarnt.«

Dann presste er seinen Mund auf ihre Lippen.

Sie waren einladend geöffnet – ob vor Überraschung oder um zu protestieren, konnte er nicht sagen, doch momentan war ihm das total schnuppe. Ihre Lippen waren wie ein volles, weiches Kissen, die Höhle ihres Mundes war einladend und warm und ihre Zunge hatte eine feuchte Süße, die sich, als er mit seiner eigenen Zunge darüber hinwegstrich, auf diese übertrug.

Und dann, oh, Gott, ja, *da.* Mit einem leisen Seufzer ließ sie ihre Zunge kreisen und er stöhnte, als sie mit bebenden Fingern über seine heißen Schultern strich. Er presste sie mit seinem Körper stärker gegen den Pfosten und stöhnte, als er ihre Brüste spürte, erneut vor Wonne auf.

Sekunden, Minuten oder Stunden später hob er seinen Kopf und starrte in ihre verträumten Augen und auf ihren geschwollenen Mund. Er leckte sich die Unterlippe, schmeckte dort Drucilla, neigte abermals den Kopf und schob seine Zunge nochmals tänzelnd tief in sie hinein. Wieder entfuhr ihr ein leiser Seufzer, sie schlang ihre Arme fest um seinen Hals und spreizte leicht die Beine.

Sein Kopf ruckte nach hinten. *»Ja.«* Keuchend wie ein Rennpferd am Ende einer langen Geraden, neigte er den Kopf in einem etwas anderen Winkel und vertiefte den Kuss noch. Gott, sie schmeckte einfach köstlich. Er konnte nicht genug von ihr bekommen. Seine Hände strichen über ihren Rücken bis hinab zu ihrem wohlgeformten Po. Er vergrub die Finger tief in ihrem Fleisch, zog sie auf die Zehenspitzen und beugte selbst die Knie, damit der weiche Baumwollsaum ihrer kurzen Hose direkt am Schlitz der abgetragenen Jeans lag, die seinen knüppelharten Schwanz nur noch mit Mühe hielt.

»Oh«, hauchte sie an seinen Lippen und er bewegte seine Hüften. »Oh!« Er löste seinen Mund von ihren Lippen und sie keuchte: »Oh, Gott. Wir sollten das nicht tun.«

»Ich weiß«, stimmte er ihr unumwunden zu, verstärkte allerdings zugleich den Griff um ihren Hintern und schmiegte sich begehrlich noch enger an ihren verführerischen Leib. Zufrieden beobachtete er, wie sich ihre Augen schlossen, ehe sie seinen Kopf erneut zu sich herabzog und sie einander in einer Weise küssten, die dazu angetan gewesen wäre, dass zumindest einer von ihnen binnen weniger Sekunden vollends die Beherrschung verlor.

Ein leises Geräusch im Hintergrund rührte an dem bisschen Restverstand, der ihm noch verblieben war. Am liebsten hätte er es einfach ignoriert, doch irgendetwas brachte ihn dazu, dass er ein Auge öffnete …

… und Tate wie zu einer Salzsäule erstarrt mit vor Überraschung geöffnetem Mund am Rand der Lichtung stehen sah.

»Scheiße!« Keuchend riss J.D. die Hände von der Mutter des Jungen und lehnte sich zurück. Er stemmte sich über ihrem Kopf an dem Pfosten ab, hielt sich eine steife Armeslänge von ihr fern, starrte ihr ins Gesicht und kämpfte mühsam um einen Bruchteil seiner üblichen Beherrschung.

»Hmmm?« Blinzelnd sah sie zu ihm auf. »Was ist?« Sie streckte eine Hand und zeichnete mit dem Zeigefinger ein Zickzackmuster quer über seine Brust.

J.D. biss die Zähne aufeinander und wies mit dem Kinn in die Richtung, in der der Junge stand. »Tate.«

Sie zog ihre Hand zurück, als hätte sie sich plötzlich an seiner Haut verbrannt. *»Nein!«* Sie atmete tief durch, drehte ihren Kopf, blickte über die Lichtung und schloss stöhnend ihre Augen. »Oh, mein Gott. Was soll ich ihm jetzt sagen?«

Dann jedoch atmete sie, ohne auf eine Antwort von J.D. zu warten, tief ein und wieder aus, löste sich von dem Pfosten, wandte sich von ihm ab und ging leicht wackeligen Schrittes in Richtung Treppe. »Tate? Schätzchen? Was …?«

»Oma war noch nicht zu Hause.« Tate kam ein wenig näher, blieb dann jedoch neben dem Sägebock am Fuß der Treppe stehen. Er stopfte die Hände in die Hosentaschen, vergrub seine Zehen in einem Klumpen Sägemehl und sah die beiden neugierig an. »Ihr habt euch geküsst, nicht wahr?«

J.D. wurde bewusst, dass die Sicht des Jungen durch den Pfosten behindert gewesen war, und das war ihre Rettung. Er atmete beruhigt durch, denn er war sich so gut wie sicher, Dru würde ihrem Sohn erklären, sie hätten sich lediglich in Mund-zu-Mund-Beatmung geübt.

Stattdessen sagte sie bloß »ja« und ihm wurde klar, dass er sie besser niemals unterschätzte. Offenbar war sie dem Jungen gegenüber immer völlig ehrlich.

Tate fixierte die beiden interessiert. »Und warum?«

Tja, das war eine gute Frage. J.D. bekam es noch nicht auf die Reihe, dass er derart verrückt gewesen war. Er wünschte sich, er wäre nie so weit gegangen, denn jetzt hatte er die Antwort auf die Frage, wie diese Frau wohl schmeckte – und es war eine Antwort, die ihm Bauchschmerzen bereitete.

Grinsend beantwortete der Junge sich die Frage selbst. »Bestimmt, weil ihr einander wirklich gern habt.«

Tate sah aus, als dächte er bereits an einen neuen Vater, worauf sich J.D.s Magen verknotete. Als Dru jedoch ein vehementes »Nein!« hervorstieß, runzelte er die Stirn. Nein? So hatte es sich, verdammt noch mal, nicht angefühlt, als sie sich an ihm festgeklammert und ihn geküsst hatte. Er hätte gedacht, dass er ihr durchaus gefiel.

Vor lauter Verlegenheit bekam Dru ein hochrotes Gesicht. »Das heißt, was ich damit sagen will, ist, dass wir einander bestimmt nicht *nicht* gern haben, nur ist es einfach so ... schließlich kennen wir uns erst seit gestern und ...«

Ungeduldig fragte der Junge: »Weshalb habt ihr euch denn dann geküsst?«

Ja, Lady, dafür hätte auch ich gerne eine Erklärung.

Inzwischen sandte ihr Gesicht regelrechte Hitzewellen aus. »Tja, weißt du, es ist sehr lange her, seit ich zum letzten Mal einen Mann geküsst habe«, setzte sie zögernd an. »Also schätze ich, dass ich einfach gucken wollte, ob ich es noch kann.«

Was war er, ein Versuchskaninchen oder was? Hatte sie vielleicht einen Vergleich zwischen der Kusstechnik der Landbewohner und der der Städter angestellt? Oder hatte sie möglicherweise ausprobieren wollen, wie es mit einem Proleten war? Manche Frauen standen ja auf die primitive Tour.

»Und, Mom? Hast du es noch gekonnt?«

»Allerdings«, mischte sich J.D. in das Gespräch. »Sie hat nichts verlernt. Wenn sie noch besser gewesen wäre, hätte sie glatt einen Krüppel aus mir gemacht.« Er bleckte die Zähne, als Dru ihm einen Blick zuwarf, der zarter besaitete Männer auf der Stelle getötet hätte. Das, was eben an dem Pfosten vorgefallen war, war ganz sicher nicht einseitig gewesen, und er wollte verdammt sein, ließe er sie einfach so tun, als hätte sie das Ganze nicht im Mindesten berührt.

Dru schlang einen Arm um die schmalen Schultern ihres Sohnes – »Sag auf Wiedersehen zu J.D.« – und schob ihn Richtung Weg.

»Aber ...« Mehr konnte Tate nicht sagen, da sie ihn bereits mit sich über die Lichtung zog. Verdutzt spähte er über die Schulter zurück auf sein Idol. »Tschüss, J.D.«

»Ja, bis dann, Junge.« Die Hände in den Hosentaschen, beobachtete er, wie Drus geflochtener Zopf in ihrem Rücken wippte, als sie mit ihrem Sohn zwischen den Bäumen verschwand. »Ich an deiner Stelle würde mich nicht darauf verlassen, dass damit alles glimpflich überstanden ist, Schätzchen«, riet er ihr mit leiser Stimme. »Denn ich habe das Gefühl, dass diese Sache zwischen dir und mir noch lange nicht vorbei ist.« Dann wandte er sich entschieden wieder seiner Arbeit zu.

»Du brauchst mir keine lange Predigt zu halten«, sagte Dru zu ihrer Freundin Char, als sie nach einem letzten Gute-Nacht-Kuss für Tate wieder ins Wohnzimmer kam. Tate hatte Char, sobald sie durch die Tür getreten war, ausführlich nicht nur von seinen eigenen Abenteuern, sondern auch von denen seiner Mom erzählt. Dru wusste, dass die Freundin inzwischen sicher fast vor Neugier platzte – und dass sie selbst kein Verlangen danach hatte, auf ihre Fragen näher einzugehen. »Was auch immer heute Nachmittag passiert ist, ist längst vorbei. Vollständig und ein für alle Mal.«

Grinsend schob sich Char das Marilyn-Monroe-blonde Haar hinter die Ohren. Sie hatte es sich mit lang ausgestreckten Beinen auf der Couch bequem gemacht. »Dann hast du diesen heißen neuen Typen also tatsächlich geküsst? Und Tate hat euch dabei erwischt?«

»Ja. Ich habe ganz offensichtlich nicht gerade einen meiner hellsten Momente gehabt.« Dru warf sich auf das andere Sofaende, legte das Kinn auf die angezogenen Knie und blinzelte die Freundin an. »Wie du dir denken kannst, ist Tate deswegen völlig aus dem Häuschen, und er scheint fest entschlossen zu sein, die Geschichte in ganz Star Lake zu verbreiten. Genau das, was ich brauche, nachdem die Leute zumindest halbwegs darüber hinweggekommen sind, dass ich nie mit Tates Dad verheiratet gewesen bin.«

»Hast du wirklich Angst vor dem, was ein paar Kleingeister über dich klatschen?«

»Wenn auch Tate davon betroffen ist, ganz bestimmt. Aber einen Mann in aller Öffentlichkeit zu küssen ist ja wohl nicht weiter schlimm, so dass sich das Gerede, selbst wenn die Geschichte die Runde machen sollte, bald wieder legt. Was mir wirklich Kopfschmerzen bereitet, ist der Gedanke, wie enttäuscht meine Tante und mein Onkel dann womöglich von mir sind.«

»Red doch keinen Unsinn. Ben und Sophie lieben dich mehr als eine eigene Tochter.«

»Ich weiß. Aber, Himmel, Char, ich kenne diesen Typen erst seit *gestern.«* Sie schnaubte. »Glaubst du, dass Tate, wenn ich ihm hundert Dollar gäbe, Tante Sophie gegenüber die Klappe halten würde?«

»Nie im Leben.«

»Das fürchte ich auch«, stimmte Dru düster zu. »Und

wir beide wissen, dass ein Verbot, etwas zu tun oder zu sagen, eine Sache für Kinder nur noch reizvoller macht.« Sie hob die Hände an die Schläfen und massierte sie. »Dann ist es also offiziell, dass das Männer mordende Monster mal wieder zugeschlagen hat.«

»Auf jeden Fall klingt es, als hättest du, wenn du es tatsächlich wolltest, damit alle Aussicht auf Erfolg. Manche Frauen haben eben einfach ständig Glück.« Char grinste Dru mit blitzenden braunen Augen an. »Also los, erzähl schon. Wie kommt es, dass du und dieses handwerkliche Genie euch plötzlich geküsst habt?«

»Das ist eine gute Frage. Es fing alles damit an, dass ich einen Babysitter brauchte und Tante Sophie meinte, J.D. wäre die Lösung des Problems.« Sie erzählte von der Auseinandersetzung, zu der es, als sie Tate hatte abholen wollen, zwischen ihnen beiden gekommen war. »Und das Nächste, was ich weiß, ist, dass er mich gegen den Verandapfosten gedrückt und beinahe bis zur Besinnungslosigkeit geküsst hat«, schloss sie den Bericht.

»Er war sicher gut, oder?«

Dru zuckte mit den Schultern. »Ganz in Ordnung.« *Ein Wunder, dass sich bei dieser Lüge nicht sämtliche Balken in der Wohnung bogen.* Bereits bei dem Gedanken an seine Art zu küssen, nahmen sämtliche Hormone in ihrem Körper eine stramme Hab-Acht-Stellung an.

Der Kuss hatte regelrechte Panik in ihr wachgerufen.

Was wohl Char ahnte, denn sie zwinkerte sie über den Rand ihres Eisteeglases hinweg viel sagend an. »Tate scheint ihn echt zu mögen.«

»Ich weiß. Ich schätze, das liegt daran, dass J.D. ihn all diese Männersachen machen lässt, von denen ich keinen blassen Schimmer hab. Ich sage dir, Char, wenn ich noch einmal ›*J.D. hat gesagt*‹ von ihm höre, dreh ich durch.«

»Und wie geht es zwischen dir und diesem Sexsymbol jetzt weiter?«

»Gar nicht.« Zumindest das war sonnenklar. »Ich war neugierig, aber meine Neugier wurde befriedigt. Ende der Geschichte.«

»Ts!« Char schüttelte angewidert den Kopf und stieß Dru mit ihren nackten Zehen tadelnd gegen das Bein. »Du bist eine Idiotin, Drucilla Jean.«

»Das versteht sich von selbst«, pflichtete Dru ihr unumwunden bei. »Aber ganz bestimmt nicht aus den Gründen, die dir einfallen.«

7

Am nächsten Nachmittag hörte Sophie, wie die Fliegentür des Hauses geöffnet wurde und dann mit einem leisen Plopp ins Schloss fiel. Obwohl die Tür aus Richtung der Küche gar nicht zu sehen war, hob sie erwartungsvoll den Kopf und lächelte dann, als sie hörte: »Soph! Ich bin wieder zu Hause. Bist du hier, Baby?«

Sie kam aus der Küche, trocknete sich die Hände am Geschirrtuch ab und empfand dieselbe Leichtigkeit, die stets von ihr Besitz ergriff, wenn sie ihren Ben nach jeder noch so kurzen Trennung sah. »Hi!« Sie lief in seine geöffneten Arme und quietschte, als er sie im Kreis schwenkte, fröhlich wie ein junges Mädchen. »Wie war dein Treffen?«

»In Ordnung. Selbst wenn es fast nicht möglich ist, hat Marv Peterman noch langatmiger als sonst geredet, aber insgesamt war es okay. Henry war ebenfalls da. Ich habe ihn gebeten, zu überprüfen, wie wir Dru am besten als Miteigentümerin an dem Unternehmen beteiligen können.«

»Oh, gut. Sie hat es sich weiß Gott verdient. Diese Sache mit Edwina und J.D. hat mir noch einmal deutlich vor Augen geführt, dass ihr für all die harte Arbeit, die sie in den Laden investiert, endlich die gebührende Anerkennung zuteil werden muss – ein monatlicher Gehaltsscheck reicht einfach nicht mehr aus. Meint Henry, dass bis zu ihrem Geburtstag ein Drittel unseres Anteils auf sie übertragen werden kann?«

»Er wollte nichts versprechen, aber er meinte, er würde sich um die Sache kümmern und sich spätestens Ende der Woche bei uns melden. Aber jetzt zu dir.« Er vergrub den Kopf in ihrem Nacken. »Wie geht es meinem besten Mädel?«

»Mmmh.« Sie legte den Kopf auf die Seite, damit er besser an ihren Hals herankam. »Gut. Ich habe dich vermisst.« Erregung wogte in ihr auf und sie schmiegte sich enger an ihren Mann. Sie und Ben waren seit dem Tag, an dem sie sich zum ersten Mal begegnet waren, körperlich stark voneinander angezogen worden. Natürlich hatte sich im Verlauf der Jahre die Intensität ihres Verlangens ein wenig verringert, doch vor kurzem war tatsächlich das Undenkbare passiert: Ihr Sexualtrieb hatte sich vollkommen gelegt. Der plötzliche Verlust war eine der Nebenwirkungen dessen, was Ben ironisch als die »Krönung« ihres Frau-Seins titulierte.

Widerstrebend machte sie sich von ihm los. »Verdammt. Ich hasse es, die Sache abbrechen zu müssen, vor allem, wenn ich bedenke, dass ich zum ersten Mal seit einer Ewigkeit endlich mal wieder gierig bin. Aber ich habe das Brot fürs Restaurant im Ofen, und es muss in« – sie konsultierte ihre Uhr – »sieben Minuten raus.«

Ben ließ seine Hände über ihr Hinterteil gleiten und drückte einmal zärtlich zu. »Ich kann ziemlich schnell sein.«

»So schnell nicht, Freundchen. Deine beste Zeit in den achtundzwanzig Jahren, in denen ich dich kenne, liegt bei dreizehneinhalb Minuten.«

»Ach ja?« Er betrachtete sie grinsend. »Tja, lassen wir doch einfach den Schwachsinn mit dem Vorspiel weg, auf den ihr Frauen sonst besteht, und ich wette, dass ich tatsächlich eine neue persönliche Bestzeit erreichen kann.«

Seufzend legte sie ihren Kopf an seine Schulter. »Oh, Ben, du ahnst ja gar nicht, wie sehr mir das fehlt. Du hast meine Stimmungsschwankungen mit bewunderswerter Gelassenheit ertragen, aber ich bin es leid, das Gefühl zu haben, als würde mein Körper von einem Alien bewohnt. Ich will mich selbst wieder zurück.«

»Ich auch, Baby. Vor allem den sexuell fordernden Teil deiner Person.«

Sein sehnsuchtsvoller Ton brachte sie zum Lachen und sie nahm ihn in den Arm. »Tja, ich weiß nicht«, frotzelte sie vergnügt. »Es muss für dich doch durchaus entspannend sein, zur Abwechslung mal nicht meinem Sexualtrieb hilflos ausgeliefert zu sein.«

Er bedachte sie mit seinem breiten Gott-ich-liebe-dich-Lächeln, mit dem er sie vor über einem Vierteljahrhundert für sich eingenommen hatte, und sie merkte, dass sie ihn ebenso anbetend betrachtete wie mit dreiundzwanzig. »Aber ernsthaft«, meinte sie. »Margaret hat prophezeit, dass ich meinen Trieb zurückbekommen würde, sobald erst mal das Schlimmste überstanden ist, obwohl er nie wieder so stark würde wie früher.«

Ben lachte. »Wessen Triebe lassen wohl nicht mit den Jahren nach?«

Plötzlich riss sie sich das T-Shirt aus dem Bund der Shorts und fächerte sich derart heftig Luft zu, das ihr cremefarbener Satin-BH dabei zum Vorschein kam. Es hätte lustig sein können, wäre da nicht wieder einmal diese verräterische Röte über Hals und Gesicht gekrochen. An manchen Tagen bekam sie stündlich vier oder fünf derartige Attacken, so dass sie nie wirklich zur Ruhe kam. »Was hat Margaret außerdem gesagt? Hat sie irgendwelche neuen Strategien, um diese fliegende Hitze unter Kontrolle zu bekommen?«

»Sie will es mit Vitamin E und irgendeiner Progesteron-Creme probieren, die ich mir in die Haut einmassieren soll.« Sophie schnaubte. »Ich bin sicher, dass das wenig Unterschied machen wird. Ich weiß nicht, Ben, vielleicht sollte ich doch wieder auf Premarin zurückgreifen.«

»Nicht bei der Anfälligkeit für Brustkrebs, die es in deiner Familie gibt – es wäre zu riskant.«

»Wenigstens hat es gewirkt! Gott, ich bin diese Hitzewallungen und diese Wutausbrüche leid. Ich erkenne mich ja kaum wieder. Um ein Haar hätte ich selbst Tate gegenüber ein paarmal die Beherrschung verloren. Es wird noch damit enden, dass er meinetwegen einen seelischen Knacks kriegt.«

Nun war es an Ben zu schnauben. »Tate lebt doch nur für die Gelegenheit, irgendwelche Schimpfwörter zu hören, mit denen er sein Repertoire erweitern kann. Da seine Mutter seinen Fernsehkonsum und seine Kinobesuche auf ein Minimum beschränkt, bist du in deinem explosiven Zustand für ihn die beste Unterhaltung.«

Plötzlich hellte sich Sophies Miene auf. »Oh. Apropos Tate, er kam heute Morgen mit einer *höchst* interessanten Neuigkeit vorbei.«

»Ach ja?« Die Eieruhr begann zu klingeln und Ben folgte ihr in die Küche, wo er zusah, wie sie schwungvoll eine Reihe goldbrauner Brote aus dem Ofen zog und die nächsten Laibe auf dem Rost verteilte.

»Allerdings.« Sie klappte die Tür des Ofens wieder zu, stellte abermals die Uhr und warf die Topflappen auf den Tisch. »Sieht aus, als hätte Tate J.D. und unsere Drucilla in einer verfänglichen Situation auf der Veranda seiner Hütte überrascht.«

»Was?« Ben richtete sich zu seiner ganzen Größe auf und drückte sich entschieden vom Türrahmen ab. »Den Kerl bringe ich um.«

Lachend ergriff Sophie seinen Arm. »Immer mit der Ruhe, Junge. Er hat sie nur geküsst und nach allem, was Tate mir erzählt hat, hat sie sich nicht unbedingt dagegen gewehrt.«

»Verdammt.« Er massierte seine unvermittelt verspannte Nackenmuskulatur. »Wie lange ist er hier? Achtundvierzig Stunden? Ein bisschen zu kurz, um jetzt schon was mit meiner Nichte anzufangen.«

»Wie lange hast du mich gekannt, als du mich zum ersten Mal geküsst hast?«

»Himmel«, begann er mit empörter Stimme. »Mindestens, äh …«

»Acht Stunden, Sportsfreund. Und wie lange hat es gedauert, bis du mit mir ins Bett gegangen bist?«

»Das ist doch etwas völlig anderes!«

»Nein, mein Lieber, es war genau das Gleiche.«

»Wir wissen so gut wie gar nichts über diesen Kerl.«

»Wir wussten auch nichts über ihn, als wir beschlossen haben, Edwinas letzten Wunsch, ihm ihren Anteil am Hotel zu hinterlassen, vorbehaltslos zu respektieren.«

»Das ist ja wohl kaum dasselbe, wie tatenlos mit anzusehen, wie er unserem Baby den Kopf verdreht!«

»Liebling, sie ist schon lange nicht mehr unser Baby. Und ehrlich gesagt bin ich der Ansicht, dass es allerhöchste Zeit ist, dass irgendein Mann ihren Hormonhaushalt in Schwung bringt. Seit Tate auf die Welt gekommen ist, achtet sie krampfhaft darauf, nur ja keine Grenzen zu überschreiten, und das ist einfach nicht normal. Sie braucht mehr als das Leben, das sie sich bisher zugestanden hat. Und ich finde J.D. durchaus sympathisch. Er hätte jeden Grund, verbittert und skrupellos zu sein, aber auf mich wirkt er wie ein durch und durch anständiger Mensch.«

»Auf alle Fälle ist er voller Misstrauen – so wie er Dru zufolge die Bücher durchgegangen ist, könnte man meinen, oberstes Ziel in unserem Leben wäre es, ihn über den Tisch zu ziehen. Und ich wette, dass er jederzeit bereit ist, einen Streit durch Einsatz seiner Riesenpranken zu beenden.«

»Was angesichts seiner Kindheit nicht weiter überraschend wäre. Aber ich wiederum wette, dass er für gewöhnlich höchstens damit droht. Als Polier musste er jede Menge Männer führen, die eine starke Hand brauchen, also jemand, der sich auch körperlich durchzusetzen versteht. Aber ich kann mir nicht vorstellen, dass er jemals einer Frau gegenüber Gewalt anwenden würde. Ebenso wenig wie ich mir vorstellen kann, dass er ohne guten Grund irgendwelchen Blödsinn anstellt. Auch wenn er manchmal etwas ungeschliffen ist, macht er auf mich den Eindruck eines beständigen Menschen. Vor allem ist er ehrlich.«

»Woher willst du das wissen?«

»Hat er bisher nur einmal gezögert zu sagen, was er dachte, egal, ob wir es hören wollten oder nicht?« Da sie Bens Schulterzucken als Einverständnis nahm, fügte sie hinzu: »Außerdem scheint er alles andere als dumm zu sein. Vor allem gefällt mir, wie er unsere Kleine ansieht.«

»Auch wenn ich es bestimmt bereuen werde, dich danach zu fragen, aber wie sieht er sie deiner Meinung nach denn an?«

»Also bitte.« Sie kam durch die Küche und schlang ihm

die Arme um die Taille. »Als würde er sie ebenso gerne verschlingen wie meine Crème Brûlée.«

Als er stöhnte, lachte Sophie unbekümmert auf. »Das ist doch nicht schlimm. Ich weiß, du betrachtest Drucilla nach wie vor als dein kleines Mädchen, aber du solltest sie dir mal genauer ansehen. Es ist die reinste Freude, wie lebendig sie in den letzten beiden Tagen geworden ist.« Summend küsste sie ihn auf den Hals. »Ich glaube, mein sexuelles Verlangen kehrt tatsächlich allmählich zurück.«

»Du versuchst doch nur, mich abzulenken.«

Sie rieb sich an seinem Bauch. »Und, habe ich damit Erfolg?«

»Allerdings.« Er schob sie rückwärts in den Flur, von dem aus man ihr Schlafzimmer erreichte. »Es wirkt wie die reinste Magie.«

J.D. schloss das Abrechnungsbuch des letzten Jahres, legte es neben die beiden anderen Bücher auf den Tisch, wippte auf seinem Stuhl nach hinten, kreuzte die Arme vor der Brust und starrte unter die Decke seiner kleinen Küche.

Okay, die Lawrences hatten die Bücher anscheinend nicht frisiert. Aber niemand war ohne Grund so nett wie sie. Seiner Erfahrung nach wollte jeder irgendwas haben – und er wollte gerne wissen, worum es Ben und Sophie ging.

Ganz zu schweigen von Drucilla. Die krasse Wahrheit war, dass sie wahrscheinlich alles von ihm haben könnte, wenn sie ihn noch mal so küsste wie am Vortag.

Die vorderen Stuhlbeine krachten auf den Boden und er richtete sich auf. Er hatte nicht mehr an die Sache denken wollen. Hatte sich eingeredet, dass es garantiert nur an einer ungünstigen Konstellation von Mond und Jupiter oder sonst so einem Käse gelegen hatte, dass er und Dru gleichermaßen emotionsgeladen zur selben Zeit am selben Ort gewesen waren. Er war froh, dass Tate genau im rechten Moment erschienen war. Dadurch hatte er sie davor bewahrt, etwas zu tun, was sie beide sicherlich bitter bereut hätten.

Ja, natürlich. Er stand entschlossen auf.

Okay, er wollte mit ihr schlafen. Aber für ihn wäre das nichts weiter als eine Eintagsfliege, während sie eindeutig zu den Frauen gehörte, die sofort an ewige Liebe dachten – weshalb sie für ihn ganz sicher nicht die Richtige war.

Sex war für ihn nichts weiter als Entspannung. Er war unterhaltsam, langsam und gemächlich oder schnell, zornig und schmutzig. Am Ende jedoch ging es stets um dasselbe: um die Befriedigung grundlegender fleischlicher Gelüste.

Früher hatte er noch echte Zuneigung gesucht. Doch das war lange her. Es hatte gereicht, dass ihm ein paarmal die Zähne eingetreten worden waren, um zu wissen, dass es Liebe für einen Mann wie ihn nirgends gab.

Gestern hatte er halt mal Glück gehabt, doch die Chance, dass sich das wiederholte, war äußerst gering. Es machte keinen Sinn, Zeit damit zu vergeuden, dass er darüber nachsann. Also schnappte er sich die Bücher und machte sich auf den Weg zum Hotel.

Er hatte keine Ahnung, welches Spiel die Lawrences mit ihm spielten, doch war ihm bewusst, dass er nur dann eine Chance gegen sie hätte, wenn er so viel wie möglich über das Unternehmen wüsste. Wissen war Macht und er wollte wie üblich sämtliche Informationen, die er finden konnte, in sich aufsaugen wie ein großer, trockener Schwamm.

Ein paar Minuten später klopfte er an die Tür von Drus Büro. Von drinnen hörte er Gelächter und von einer plötzlichen Ungeduld erfasst, trat er unaufgefordert ein.

Eine hübsche Blondine saß Dru gegenüber an dem breiten Schreibtisch, und beide Frauen drehten, als sich die Tür öffnete, neugierig die Köpfe. Die Blondine beäugte ihn mit einigem Interesse, Drus kühler Blick hingegen machte deutlich, dass er ihrer Meinung nach unbefugt in ihr Reich eingedrungen war. Er straffte seine Schultern.

Was machte das schon aus? Schließlich war er es gewohnt, ein Außenseiter zu sein.

»Hallo«, sagte die Blondine und lächelte ihn freundlich an.

Sie war sein Typ von Frau: auffallend geschminkt, gefärbte Haare, bunt lackierte Fingernägel und ihm eindeutig gewogen. »Hi.«

»J.D., das ist meine Freundin Char McKenna«, sagte Dru und er verglich automatisch die beiden Freundinnen. Drus Attraktivität war wesentlich subtiler – sie hatte glänzende braune Haare, Sommersprossen auf der Nase und von dichten, dunklen Wimpern gerahmte leuchtend blaue Augen – und es war schlicht verblüffend, weshalb ihn ihr Anblick die Anwesenheit der anderen Frau sofort vergessen ließ.

»Char ist unsere Masseurin«, erläuterte sie. »Char, J.D. Carver. Du weißt ja, wer er ist.«

Char rang erstickt nach Luft und J.D. bedachte Drucilla mit einem bösen Blick. Was zum Teufel hatte diese Bemerkung schon wieder zu bedeuten?

Dru verbarg die in ihr aufsteigende Hitze hinter einem kühlen Lächeln. Ohne sein abruptes Erscheinen wäre es ihr beinahe tatsächlich gelungen, sich einzureden, dass der Kuss völlig bedeutungslos für sie gewesen war. Sie atmete tief ein und langsam wieder aus. »Kann ich etwas für Sie tun?«

Oh, Baby.

Sie meinte die Worte beinahe zu *hören,* als er sie mit einem durch und durch männlichen Blick bedachte und den Mund zu einem halben Lächeln verzog. Char spitzte die

Lippen wie zu einem stummen Pfiff, fächelte sich mit den Fingern Luft zu, und Dru verfluchte ihre eigene hyperaktive Fantasie, die sie an all die Dinge, die sie für ihn tun könnte, denken ließ. Aber sie wollte verdammt sein, wenn sie errötete und stotterte wie eine verlegene Jungfrau, und so zog sie lediglich fragend ihre Augenbrauen hoch.

»Allerdings.« Er legte die Bücher vor ihr auf den Tisch, stemmte die Hände in die schmalen Hüften und musterte sie reglos. »Schicken Sie mich an die Arbeit.«

»Was würden Sie denn gerne tun?«

»Etwas, was mit dem Hotelbetrieb zu tun hat. Ich will alles von Grund auf lernen.«

Das war sicher nur fair. Als Miteigentümer sollte er sämtliche Aspekte ihres Unternehmens kennen. »Okay.« Sie dachte kurz nach. »Haben Sie Turnschuhe dabei?«

»Wie bitte?«

»Turnschuhe. Ob Sie …«

»Ich habe Sie durchaus verstanden. Nur sehe ich nicht, welchen Bezug diese Frage zu meiner Einführung ins Unternehmen hat.«

»Ich werde Sie hinter den Empfangstresen stellen. Dort beginnt die Gästebetreuung, weshalb mir das als richtiger Ort für den Einstieg erscheint. Aber das Personal am Empfang trägt unsere Uniform.« Sie wies auf ihre eigene Garderobe. »Polohemd und Shorts werden von uns gestellt, Schuhe jedoch nicht.«

»Dann werde ich ins Dorf fahren und mir welche kaufen.« Er wandte sich an Char und bedachte sie mit einem seiner seltenen, breiten Lächeln. »Nett, Sie kennen gelernt zu haben.« Dann wandte er sich abermals an Dru und nagelte sie mit seinem durchdringenden Blick geradezu auf ihrem Stuhl fest. »In zirka einer halben Stunde bin ich wieder da.«

Dru hätte nicht sagen können, weshalb dies in ihren Ohren wie eine Warnung klang.

Die Tür fiel hinter ihm ins Schloss und Char lehnte sich auf ihrem Stuhl zurück. »Wow. Ich hoffe, dass mein Herzschlag jetzt wieder normal wird.« Sie sah die Freundin an. »Und du hast gesagt, es wäre *okay* gewesen ihn zu küssen? Es überrascht mich, dass wir dich nicht mit Blaulicht in die Kardiologie des Harborview-Krankenhauses in Seattle haben bringen müssen.« Sie blickte nachdenklich zur Tür. »Ich frage mich, ob er wohl einen Bruder hat.«

Dru quittierte diesen Satz mit geradezu hysterischem Gelächter. »Keine Ahnung. Aber ich kann ihn ja danach fragen.«

Als Char gegangen war, rief Dru wegen der Uniform-Sachen für J.D. im Sportgeschäft an. »Hallo, Joe. Ich brauche unsere übliche Uniform, und zwar das Polohemd in L und die Shorts in Größe vierunddreißig. Sie haben beides da? Super. Danke, Joe. Ich komme gleich rüber und hole beides ab.« Sie legte den Hörer auf die Gabel und stand auf. Irgendwie hatte sie das Gefühl, als ob ihr ruhiges, durchorganisiertes Leben außer Kontrolle geriet. Das gefiel ihr absolut nicht.

Sie hinterließ am Empfang, wo sie zu finden wäre, und eilte zu dem kleinen Laden, in dem es im Winter alles für Skifahren und im Sommer alles zum Schwimmen, Laufen, Klettern und Biken und halt ebenso die Garderobe mit dem Logo des Hotels zu kaufen gab.

Da gerade zwei Gäste eine Stunde Wasserski bei dem Verkäufer buchten, rückte sie einen Stapel T-Shirts gerade und ordnete die Sonnenbrillen am Ständer neben dem Tresen um. Als sie schließlich von der Inspektion des Schaufensters zurücktrat, wies Joe auf die ordentlich gefaltete am Rand des Tresens liegende Uniform, ohne sein Gespräch mit den Gästen zu unterbrechen. Sie signierte die Quittung und drehte sich gerade um, als sie dabei unsanft mit J.D. zusammenstieß. Es machte sie wütend, dass er ebenso wie sie vor der Berührung zurückzuschrecken schien.

»Sally hat gesagt, dass ich Sie hier finde.«

»Ja. Ich habe die Klamotten für Sie abgeholt.« Sie streckte ihm die Sachen hin.

Als er sie abnahm, traf sie die Berührung seiner Hand wie ein elektrischer Schlag. Sie räusperte sich, verließ hastig den Laden und wies in Richtung des breiten Ganges, der vom Foyer des Hotels abging. »Sie können den Umkleideraum der Männer benutzen. Er liegt gegenüber dem Spielzimmer direkt hinter dem Fahrstuhl. Wenn Sie fertig umgezogen sind, treffen wir uns am Empfang.«

Fünf Minuten später verfolgte Dru, wie er durch den Gang zum Empfangstisch schlenderte, und riss erstaunt die Augen auf. Bisher kannte sie ihn nur in weißem T-Shirt und abgewetzter Jeans. In der frisch gestärkten kurzen Hose und dem schicken Polohemd wirkte er geradezu elegant. Unter dem blütenweißen Hemd hoben sich sein Hals und seine Arme besonders dunkel ab, seine Beine jedoch waren, wahrscheinlich weil er für gewöhnlich seine Jeans trug, eher dezent gebräunt. Allerdings waren sie hell behaart und muskulös, und nur mit größter Mühe riss sie sich von diesem Anblick los.

Wirklich berührt jedoch war sie nicht von der betörenden Fitness seines durchtrainierten Körpers, sondern von den Socken, die er in den brandneuen weißen Tennisschuhen trug. Sie waren hoffnungslos verwaschen und riefen den Gedanken in ihr wach, wie er mutterseelenallein in einen Waschsalon marschierte und dort die Wäschestücke sämtlicher Farben wild durcheinander in die Maschine stopfte. Es erinnerte sie daran, dass er nahezu allein aufgewachsen, und ständig hin und her geschoben worden war.

Zärtlichkeit übermannte sie, doch sie riss sich mit aller Macht zusammen. Oh, nein. Nein, nein, nein, nein, *nein!* Er war kein mutterloser kleiner Junge, sondern ein ausgewachsener, durch und durch von sich überzeugter, höchst uncharmanter Mann, und sie böte gewiss nicht an, ihm die Socken zu waschen. Großer Gott – was war nur mit ihr los?

Er trat gelassen auf sie zu. »Passt alles perfekt. Sie haben ein gutes Auge.«

Ihr Blick fiel auf die etwas weite Hose. »Die Shorts wirken ein bisschen groß.«

»Sie passen schon. Ich habe Größe dreiunddreißig, aber die ist nicht leicht zu finden, so dass ich für gewöhnlich vierunddreißig nehme und mich darüber freue, dass mir genug Raum zum Luftholen bleibt.« Er zuckte mit den Schultern. »Kein Problem.«

»Gut. Also zu Ihren Strümpfen ...«

Er sah überrascht auf seine Füße, verzog dann jedoch den Mund zu einem schiefen Grinsen. »Tut mir Leid. Irgendwie sind sie mir zwischen die Jeanssachen geraten. Eigentlich trage ich sie nur bei der Arbeit. Soll ich mir besser ein paar wirklich weiße Socken holen?«

Okay, Drucilla Jean, damit ist es endgültig bewiesen – du bist und bleibst eine Idiotin.

Es gelang ihr nicht, sein Lächeln zu erwidern. »Für heute dürften sie genügen. Schließlich stehen Sie ja *hinter* dem Empfangstisch.«

Gott, sie konnte es kaum glauben, dass sie tatsächlich kurz erwogen hatte, diesen Typen zu bemuttern. Wenn sie auch nur ein paar lausige Sekunden klar hätte denken können, statt derart rührselig zu werden, hätte sie sich daran erinnert, dass er bisher immer in makellos weißen T-Shirts herumgelaufen war.

Tja. Besser, sie besann sich ausschließlich auf ihre Art als nüchterne Geschäftsfrau. »Dann ist ja alles bereit. Legen Sie Ihre Sachen hier hinter den Tresen und ich hole Sally, damit sie Ihnen alles Wichtige erklärt.«

8

J.D. zog seine Uhr hervor, ließ den Deckel aufschnappen, klappte ihn seufzend wieder zu und steckte sie ein. Seit er zum letzten Mal nach der Zeit gesehen hatte, waren erst zehn Minuten vergangen und bis zum Ende seiner Schicht war es noch eine ganze Stunde. Zumindest war es eine Beruhigung, dass dies sein letzter Tag hinter dem Empfang sein würde.

Er hätte nie geahnt, wie sehr sich ein Tag in die Länge ziehen konnte. Falls er diese letzten sechzig Minuten noch überlebte, würde er die Verspannung in seinem Nacken lockern, indem er ein, zwei Stunden mit der Reparatur des Balkongeländers vor dem Adlernest verbrächte. Wenn er eins gelernt hatte in den sechs Tagen am Empfang, dann, dass es ihn in den Wahnsinn treiben würde, auf Dauer einen Job zu machen, der mit so wenig Bewegung und Aktivität verbunden war.

Ganz zu schweigen vom ständigen Publikumsverkehr. Die ganze Woche über hatte er sein wahres Ich ständig zähneknirschend unterdrückt. Ein paar der Gäste hatten dem Wort »unhöflich« eine völlig neue Bedeutung verliehen. Sein natürlicher Instinkt war es, das weder wortlos hinzunehmen noch gar die andere Wange hinzuhalten. Ein solches Verhalten hätte in krassem Gegensatz gestanden zu sämtlichen Überlebensstrategien, die ihm von frühester Kindheit an eingetrichtert worden waren.

Gott sei Dank hatte er »wegen guter Führung« das Wochenende frei, bevor er nächste Woche durch eine andere Abteilung des Unternehmens geschleust wurde. Dru hatte ihm eine Liste sämtlicher Bereiche ausgehändigt und sie hatten gemeinsam einen Arbeitsplan für die nächsten Monate erstellt. Ab Montag würde er jeweils zur Hälfte bei der Instandhaltung und in dem eleganten Restaurant beschäftigt sein. Er wusste bereits von vornherein, welche dieser beiden Tätigkeiten eher auf ihn zugeschnitten war.

Das Klingeln des Telefons unterbrach seine Gedanken. Sally holte gerade eine Information für einen ihrer Gäste ein, so dass er selbst drangehen musste. Verdammt. Er kam problemlos mit allen möglichen Werkzeugen zurecht, aber diese Telefonanlage war für ihn ein Buch mit sieben Siegeln. Es klingelte erneut. Eine Unzahl roter und grüner Knöpfe blinkte, und als er den Hörer von der Gabel nahm, drückte er wahllos darauf herum. »Star Lake Lodge.«

»Könnte ich bitte Ben Lawrence sprechen?«

»Tut mir Leid, Mr. Lawrence ist momentan nicht da. Wollen Sie vielleicht eine Nachricht …«

»Verdammt, ich habe es auch schon bei ihm zu Hause versucht. Wie steht es mit Dru? Ist sie wenigstens zu sprechen?«

»Ja, sicher, ich stelle Sie gerne zu ihr durch.« Drus Leitung jedoch war besetzt. »Tut mir Leid, sie telefoniert gerade. Kann ich etwas ausrichten?«

»Ja. Mein Name ist Henry Briggs. Sagen Sie Ben, dass es mir Leid tut, dass es so lange gedauert hat, bis ich mich bei ihm gemeldet habe, aber dass ich dafür die Informationen zusammen habe, die er haben wollte, und dass er mich deshalb doch bitte zurückrufen soll.«

»Verstanden. Henry Briggs. Hat die gewünschte Information und bittet um Rückruf.«

Der Mann lachte. »Sie sind ein bisschen anders als die normalen Leute am Empfang.«

»Sie sind nicht der Erste, der das sagt.« J.D. blickte auf die vielen leeren Stellen auf dem pinkfarbenen Zettel. »Hat Ben Ihre Nummer?«

»Ja.«

»Also gut. Ich werde dafür sorgen, dass er die Nachricht erhält.«

Briggs bedankte sich bei ihm, wünschte ihm noch einen guten Tag und legte wieder auf.

Gleichzeitig betraten zwei Frauen das Foyer. Die Ältere der beiden hatte lavendelfarbene Haare und an Fingern und Ohren blitzten fette Diamanten. Die Jüngere hingegen hatte herabhängende Schultern und trug ein sicher teures, doch wenig schmeichelhaftes Kleid. Die alte Dame hatte eine nörgelige, schrille Stimme, mit der sie ihrer Begleiterin scharfe Anweisungen erteilte und sie barsch ermahnte, im Umgang mit den Koffern, die sie schleppte, ja vorsichtig zu sein. J.D. klingelte nach einem Pagen und atmete tief durch.

»Guten Tag, die Damen«, begrüßte er die beiden. »Willkommen in der Star Lake Lodge. Was kann ich für Sie tun?«

»Junger Mann, was *darf* ich für Sie tun.«

»Als Erstes könnten Sie mir den Namen sagen, unter dem Sie bei uns reserviert haben.«

Die Jüngere der beiden verzog den Mund zu einem amüsierten, kleinen Lächeln, die Ältere jedoch richtete sich angesichts dieses neuerlichen Affronts zu ihrer ganzen Größe auf. »Sie Schwachkopf, ich habe nicht gefragt, was ich für Sie tun kann. Ich habe lediglich Ihr grauenhaftes Englisch korri …«

Etwas von dem, was er empfand, blitzte offenbar in seinen Augen auf, denn sie brach plötzlich ab und trat unwillkürlich einen Schritt zurück.

»Manion«, sagte die Frau mittleren Alters mit freundlich-ruhiger Stimme. »Die Zimmer sind auf Mrs. Roberta Manion reserviert. Ich bin ihre Tochter Estelle.«

»Ich wünsche Ihnen einen angenehmen Aufenthalt, Ms. Manion.« Sein Lächeln ließ sie blinzeln, und da es nicht in seiner Absicht lag, sie nervös zu machen, beschäftigte er sich eilig mit dem Computer und suchte den Namen heraus. Wenige Sekunden später hatte er ihn auf dem Bildschirm. »Ja, gut. Sie haben die Timberline-Suite.« Er nahm den Umschlag mit den Schlüsseln und den Hotelinformationen aus einem Fach in seinem Rücken und schob ihn über den Tresen in Richtung von Estelle.

Als die Mutter ihrer Tochter den Umschlag aus der Hand riss, schluckte J.D. seinen giftigen Kommentar mühsam herunter, hätte, als er sah, welcher Page herangeflitzt kam, jedoch beinahe geflucht.

Weshalb ausgerechnet Sean? Für den Jungen war dies der allererste Job und er war deshalb fürchterlich nervös. Eine Hexe wie die alte Mrs. Manion brächte ihn bestimmt innerhalb weniger Sekunden vollends aus dem Konzept.

Doch es war nicht zu ändern und so stellte er den jungen Mann den beiden Frauen vor. »Er wird Ihnen mit Ihrem Gepäck behilflich sein. Sean, Mrs. und Ms. Manion haben die Timberline-Suite.« Er wandte sich an die Gäste und zeigte auf die kleinen Koffer, mit denen Estelle hereingekommen war. »Haben Sie noch mehr Gepäck im Wagen oder ist das alles?«

»Natürlich haben wir noch mehr Gepäck«, fauchte die alte Manion. »Schließlich bleiben wir einen Monat hier.«

»Kommen Sie«, bat Estelle den Pagen mit ihrer leisen Stimme. »Der Wagen steht direkt vor dem Haus.«

J.D. schwankte zwischen Erleichterung und Sorge, als die Alte den beiden zeternd folgte. Himmel, mit einem

Trupp aufsässiger Bauarbeiter kam er eindeutig problemloser zurecht.

Nur wenige Minuten später hörte er von der Auffahrt Roberta Manions zornbebende Stimme. »Scheiße!«, knurrte er, schwang sich über den Tresen und rannte nach draußen.

Der Page hatte das Gepäck aus einem brandneuen Mercedes auf die breite, überdachte Veranda gehievt und stapelte es dort entsprechend dem Befehl der alten Frau auf einem Rollwagen auf. Während J.D. näher kam, verlangte sie von Sean, eine der Taschen an einer anderen Stelle anzuordnen, was dem angespannten Gesichtsausdruck des Jungen zufolge nicht zum ersten Mal geschah.

»Nein«, schnauzte sie, als er die Tasche an die Seite stellte. »Ich habe gesagt, ich will sie hier. *Hier*, verstanden?«

»Sehr wohl, Ma'am.« Mit hochroten Ohren schob er die Tasche an die angewiesene Stelle. Unglücklicherweise schlug die Alte gerade, als er das Gepäckstück losließ, vor Zorn gegen den Wagen. Der rollte ein Stück davon und die Tasche plumpste auf die Erde.

»Oh! Du dummer, ungeschickter Junge! Sieh nur, was du getan hast. Ich werde dafür sorgen, dass man dich auf der Stelle feu ...«

Jetzt hatte J.D. endgültig genug. »Wenn Sie mit Seans Arbeit derart unzufrieden sind, Mrs. Manion«, sagte er und trat drohend vor sie, »dann machen Sie sie vielleicht besser selber.« Er drückte dem Jungen aufmunternd die Schulter, bückte sich nach der Tasche und ordnete den Rest des Gepäcks schwungvoll auf dem Wagen an.

»Sie unverschämter Rüpel! Ich werde dafür sorgen, dass man auch Sie umgehend entlässt.«

»Mutter«, wisperte Estelle mit verschämter Stimme, aber J.D. drehte sich langsam nach ihr um und fixierte die alte Dame.

»Das können Sie gerne versuchen. Allerdings dürfte Ihnen dabei kaum Erfolg beschieden sein, denn ich bin Miteigentümer des Hotels. Und Sean arbeitet für mich, also wird es Ihnen ebenso wenig gelingen, seine Anstellung in diesem Hause zu beenden.« Er rollte den voll gepackten Wagen in Richtung des Jungen. »Los geht's, Sean. Nun bring die beiden Damen bitte auf ihr Zimmer.« An Estelle gewandt fügte er für alle vernehmlich hinzu: »Ich verlasse mich darauf, dass Sie dafür sorgen, dass Ihre Mutter sich ihm gegenüber nicht noch einmal derart im Ton vergreift.«

Natürlich hätte er gar keinen Gedanken darauf zu verschwenden brauchen, dass sich die Alte nicht über ihn beschweren würde. Bereits zwei Minuten später wurde er von Dru zum Rapport in ihr Büro zitiert.

»Sind Sie total verrückt geworden?«, fragte sie, noch ehe die Tür hinter ihm ins Schloss gefallen war. Mit vor der Brust gekreuzten Armen und gestrafften Schultern saß sie hinter ihrem Schreibtisch und blitzte ihn aus ihren leuchtend blauen Augen zornig an.

»Vielleicht.« Er kreuzte ebenfalls die Arme vor der Brust und musterte sie reglos. Ihre Augen sprühten regelrechte Funken und sie hatte ein leicht gerötetes Gesicht. »Ich schätze, es kommt darauf an, wen Sie danach fragen.«

»In diesem Fall Roberta Manion.« Da sie anscheinend zu dem Schluss kam, dass ein vernünftiges Gespräch sinnvoller wäre als eine zornige Attacke, nahm sie eine etwas entspanntere Haltung an. »Hören Sie, ich weiß, dass sie manchmal ein bisschen schwierig ist …«

»Ein *bisschen?* Die Alte könnte einem Piranha Unterricht erteilen. So wie sie Sean attackiert hat, hätte es mich nicht weiter gewundert, wenn sie am Ende nur noch seine Knochen ausgespuckt hätte.«

»Das ist noch lange kein Grund, das Problem dadurch zu verschärfen, dass Sie sich ebenso unhöflich benehmen wie sie. Unser Hotel ist berühmt für seinen außergewöhnlich guten Service. Diesen Ruf hat es nicht dadurch bekommen, dass wir unseren Gästen erklären, dass sie, wenn ihnen was nicht passt, die Sache einfach selber machen sollen.«

Verdammt, man hätte wirklich denken können, er hätte die alte Ziege öffentlich beleidigt. Die angriffsbereite Dru gefiel ihm deutlich besser als das verständnisvolle, beinahe mütterliche Wesen, das zu ihm sprach wie zu einem flegelhaften, sechzehnjährigen Sohn.

Ehe er jedoch etwas erwidern konnte, fuhr sie bereits fort. »Allerdings konnte ich Mrs. Manion beruhigen, indem ich ihr versichert habe, dass dies Ihr letzter Tag am Empfang gewesen ist. Außerdem habe ich sie und ihre Tochter für heute Abend ins Restaurant eingeladen, so dass sie bereit sind, die Sache zu vergessen. Aber, J.D., in Zukunft sollten Sie bitte daran denken, dass ...«

»Sie haben *was* getan?« Glühend heißer Zorn schoss durch seine Adern, er trat vor ihren Schreibtisch, stützte sich ungeachtet der dort verstreuten Papiere mit beiden Händen kraftvoll auf der Platte ab, beugte sich nach vorn und stellte befriedigt fest, dass sie vor ihm zurückwich. »Können Sie mir vielleicht sagen, wie man in diesem wunderbaren Hotel zu seinen Angestellten steht? Müssen sie alles mit sich machen lassen, nur, damit die Gäste ja zufrieden sind?«

»Natürlich nicht. Reden Sie doch keinen Unsinn.«

»Was zum Teufel nennen Sie daran Unsinn? Roberta Manion hat Sean dumm und unfähig genannt. Sie hat damit gedroht, ihn feuern zu lassen, nur, weil eine ihrer Taschen auf den Boden gefallen ist, nachdem sie den verdammten Wagen fortgestoßen hat. Sie hat den Jungen fertig gemacht und dafür wird sie noch mit einer Gratismahlzeit in Ihrem verfluchten Vier-Sterne-Restaurant *belohnt?«*

Dru sprang auf die Füße und beugte sich ihrerseits über den Schreibtisch. »Hüten Sie Ihre Zunge, J.D. Carver. Ich bin keiner Ihrer Bauarbeiter, der sich Ihre Kraftausdrücke einfach gefallen lässt.«

»Verdammt, ich rede, wie ich will!« Wenige Zentimeter trennten ihre Gesichter und er schob sich tatsächlich noch ein wenig näher an sie heran. Papiere rutschten über den Schreibtisch und segelten lautlos auf die Erde. »Können Sie mir sagen, was für einen Eindruck Ihre Reaktion wohl auf unsere Angestellten macht?«

»Mein Gott, Ihre Anmaßung kennt wirklich keine Grenzen. Es sind nicht *unsere* Angestellten, Sie ...« Plötzlich brach sie ab und J.D. bedachte sie mit einem bösen Lächeln.

»Oh, doch, mein Herz, das sind sie. Deine und meine und Tante Sophies und Onkel Bens. In der Tat bin ich mir nicht ganz sicher, ob es auch deine Angestellten sind. Wenn ich mich nicht irre, bist du in diesem Unternehmen lediglich angestellt.« Sie kniff die Augen zusammen und ihr Gesicht wurde noch röter als zuvor. Ihre Halsschlagader pochte und sein Lächeln wurde tatsächlich noch breiter.

»Ich gebe nicht vor, besonders viel Erfahrung auf diesem Gebiet zu haben«, fuhr er gelassen fort. »Also werde ich ganz sicher nicht den guten Ruf dieses Hotels verderben wollen, auf den ihr so wahnsinnig stolz seid. Ich kann sogar eine Menge unhöflicher Bemerkungen von den Gästen schlucken und immer noch sagen: ›Sehr wohl, Madam, danke, Madam‹, aber eines ist ganz klar.« Er beugte sich so weit über den Tisch, dass nur noch ein paar Millimeter ihre Nasenspitzen trennten. »Ich will verdammt sein, wenn ich tatenlos daneben stehe und mit anhöre, wie eine alte Streitaxt, deren Benehmen schlimmer als das jedes Straßenköters ist, einen Jungen fertig macht, der sich in dem Bemühen, die Ehre des Hotels aufrecht zu erhalten, beinahe umbringt.«

Zu seiner Überraschung schien ihr Ärger plötzlich zu verfliegen, denn sie richtete sich auf und nickte langsam mit dem Kopf. »Vielleicht habe ich auch deshalb etwas überstürzt gehandelt, weil es bei der Beschwerde zusätzlich um Sie ging«, gab sie, wenn auch widerstrebend, zu.

»Was?« Theatralisch griff er sich ans Herz. »Es fällt Ihnen also nicht schwer zu glauben, dass ich ohne Grund unhöflich zu meinem Gast gewesen bin?«

»Daran habe ich nicht eine Sekunde gezweifelt.« Sie zog das Telefon zu sich heran und gab eine zweistellige Nummer ein. »Hier ist Dru. Bitte schicken Sie Sean in mein Büro.«

Einen Augenblick später klopfte der Page schüchtern an und betrat mit einem furchtsamen Gesichtsausdruck den Raum.

Dru bat ihn, sich zu setzen, und sobald er auf der Kante des Besucherstuhles hockte, sagte sie. »Ich muss mich bei dir entschuldigen.«

»Ma'am?«

»Wahrscheinlich hast du bereits gehört, dass ich Mrs. Manion und ihre Tochter zum Essen in unser Restaurant eingeladen habe. Es tut mir Leid, Sean. Ich habe übereilt gehandelt, ohne alle Fakten zu kennen, und wie J.D. zu Recht gesagt hat, kommt die Einladung einer Belohnung dafür gleich, dass sie sehr grob mit dir umgesprungen ist.«

»Oh, äh ...«

»J.D. hat mir erzählt, was Mrs. Manion getan hat und wie souverän du mit der Situation umgegangen bist. Ich nehme an, dass sie auch auf dem Weg zur Suite weiter mit Beleidigungen um sich geworfen hat.«

Sean rutschte unbehaglich auf seinem Platz herum. Es

war deutlich, dass er sich nicht beschweren und dadurch zum Jammerlappen abgestempelt werden wollte. Dann jedoch kam ihm anscheinend ein Gedanke, wie er dem Ganzen eine gute Wendung geben könnte und er sagte eilig: »Ms. Manion hat mir ein großzügiges Trinkgeld gegeben.«

»Gut. Es klingt nämlich ganz so, als hättest du dir jeden Cent davon redlich verdient. Außerdem möchte ich dir als Entschuldigung und als Dank dafür, dass du derart professionell mit einem schwierigen Gast umgegangen bist, eine zweistündige Wasserski-Party anbieten. Ruf einfach im Sportgeschäft bei Joe an und mach einen Termin, der dir und deinen Freunden passt.«

»Wow. Danke, Dru. Danke, Mr. Carver.«

»J.D.«, wurde er erinnert.

»Ja, richtig – J.D. Nochmals vielen Dank.«

Er verließ das Büro und J.D. hörte zu, wie Dru per Telefon im Sportgeschäft wegen der Wasserski-Party Bescheid gab. Verdammt, es fiele ihm viel leichter, Distanz zu ihr zu wahren, wenn sie, statt auf einmal vollkommen vernünftig, weiter herablassend mit ihm umgegangen wäre. Wahrscheinlich gab es für ihren plötzlichen Sinneswandel irgendeinen Grund. Einer davon war ohne jeden Zweifel die Hoffnung, ihn von hier zu vertreiben.

Oder ihn ganz einfach mürbe zu machen.

Er dachte an den Pulsschlag, den er an ihrem Hals gesehen hatte, und an sein Verlangen, seine Zunge sanft auf ihre Haut zu drücken und das Pochen zu spüren. Er unterdrückte einen Fluch und verließ, ehe er eine unwiderrufliche Dummheit begehen würde, fluchtartig das Büro.

Erst nachdem er durch anständige, schweißtreibende Arbeit am Balkon des Adlernests ein wenig zur Ruhe gekommen war, fiel ihm die Nachricht für Drus Onkel wieder ein.

Verdammt. Widerstrebend verzichtete er auf ein kaltes Bier und ein Gespräch über Football mit dem netten Barkeeper, räumte sein Werkzeug an die Seite und marschierte auf der Suche nach dem Zettel zurück in das Foyer.

Sally hob, als er sich näherte, überrascht den Kopf. »Hallo, J.D., ich dachte, Sie wären längst verschwunden.«

»Das sagt gerade die Richtige. Was machen Sie denn jetzt noch hier? Wollen Sie vielleicht Überstunden sammeln?«

»In gewisser Weise ja. Cheryl hatte noch einen Termin unten im Ort, also springe ich die Zeit für sie ein.« Sie musterte das ärmellose T-Shirt, die Jeans, die Stiefel und den Werkzeuggürtel, der lässig um seine schmalen Hüften lag. »Sieht aus, als ob Sie wieder mal an dem Geländer gearbeitet hätten.«

»Irgendjemand muss es ja wohl reparieren.«

Sie verzog das Gesicht zu einem Grinsen. »Wie ich gehört habe, sollen Sie nicht nur ein exzellenter Handwerker, sondern obendrein auch noch der neue Held sämtlicher Angestellten sein.«

»Wie bitte?« Was meinte sie damit?

»Alle reden nur noch davon, wie Sie Sean in Schutz genommen haben.«

»Ach, tatsächlich?« Er starrte sie verwundert an. »Weshalb denn das? Schließlich habe ich nichts weiter getan.«

»Mrs. Manion macht uns seit nunmehr fünfzehn Jahren jeden Sommer das Leben zur Hölle. Es hat uns echt gefreut zu hören, dass sie, als sie sich den armen Sean als Opfer auserkoren hatte, von Ihnen in ihre Schranken verwiesen worden ist. Natürlich betet er Sie ab jetzt an.«

J.D. trat unbehaglich, doch zugleich auch durchaus angenehm berührt, von einem Bein aufs andere. »Wenn sie eine solche Nervensäge ist, weshalb geben sich die Lawrences dann überhaupt noch mit ihr ab?«

»Oh, manchmal hat man halt solche Gäste. Die meisten Leute sind sehr nett, aber manche können einen nerven und einige ganz wenige machen einem das Leben wirklich schwer. Man braucht nicht viel Fantasie, um sich vorzustellen, zu welcher Kategorie Roberta Manion gehört, aber sie bringt jede Menge Kohle. Sie bucht regelmäßig eine Suite, isst stets im Restaurant und kauft tonnenweise Sachen im Souvenirshop ein.« Sally verzog den Mund zu einem Grinsen. »Und natürlich gibt Estelle immer jede Menge Trinkgeld.«

»Wenn Sie mich fragen, arbeiten wir hier in einem ziemlich verrückten Metier.«

Sally lachte vergnügt. »Da haben Sie Recht.«

J.D. nahm den Zettel mit der Nachricht und verließ unerklärlich gut gelaunt das Haus. Er war also ein Held. Wer hätte das gedacht?

Ein paar Minuten später begann er noch breiter zu grinsen. Am Ufer des Sees stand tatsächlich das neue Schild. Es erfüllte ihn mit Stolz, zu wissen, dass es allein auf seinen Vorschlag hin dort aufgestellt worden war.

Der See lag reglos da. Blaue Schatten streckten sich vom Ufer über seiner Oberfläche aus. Es war kurz nach sieben, die Rettungsschwimmer hatten ihren Platz verlassen und abgesehen von einem Paar in einem Ruderboot, das langsam Richtung Steg kam, war niemand mehr zu sehen. Er müsste sich endlich eine Badehose kaufen und einmal schwimmen gehen.

Vielleicht würde er auch einfach warten, bis es dunkel war, und ohne Kleider baden. Das hatte er nicht mehr getan, seit er als Teenager mit Butch und ein paar Mädchen an einem freien Nachmittag zum Lake Union hinausgefahren war.

In seiner momentanen Stimmung wäre er beinahe geneigt

einzugestehen, dass die Lawrences eventuell tatsächlich die nette, funktionierende Familie waren, als die sie ihm erschienen – verdammt, eine solche Harmonie hatte er nie zuvor erlebt –, aber womöglich gab es das ja?

Die Vorstellung wurde dadurch noch verstärkt, dass er als Ersten Tate vor dem Lawrenceschen Haus sah. In nichts als einer verblichenen Badehose tobte der Junge über den Hof und kämpfte mit wehenden dunklen Haaren und wild geschwungenem Plastikschwert gegen einen unsichtbaren Feind.

J.D. blieb stehen und rief zu ihm hinüber: »Wie viele Schurken hast du schon erledigt?«

»J.D.!« Das Schwert fiel auf die Erde und der Junge rannte begeistert auf ihn zu. »Ich habe sie alle fix und fertig gemacht.« Er sah J.D. mit großen blauen Augen an. »Was bedeutet dabei eigentlich fix?«

»Gute Frage.«

Allerdings war die Frage wohl nicht weiter wichtig, denn Tate tat J.D.s Unwissenheit achtlos mit einem Schulterzucken ab. »Sind Sie gekommen, um mit uns schwimmen zu gehen?«

»Nein. Ich habe eine Nachricht für deinen Opa.«

»Oh. Wenn Sie mit ihm gesprochen haben, können Sie, wenn Sie wollen, ja trotzdem noch mit uns schwimmen. Wir schwimmen um die Wette bis zum Floß.«

»Das klingt wirklich toll, aber ich habe kein Badezeug dabei.« Allerdings hätte er ganz sicher nichts dagegen, Dru noch einmal in ihrem Badeanzug zu sehen.

»Sie sollten sich endlich eine Badehose kaufen.«

»Weißt du, genau das habe ich mir auf dem Weg hierher bereits ebenfalls überlegt. Eventuell fahre ich morgen in den Ort, um mir eine zu besorgen.«

»Ich fahre morgen auch ins Dorf. Ich und Billy Drooder

wollen uns dort treffen und danach darf ich noch bei ihm übernachten.«

»Klingt ziemlich spaßig.«

»Ist es auch. Wir werden uns Videos ausleihen und nach dem Abendessen glotzen.« Er trat einen Schritt näher und senkte seine Stimme zu einem verschwörerischen Flüstern. »Erzählen Sie es ja nicht meiner Mutter, aber Billys Mom lässt ihn sogar Filme gucken, die erst ab dreizehn sind.«

»Und das ist echt cool?«

»Megacool sogar. Aber wie gesagt, erzählen Sie es bloß nicht meiner Mutter.«

J.D. schwor feierlich: »Meine Lippen sind versiegelt, Kumpel.«

»In welcher Sache?«

J.D. blickte auf und verfolgte, wie Dru zusammen mit Sophie und Ben die Stufen der Veranda herunterkam. Sie alle waren mit Badesachen bekleidet, nur dass Dru, wie er voller Bedauern bemerkte, eine abgeschnittene Jeans über ihrem Badeanzug trug.

»Weshalb sind Ihre Lippen versiegelt?«, fragte sie erneut.

J.D. , dem die plötzliche Anspannung des Jungen auffiel, zuckte mit den Schultern. »Wenn ich das erzählen würde, wären sie nicht mehr versiegelt, oder?«

»Tate, hast du eine Frage, die du beantwortet haben möchtest? Du weißt, dass du mit allem zu mir kommen kannst.« Dru wandte sich stirnrunzelnd an J.D. »Tate hat keine Geheimnisse vor mir.«

J.D. versuchte vergeblich, nicht zu schnauben: »In was für einer Welt leben Sie eigentlich? Vielleicht bin ich keine besondere Autorität für Familienangelegenheiten ...«

Jetzt war es an Dru zu schnauben. »Welch eine Einsicht!«

»... aber so viel kann ich zu diesem Thema sagen: Der Junge muss erst noch geboren werden, der seiner Mutter alles sagt. Aber keine Sorge. Wir haben keine weltbewegenden Geheimnisse vor Ihnen. Wir haben uns nur über Männersachen unterhalten.«

»Ja«, stimmte Tate ihm eifrig zu. »Männersachen.«

Dru sah aus, als wäre die Sache für sie noch lange nicht erledigt, doch Ben kam ihr zuvor: »Können wir etwas für Sie tun, J.D.?«

Er klang bei weitem nicht so freundlich wie gewöhnlich und J.D. bedachte ihn mit einem ehrlich überraschten Blick. Er hatte Ben seit über einer Woche nicht gesehen, wie also hätte er ihm an den Karren fahren sollen? Schulterzuckend zog er den Zettel mit der Nachricht aus der Tasche. »Es geht wohl eher darum, dass ich etwas für Sie tun kann. Heute Nachmittag kam ein Anruf von einem gewissen Henry Briggs. Er hat gesagt ...«

Ben riss ihm den Zettel aus der Hand. »Schon gut. Danke. Ich weiß Bescheid.«

Dru sah ihren Onkel fragend an. »Henry Briggs? Ist das nicht dein Freund, der Anwalt? Was will er denn von dir?«

»Er hat irgendwelche Erkundigungen für Ihren Onkel eingeholt.« Plötzlich verspürte J.D. einen glühend heißen Zorn. Bens Anwalt – Gott, was für ein Trottel er doch gewesen war. Er starrte die ach so netten Lawrences nacheinander an. Ja, verdammt – er war ein Riesentrottel, dass er sich wirklich eingebildet hatte, sie hätten in ihm jemals etwas anderes als einen lästigen Eindringling gesehen. »Und ich schätze, man muss kein Genie sein, um zu wissen, was für Erkundigungen das gewesen sind.«

9

Dru bemerkte, dass ein goldener Sonnenstrahl auf J.D.s braune Schultern fiel, während er entschlossen über den Hof davonstapfte. Als sie aus dem Haus gekommen war und ihn so unvermittelt vor sich gesehen hatte, hatte ihr Magen einen Purzelbaum geschlagen. Er hatte sich immer noch nicht völlig beruhigt, was zum Teil in ihrer plötzlichen Erregung, zum Teil jedoch ganz einfach in einer schändlichen Eifersucht begründet war, weil Tate ihm etwas erzählt zu haben schien, von dem er offenbar nicht wollte, dass auch sie davon erfuhr. Und J.D.s unverhohlener Ärger machte es nicht besser. Sie löste ihren Blick von seinem Rücken und wandte sich genau in dem Moment ihrer Verwandtschaft wieder zu, als Sophie ihrem Gatten nicht gerade zart auf den Arm boxte.

»Na, super«, zischte ihre Tante.

»Was in aller Welt hatte das zu bedeuten?«, wollte Dru von den beiden wissen. »Was hat er damit gemeint, man müsste kein Genie sein, um zu wissen, was Henry für euch herausgefunden hat?« Ihr kam ein jäher Verdacht, doch in derselben Sekunde zog Tate an ihrer Hand und sie blickte in sein ihr zugewandtes, verstörtes Gesicht.

»Ist J.D. böse auf uns?«

»Nicht auf dich, Kumpel«, erklärte Onkel Ben, »sondern auf mich.«

»Und warum?«, fragte Tate, worauf sich seine Mutter an Ben wandte. »Du willst mir doch wohl nicht erzählen, du hättet Henry gebeten, zu prüfen, ob sich J.D.s Anspruch auf das Erbe nicht doch anfechten lässt?«

»Natürlich nicht!« Ben raufte sich die Haare. »Ich habe keine Ahnung, weshalb der Zug so plötzlich aus den Schienen gesprungen ist, aber lasst uns sofort auf die Bremse treten. Ich habe Henry in einer Sache angesprochen, die mit J.D. nicht das Mindeste zu tun hat.«

»Was für eine Sache ist das?«

Er wirkte verlegen und erklärte, ohne sie dabei anzublicken: »Das geht dich nichts an.«

Sophie rollte mit den Augen, als ihre Nichte einen Schritt zurücktrat, als hätte er ihr eine Ohrfeige verpasst, und schaltete sich zwecks Schadenbegrenzung eilig in das unselige Gespräch ein.

»Um Himmels willen, ihr beiden. Drucilla, Schätzchen, wir haben Henry gebeten, zu gucken, welche Form des Testaments die beste für uns ist. Und, Ben, Dru ist eine erwachsene Frau – sie kommt also bestimmt mit dem Gedanken eines in weiter Ferne liegenden Todesfalls zurecht.«

»Was für eines Todesfalls?«, fragte Tate und Sophie starrte ihn entgeistert an. Sie hatte kurzfristig vergessen, dass auch der Junge in der Nähe war.

»Meines Todes oder dem von deinem Opa«, erklärte sie mit ruhiger Stimme und zog ihn, als sie seine panisch aufgerissenen Augen sah, eng an ihre Seite. »Schätzchen, keiner von uns beiden hat die Absicht, in absehbarer Zeit den Löffel abzugeben. Aber ein intelligenter Mensch macht sein Testament, bevor er alt, krank oder möglicherweise geistig nicht mehr ganz auf der Höhe ist.«

»Oh. Okay. Das sollten wir J.D. sagen. Dann ist er uns sicher nicht mehr böse.«

»Auf dich ist er nie böse gewesen«, erklärte seine Mutter. »Mach dir darüber keine Gedanken. Und jetzt lass uns schwimmen gehen wie geplant – keine Angst, es wird ganz sicher alles wieder gut.«

Sophie jedoch blieb die unbewusste Sehnsucht im Blick der Nichte nicht verborgen, als diese über den inzwischen menschenleeren Rasen in Richtung Waldweg sah.

Sie unterdrückte einen Seufzer. Wirklich, das Ganze war höchst ärgerlich. Die beiden hatten echt ein Schneckentempo drauf, aber wenigstens hatten sie bei der gegenseitigen Annäherung inzwischen gewisse Fortschritte erzielt. Nun, da J.D. dachte, sie versuchten, ihn um seinen rechtmäßigen Anteil am Hotel zu bringen, wäre er garantiert noch distanzierter als bisher. Er verschanzte sich hinter einem Übermaß an Stolz, und Drucilla hatte eine derartige Panik vor einer möglichen Beziehung, dass ihr niemals der Gedanke kommen würde, auf ihn zuzugehen.

Weshalb es jetzt an *ihr* lag. Ben bekäme einen Anfall, wenn er rauskriegte, wie sie sich in die Angelegenheiten anderer Leute einmischte, aber es war offensichtlich, dass Dru und J.D. mehr als einander mochten. Sie brauchten einfach einen Stoß in die richtige Richtung, der Rest käme von allein.

Vergnügt wog Sophie die verschiedenen Methoden der Zusammenführung dieser beiden Menschen ab. Sie würde es so lange versuchen, bis Dru und J.D. sich ihre gegenseitige Zuneigung entweder eingestünden oder das Interesse erlosch. Was ihrer Meinung nach höchst unwahrscheinlich war.

»Wirst du wohl je deinen verdammten Arsch hochkriegen und dir einen neuen Job suchen?«

Butch trommelte mit den Fingern auf dem auf seinem Bauch liegenden Telefon herum und musterte seine Frau. Das durch die Schiebetür des Wohnzimmers fallende Licht der untergehenden Sonne lag wie ein Heiligenschein um Ginas sorgfältig frisiertes Haupt.

Beinahe hätte er gestöhnt. Das war ein Vergleich, der einen mit den Augen rollen ließ. Obgleich ihr Gesicht im Schatten lag, hegte er nicht den geringsten Zweifel daran, dass ihre Augen zornig blitzten. Und mit den in die Hüften gestemmten Händen und dem ungeduldig wippenden Fuß erinnerte sie einen an alles, allerdings nicht an einen Engel.

Statt jedoch mit den Augen zu rollen, kniff er sie zusammen. »Falls es dich interessiert«, erklärte er mit kühler Stimme, schob das Telefon zur Seite und richtete sich ein wenig auf dem Sofa auf, »habe ich genau mit dieser Absicht beinahe den gesamten Nachmittag am Telefon verbracht.«

»Ach ja?« Ihre Stimme klang so skeptisch, dass man hätte meinen können, sie hätte diesen Satz von ihm bereits ein Dutzend Mal gehört. »Und was ist deine Entschuldigung dafür, dass es schon wieder nicht geklappt hat?«

Himmel, sie war wirklich eine Hexe. Genau das hatte ihn zu Anfang an ihr fasziniert, nur dass sie es manchmal übertrieb. Schließlich hatte er heute tatsächlich einiges erreicht. Er hatte in Bezug auf J.D. einen Entschluss gefasst.

Nämlich, dass er die Suche nach ihm abbrach.

J.D. war offenbar in einen anderen Bundesstaat gezogen, denn niemand hatte eine Ahnung, wo er zu finden war. Er schien sich in Luft aufgelöst zu haben.

Wodurch Butch endgültig aus dem Schneider war. Bei ihrem Telefongespräch hatte J.D. schlicht überreagiert – Butch musste zugeben, dass er taktisch ziemlich unklug vorgegangen war. Hauptsache, J.D. war nicht mehr da und schnüffelte ihm nicht länger hinterher. Die Chance, dass er vom Tod des Supermarktverkäufers hörte, war so gut wie null. Was hieß, dass die Sache für ihn erledigt war.

Ein stechender Schmerz brachte ihn in die Gegenwart zurück. Gina hatte ihn mit einem ihrer langen roten Fingernägel in den Bauch gepiekst. »Ich habe dich gefragt, was für eine Entschuldigung du diesmal hast?«

Er streckte seinen Arm aus und zog sie auf seinen Schoß. »Ich brauche keine Entschuldigung. Ich habe einen Job auf einer Baustelle unten beim Sofeco Field gefunden.« Er schob seine Hände unter ihren Rock, legte sie links und rechts des String-Tangas auf ihren blanken Hintern und zog sie gegen seinen knüppelharten Schwanz. Für Zärtlichkeit war Gina nicht empfänglich, sie war für die direkte Tour, was ihm durchaus gefiel. Er schlug ihr klatschend auf den Po. »Allerdings ist der Job zeitlich begrenzt, also mach dir besser keine allzu große Hoffnung.«

Gina erhob sich weit genug, um seinen Reißverschluss zu öffnen. »Es ist mir vollkommen egal, was für ein Job das ist, solange du nur endlich wieder selbst etwas verdienst.«

»Los, Mom.« Tate trabte ungeduldig über den Weg vor dem Hotel. »Warum zögern wir denn noch? Billy wartet auf mich.«

»Ich weiß, mein Schatz, aber die Klimaanlage für Hütte vier ist endlich eingetroffen und Tante Soph hat mich gebeten, sie, wenn ich schon mal im Dorf bin, bei Bronsens abzuholen.«

»Dann sollten wir uns vielleicht beeilen.«

Dru lächelte amüsiert. Als ob es ihn interessieren würde, ob es in der Hütte eine funktionierende Klimaanlage gab. Er wollte nur dringend in den Ort, um mit seinem Freund spielen zu können. »Wir brauchen einen Laster und jemanden, der stark genug ist, um das Ding zu schleppen. Harvey Bronsen ist nicht mehr so robust wie früher. Tante Sophie hat versprochen, jemanden mit dem Lkw zu schicken.«

Dru war allerdings ebenso ungeduldig wie ihr Sohn – dies war ihr freier Tag und am liebsten hätte sie keinen Gedanken ans Hotel verschwendet. Sie hatte Tate zu seinem Freund kutschieren wollen, ohne dort auch nur auszusteigen, weshalb sie bequeme Freizeitkleidung trug – tief sitzende Shorts und ein kurzes ärmelloses T-Shirt, das, wenn sie die Arme auch nur ein wenig anhob, den Blick auf ihren Nabel freigab.

Nachdem Sophie sie angerufen hatte, hatte sie kurz erwogen, wieder in ihre Arbeitskluft zu schlüpfen, um bei Bronsens einen professionellen Eindruck zu machen. Dann jedoch hatte sie sich dagegen entschieden. Schließlich war es ihr freier Tag, als müsste man sie so nehmen, wie sie war.

Tate trat von einem Fuß auf den anderen. »Weshalb dauert das so lange?«

»Um Himmels willen, Tate. Wir warten seit weniger als fünf Minuten. Du kommst schon nicht zu spät. Billy wird dir nicht weglaufen, also tu uns beiden den Gefallen, atme tief durch und reg dich ab.«

Er atmete nicht nur tief ein, sondern auch hörbar wieder aus. Zusätzlich kam zu diesem Zeitpunkt der Laster um die Kurve und Tate begann zu strahlen. »Endlich! Da kommt er!« Er schnappte sich seinen Rucksack, schwang ihn sich über die Schultern, reckte sich dem Lkw entgegen wie eine Kompassnadel dem magnetischen Norden und plötzlich verzog er das Gesicht zu einem begeisterten Grinsen. »He, guck mal, Mom, es ist J.D.!«

»Mist.« Heiße Röte überzog ihren Hals und ihre Wangen. Weshalb hatte Tante Sophie ausgerechnet ihn anheuern müssen? Gab es denn keine Gerechtigkeit in dieser Welt?

Dru straffte ihre Schultern. Nun, sie müsste eben das Beste daraus machen. Als er sich herüberbeugte und die Beifahrertür aufstieß, bedachte sie ihn mit einem möglichst kühlen Blick. »Guten Tag.«

»Hi, J.D.!«, begrüßte ihn Tate mit deutlich größerem Enthusiasmus, während er ins Führerhäuschen kletterte. »Kaufst du dir heute endlich eine Badehose?«

»Das ist keine schlechte Idee.« Das Lächeln, mit dem er

den Jungen bedachte, verflog, als er an ihm vorbei zu seiner Mutter sah. Er nickte flüchtig mit dem Kopf. »Drucilla.«

»J.D.« Sie schwang sich in die Kabine und zog die Tür hinter sich zu. Glücklicherweise saß der Junge in der Mitte.

Was mal wieder bewies, dass das alte Sprichwort »Man soll den Tag nicht vor dem Abend loben« durchaus treffend war, denn kaum hatte sie Tate gebeten, den Sicherheitsgurt anzulegen, als er auch schon meinte: »Ich möchte auch seitwärts aus dem Fenster gucken, lass uns die Plätze tauschen, Mom«, und ohne eine Antwort abzuwarten, über sie hinwegstieg.

Auf diese Weise hockte sie in der Mitte und immer, wenn J.D. die Gänge wechseln musste, stieß er an ihre nackten Beine.

Glücklicherweise war die Fahrt den Berg hinunter ziemlich kurz und bereits nach wenigen Minuten hatten sie die Hauptstraße des Dorfes erreicht. Tate hüpfte ungeduldig auf seinem Platz herum und fragte seine Mutter: »Ich muss doch nicht mit dir und J.D. zu Bronsens gehen, oder?«

Sie bedachte ihn mit einem Lächeln. »Nein, ich glaube, dadurch würde deine Geduld merklich überstrapaziert.«

Wenige Minuten später erreichten sie das Haus der Drooders, die Seitentür flog auf und Billy kam herausgeschossen. Noch ehe J.D. den Motor abgestellt hatte, riss Tate die Tür des Lasters auf und hüpfte hinaus. Die beiden Jungen rannten aufeinander zu, prallten gegeneinander und purzelten unter hysterischem Gelächter in das weiche Gras.

Dru schüttelte den Kopf, rutschte mit einem hellen Lächeln über den Sitz ans Fenster und winkte Billys Mutter, die hinter ihrem Sohn an der Tür aufgetaucht war. »Ich hoffe, dass du die beiden bis morgen erträgst«, rief sie ihr erheitert zu.

Mary Drooder lachte. »Oh, wir kommen sicherlich zurecht. Tagsüber haben wir ein paar Aktivitäten geplant und heute Abend leihen wir uns ein paar Videos aus.«

Dieser Satz rief leichte Besorgnis in Dru wach. »Mary, was für Filme …«

»Sie haben J.D. noch nicht kennen gelernt, nicht wahr, Mrs. D.?«, mischte sich Tate in das Gespräch und J.D. entfuhr ein Geräusch, das verdächtig nach einem unterdrückten Lachen klang. Als Dru ihn misstrauisch ansah, waren seine Gesichtszüge jedoch vollkommen reglos. Er räusperte sich und sie kam zu dem Schluss, dass es ihn im Hals gekratzt zu haben schien. Also wandte sie sich wieder an Mary, die inzwischen neben der Tür des Lasters stand, und stellte die beiden einander höflich vor.

J.D.s Arm strich über ihre Brüste, als er sich nach vorne beugte, um Mary die Hand zu geben. Um sich von der schlagartig in ihr aufwallenden Hitze abzulenken, versuchte sie sich daran zu erinnern, was ihr letzter Satz vor der Unterbrechung durch Tate gewesen war. War nicht wegen irgendeiner Sache ein rotes Lämpchen bei ihr aufgeflackert? Ach, ja, die Videos. »Wegen der Filme, die die Jungs leihen wollen …«

»J.D. hat Mom geküsst«, erklärte Tate begeistert. »Auf seiner Veranda. So.« Tate nahm eine möglichst lüsterne Pose ein.

Drus Hirn war wie leergefegt und sie wurde puterrot. »Tate Lawrence!«

J.D. jedoch fing schallend an zu lachen und ließ den Lkw an. »Viel Spaß bei den Videos, Tate«, sagte er zu dem Jungen und nickte Mary Drooder, die sie beide mit großen Augen ansah, zum Abschied höflich zu. »War nett, Sie kennen gelernt zu haben.« Er legte den ersten Gang ein, spähte über seine Schulter und lenkte das Fahrzeug rückwärts aus der Einfahrt auf die Straße.

»Fanden Sie das etwa *lustig?«* Dru spürte die Hitze in ihren Wangen. Sie starrte blind durch das Fenster und lachte verbittert auf. »Aber warum sollten Sie auch nicht? Schließlich werden die Leute jetzt denken, Sie wären ein besonders toller Hecht.«

»Also bitte, regen Sie sich ab, Drucilla. Niemand wird Sie zur Schlampe degradieren, nur weil ich Sie geküsst habe. So, wie Sie sich anstellen, könnte man meinen, wir hätten auf der Veranda heißen Sex vorgeführt.«

»Nennen Sie mich nicht Drucilla!« Irgendwie war es leichter, sich darauf zu konzentrieren, dass er sie stets mit ihrem vollen Namen ansprach, als darauf, dass bald alle wüssten, dass sie von diesem Menschen auf seiner Veranda geküsst worden war ... und dass man in ihr deshalb garantiert ein leichtes Mädchen sah.

Der Gerechtigkeit halber musste sie sagen, dass J.D. keine Ahnung hatte, dass Tate als uneheliches Kind auf die Welt gekommen war. Auch wenn sie sich – da der Junge die Erfüllung ihres Lebens war – hundertprozentig nicht dafür schämte, hatte sie doch alles getan, um zu beweisen, dass sie *keine* junge Frau mit lockeren Moralvorstellungen war. J.D. war wahrscheinlich der Einzige in der Umgebung, der nicht ihre gesamte Lebensgeschichte kannte, und sie hoffte, dass das auch weiterhin so blieb.

Er sah sie von der Seite an. »Warum denn nicht? Schließlich heißen Sie doch Drucilla.«

»Ja, aber trotzdem werde ich von so gut wie niemandem jemals so genannt.« Zumindest nicht von jemandem, den sie verzweifelt auf Distanz zu halten versuchte.

»Ihre Tante nennt Sie so.« Er zuckte mit den Schultern. »Und außerdem finde ich den Namen durchaus schön. Er ist ziemlich ungewöhnlich.«

»Allerdings. Er ist einfach lächerlich, und wenn Sie mich

so nennen wollen, müssen Sie mir zumindest sagen, was J.D. bedeutet. Es ist einfach nicht fair, dass Sie meinen Namen kennen, ich Ihren aber nicht.«

»John David.«

Sie schnaubte verächtlich. »Tja. Das klingt leider nett.« Sie hatte sich etwas noch Unmöglicheres als Drucilla erhofft. Dann jedoch hakte sie argwöhnisch nach: »Das denken Sie sich doch nur aus, oder? Wahrscheinlich heißen Sie in Wirklichkeit Jebediah Dorkal oder so.«

Er schaltete in den zweiten Gang herunter und bremste vor dem Stopp-Schild an der Hauptstraße ab. Sobald der Laster stand, rutschte er auf seinem Sitz herum, fischte seine Brieftasche aus der Gesäßtasche der Jeans und warf sie ihr achtlos in den Schoß.

Sie klappte sie auf und las den Namen auf seinem Führerschein. Tatsächlich stand dort *John David Carver.* »Ach, verdammt.« Angewidert warf sie die Brieftasche zurück.

Er fing sie in der Luft auf, stopfte sie sich wieder in die Tasche und fragte mit unterdrückter Heiterkeit in der Stimme: »Wie kommen wir denn jetzt zu Bronsens?«

»Biegen Sie links ab.«

Abgesehen von ein paar knappen Richtungsanweisungen schwieg sie und J.D. ertappte sich dabei, dass er sie immer wieder verstohlen von der Seite musterte. Verdammt, aber er fühlte sich in ihrer Nähe einfach ... gut. Was ein ihm eher unbekanntes Gefühl war, und es ergab absolut keinen Sinn. Die Lawrences hatten ihm praktisch auf dem Silbertablett den Beweis dafür geliefert, dass sie ein doppeltes Spiel mit ihm trieben. Sie behandelten ihn, als wäre er einer von ihnen, gleichzeitig jedoch kontaktierten sie ihren Anwalt, damit dieser überprüfte, wie er um seinen Anteil am Hotel zu bringen war.

Weshalb er wütend auf die ganze Sippe war ... nur, dass

Dru von diesem Doppelspiel nichts gewusst zu haben schien. Hätte sie etwas gewusst, hätte sie niemals verraten, dass die Nachricht von Bens Anwalt gewesen war.

Was jedoch kaum ein Grund war, um sie als seine neue beste Freundin einzustufen. Sie hatte ihm deutlich zu verstehen gegeben, dass er in ihren Augen der letzte Abschaum war. Weshalb also fühlte er sich in ihrer Gegenwart so verflixt gut?

Verdammt. Er umklammerte genervt das Lenkrad fester. Wahrscheinlich lag es lediglich daran, dass es zumindest angenehmer war, als der ständigen Verfolgung durch Robbie Lankovich ausgesetzt zu sein. Oder daran, dass Dru ein loses Mundwerk hatte, das ihn halbwegs amüsierte. Für jemanden, den er für ein Heimchen am Herd gehalten hatte, hatte sie erstaunlich viele Überraschungen auf Lager. Den Hotelgästen gegenüber schien sie sich nie anders als zuvorkommend und höflich zu gebärden – ihm gegenüber allerdings legte sie unverdrossen die größten Frechheiten an den Tag.

Vielleicht hatte seine gute Laune auch gar nichts mit ihr zu tun. Vielleicht resultierte sie ganz einfach daraus, mit welchem Geschick es Tate gelungen war, seine Mutter davon abzuhalten, irgendwelche Video-Verhaltensmaßregeln zu erteilen. Man musste den Killerinstinkt des Jungen bewundern, er hatte ohne zu zögern direkt zum Biss in die Halsschlagader seines Opfers angesetzt.

Wenig später brachte er den Laster vor dem Geschäft zum Stehen. Er hatte die Absicht, Dru die Tür zu öffnen, doch hatte er den Wagen erst zur Hälfte umrundet, als sie bereits die Beifahrertür hinter sich ins Schloss warf und derart zielstrebig auf den Ladeneingang zumarschierte, dass er geradezu hinter ihr herhecheln musste. Er kam genau noch rechtzeitig, um ihr die Tür zu öffnen, einen Schritt zurückzutreten und ihr mit einer lässigen Geste den Vortritt zu gewähren. Sie segelte an ihm vorbei und bedachte ihn mit einem Blick wie eine junge Königin einen kleinen Bauern, der sich anmaßt, etwas Besseres zu sein. Mit gebleckten Zähnen folgte er ihr in den Verkaufsraum.

Es herrschte samstagnachmittäglicher Betrieb. Mehrere Männer musterten die Waren in den diversen Regalen, ein Paar stritt lachend über die richtige Farbe für die neue Küche und drei ältere Männer standen um ein paar ausgestellte Lampenfassungen herum und unterhielten sich angeregt miteinander.

J.D. und Dru gingen zum Tresen, was mit einer schlagartigen Grabesstille kommentiert wurde. J.D. empfand die Stille als leicht beunruhigend, und einen Moment lang folgerte er, dass Dru in ihren allzu knappen Shorts und dem etwas zu kurzen T-Shirt der Grund dafür war. Obwohl ihre Garderobe alles andere als gewagt war, fiel es ihm persönlich schwer, den Blick von der bei jedem ihrer Schritte aufblitzenden Haut zu lösen.

Verdammt, die milchig weiße Rundung ihrer Taille, die wohlgeformten Hüften, hatten ein paar Sekunden andächtiger Stille ganz sicher verdient.

Doch als er die anderen Menschen genauer ansah, wurde ihm bewusst, dass ihr Interesse gar nicht Dru galt, sondern ihm.

Dann wurden die Gespräche ebenso plötzlich wieder aufgenommen, wenn auch auf einer leiseren, weniger konzentrierten Basis, da sich offensichtlich niemand derart in eine Diskussion vertiefen wollte, dass ihm womöglich irgendetwas entging.

Dru schien nichts zu bemerken. Sie marschierte unbeeindruckt an den am Ladenende gelegenen Tresen. »Hallo, Harvey.«

»Hallo, Dru.« Ein großer, schmaler Mann mit einem Schlauch in der Nase, der zu einem Sauerstoffkanister führte, nickte ihr freundlich zu, bevor er J.D. einer gründlichen Musterung unterzog. »Ich nehme an, du bist gekommen, um die Klimaanlage abzuholen.«

»Ja. Tante Sophie sagt, sie wäre endlich da.«

»Ja. Sie liegt hinten. Wenn du willst, kann ich sie dir von Kev nach vorne bringen lassen.« Er nickte in Richtung von J.D. »Oder ist der deswegen da?«

»Kev ist wieder zurück?« Drus Lächeln war so strahlend, dass J.D. blinzeln musste. »Ich dachte, er wäre inzwischen ein berühmter Anwalt in D.C.«

»Er nimmt eine kleine Auszeit. Um noch mal auf deinen Begleiter zurückzukommen ...«

»Oh! Ja! Tut mir Leid, ich habe euch einander gar nicht vorgestellt, nicht wahr? Das ist J.D. Carver.« Sie wandte sich ihm zu. »J.D., Harvey Bronsen. Wie Sie sich wahrscheinlich schon zusammengereimt haben, gehört der Laden ihm.« Dann wandte sie sich wieder an Harvey und erklärte: »J.D. ist der neue Miteigentümer des Hotels.«

Es überraschte ihn immer wieder, wenn sie ihn als Miteigentümer vorstellte, doch behielt er, als der ältere Mann ihn einer erneuten gründlichen Musterung unterzog, eine höfliche, ausdruckslose Miene bei.

Schließlich nickte Bronsen. »Ich gehe das Ding holen.«

Während sie warteten, sah J.D. sich um, doch noch während er ein Blickduell mit einem der alten Gaffer neben den Lampenfassungen austrug, spürte er, dass Dru mit einem Mal herumfuhr.

Eine dunkle Stimme rief begeistert ihren Namen und sie sagte: »Mein Gott! Kev?«

Ein hoch gewachsener Mann kam vergnügt durch die Hintertür herein, klappte den Durchgang neben dem Tresen hoch, eilte auf sie zu, zog sie in seine Arme und schwenkte sie ausgelassen im Kreis. Dru umklammerte lachend seine Schultern und J.D. ballte die Fäuste, als ein völlig untypisches Gefühl von ihm Besitz ergriff.

Am liebsten hätte er Kev-dem-tollen-Anwalt mit einem gezielten K.o.-Schlag das schmierige Lächeln aus dem Gesicht gewischt.

10

Dru und Kev Bronsen kannten sich seit Urzeiten. Seit sie zum Beginn der vierten Klasse dauerhaft bei Tante und Onkel eingezogen war, hatten sie gemeinsam die Schule besucht.

Allerdings waren sie nie mehr als gute Freunde gewesen, weshalb sie es als große Erleichterung empfand, von einem Mann herumgeschwenkt zu werden, dessen Anblick ihr nicht die Röte ins Gesicht trieb und ihr Herz nicht in wildem Verlangen schneller schlagen ließ. Als er sie wieder auf die Füße stellte, fiel sie ihm aus lauter Dankbarkeit und Freude um den Hals und küsste ihn schmatzend mitten auf den Mund: »Wie schön, dich endlich wieder mal zu sehen.«

Ein Geräusch wie das Knurren eines Hundes ließ sie einen Schritt zurücktreten und erschreckt herumfahren. Dann kam sie sich vor wie eine Idiotin, denn J.D. stand lässig, die Hände in den Hosentaschen, in entspannter Haltung da und sah sie beide vollkommen unbeteiligt an.

Ihre eigene Haltung war nun militärisch straff. Selbst wenn das besitzergreifende Geräusch von ihm gekommen war, weshalb fuhr sie dann zusammen wie ein nervöses junges Mädchen, das um jeden Preis vermeiden wollte, etwas zu tun, was seinem Freund missfiel? Verdammt, sie konnte küssen, wen sie wollte.

Dann besann sie sich auf ihre gute Erziehung und erklärte: »Kev, das ist J.D. Carver. J.D., Kev Bronsen.«

Die beiden Männer musterten einander schweigend. Dann trat Kev um sie herum und streckte freundlich eine Hand aus, J.D. jedoch behielt die Hände in den Taschen und nickte flüchtig mit dem Kopf. »Bronsen.«

Dru hakte sich bei Kevin ein, als dieser den Arm sinken ließ, und bedachte J.D. mit einem bösen Blick. »Achte nicht auf ihn«, sagte sie zu ihrem alten Freund. »Sein schlechtes Benehmen erfüllt ihn tatsächlich auch noch mit Stolz.«

J.D. zuckte mit den Schultern. »Jeder sollte etwas haben, auf das er stolz sein kann.«

»Keine Sorge, Süße.« In einer für ihn völlig untypischen Geste strich Kev Dru derart vertraulich über den Arm, dass es beinahe sinnlich zu nennen gewesen wäre, und wandte sich mit gebleckten Zähnen an seinen Kontrahenten. »Ich weiß genau, was für ein Problem der Gute hat.«

Dru hingegen nicht. Es gefiel ihr nicht, wie J.D. mit zusammengekniffenen Augen seine Schultern straffte und dass Kevins Augen plötzlich blitzten. Dies schien wohl die Fortsetzung des jungenhaften Wettpinkelns zu sein.

Sie entzog Kevin ihren Arm und baute sich zwischen beiden Männern auf. »Zum Glück sind wir hier in einer Baustoffhandlung«, erklärte sie mit kühler Stimme. »Da dürfte es nicht schwer sein, ein Maßband zu finden, um festzustellen, wer von euch beiden den längeren Schwanz hat.«

Ein paar Sekunden herrschte absolute Stille. Dann jedoch meinte Kevin: »Wenn sie sauer ist, ist sie besonders niedlich, finden Sie nicht auch?«, und griff nach ihrem Zopf.

Dru trat einen Schritt zurück, stieß rücklings gegen J.D. und er fing sie, als sie über seine großen Füße stolperte, mit harten, warmen Händen auf.

»Wenn du das Maßband holst, liebste Drucilla«, knurrte er dicht an ihrem Ohr, »vergeudest du garantiert keinen einzigen Gedanken mehr an diesen Typen mit seinem bleistiftdünnen Wurmfortsatz.«

Sie hüpfte einen Satz nach vorn, als hätte sie sich an ihm verbrannt. Verdammt. Dies war ihr freier Tag und sie brachte ihn damit zu, sich ärgern zu lassen. Wenn sie die Welt regierte, wäre es Männern nicht gestattet, an den freien Tagen einer Frau auch nur den Kopf aus den Fenstern ihrer Häuser zu strecken. Sie wandte sich an Kev, der zurzeit auf ihrer »Beliebtheitsskala« nur wenige Millimeter unter Carver rangierte. »Was führt dich nach Hause?«, fragte sie ihn betont gleichmütig. »Machst du gerade Urlaub?«

»Nein. Ich bin zurückgekommen.«

»Das kann doch nicht dein Ernst sein – du konntest es doch kaum erwarten, unserer Einöde endlich den Rücken zuzukehren. Du hast nie von etwas anderem geredet.«

»Tja, nun.« Er ließ unbehaglich seine Schultern kreisen. »Es hat sich herausgestellt, dass das Leben in der großen Stadt nicht ganz meinen Erwartungen entsprach.«

»Bist du denn nicht bei irgendeiner tollen Anwaltsfirma in Washington, D.C., beschäftigt?«

»Ich war es. Aber ich habe gekündigt.« Offenbar sah er ihr an, dass sie nach weiteren Einzelheiten fragen wollte, denn er bedachte sie mit einem leichten Lächeln und erklärte: »Ich habe nicht gesagt, dass ich für ewig hier in Star Lake bleiben werde. Aber Dads Gesundheitszustand ist nicht gerade der beste und einige der Praktiken meines Unternehmens haben mir nicht unbedingt gefallen, so dass dies ein guter Zeitpunkt für meine Rückkehr war.«

»Da Sie gerade von Ihrem alten Herrn sprechen«, mischte sich J.D. in das Gespräch. »Ich habe nicht den ganzen Tag Zeit. Wohin ist er mit der Klimaanlage verschwunden?«

»Wahrscheinlich hinters Haus, um sich heimlich eine Zigarette anzünden zu können.«

Dru starrte Kevin entgeistert an. »Er braucht ständig Sauerstoff und raucht trotzdem weiter?«

Kev zuckte mit den Schultern. »Weshalb sollte er jetzt noch damit aufhören? Sein Lungenemphysem ist bereits so weit fortgeschritten, dass er sein Leben, selbst wenn er strikt mit dem Rauchen aufhört, nur unwesentlich verlängern würde.«

»Wenn er sich in die Luft jagt, indem er in der Nähe eines Sauerstofftanks ein Streichholz anzündet, wird sein Leben allerdings abrupt verkürzt.«

»Tja, nun, das ist eben Dad. Der Gerechtigkeit halber sollte ich hinzufügen, dass er den Kanister abnimmt und den Hahn sorgfältig zudreht, bevor er die Streichhölzer aus der Tasche zieht.«

Wie aufs Stichwort kam in diesem Moment Harvey durch die Tür. Die Klimaanlage schob er auf einem Karren vor sich her. »Hier, bitte«, sagte er zu Dru und klatschte die Rechnung auf den Tresen. »Du brauchst nur noch hier zu unterschreiben.«

Kaum hatte sie nach dem Stift gegriffen, als eine Frauenstimme flötete: »Im Dorf geht das Gerücht um, dass du mit einem gut aussehenden Typen hier aufgetaucht bist.«

Dru hob den Kopf, sah Char grinsend auf sich zukommen und lächelte erfreut. »Hallo. Eigentlich hätte ich dich heute Nachmittag besuchen wollen, aber ich musste meine Pläne ändern, als Tante Sophie mich bat, die Klimaanlage für eine der Hütten abzuholen.« Sie klopfte auf das Gerät und wies mit einem Kopfnicken zu J.D. »Und ihn hat sie seiner Muskeln wegen dazu auserkoren, das Ding für mich zu schleppen.«

»Genau diese Muskeln haben das ganze Dorf in helle Aufregung versetzt«, erklärte Char und spendierte J.D. das für sie typische flirtbereite Lächeln. Als sie jedoch den Mann entdeckte, der hinter ihm stand, verschlug es ihr kurzfristig die Sprache. »Ja, aber hallo, wen haben wir denn da? Willst du mal wieder gucken, welchem Elend du hier entronnen bist?«

»Teufel, nein«, kam die spontane Antwort. »Wenn das mein Anliegen gewesen wäre, wäre ich umgehend in deiner Wohnung aufgekreuzt.«

»Wie ich sehe, bist du noch ganz der alte Charmeur«, erklärte sie mit kühler Stimme. »Und wann geht's zurück in die große, weite Welt?«

Dru zuckte zusammen. Char und Kevin waren noch nie gut miteinander ausgekommen. Die gegenseitige Abneigung der beiden hatte ihr bereits während der Schulzeit das Leben schwer gemacht, denn sie hätte sich ein glückliches Dreiergespann gewünscht. Sie hätte allerdings angenommen, dass die Feindschaft ihrer beiden besten Freunde mit zunehmender Reife etwas geringer werden würde, was jedoch offensichtlich nicht der Fall war. »Kev hat vor, erst mal hier zu bleiben, Char«, erklärte sie schnell der Freundin.

»Was für eine Freude.« Die Blondine schenkte ihm einen Blick, der nicht wärmer war als die Antarktis. »Und wo hast du dein kleines Frauchen und die zweieinhalb süßen Kinder? Sitzen sie vielleicht artig im Haus deines Vaters?«

»Nein. Das kleine Frauchen hat mich eines Mannes wegen verlassen, der keine sechzehn Stunden täglich gearbeitet hat, und die statistischen süßen Kinder hat es nie gegeben. Und wie steht es mit dir? Ist es dir inzwischen gelungen, dir einen Ehemann zu angeln? Oder musst du dir gerade ein längeres Lasso kaufen?«

J.D. wandte sich an Dru. »So sehr mir dieses reizende Kindertheater auch gefällt«, sagte er zu ihr, »habe ich noch andere Dinge zu erledigen. Ich werde also die Klimaanlage in den Wagen laden.«

Dru hätte nie geglaubt, dass ihr seine Gesellschaft lieber wäre als die von Kevin oder Char, aber sie meinte glatt: »Warten Sie, ich komme mit – ich muss ebenfalls noch in diverse Geschäfte.« Sie musterte ihre beiden Freunde, die sie offenbar völlig vergessen hatten. Sie waren nämlich intensiv damit beschäftigt, sich weitere Gemeinheiten entgegenzuschleudern. »Wir sehen uns dann später.«

»Himmel«, murmelte J.D., als er die Arme um die schwere Kiste legte. »Wenn die sexuelle Spannung zwischen den beiden sich nur noch ein bisschen gesteigert hätte, wäre im Laden binnen weniger Sekunden ein Großfeuer ausgebrochen.«

Dru fiel die Kinnlade herunter, doch ächzend klappte sie sie wieder zu. »Wie gewöhnlich haben Sie mal wieder alles völlig falsch verstanden. Die beiden können einander nicht *riechen.* Sie haben sich noch nie gemocht.«

Als J.D. das Gerät auf die Ladefläche hievte, spannten sich unter seinem weißen T-Shirt die Muskeln in Schultern, Armen und Rücken deutlich sichtbar an. Doch erst als die Kiste richtig stand, drehte er sich zu ihr um und bedachte sie mit einem mitleidigen Blick. »Wenn Sie es sagen.«

»Es geht nicht darum, dass ich es sage, Carver. Das ist eine reine Tatsache.«

»Gestatten, dass ich schrill lächle …«

»Verdammt, ich hasse es, wenn Sie derart herablassend mit mir …« Nun sprach sie zu seinem Rücken, denn er machte auf dem Absatz kehrt und wandte sich zum Gehen. »He! Wo wollen Sie hin?«

»Eine Badehose kaufen.«

Sie hetzte ihm hinterher. »Und deshalb lassen Sie mich mitten in einer Unterhaltung einfach stehen? Ich habe mit Ihnen geredet!«

»Oh, das war eine Unterhaltung? Für mich klang es eher wie der Anfang einer neuen Predigt.« Ohne sein Tempo zu verlangsamen, sah er sie von der Seite an. »Dies ist mein freier Tag, Blauauge – also brauche ich es mir nicht anzuhören, wenn Sie mich wieder einmal belehren wollen.«

Sein freier Tag? Dru vergrub die Fingerspitzen in den Schläfen und quietschte leise auf.

Worauf er sie zum ersten Mal mit demselben ehrlich amüsierten Lächeln ansah, das bisher einzig für ihren Sohn reserviert gewesen war. »Sie sind eine wirklich interessante Frau, Drucilla.«

»Ich kann Ihnen gar nicht sagen, wie sehr es mich freut, den Clown für Sie zu spielen.« Sie musste ihre Schritte verdoppeln, um mit ihm mithalten zu können, als er in Richtung der Drogerie des Dorfes lief. »Sie hätten sich auch im Sportgeschäft im Hotel eine Badehose kaufen können.«

Er lachte verächtlich auf. »Ja, genau. Haben Sie sich die Sachen in dem Laden schon mal genauer angesehen? Sie verkaufen spärliche Dreiecke und sonst nichts.«

»Und was ist daran so schlimm?«

»Abgesehen von der Tatsache, dass sie grottenhässlich sind und ich sie nie im Leben tragen würde? Gar nichts.«

»Grottenhässlich? Hmmm. Ich bin wirklich froh, dass Sie sich die Zeit genommen haben, mich davon in Kenntnis zu setzen, wie Sie die bei uns verkauften Waren beurteilen. Ich werde sofort ein paar Boxershorts bestellen – für den

Fall, dass ein paar von unseren Gästen ebenso unmodern sind wie Sie.«

Er öffnete die Tür des Ladens und ließ ihr höflich den Vortritt. »Unmodern. Nennen Sie es unmodern, wenn ein Mann keine Lust hat, sein bestes Stück in fünfzehn Gramm Zellophan zu quetschen?«

Sie widerstand dem Verlangen, den Blick auf das besagte beste Stück zu senken, und schob sich mit stolz gerecktem Kopf an ihm vorbei. »Ich hätte gedacht, dass das für einen Typen, der damit angegeben hat, als Sieger aus jedem Schwanz-Mess-Wettbewerb hervorzugehen, genau das Richtige wäre.«

»Nur, wenn es einen Massenauflauf provozieren sollte, Herzchen. Durch die öffentliche Zurschaustellung eines solchen Naturwunders würde sicher die Nationalgarde auf den Plan gerufen. Ganz zu schweigen davon, dass ich von dem Moment an keine Sekunde mehr Ruhe hätte vor sämtlichen Frauen in Star Lake.«

Sie fuhr zu ihm herum. »Mein Gott«, hauchte sie beinahe bewundernd. »Eine derartige Selbstüberschätzung habe ich in meinem ganzen Leben bei noch keinem Typen erlebt.«

Er zuckte bescheiden mit den Schultern. »Genau das habe ich Ihnen vor Augen führen wollen.«

Okay, sie hatte ihre Worte schlecht gewählt. Um die verräterische Röte in ihren Wangen zu kaschieren, senkte sie den Blick auf das fragliche Stück, blickte nach eingehender Musterung in seine grünbraunen Augen und zuckte mit den Schultern. »Ich habe schon Größeres und Besseres gesehen.«

Jedoch nur in ihren Träumen. In Wahrheit hatte sie bereits seit Jahren keinen ausgewachsenen Männerpenis mehr in natura gesehen. Sie stapfte davon, bog um eine Ecke und lehnte sich in der Mitte des Ganges kraftlos gegen ein Regal mit Badetüchern.

Sie hob die Hände an ihre glühend heißen Wangen, atmete tief ein, hielt ein paar Sekunden die Luft an, atmete wieder aus und langsam wieder ein. Jetzt wusste sie, dass sein … Gerät … beinahe so beeindruckend war, wie er behauptet hatte. Okay, *so* beeindruckend. Vor allem, als es unter ihrer Musterung begonnen hatte, die Hose auszufüllen. Der Gedanke, dieses Prachtstück tatsächlich einmal in der Hand zu halten, trieb ihr noch stärker die Röte ins Gesicht.

Aber eher würde sie nackt die Hauptstraße hinunterspazieren, als dass sie sein bereits aufgeblähtes Ego durch ein solches Eingeständnis noch mächtiger werden ließ.

Da sie nicht wollte, dass jemand sie hyperventilierend zwischen den Badeartikeln überraschte, löste sie sich von dem Regal und machte sich auf die Suche nach einem Korb. Wenn sie schon einmal hier war, konnte sie ebenso gut ein paar Toilettenartikel, die bei ihr zur Neige gingen, kaufen.

Sie schlenderte durch die Gänge und dachte an die unglaubliche Bemerkung, die J.D. in Bezug auf Char und Kevin hatte verlauten lassen. Hatte er womöglich Recht? Wie gern hätte sie den Gedanken als absurd zurückgewiesen, doch sie musste zugeben, dass dieser Wunsch wahrscheinlich vor allem in ihrem impulsiven Verlangen, J.D. stets zu widersprechen, begründet war. Doch damit müsste endlich einmal Schluss sein. Wer hätte, bevor er in ihr Leben getreten war, gedacht, dass sie einen solchen Widerspruchsgeist überhaupt besaß?

Nun, da der schier unglaubliche Gedanke an Char und Kev einmal in ihr geweckt war, musste sie sich eingestehen, dass er eine gewisse Logik in sich barg. Aber, wow. Wenn irgendjemand etwas davon mitbekäme, würde die Gerüchteküche des Ortes sicher überbrodeln. Nichts bereitete den Leuten in Star Lake größeres Vergnügen als neuer Klatsch und Tratsch.

Vor allem jedoch fragte sich Dru, ob Char und Kev bewusst war, was zwischen ihnen vorging … oder ob sie vielleicht als Einzige derart langsam von Begriff gewesen war.

J.D. beobachtete, wie Dru leise murmelnd auf eine Ansammlung von Toilettenbürsten starrte. Schließlich wandte sie sich ab und er verfolgte, als sie den Gang hinunterwanderte, den Schwung ihrer Hüften und ihrer langen Beine mit einem sehnsüchtigen Seufzen. Mit einem leisen Fluch riss er sich von ihrer Ansicht los und wandte sich dem Stapel Badehosen zu. Er musste endlich aufhören, sie ständig mit Blicken zu verfolgen. Und vor allem ließ er sich am besten nicht noch einmal auf ein derart gefährliches Geplänkel wie vor ein paar Minuten ein.

Bereits in der Schule hatte er heimlich den braven Mädchen während des Unterrichts, in den Korridoren oder auf dem Schulhof hinterhergesehen. Wenn sie es bemerkt hatten, hatte er sie weiter reglos angestarrt und ein bittersüßes Gefühl der Überlegenheit empfunden, wenn sie rot geworden und eilig davongelaufen waren. Die Phase hatte jedoch nicht lange gedauert – das Bedürfnis, sie in Verlegenheit zu bringen, hatte sich lange vor Ende der Schulzeit bereits gelegt. Doch jetzt sah es so aus, als verfiele er in die alten Untugenden zurück.

Er hatte keine Ahnung, was an ihr ihn derart reizte. Sicher übte sie zum Teil die gleiche Faszination auf ihn aus wie die braven Mädchen damals. Er war bereits vor langer Zeit zu dem Schluss gekommen, dass dieses Interesse darin begründet war, dass er versucht hatte, sich vorzustellen, wie sie aufgewachsen waren – in einem hübschen Haus mit einem gepflegten Garten, umsorgt von liebevollen Eltern.

Und auch wenn Dru eine ledige Mutter war, gehörte sie doch eindeutig in diese Kategorie. Sie hatte ein solch sanftes Lächeln, wirkte auf eine unschuldige Weise unberührt und jung.

Zugleich jedoch ließ sie sich nicht so einfach in eine Schublade einsortieren und immer wenn er dachte, es wäre ihm gelungen, flutschte sie elegant aus der ihr von ihm zugedachten Nische wieder heraus. Ebenso wenig war sie das verhuschte Mäuschen, das verschreckt vor ihm davonlief. Als sie vorhin seine Mannespracht gemustert hatte, bis die sich ihr entgegenreckte, nur, um ihm anschließend zu erklären, sie hätte schon Besseres gesehen, hätte er sie zum Beweis des Gegenteils am liebsten auf der Stelle flachgelegt.

Schließlich gab er die Suche nach einer Badehose auf. Die angebotenen Hosen waren entweder in grellen Neonfarben gehalten, so schlabbrig, dass er sich darin vorgekommen wäre wie ein Vollidiot, oder mit schrillen Hawaii-Mustern bedruckt. Verdammt. Er würde einfach eine alte Jeans abschneiden und damit wäre es getan.

Als er an einem Ständer mit Postkarten vorbeikam, blieb er stehen und sah sich die Motive an. Eigentlich war Butch für ihn erledigt, aber trotzdem suchte er schulterzuckend eine Karte für ihn aus. Was sollte es, sie kostete nicht mehr als einen Vierteldollar. Wahrscheinlich schickte er die Karte sowieso nicht ab.

Abermals fiel ihm Dru auf, die inzwischen neben dem Ständer mit Badeanzügen stand. Sie hielt einen getigerten Tankini, das hieß, ein Tank Top mit passender Bikinihose, in die Höhe und sah aus, als wäre sie noch ganz in ihre Einkäufe vertieft. Also ging er in den hinteren Teil des Ladens, in dem, wie er gesehen hatte, ein Regal mit Werkzeug stand. Auch wenn er nicht dachte, dass er etwas für sich fände, brächte er mit der Begutachtung des Werkzeugs sicher noch mal zehn Minuten rum.

Er versuchte nicht zu überlegen, wie Dru wohl in dem Tankini aussah.

Das Angebot in dem Regal entsprach seiner niederen Erwartung, obgleich es inmitten des minderwertigen Importzeugs ein paar ordentliche Stücke gab. Er entschied sich für den Kauf eines Fünf-Achtel-Bohrers, ging ans Ende des Ladens, um zu sehen, ob sich im hinteren Schaufenster noch etwas Betrachtenswertes fand …

… und traf genau ins Schwarze.

Das Schaufenster selber war nicht weiter interessant, von der Decke herab jedoch hing ein Kanu. Er starrte es mit großen Augen an.

Er hatte schon immer ein Kanu haben wollen. Er und Butch hatten einmal eins aus dem Bootsverleih der Universität von Washington entwendet und waren damit ein paar wunderbare Stunden lang herumgepaddelt, bis ihnen der Bootsverleiher auf die Schliche gekommen war.

Dieses Kanu war nicht gerade in allerbestem Zustand. Es war alt und ramponiert, doch das war ihm egal. Er wollte es haben. Entschlossen kehrte er in den vorderen Ladenteil zurück.

Dru hatte ihre Einkäufe inzwischen bezahlt und war in ein Gespräch mit der Verkäuferin vertieft. Zum ersten Mal, seit er sie kannte, würdigte er sie so gut wie keines Blickes, sondern wandte sich direkt der Frau hinter der Kasse zu. »Wie viel kostet das Kanu, das dort hinten an der Wand hängt?«

Sein Gegenüber blinzelte verwirrt. »Das Kanu? Das alte Ding? Tja … ich habe keine Ahnung. Warten Sie, ich frage Fred.« Sie kam hinter der Kasse hervor und brüllte den Gang entlang: »Fred! Kannst du mal bitte kommen?«

Sekunden später schlurfte ein älterer Mann, aus dessen Ohren mehr weiße Haare wuchsen als auf seinem Kopf, gemächlich heran. »Was gibt's?«

Die Frau, die J.D. während der Wartezeit gründlich gemustert hatte, wies mit ausgestrecktem Daumen auf den Kunden. »Er will wissen, wie viel du für Daveys Kanu haben willst.«

»Das ist doch wohl nicht Ihr Ernst.« Der Mann starrte J.D. völlig entgeistert an. »Das Ding ist total im Eimer. Ich habe es nur meinem Enkel zuliebe überhaupt dort hingehängt, weil er mir nicht glauben wollte, dass niemand, der auch nur halbwegs bei Verstand ist, so was jemals kauft.«

»Ich kaufe es.«

Dru schob die Hände in die Taschen ihrer Shorts. Die Tüte baumelte an ihrem Handgelenk, als sie dem guten Fred erklärte: »Damit haben Sie zumindest zur Hälfte Recht.«

J.D. ging nicht auf die Bemerkung ein. »Was wollen Sie dafür haben?«

»Tja. Sie kriegen es sehr günstig.« Fred kratzte sich nachdenklich die Glatze. »Aber ich übernehme keine Garantie dafür, dass es auch nur einen Meter fährt.«

»Ich bin Schreiner. Ich werde es seetauglich machen.«

»Haben Sie je zuvor an einem Boot gearbeitet?«

»Nein.« J.D. zuckte mit den Schultern. »Aber das ist bestimmt nicht weiter schwer.«

Der Ladeninhaber öffnete den Mund, um ihm zu widersprechen, doch Dru kam ihm zuvor.

»Sparen Sie sich Ihren Atem«, riet sie dem alten Mann. »J.D. hat das größte Ego, das je ein Mensch in dieser Gegend besessen hat. Was allerdings in Bezug auf sein Geschick als Schreiner durchaus gerechtfertigt ist: Er hat bereits ein paar Arbeiten oben am Hotel erledigt und die Ergebnisse sind geradezu spektakulär.«

J.D. bedachte sie mit einem überraschten Blick. Sie trat tatsächlich für ihn ein? Offenbar war ihm seine Verblüffung ziemlich deutlich anzusehen, denn sie zuckte mit den Schultern und verzog den Mund zu einem halben Lächeln, als könnte sie selbst es beinahe nicht glauben.

Er wandte sich wieder dem Ladenbesitzer zu. »Und?«

Fred zuckte gutmütig mit den Schultern. »Tja, wenn Sie es haben wollen, gehört es Ihnen. Mein Enkel wird begeistert sein, wenn er davon hört.«

J.D. grinste. »Das glaube ich auch.«

Kurze Zeit später hatte er das Kanu sicher neben der Klimaanlage auf der Ladefläche des Lkws verstaut, hob den Kopf und merkte, dass Dru ihn lächelnd ansah. Da sie ihn erwischt hatte, als er zärtlich mit der Hand über das Boot gestrichen hatte, knurrte er verlegen: »Was ist? Jetzt halten Sie mich sicher für ein Weichei.«

»Es gibt jede Menge Weicheier auf der Welt.«

Er sah sie mit zusammengekniffenen Augen an. »Tja, zumindest sollte Sie diese Sache mit Genugtuung erfüllen.«

»Das tut sie ganz sicher. Aber nicht, weil ich Sie für ein Weichei halte. Denn das kann ich noch nicht sagen.« Ihr Lächeln wurde sanft. »Ich mag es, wenn Leute versuchen, sich ihre Träume zu erfüllen, und es hat mir gefallen, dass Sie etwas bekommen konnten, was Sie sich offensichtlich schon lang sehr gewünscht haben.« Sie öffnete die Beifahrertür des Lasters, kletterte auf ihren Sitz und ließ ihn abermals völlig perplex allein draußen zurück.

Tja … verdammt. Wie sollte er darauf reagieren?

11

Während des gesamten Nachmittags gingen J.D. ihre Worte ständig durch den Kopf. Auch am Abend und noch am nächsten Morgen kehrte er im Geiste immer wieder zu ihnen zurück. Die Erfüllung eines Traumes? Himmel, niemand träumte von einem lächerlichen Boot.

Die Sonne brannte ihm auf die Schultern, er hörte das leise Klirren eines Windspiels, das jemand über seiner Veranda hängen hatte, und zufrieden schmirgelte er die aufgeplatzte Farbe vom Boden seines Boots. Wie kam sie nur auf einen solchen Blödsinn? Es war einfach ein Projekt, um ihn bei Verstand zu halten, wenn er während seiner offiziellen Arbeit im Hotel auszuflippen drohte.

Er nahm sich eine besonders mitgenommene Stelle an der Kanuoberfläche vor, strich anschließend behutsam mit der Hand über den geglätteten Part und überlegte, wohin er seine erste Ausfahrt unternähme. Vielleicht ans andere Ende des Sees, dessen Ufer völlig wild war. Er fragte sich, ob es in der winzigen Bibliothek oben im Hotel wohl Bücher über Boote gäbe. Falls nicht, führe er am besten in den Ort, um sich eins zu kaufen. Es machte sich stets bezahlt, so viele Informationen wie möglich zusammenzutragen, um eine Sache ordentlich zu machen. Das hatte nichts mit Träumen zu tun, sondern zeugte schlicht von Vernunft.

Gerade als er überlegte, ob er eine kurze Pause machen sollte, kam Ben den Weg heraufspaziert. J.D. legte das Schmirgelpapier zur Seite, richtete sich auf, schirmte seine Augen mit den Händen gegen die Sonne ab und wartete auf ihn.

Ben nickte, reichte ihm ein Bier und blickte auf das umgedreht auf zwei Sägeböcken ruhende Gefährt. »Wie ich höre und sehe, haben Sie sich ein altes Boot gekauft, das Sie wieder auf Vordermann bringen wollen.«

J.D. bedachte ihn mit einem argwöhnischen Blick. »Also haben Sie sich gedacht, Sie sollten rüberkommen und mir ein paar Ratschläge erteilen?«

»Nein.« Ben öffnete seine eigene Flasche und zündete sich eine Zigarette an. »Sophie mag Sie und es macht sie traurig, dass Sie wütend auf uns sind.« Er schob das Feuerzeug zurück in seine Tasche und sah J.D. in die Augen. »Wir haben dieses neue Sprichwort: Wenn Sophie nicht zufrieden ist, kann es auch niemand anderer sein. Also dachte ich, ich komme rüber und reinige die Luft.«

»Was eine ziemlich ironische Bemerkung ist angesichts der Tatsache, dass Sie mit einer Zigarette vor mir stehen.«

»Himmel, erzählen Sie mir nicht, dass Sie einer dieser Gesundheitsfanatiker sind. Ich benehme mich inzwischen politisch derart korrekt, dass ich mich nur noch mit Mühe wieder erkenne. Ich rauche weder in Restaurants noch in meinem Auto. Ich rauche überhaupt nicht mehr in geschlossenen Räumen und selbst draußen tue ich es nur noch, wenn Tate nicht in der Nähe ist. Allerdings will ich verdammt sein, wenn ich Ihretwegen nun auch noch draußen auf diesen Spaß verzichte. Ich stelle mich so, dass der Wind den Rauch nicht in Ihre Richtung pustet. Ist das okay?«

»Ja. Danke.«

»Nicht der Rede wert. Also, ich bin gekommen, um mich mit Ihnen zu vertragen. Dass ich einen Anwalt kontaktiert habe, hatte nichts mit Ihnen oder Edwinas Testament zu tun. Dru …« Er unterbrach sich und fixierte J.D. scharf. »Aber das bleibt unter uns, verstanden?«

»Kein Problem.«

»Gut. Dru wird in ein paar Wochen dreißig und ich habe Henry Briggs gebeten zu gucken, wie wir ihr am geschicktesten dreißig Prozent unserer Anteile an dem Unternehmen übertragen, um sie endlich zur Miteigentümerin zu machen. Wenn ich es ihr, als Sie dabei waren, bereits erzählt hätte, wäre es keine Überraschung mehr für sie.«

J.D. stellte seine Flasche auf einen der Sägeböcke, auf denen das umgedrehte Kanu lag. Langsam, aber sicher wallte heißer Zorn in seinem Inneren auf. »Halten Sie mich vielleicht für einen Vollidioten? Noch bevor ich den Anruf überhaupt erwähnt hatte, haben Sie sich mir gegenüber total anders benommen als zuvor.« Er starrte sein Gegenüber böse an. »Ich bin nicht von gestern, also tun Sie uns beide den Gefallen und versuchen Sie am besten gar nicht erst, mich zu verarschen.«

»Und ob Sie ein Idiot sind, Carver, wenn Sie mich für einen solchen Feigling halten, dass ich hinter Ihrem Rücken versuche, Ihnen Ihren Anspruch streitig zu machen. Mein verändertes Verhalten Ihnen gegenüber hatte nichts mit Ihrem Erbe zu tun. Das lag einfach daran, dass Sie sich, wie man mir erzählt hat, an Dru herangemacht haben.«

J.D. verschlug es kurz die Sprache, doch dann polterte er: »Ich mich an sie herangemacht! Das ist eine hanebüchene Unterstellung – ich habe sie lediglich ein einziges Mal geküsst!«

»Tja, nun, sie ist und bleibt eben mein Baby und …«

»Sie haben gesagt, sie wird in ein paar Wochen dreißig!«

»Ich weiß, wie alt sie wird!«, brüllte Ben ihn zornig an. »Aber glauben Sie vielleicht, dass das einen Unterschied für mich machen würde?« Dann holte er tief Luft. »Wenn es um die Familie geht, hört man eben nie auf, sich Sorgen zu machen, okay?«

»Wie Sie meinen.« J.D. zuckte mit den Schultern, fügte jedoch leicht verbittert hinzu: »Aber was Sie damit sagen wollen, ist, dass ich nicht gut genug für Ihre Kleine bin, richtig?« Er hatte doch gewusst, dass das Schauspiel von der großen glücklichen Familie, zu der er mit einem Mal gehörte, nichts als eine Masche gewesen war.

Ben trat wütend einen Schritt nach vorn, riss sich dann aber zusammen. »Das stimmt, Sie erscheinen mir nicht gerade wie der Typ, der sich auf Dauer festlegt.« Er zog ein letztes Mal an seiner Zigarette, rieb das Papier zwischen seinen Fingern, bis die letzte Asche herausfiel, trat diese noch einmal aus, schob sich den Filter in die Tasche und musterte J.D. mit einem skeptischen Blick. »Oder wollen Sie mir erzählen, dass ich Ihnen damit Unrecht tue?«

»Nein. Sie haben den Nagel auf den Kopf getroffen. Aber was muss ein Mann tun, um Ihre Nichte küssen zu dürfen – vielleicht eine Erklärung unterschreiben, dass er sie bis an ihr Lebensende lieben und in Ehren halten wird?«

Ben murmelte einen deftigen Fluch und fuhr sich ärgerlich durch die dichten, graumelierten Haare. »Jetzt klingen Sie wie Sophie. Ich behaupte ja nicht, dass das, was ich empfinde, unbedingt vernünftig ist. Ich sage Ihnen nur, dass meine Gefühle der Grund für meine veränderte Haltung Ihnen gegenüber waren.«

»Das ist zumindest fair«, gestand J.D., wenn auch widerwillig ein und fragte sich, was Ben jetzt von ihm erwartete.

»Ich mache Ihnen einen Vorschlag«, seufzte Ben. »Ich werde mich aus der Sache zwischen Ihnen und der Kleinen heraushalten, wenn Sie sich bereit erklären, dafür ab und zu bei Soph vorbeizuschauen. Aus irgendeinem Grund hat sie eine richtiggehende Schwäche für Sie entwickelt.« Unvermittelt verzog er den Mund zu einem etwas schiefen, doch ehrlich warmen Lächeln. »Außerdem habe ich Dru noch nie an irgendetwas hindern können, was sie sich in den Kopf gesetzt hat. Und wie mir regelmäßig von allen möglichen Leuten in Erinnerung gerufen wird, ist sie eine erwachsene Frau mit einem eigenen Willen. Also schätze ich, wenn sie sich von Ihnen küssen lassen möchte, tut sie das sowieso.«

»Glauben Sie nicht, dass ich dabei auch noch ein Wörtchen mitzureden habe?«

Ben musterte ihn wortlos, jedoch eindeutig mit der Frage, wen er mit diesem Satz überzeugen wollte, worauf J.D. unweigerlich ebenfalls schief grinste. »Okay, wenn Dru will, dass ich sie küsse, werde ich es höchstwahrscheinlich tun.« Der Gedanke, dass sie mit einer solchen Bitte zu ihm kommen könnte, rief sofortiges Verlangen in ihm wach. Dann jedoch zwang er seine Überlegungen in die Wirklichkeit zurück. »Aber falls es Ihnen ein Trost ist, hat keiner von uns die Absicht, es dazu kommen zu lassen. Der eine Kuss hat sich nur rein zufällig ergeben.«

Ben schnaubte verächtlich. »Red dir das nur immer weiter ein, Kumpel.« Er nahm einen letzten Zug aus seiner Flasche, wandte sich zum Gehen und rief zum Abschied über seine Schulter: »Und vergessen Sie nicht, Sophie zu besuchen.«

J.D. schaute ihm hinterher, bis er auf dem Pfad verschwunden war. Ein Gespräch wie das eben geführte war völlig neu für ihn. Der Typ Frau, den er normalerweise küsste, rief für gewöhnlich keine besorgten männlichen Verwandten auf den Plan.

Schulterzuckend drehte er sich um, sammelte sein Werkzeug ein und ging zurück in seine Hütte. Ebenso gut könnte er tatsächlich eine Pause machen und gucken, ob er irgendwelche Bücher über Kanus und Bootsbau fand.

Als er an seinem Esszimmertisch vorbeikam, fiel ihm die bunte Postkarte, die er für Butch gekauft hatte, ins Auge, er blieb stehen und nahm sie in die Hand. Auf die Rückseite hatte er geschrieben: *Ich bin froh, dass du nicht hier bist,* und in Gedanken an ihr letztes Telefongespräch spontan hinzugefügt: *Aber trotzdem erwarte ich immer noch täglich, dein Gesicht in den Abendnachrichten zu sehen.* Er hatte die Karte adressiert, obwohl er wahrscheinlich niemals so weit ginge, tatsächlich eine Briefmarke zu kaufen. Zwar sollte der erste Satz ein Scherz sein, aber im Grunde war er wirklich froh, dass Butch nicht in der Nähe war.

Dieser Ort war Welten von seiner alten Nachbarschaft und dem dortigen Treiben entfernt. Die abendliche Stille war für ihn nach wie vor noch gewöhnungsbedürftig, aber während des Tages war es schön, Vogelgezwitscher statt Autolärm zu hören und statt in den Gestank von Abgasen und Dreck in den Duft wild wachsender Pflanzen eingehüllt zu sein. Es war eine reine, unschuldige Umgebung, und er hatte nicht den Wunsch zu erleben, wie Menschen seiner Vergangenheit sie womöglich korrumpierten.

Er lehnte die Karte gegen die auf dem Tisch stehende Vase mit dem Strauß inzwischen leicht verwelkter Blumen und ging, um sich zu waschen, hinüber ins Bad.

»Herein!«, rief Dru, als es bei ihr klopfte, bedachte die hereinkommende Char mit einem Lächeln und nahm ihr zusammengerolltes Handtuch von der Couch. »Ich bin fast fertig. Ich muss nur noch meine Sonnenbrille finden.«

»Aber hallo!« Char betrat die Wohnung. »Ich wusste gar nicht, dass du dir einen neuen Badeanzug gekauft hast.«

»Ich habe ihn gestern, nachdem wir uns bei Bronsens getroffen haben, gefunden. An meinem alten Badeanzug war der Stoff hintenrum bereits ziemlich dünn.« Sie wollte hundertprozentig ausschließen, dass J.D. sie je noch einmal darin sähe. Dann jedoch verdrängte sie diesen Gedanken und baute sich wie ein Mannequin vor ihrer Freundin auf. »Also, wie gefällt er dir?«

Char reckte einen Daumen in die Höhe und nickte anerkennend. »Wirklich proper.«

Dru begann zu grinsen. »Dieses Wort habe ich nicht mehr gehört, seit dein Opa gestorben ist.«

»Ich weiß, aber es passt. Was ich bisher sehe, sieht wirklich super aus. Lass die Shorts fallen und ich werde dir sagen, was für einen Gesamteindruck ich habe.«

Dru gluckste amüsiert. »Ich bin froh, dass dich hier niemand hört – so fangen nämlich die meisten Gerüchte an.«

»Angesichts der Tatsache, dass wir beide schon viel zu lange keine Verabredung mehr hatten, bräuchten die Leute sicher nicht viel Fantasie, um voreilig den falschen Schluss zu ziehen. Also formuliere ich meine Bitte vielleicht besser um. Zeig mir den Badeanzug in seiner Gesamtheit«, bat Char mit affektierter Stimme, »damit ich den Gesamteindruck beurteilen kann.«

»Ich werde ihn dir zeigen, wenn wir unten am See sind. Ich habe nämlich keine Lust, die Shorts, die ich gerade angezogen habe, noch einmal auszuziehen.« Sie schnappte sich ihre Sonnenbrille von der Durchreiche zur Küche.

»Ich will das blöde Ding sowieso nicht sehen.«

Dru lachte erneut. »Du bist eine elendige Lügnerin, McKenna. Wahrscheinlich überlegst du schon die ganze Zeit, wo du einen noch tolleren Badeanzug findest, um mich ausstechen zu können.«

»Verdammt. Es ist geradezu widerlich, wenn ein anderer einen so gut kennt.«

Sie feixten einander an und wandten sich zum Gehen.

Kurze Zeit später breiteten sie ihre Handtücher am Ende des Lawrenceschen Privatstegs aus. Char rollte sich auf den Bauch, verteilte ihre Wasserflasche, ihre Zeitschriften und ihre Sonnenmilch um sich und blickte zu Dru auf, die nun endlich aus ihren Shorts stieg. »Wo ist eigentlich Tate?«

»Er hat bei Billy übernachtet und ist immer noch dort. Mary wollte ihn eigentlich vorhin schon bringen, aber die Jungen haben einen solchen Spaß, dass sie angerufen hat, um mich zu fragen, ob er nicht bis zum Abendessen bleiben kann.« Sie warf die Hose achtlos auf die Planken und blickte über ihre Schulter kritisch an sich herab. »Also, sei ehrlich – sieht mein Hintern in dem Leopardenmuster fett aus?«

»Das ist ja ein Tankini! Ich dachte, es wäre ein Einteiler. Wie schick. Und nein, du siehst fantastisch aus. Was hast du nur immer mit deinem Hintern? Ich wünschte, ich hätte nur die Hälfte deiner Rundungen.«

»Das wünschte ich mir auch.«

Lachend warf Char ihr die Sonnenmilchflasche zu. »Hier, creme mir mal den Rücken ein, ja?«

Dru kniete sich hinter sie und schüttelte ein wenig von der Milch in ihre Hand.

»Ich konnte es einfach nicht glauben, dass du mich gestern einfach mit Kev allein gelassen hast«, brummelte Char in ihre gekreuzten Arme. »Vielen Dank – du bist mir eine wirklich gute Freundin.«

Dru hielt verdutzt inne. »Ist das dein Ernst? Ich habe lautstark verkündet, dass ich gehe, und keiner von euch beiden hat auch nur geblinzelt. Himmel, ich habe zu J.D. gesagt, er würde sich irren, aber er hat euch tatsächlich richtig eingeschätzt. Du und Kev wart derart aufeinander konzentriert, dass ich eine Bombe hätte zünden können, ohne dass es euch aufgefallen wäre.«

Char rollte sich auf den Rücken. »Was sagst du da?«

»Dass ihr beide total in einer Art verbalem Vorspiel versunken wart.«

»Bist du vollkommen *wahnsinnig* geworden?«

»Schon möglich. Aber in dieser Sache liege ich eindeutig

richtig.« Dru hockte sich auf die Fersen, verteilte die restliche Sonnenmilch in ihren Händen auf ihren eigenen Armen und sah die Freundin an. »Die Luft zwischen euch beiden hat regelrecht geknistert, Char. Und zwar war die Spannung eindeutig sexueller Art. Bist du schon auf der High School heiß auf ihn gewesen oder ist diese Entwicklung neu?«

»Ich bin ganz bestimmt nicht heiß auf einen Kerl wie Kev!«

»Dann willst du es also weiter leugnen?«

»Verdammt, Dru, vergiss es. Wir kommen einfach nicht miteinander zurecht. Wir sind noch nie miteinander zurechtgekommen, das weißt du ganz genau.« Der Blick der Freundin schien ihr zu missfallen, denn sie fügte kämpferisch hinzu: »Wenn du derart versessen darauf bist, über solche Dinge zu reden, weshalb erzählst du mir dann nicht, was sich zwischen dir und J.D. Carver abspielt?«

»Wenn du erwartest, dass ich jetzt in Abwehrhaltung gehe, dann muss ich dich enttäuschen. Denn die Wahrheit ist, dass ich wohl in ziemlich tiefen Schwierigkeiten stecke – und zwar nicht nur deshalb, weil Tate Mary erzählt hat, dass J.D. mich geküsst hat, weshalb inzwischen sicherlich der ganze Ort Bescheid weiß. Ich fühle mich körperlich zu ihm hingezogen. Das ist das erste Problem. Inzwischen kommt das zweite hinzu: Ich merke, dass mehr in ihm steckt, als ich bisher dachte.«

»Was zum Beispiel?«

Dru setzte sich auf ihr Handtuch und verteilte Sonnenmilch auf ihren Beinen. »Normalerweise ist er derart beherrscht, dass es schwer ist, auch nur zu erahnen, was für ein Typ er ist. Aber ab und zu blitzt hinter der steinernen Fassade ein grundehrlicher Mensch auf. Jemand Einsames, der im Leben nichts geschenkt bekommen hat. Erinnerst du dich an meine Erzählung, wie seine Reaktion auf Tante Sophies Crème Brûlée war?«

»Alles, woran ich mich erinnere, ist, dass er beinahe die Schüssel ausgeleckt hätte.«

»Dann habe ich also nicht erwähnt, dass der Gesichtsausdruck, mit dem er die Köstlichkeit verputzt hat, mir deutlich gemacht hat, dass er als Kind sicher vieles nicht hatte, was für dich und mich völlig normal war?«

»Nein. Seltsam, dass du diesen Teil bisher für dich behalten hast.«

»Tja, nun …« Dru rutschte unbehaglich auf ihrem Platz herum. »Wie dem auch sei. Gestern hat er dieses alte Kanu gekauft, das seit Monaten hinten in der Drogerie hing.«

»Das Wrack, das Freds Enkel gehört?«

»Ja. Nur, dass man angesichts seiner Begeisterung hätte denken können, es wäre ein brandneues, leuchtend rot lackiertes Rennboot und er wäre nicht älter als Tate.« Sie lachte leise auf. »Wahrscheinlich würde er eher in rosa Rüschen durch die Gegend laufen als es zuzugeben, aber man hat es ihm überdeutlich angesehen, Char, und am liebsten hätte ich ihm dafür die Arme um den Hals geschlungen und ihn geküsst.«

Char blinzelte die Freundin über den Rand ihrer Sonnenbrille hinweg an. »Und warum hast du es nicht getan?«

»Verdammt. Es war einfach ein erschreckender Gedanke. Schließlich kann ich mich nach der Sache mit Tony auf meine Urteilskraft in Bezug auf Männer nicht unbedingt verlassen.«

»Um Himmels willen, Dru, damals warst du neunzehn! Nächsten Monat wirst du dreißig, und ich nehme an, dass deine Fähigkeit, den Charakter eines Mannes zu beurteilen, mit den Jahren durchaus zugenommen hat.«

»Das sollte man zumindest meinen. Ich bin sicher, dass

das auf die meisten Frauen auch tatsächlich zutrifft. Aber bei mir bin ich mir absolut nicht sicher.«

»Na und? Dann willst du es also nicht einmal versuchen? Dann willst du also nicht mal gucken, wohin die Sache vielleicht führt? Das Schlimmste, was dir passieren könnte, wäre, dass er dich früher oder später flach legt.«

»Nein, das wäre das Beste, was mir passieren könnte. Ich erinnere mich daran, dass mir Sex durchaus gefallen hat, und sicher ist es dasselbe wie beim Fahrrad fahren – egal, wie lange man es nicht mehr getan hat, fällt einem automatisch alles wieder ein. Nein, das Schlimmste, was passieren könnte, wäre, dass ich die Zeichen der Verletzlichkeit, die ich bei ihm zu sehen glaube, falsch deute, und dass er mir genau wie Tony das Herz bricht. Ich habe zu viele Jahre damit zugebracht, Tate und mir ein angenehmes, ruhiges Leben einzurichten, um mich jetzt blind in einen emotionalen Abgrund stürzen zu können.«

»Eine wirklich tolle Metapher. Vielleicht ein bisschen pessimistisch, aber äußerst bildhaft.«

»Ach ja?« Dru musterte Char nachdenklich. »Ich gebe unumwunden zu, dass ich bei dem Gedanken panisch werde, mein emotionales Gleichgewicht durch eine Beziehung mit J.D. Carver zu gefährden. Aber wenigstens leugne ich nicht, dass zwischen uns beiden irgendetwas *ist.*«

Wodurch das Gespräch beendet wurde, denn Char war nicht bereit, in Bezug auf sich und Kevin ebenso weit zu gehen. Trotzdem dachte Dru später, als sie wieder allein war, noch einmal gründlich über die ganze Sache nach.

War sie wirklich feige, weil sie es nicht einmal versuchte? Vielleicht hatte J.D. tatsächlich die Tiefe, die sie ihm inzwischen zuschrieb. Tate war verrückt nach ihm und Tante Sophie schien ihn ebenfalls zu mögen.

Natürlich war Tate auch verrückt nach Schlangen und

Tante Sophie war ein Opfer ihrer peinigenden Hormone und verfügte deshalb sicher nicht über die beste Urteilskraft der Welt.

Verträumt dachte sie an den verführerischen Anblick von J.D. mit seinem Werkzeuggürtel, wie er all die Dinge reparierte, die bereits vor Monaten kaputt gegangen waren. Dann jedoch riss sie sich zusammen.

Ein Talent als Schreiner war sicherlich kein Grund, sich mit einem Typen einzulassen, mit dem man ansonsten fast nur Scherereien hatte. Es gab jede Menge Handwerker in Star Lake, die die gleiche Arbeit machten ... auch wenn keiner von ihnen besonders zuverlässig war. Nein, J.D. war ganz bestimmt die Garantie für elendigen Herzschmerz.

Also wäre es vernünftig, ihn weiträumig zu meiden, bis sich ihr Verlangen nach ihm legte.

Und sie war eine durch und durch vernünftige Person.

12

Während der folgenden paar Tage ging Dru J.D. tatsächlich erfolgreich aus dem Weg. Sie sah ihn ein paarmal aus der Ferne, aber glücklicherweise arbeitete sie für gewöhnlich nachmittags im Hotel, so dass sie, wenn seine Abendschicht im Restaurant begann, längst nicht mehr im Haus war.

Doch natürlich hörte sie von ihm. Es wäre wohl zu viel gewesen, etwas anderes zu hoffen. Tate besuchte ihn am Montag, um ihn mit einem ausführlichen Bericht von seinen Abenteuern mit Billy zu unterhalten, und J.D. gestattete ihm, ihm beim Abschmirgeln des Kanus zu helfen.

Während der Arbeit sprachen sie ausführlich über das Boot. Es stellte sich heraus, dass es aus aneinandergeklebten Zedernholzstreifen konstruiert war, die nicht ordentlich in Stand gehalten worden waren. J.D. erzählte Tate von Längsrissen und von Rissen im Kiel und klärte ihn über die richtige Beschaffenheit von Vordersteven, Dollbord, Ruderbank und anderen Dingen auf. Außerdem debattierten sie hinlänglich darüber, ob das fertige Boot am besten rot, schwarz oder dunkelgrün lackiert werden sollte. J.D. neigte zu rot, Tate hingegen zu der Machofarbe Schwarz.

All dies wusste Dru, weil Tate ihr jedes Wort der Unterhaltung ausführlich widergab. Wenn sie noch einmal das Loblied auf das Kanu hören müsste, würde sie einen Meuchelmord begehen …

Nun, zumindest heute Abend könnte sie sich erholen. Sophie und Ben hatten Tate zum Übernachten eingeladen, und jetzt wäre es an ihnen, so zu tun, als wären sie an den endlosen J.D.-und-das-Kanu-Geschichten interessiert. Eventuell war sie ungerecht. Sophie brächte sicher ehrliches Interesse an den Erzählungen des Jungen auf. Sie selbst jedoch war einfach froh, ein paar Stunden zu haben, in denen sie nichts hören müsste von dem Mann und seinem Boot.

Es war ein Grund zum Feiern und sie konnte sich nicht entscheiden, ob sie sich auf ein Bier und ein paar flotte Tänze in den Red Bull Saloon im Ort begeben oder lieber mit einem guten Buch lang ausgestreckt auf ihr Sofa legen sollte. Beinahe hätte sie Char McKenna angerufen, um zu fragen, was sie an diesem Abend machte, aber sie war die ganze Woche über von Menschen umgeben gewesen, so dass sie am Ende beschloss, sich eine Schüssel Popcorn zu machen und den Janet-Evanovich-Roman in Angriff zu nehmen, den der Souvenirshop extra für sie bestellt hatte.

Erst das Klingeln des Telefons zwang sie gegen acht Uhr in die Gegenwart zurück. Um nicht den Faden zu verlieren, steckte sie einen Finger zwischen die gerade gelesenen Seiten und griff nach dem Hörer. »Hallo.«

»Schätzchen, ich bin es«, sagte Tante Sophie. »Tut mir Leid dich zu stören, wenn du schon mal allein bist, aber wir haben ein Problem drüben im Restaurant.«

Dru legte das Buch zur Seite, schwang die Füße auf den Boden und setzte sich auf. »Was für ein Problem?«

»Offensichtlich hat der zweite Koch während der gesamten Schicht die Saucen zubereitet und dabei so viel von den alkoholischen Zutaten probiert, dass er jetzt blitzeblau ist. Carlos droht damit, fristlos zu kündigen und rate, wer praktischerweise drüben ist, um die Wogen zu glätten?«

Verdammt, J.D. arbeitete momentan im Restaurant. »Bin schon unterwegs.«

Dru blickte auf ihr ärmelloses T-Shirt, die Jeans und die nackten Füße. Sie hatte keine Zeit mehr, sich umzuziehen, wenn sie nicht wollte, dass Carlos tatsächlich das Weite suchte. Sie wusste aus Erfahrung, dass er nur durch Diplomatie, Schmeichelei und eine gewisse Flirtbereitschaft besänftigt werden konnte, und dass Mr. Carver dazu wahrlich nicht das mindeste Talent besaß. Hastig schlüpfte sie in ein Paar Sandalen, zog, damit nicht sofort jeder sah, dass sie keinen BH trug, ein Jeanshemd über das pinkfarbene T-Shirt, fummelte die offen fallenden Haare aus dem Kragen und warf sie sich über den Rücken.

Während sie die Treppe hinunterrannte, tröstete sie sich mit dem Wissen, dass J.D. zumindest im Restaurant selbst und nicht in der Küche beschäftigt war. Die beiden Bereiche liefen fast unabhängig voneinander und es gab jeweils eine ganz eigene Hierarchie. Was konnte also groß passiert sein? Eigentlich sollte J.D. überhaupt nicht in der Sache involviert sein.

Bei ihrer Ankunft war er allerdings nirgends im Restaurant zu sehen und so fragte sie mit leiser Stimme den Manager, wo Mr. Carver war.

»Tut mir Leid, Dru«, antwortete dieser. »Als die Situation außer Kontrolle zu geraten drohte, habe ich versucht, ihm zu erklären, dass wir in der Küche nichts zu melden haben, aber er meinte, als Miteigentümer des Hotels hätte er, verdammt noch mal, überall etwas zu melden.«

Scheiße. »Wie lange ist er schon drüben?«

»Erst ein paar Minuten. Er ist erst rüber, nachdem ich bei Sophie angerufen habe.«

»Okay.« Sie atmete auf. »Sie haben genau das Richtige getan. Also, was ist mit Greg? Ist er wirklich so betrunken, wie Sophie gesagt hat?«

»Ich fürchte, ja.«

»Na, super. Rufen Sie Melinda an und gucken Sie, ob sie kurzfristig für ihn einspringen kann. Falls sie keine Zeit hat, geben Sie mir bitte umgehend Bescheid.« Dann ging sie festen Schrittes Richtung Küche.

Hinter der Tür herrschte ein geradezu ohrenbetäubender Lärm. Kellner und Kellnerinnen tauchten im Wechsel auf Grund des Schrillens der an ihren Gürteln festgemachten Piepser auf, um die runden Tabletts mit den fertigen Gerichten in Empfang zu nehmen, Ofentüren knallten, Köche riefen nach irgendwelchen Zutaten, und Teller wurden klappernd aus dem Regal unter der Wärmelampe gezogen, auf die Tabletts gestellt und an den Küchenchef weitergegeben, damit dieser die von ihm gezauberten Köstlichkeiten darauf arrangiere. Der Dessertkoch rief nach geschmolzener Schokolade zum Verzieren der verschiedenen auf einem Teller angerichteten kleinen Törtchen, und diverse Helfer quetschten sich in dem Bemühen, die vielfältigen Wünsche zu erfüllen, zwischen den Herden und den Arbeitsplatten hindurch.

Die Stimmen des ersten und des zweiten Chefkochs fehlten in dem Durcheinander. Normalerweise brüllten die beiden ständig irgendwelche Befehle. Greg jedoch war nirgendwo zu sehen, Carlos stand am Ende der Küche direkt neben der Tür …

… und J.D. – zur Hölle mit dem Kerl – marschierte entschlossen auf ihn zu.

Mist. Angesichts von J.D.s Talent im Umgang mit anderen Menschen müsste sie sich, wenn sie ihren, wenn auch temperamentvollen, so doch höchst kreativen Chefkoch nicht verlieren wollte, jetzt tatsächlich beeilen.

Auf dem Weg durch die Küche zog sie ihr Jeanshemd wieder aus, legte es über einen leeren Hocker, zog den Ausschnitt ihres T-Shirts etwas tiefer, schob die Brüste in die Höhe und stopfte den Saum, um den Ausschnitt möglichst weit unten zu behalten, fest in ihre Hose.

»Was wollen Sie von mir?«, hörte sie bereits Carlos' arrogante Stimme, die durch den leichten spanischen Akzent einen melodiösen Klang erhielt. »Sie gehören nicht hierher und ich will nicht mit Ihnen reden.«

»Das ist wirklich schade«, kam J.D.s ungerührte Antwort. »Denn wenn du dich mal umblickst, Kumpel, wirst du sehen, dass dir außer mir niemand für ein Gespräch zur Verfügung steht.«

Carlos richtete sich zu seiner ganzen Größe auf. »Ich bin nicht Ihr Kumpel, Señor, und das hier« – er wedelte mit der Hand in Richtung des allgemeinen Treibens – »ist völlig inakzeptabel. Ich kann und werde so nicht arbeiten. Wie soll ich meine Kreativität erhalten, wenn mein Sous-Chef sturzbesoffen durch die Gegend torkelt?«

»Indem Sie das Bestmöglichste aus einer Notsituation machen.«

»Nein. Diese Arbeitsbedingungen sind einfach unerträglich und ich werde mich garantiert nicht damit arrangieren. Ich bin Carlos. Wenn ich einen neuen Job will, genügt bereits ein Fingerschnippen und ich kann überall auf der Welt anfangen, wo ich will.«

J.D. trat noch näher an den Koch heran. Carlos war etwas größer, aber das schien ihn nicht im Mindesten zu schrecken, denn er erklärte drohend: »Und ich kann Ihnen mit einem bloßen Fingerschnippen sämtliche Knochen brechen – und ich glaube, ich werde damit nicht lange warten, wenn Sie nicht sofort Ihren Hintern wieder an den Herd schwingen.«

Nein, nein, nein, nein, NEIN! Dru stürzte vorwärts. Man musste Carlos schmeicheln! Wenn man dem Mann drohte, schaltete er vollkommen auf stur.

Carlos reckte seinen Kopf wie ein wütender Bulle, bis er und J.D. fast Nase an Nase voreinander standen. Die Spannung zwischen beiden war mit Händen greifbar. »Das können Sie gerne versuchen, Señor.« Er bedachte seinen Opponenten mit einem herablassenden Blick. »Bitte. Dann werde ich erst ordnungsgemäß Ihren knochigen Gringo-Arsch versohlen und Sie anschließend noch wegen tätlichen Angriffs verklagen. So machen es doch die Amerikaner, und ich« – er schlug sich auf die Brust – »habe einen amerikanischen Pass. Es wird mir ein Vergnügen sein, einen Teil dieses Unternehmens zu besitzen und zu wissen, dass es vorher in Ihrem Besitz gewesen ist.«

J.D.s Blick war einfach herrlich. Dru hätte ihn gerne noch länger genossen, aber besser, sie ging umgehend dazwischen, bevor noch ein wirkliches Unglück geschah. Der Testosteron-Ausstoß der beiden Kampfhähne war beinahe zu riechen.

Sie atmete tief ein, quetschte sich zwischen die zornblitzenden Opponenten, und unwillkürlich traten beide einen

Schritt zurück. Ohne auf J.D. zu achten, wandte sie sich an den Koch. »Oh, Carlos, es hat mir ja *so Leid* getan, das von Greg zu hören«, säuselte sie mit zuckersüßer Stimme. »Was in aller Welt war nur mit ihm los?«

Er blickte über seine schmale Aristokratennase hinweg auf sie herab. »Woher soll ich das wissen? Seine Freundin hat ihn – wie heißt es? – entlassen.«

»Verlassen, du Trottel«, mischte sich J.D. erneut in das Gespräch. »Es heißt verlassen.«

Dru trat ihm kräftig auf den Fuß und tätschelte gleichzeitig mitfühlend Carlos' weiß gekleideten Arm. »Wie sollten Sie da noch kreativ sein?«

»Es war völlig unmöglich«, erklärte Carlos, doch seiner Stimme fehlte die Inbrunst, mit der er das Gleiche gegenüber J.D. behauptet hatte, da sein Hauptaugenmerk inzwischen Drucillas Ausschnitt galt. Er zwang sich, ihr wieder ins Gesicht zu blicken und erklärte mit einiger Bestimmtheit: »Ich kann so einfach nicht arbeiten!«

»Natürlich können Sie das nicht«, stimmte sie ihm zu. »Ein Genie wie Sie braucht einen Sous-Chef, der ihm tatkräftig zur Hand geht, und nicht jemanden, der Ihren bereits beachtlichen Stress stattdessen noch vergrößert.«

Hinter ihr erklang ein Schnauben, worauf sie den Absatz der Sandale noch ein wenig tiefer in J.D.s Fuß vergrub.

Er legte seine Hände fest um ihre Hüften, hob sie von sich herunter, und während sie mit einer Hand versuchte, seine Finger zu lösen, strich sie mit der anderen weiter über Carlos' Arm. Der Chefkoch blickte stirnrunzelnd zu seinem Gegner und elegant hob Dru beide Arme, fuhr sich möglichst lässig durch die Haare und schüttelte leicht den Kopf. J.D. ließ seine Hände sinken und Carlos' Aufmerksamkeit kehrte umgehend zu ihr zurück,

»Ich kann es nicht ertragen, Ihre brillante Arbeit derart

gestört zu sehen, also habe ich Melinda rufen lassen«, erklärte sie, ließ ihre Haare wieder fallen und strich sie verführerisch mit beiden Händen glatt. »Sie ist ein exzellenter Sous-Chef und wird Ihnen die Hilfe zuteil werden lassen, die Sie verdient haben.«

»Möglich.« Sein Blick verriet Bewunderung, doch wie üblich ging es ihm vor allem um sein Ego und um seine Arbeit und so fügte er mit getragener Stimme hinzu: »Aber erwarten Sie ja nicht, dass ich auch nur einen Finger krümme, bevor sie hier erscheint.«

»Natürlich nicht. Wir lassen einfach einen der anderen Köche die bereits eingegangenen Bestellungen erledigen.« Sie bedachte ihn mit einem hoffnungsvollen Blick. »Vielleicht fällt es den Gästen ja überhaupt nicht auf?«

Er schnaufte vor Empörung. »Wenn einer der Hilfsköche eines der Gerichte zubereitet? Ich lasse ganz sicher keinen von diesen Kretins eine meiner Speisen kochen – schließlich sind die Leute gekommen, um eine Kreation von Carlos Santiago zu genießen!« Er stürmte zurück an seinen Herd und brüllte seinen Untergebenen Anweisungen zu.

»Ja!« Dru vollführte einen ausgelassenen Hüftschwung und reckte beide Arme in die Luft. Sie fühlte sich fantastisch. Sie liebte es, Krisen zu bewältigen – es war so befriedigend zu überlegen, wie sie sich in einer schwierigen Situation am geschicktesten verhielt und dann alles in ihrer Macht Stehende zu tun, damit es nicht tatsächlich zu einer Katastrophe kam.

Grob wurde sie in ihrer Euphorie von einem Paar schwieliger Hände gestört und durch die Hintertür gezerrt. Sie drehte sich um, schüttelte sich die Haare aus den Augen, stützte sich mit den Händen an der Sandsteinmauer in ihrem Rücken ab und bedachte J.D. mit einem selbstzufriedenen Grinsen. »Es war höchst beeindruckend, wie Sie mal wieder Ihr gesamtes diplomatisches Geschick unter Beweis gestellt haben.«

Er stemmte sich mit beiden Händen links und rechts von ihren Schultern an der Mauer ab und funkelte sie giftig an. »Jetzt bist du wirklich stolz auf dich, nicht wahr.«

»Allerdings, das bin ich.« Sie nickte selbstzufrieden. »Und Sie haben Recht. Nachdem wir schon so eng zusammenarbeiten, können wir uns ruhig duzen. Im Übrigen: Ich habe eine Riesenkatastrophe abgewendet. *Ich* bin diejenige, der das gelungen ist, nicht du.«

»Ja, indem du ihm deine Titten ins Gesicht gereckt hast. Wirklich professionell.«

»Nette Ausdrucksweise. Du meinst also im Gegensatz zu der Drohung, ihm sämtliche Knochen im Leib zu brechen?« Sie lachte unbekümmert. »Gib es zu, Carver. Du bist einfach nur eifersüchtig.«

Zu ihrer Überraschung stieg ihm eine leichte Röte ins Gesicht. »Ich bin nicht eifersüchtig. Es ist mir vollkommen egal, wem du deine ...«

Sie piekste ihm spielerisch in den Bauch. »Du bist ein solcher Lügner. Du bist regelrecht gelb vor Neid, nur weil meine Methode funktioniert hat, während du mit deiner Masche erfolglos warst.« Mit einem erneuten, selbstzufriedenen Kickser schob sie ihre Hände an seinem Polohemd hinauf und genoss die harte Hitze seiner Brust unter dem weichen Stoff. »Aber ärger dich nicht mehr«, versicherte sie heiser. »Du bekommst nämlich einen Trostpreis.«

Mit diesen Worten stellte sie sich auf die Zehenspitzen und küsste ihn mitten auf den Mund.

Sie fühlte sich mutig und meinte, sie hätte alles unter Kontrolle – bis sie ihre Zunge über seine Unterlippe und über die harten Ränder seiner Zähne flattern ließ.

Worauf er mit einem tiefen Knurren seine Hände in ihrem Haar vergrub, sie an der Mauer festhielt und plötzlich sein Mund die Führung übernahm.

Ihrer beider Zungen verschlangen sich in einem hemmungslosen, urtümlichen Tanz. Er schmeckte nach Mann, nach Hitze und Verlangen. Sie umklammerte sein Hemd und drückte sich eng an ihn. Sie wollte ihm die Herrschaft über sie beide wieder streitig machen, doch sie war so erregt, dass sie stattdessen ihr Herz und ihre Seele in die Vereinigung ihrer beider Münder legte.

Was er offensichtlich spürte, denn mit einem Mal riss er sich keuchend von ihr los. »*Himmel.* Du machst mich total verrückt. Ich will dich auf alle Arten nehmen, die es gibt, will dir die Kleider vom Leib reißen und …« Er strich mit seiner Zunge über ihre Unterlippe, packte ihre Haare, türmte sie auf ihrem Kopf auf und hielt sie, während er sein Gesicht an ihren Hals neigte, mit einer Hand dort fest. Dru lehnte kraftlos an der Wand, als er über den Puls in der Vertiefung unterhalb ihrer Kehle züngelte.

Es wurde unvermittelt dunkel, als er ihre Mähne losließ und die Haare ihr Gesicht bedeckten. Sie schob sie sich mit beiden Händen aus den Augen und hob sie dabei gewohnheitsmäßig erneut über ihren Kopf.

»Ja«, murmelte J.D. »Genau wie du es eben in der Küche gemacht hast. Bereits da hätte ich das hier tun wollen.« Er legte seine Hände fest um ihre Brüste.

Seine warmen, festen Finger drückten sie zusammen, hoben sie vorsichtig an und verstärkten dann den Druck, bis er ihre Nippel deutlich durch den Stoff ihres T-Shirts sah. Dann neigte er den Kopf, umfing eine der Knospen mit seinen Lippen und saugte sanft daran.

»O mein Gott!« Ein glühender Blitz durchzuckte ihren Körper bis hin zu der prickelnden Stelle zwischen ihren Schenkeln und sie ließ die Arme sinken. Dann jedoch schlang sie die Hände fest um seinen Kopf, reckte sich ihm entgegen und presste ihm ihren Nippel tiefer in den Mund.

Er ließ auch der zweiten Brustwarze diese zärtliche Liebkosung angedeihen, hob den Kopf und starrte auf den an den beiden harten Kieseln klebenden nassen Stoff. Wieder legte er die Hände auf ihre vollen Brüste, massierte die beiden straffen Kugeln und umfing sie mit seinen weit gespreizten Fingern. Der erotische Kontrast zwischen ihrem leicht gebräunten Fleisch in dem dünnen pinkfarbenen Stoff und seinen wettergegerbten, dunkelbraunen Händen zog ihn in den Bann. Als er den Kopf hob, schien er in ihrem Gesicht etwas zu sehen, was ihm nicht weniger gefiel, und er fragte lächelnd: »Ach, das gefällt dir, stimmt's?«

O Gott, ja. Er klang so entsetzlich selbstbewusst und lässig, während sie selber schier zerfloss und das Gefühl hatte, nicht mehr zu wissen, wie ihr überhaupt geschah, so dass ihr nur unter allergrößten Mühen ein möglichst legeres »Ja, es ist in Ordnung« über die Lippen kam.

Er warf den Kopf zurück und lachte. »Du gibst dich wirklich nicht so leicht geschlagen.« Er neigte erneut den Kopf, presste seinen Mund auf ihre Lippen, zupfte ihr das T-Shirt aus der Hose und schob den dünnen Stoff rauf bis zu ihren Achselhöhlen – worauf die kühle abendliche Brise über ihre plötzlich nackten Brüste strich.

Ehe sie jedoch entscheiden konnte, ob sie verlegen oder zu erregt war, um an Scham auch nur zu denken, hatte sich J.D. sein eigenes Hemd schon aus der Hose und über die Arme gezerrt. Da er es nicht über den Kopf ziehen konnte, ohne ihren Kuss zu unterbrechen, baumelte es, als er sie fest an seine Brust zog, wie ein Fähnchen über seinen Rücken.

Doch das war egal. Als endlich nackte Haut auf nackte Haut traf, wogte glühende Hitze in ihnen beiden auf. Sie schlang ihm die Arme um den Nacken und genoss, während sie mit ihrem Oberkörper kreiste, die Reibung ihres glatten Busens an der behaarten Härte seiner breiten Brust. Stöhnend schob J.D. seine Zunge ein weiteres Stück in ihren feuchten Mund, legte seine Hände fest um ihr Hinterteil und presste sie noch enger an seinen straffen Leib.

Sekunden, Minuten, Ewigkeiten später wanderte eine seiner Hände langsam über ihren Brustkorb, umfasste eine ihrer Brüste und, eingehüllt in das Gefühl von seiner rauen Hand auf ihrem weichen Busen, lösten sie ihre Lippen voneinander und sahen einander reglos an.

Dann verschmolzen ihre Münder erneut miteinander und die letzten halbwegs zusammenhängenden Gedanken schwanden aus Drus Gehirn. Das Einzige, was sie noch wahrnahm, waren seine heißen, fordernden Lippen und seine rauen, doch zugleich so sanften Hände, die ihren Körper in totales Entzücken versetzten.

Ihrer beider Verlangen wuchs ins Unermessliche, doch da spürte sie seinen heißen Atem auf ihrem Hals und er schob sie leicht von sich weg.

»Es ist nicht genug«, erklärte er ihr heiser. Er drückte einen Kuss auf ihren Hals. »Ich will in dir drin sein.« Er schob seine Hand zwischen ihre Beine und begann sie dort zu streicheln. »Gott, Drucilla, ich will Lie …«

Es dauerte einen Moment, bis sie merkte, dass er auf einmal wie erstarrt war. Als sie endlich begriff, dass er sie nicht mehr küsste, hatte er seine Hände bereits von ihr gelöst. Dort, wo sie noch vor einer Sekunde von ihm warm gehalten worden war, traf kühle Luft auf ihre Haut, und sie begann verständnislos zu blinzeln. »J.D.?«

Er ballte die Fäuste an den Seiten und starrte auf ihre nackten Brüste. »Zieh das T-Shirt runter.«

»Wie bitte?« Sie folgte seinem Blick, starrte auf ihren seidig schimmernden Busen, die feuchten, straffen Nippel, riss errötend ihr Oberteil über die peinliche Blöße, hob den Kopf und sah, dass auch er sein Polohemd wieder über seinen Oberkörper zerrte.

Mein Gott. Es war noch nicht mal völlig dunkel und sie hatten sich direkt neben der Tür des Restaurants, wo jeder sie hätte überraschen können, übereinander hergemacht. »Ein Glück, dass niemand rausgekommen ist, um eine Zigarette zu rauchen oder etwas in den Mülleimer zu werfen«, erklärte sie mit bebender Stimme und stopfte sich ihr T-Shirt eilig in die Jeans. »Ich bin wirklich froh, dass wenigstens einer von uns noch rechtzeitig zur Vernunft gekommen ist.« *Wenn auch ausgerechnet er.*

Er unterbrach sich im Glätten seines Hemdes. »Du glaubst, ich hätte deshalb aufgehört, weil wir vor dem Restaurant stehen?« Sein Lachen klang verbittert. »Das ist wirklich gut. Aber, Süße, in Wirklichkeit habe ich nur aufgehört, weil mir klar wurde, dass ich im Begriff stand, meinen Schwanz in ein anständiges Mädchen reinzuschieben … und das bringt nichts als Ärger.«

Ein kalter Schauder rann ihr über den Rücken. All die Hitze, all die Zärtlichkeit, die sie aus seiner Berührung herausgelesen hatte, war für ihn nichts weiter gewesen als das normale Vorspiel zur Begattung? Nicht nur, dass er jede dafür genommen hätte, sondern dass ihm ein bestimmter Typ von Frau besser zupass gekommen wäre?

»Ein anständiges Mädchen«, wiederholte sie langsam. »Dass ich dich richtig verstehe: Es wäre dir egal gewesen, dabei erwischt zu werden. Wenn ich kein *anständiges* Mädchen gewesen wäre, hättest du problemlos – wie hast du es doch so treffend formuliert? – deinen Schwanz in mich hineingesteckt?«

»Ohne zu zögern.«

»Und du hast nur deshalb aufgehört, weil dir plötzlich eingefallen ist, dass ich nicht dein Typ bin.«

Er zuckte mit den Schultern. »Ich habe es mir zur Regel gemacht, mich nicht mit Frauen wie dir einzulassen. Ihr habt garantiert irgendwelche Erwartungen, die ich nicht erfüllen kann.«

»Frauen wie mir? Du denkst, ich würde erwarten, dass du mich heiratest, nur, weil du womöglich einmal mit mir schläfst?« Sie lachte zornig auf. »Tja, auch wenn es mir Leid tut, dich zu enttäuschen, J.D., bin ich bei weitem nicht so anständig wie du anscheinend denkst. Tates Vater hat sich nie die Mühe gemacht, mit mir vor den Traualtar zu treten, und ich habe sogar gedacht, dass ich ihn *liebe.* Weshalb also sollte ich von jemandem wie dir mehr verlangen als von ihm?«

»Ich habe nie gedacht, dass du so etwas von mir erwartest«, erwiderte er steif.

»Was hast du dann befürchtet? Dass ich dich auf Schritt und Tritt verfolgen und keuchend mehr erbetteln würde? Oder bildest du dir ein, dass du irgendwelche magischen Fähigkeiten hast, die mich für jeden anderen verderben würden?«

»Das genau ist keine Einbildung.« Er beugte sich abrupt vor und seine dunklen Augen brannten sich regelrecht in sie hinein. »Ein einziges Mal mit meinem Prachtstück, Süße, und du bist nie mehr dieselbe.«

Sie meinte, beinahe so etwas wie Verletzlichkeit in seinem Blick zu sehen. Doch auch durch den Verdacht, dass er hinter seiner massiven Angabe ein völlig anderes Gefühl vor ihr versteckte, wurde sie keineswegs besänftigt, und so bedachte sie ihn lediglich mit einem zutiefst herablassenden Blick. »Du brauchst gar nicht so anzugeben, *Süßer.* Das so genannte Prachtstück, auf das du derart stolz bist, gibt es hier in der Gegend zu Dutzenden, und wenn ich will, kriege ich jederzeit an jedem Ort einen Typen, der es mir gerne zur Verfügung stellt. Vielleicht«, fügte sie hinzu und schob sich an ihm vorbei, »sollte ich mir gleich heute Abend noch einen dieser Typen suchen. Danke, dass du mich in Fahrt gebracht hast – ich bin sicher, wer auch immer davon nachher profitiert, wird dir ebenfalls durchaus dankbar dafür sein.« Mit diesen Worten stürmte sie davon.

Natürlich hatte sie geblufft. Sie wusste, am besten ginge sie geradewegs nach Hause. Doch sie war zu aufgebracht, um direkt in die Enge ihrer Wohnung zurückzukehren, und so nahm sie den Weg hinunter Richtung See. Was für ein arroganter, eingebildeter, großmäuliger Fatzke – Gott, wie konnte jemand derart selbstgefällig sein! Als liefe sie, hätte er sie erst einmal im Bett gehabt, wie ein gieriges Hündchen hechelnd hinter ihm her. Sie hatte sich getäuscht – er hatte ganz sicher keine nette oder gar verletzliche Seite.

Tja, eher würde die Hölle gefrieren, als dass sie ihn noch mal an sich heranließ.

Als sie an den Bootssteg kam, hörte sie dort leisen, betrunkenen Gesang. Greg, der zweite Koch, lehnte sitzend an einem Pfeiler am Ende des Stegs, sang irgendein rührseliges Lied über eine verlorene Liebe und drückte eine halb leere Bourbonflasche an seine Brust. Sie wollte weitergehen, dachte dann jedoch daran, was einem Betrunkenen am Rande eines Gewässers passieren konnte, und betrat den Steg.

Langsam ging sie die leicht schwankenden Holzplanken hinunter. »Greg? Ist alles in Ordnung?«

Der Gesang brach ab, Greg hob mühsam seinen Kopf und sah sie blinzelnd an. »Dru? Hallo, Mädchen. Ich bin etwas betrunken.«

»Das ist nicht zu übersehen. Kommen Sie, ich helfe Ihnen zurück zum Hotel.«

»Nee. Will hier bleiben.«

»Tut mir Leid, das kann ich nicht erlauben. Sie sind nicht in dem Zustand, um allein am Rand des Wassers rumzusitzen. Nehmen Sie meine Hand; ich helfe Ihnen auf.«

Er bedachte sie mit einem unglücklichen Lächeln. »Du bist ein wirklich anständiges Mädchen.«

»Ja. Das habe ich heute Abend schon einmal gehört. Kommen Sie. Wir suchen Ihnen ein freies Zimmer oder rufen Ihnen, wenn nichts frei ist, ein Taxi.«

»Ich bin am Ende«, erklärte er mit durch Schluckauf geminderter Tragik. »Cathy hat mein Herz gebrochen.«

»Dann hat sie Sie nicht verdient«, versicherte ihm Dru, obgleich sie die Geschlechtsgenossin gar nicht kannte. Sie half ihm auf die Beine und geriet, als er plötzlich schwungvoll einen Arm um ihre Schultern legte, unvermutet ins Schwanken. Sie kippten gefährlich zur Seite und nur unter Einsatz ihres gesamten eigenen Gewichts brachte sie sie in die Sicherheit der Mitte des Holzsteges zurück. Sie arbeiteten sich im Zickzack zurück ans Ufer, wobei Greg die Whiskyflasche fest an sich drückte. »Ich bin sicher, sie ist eine Idiotin und Sie sind viel zu gut für sie«, munterte Dru ihn auf.

»Ich weiß nicht«, mümmelte er und nahm erneut einen kräftigen Schluck Whisky. Dann ließ er die Flasche sinken und fuhr sich mit dem Handrücken über die Lippen. »Aber eins kann ich dir sagen. Männer und Frauen passen einfach nicht zueinander.«

»Da haben Sie ein wahres Wort gelassen ausgesprochen«, pflichtete ihm Dru von ganzem Herzen bei. »Und wenn Sie mir mal die Flasche geben, trinke ich ebenfalls darauf.«

13

Ein paar Tage später klopfte Sophie an die Tür von J.D.s Hütte. Es kam keine Antwort und sie klopfte noch mal. Als auch diesmal alles still blieb, gab sie den mitgebrachten Blumenstrauß von der Rechten in die Linke – was, da sie dort bereits die von J.D. erbetenen beiden Schraubzwingen hielt, ein gewisses Geschick erforderte – und drehte mit der frei gewordenen Hand vorsichtig den Knauf. Es war nicht verriegelt und sie schob die Tür vorsichtig ein Stück weit auf. »J.D.? Sind Sie zu Hause?«

Offensichtlich nicht, aber sie war nun einmal hier und hatte keine Lust, den Weg ein zweites Mal zu machen. Sie trat ein und ließ die Tür hinter sich auf. Kopfschüttelnd blickte sie auf die welken Blumen in der Vase auf dem Tisch. Männer.

Sie legte die Schraubzwingen zur Seite und nahm die Vase in die Hand. Eine bunte Postkarte, die dagegen gelehnt gewesen war, segelte lautlos auf die Erde und Sophie bückte sich und hob sie auf.

Für gewöhnlich betrachtete sie Postkarten als Freiwild, da sie jedoch bereits Schuldgefühle hatte, weil sie einfach in J.D.s Privatsphäre eingedrungen war, legte sie sie ungelesen neben die Schraubzwingen und trug die Vase zusammen mit den frischen Blumen in die Küche. Dann fiel ihr der andere Strauß auf seinem Nachttisch ein, und sie holte auch ihn.

J.D. hatte den Putzdienst, der auch für die Hütten in Anspruch genommen werden konnte, bisher noch nicht angefordert, und als Sophie sich umsah, verstand sie auch, weshalb. Der Mann war geradezu pedantisch. Nirgends flog auch nur ein einziges Kleidungsstück herum und alles war genauso, wie es von ihr und Ben am Tag von J.D.s Einzug hergerichtet worden war. In der Tat war noch nicht mal irgendwas verrückt. Irgendwie empfand sie es als traurig, dass nirgends auch nur der kleinste persönliche Anhaltspunkt des neuen Bewohners zu erkennen war. Ohne die paar Bücher über Kanus auf dem Nachtschrank und die Postkarte auf dem Esstisch hätte man beinahe denken können, die Hütte wäre zurzeit nicht bewohnt. Es machte den Eindruck, als hätte J.D. sein gesamtes bisheriges Leben in einer Kaserne zugebracht.

Sie kehrte zurück in die Küche, warf die welken Blumen weg, wusch die beiden Vasen und füllte sie mit frischem Wasser. Sie hatte Edwinas Erzählungen oft genug gelauscht, um J.D.s Geschichte zu kennen. Sie ging zwar davon aus, dass er in seiner Kindheit zu wenig Liebe bekommen hatte, doch sie hatte keine Ahnung, wie sein Leben als Erwachsener bisher verlaufen war. Allerdings würde sie darauf wetten, dass auch das emotional kein Zuckerlecken gewesen war.

Sie wusste, sie hielt sich besser aus der Beziehung zwischen ihm und Dru heraus, doch hatte sie es ernst gemeint, als sie Ben gegenüber behauptet hatte, sie bewundere, was J.D. trotz einem alles andere als idealen Start ins Leben aus sich gemacht habe. Mit gerunzelter Stirn teilte sie die mitgebrachten Blumen auf die beiden Vasen auf. Vor allem war sie sicher, dass Dru sehr viel für ihn empfand. Welcher Art diese Gefühle waren, konnte Sophie natürlich nicht sagen, doch seit J.D. in ihr Leben getreten war, hatte sie sich verändert.

Sophie gäbe viel darum zu wissen, was am vorletzten Abend zwischen den beiden vorgefallen war. Der Manager des Restaurants hatte ihr erzählt, Dru und J.D. wären nach dem Fiasko mit dem Chefkoch eine Zeit lang verschwunden ... und schließlich wäre J.D. allein zurückgekehrt. Traurig hatte er hinzugefügt, J.D. wäre gereizter gewesen als ein von einem Hund gebissener Kater – und ganz offensichtlich hatte sich seine Laune seither nicht sonderlich gebessert, denn Sophie hatte gehört, er hätte auch am Vortag eine ganze Reihe von Leuten angeschnauzt. Drucilla – Gott segne ihren Starrsinn – hatte kein Wort zu der Angelegenheit gesagt. Aber es war eindeutig irgendwas passiert, denn sobald sie auch nur J.D.s Namen hörte, wiegelte sie ab. Und es war nicht zu übersehen, dass beide sich die allergrößte Mühe gaben, einander so wenig wie möglich zu begegnen.

Seufzend trat Sophie einen Schritt zurück und begutachtete ihr Werk. So. J.D.s Leben konnte durchaus ein wenig Wärme und Helligkeit vertragen.

Die meiste Helligkeit brächte ihm allerdings vermutlich ihre Nichte. Und das galt umgekehrt genauso. Sophie hatte in diesen Dingen einen ausgeprägten Instinkt. Wenn die beiden keine solche Angst vor einer möglichen Beziehung hätten und vor allem mit etwas weniger Starrsinn ausgestattet wären, hätten sie inzwischen sicher längst bemerkt, dass das, was sie füreinander empfanden, etwas ganz Besonderes war. Die Sturheit dieser beiden jungen Menschen entfachte ihren Zorn.

Aber in letzter Zeit wurde sie wegen beinahe aller Dinge zornig, gestand sie sich sofort voller Reue ein, als sie eine der frisch gefüllten Vasen auf dem kleinen Schreibtisch in J.D.s Schlafzimmer drapierte. Das homöopathische Zeug, mit dem es die Ärztin zurzeit probierte, schien durchaus zu helfen, allerdings entfaltete es seine Wirkung viel zu langsam.

Sie trug die zweite Vase ins Esszimmer hinüber, stellte sie auf den Tisch, trat einen Schritt zurück, kniff die Augen zusammen und zupfte ein paar der Blüten so lange zurecht, bis ihrer Meinung nach das richtige ästhetische Gleichgewicht erreicht war. Dann entdeckte sie die Karte, die vorher an der Vase gelehnt hatte, und stellte sie dorthin zurück.

Dabei wurde ihr bewusst, dass es eine Karte von ihrem eigenen See war. Himmel! Er hatte die Karte gar nicht bekommen, sondern wollte sie offenbar an jemanden schicken. Sie drehte sie herum, überflog die wenigen geschriebenen Zeilen und verzog den Mund zu einem Lächeln. Gut. Er hatte ganz offensichtlich einen Freund.

Wahrscheinlich war ihm nicht bewusst, dass man Briefmarken am Empfangstresen bekam, und – typisch Mann – würde er die Karte vergessen, bis sie vollkommen vergilbt war, bevor ihm endlich einfiel, eine passende Marke auf dem Postamt zu erstehen.

Ach – sie würde die Karte einfach selbst frankieren lassen. Schließlich wurde die Post der Gäste täglich abgeholt.

An der Tür der Hütte blieb sie noch einmal stehen, klopfte mit der Karte gegen ihre Zähne und überlegte, welche Möglichkeiten zu helfen es vielleicht für sie gab. Okay, Dru und J.D. waren erwachsene Menschen und am besten mischte sie sich nicht in ihrer beider Liebesleben ein. Aber ehrlich, die beiden benahmen sich wie die reinsten Kinder.

Also gäbe sie ihnen noch einen allerletzten Schubs. Wenn es dann immer noch nicht klappte, hielte sie sich endgültig aus der Sache heraus.

Sie ging zurück und nahm die Schraubzwingen vom Tisch. Natürlich konnte J.D. sie gerne haben.

Aber sie würden ihm von einer anderen Frau gebracht.

Als J.D. am Nachmittag von der Arbeit mit dem Instandhaltungstrupp zurückkam, fielen ihm sofort die frischen Blumen auf. Offensichtlich war Sophie hier gewesen und hatte sie gegen die welken Sträuße, die er schon längst hätte entsorgen wollen, ausgetauscht. Dass sie sich seinetwegen diese Mühe gemacht zu haben schien, bereitete ihm eine ungeahnte Freude.

Dann jedoch verzog er grimmig das Gesicht. Denn trotz der Nettigkeit der Geste war es ziemlich unverfroren, dass sie einfach unaufgefordert seine Hütte betrat. Und, verdammt, zwar hatte er jetzt hübsche Blumen, aber die Schraubzwingen, die er erbeten hatte, fehlten. Wenn das nicht mal wieder typisch für die gesamte Familie Lawrence war. Sie gaben ihm bereitwillig Dinge, um die er nie gebeten hatte und die er eigentlich auch nicht wollte. Aber brachten sie es fertig, ihm auch nur einmal das zu geben, worum er sie ausdrücklich gebeten hatte? Verdammt, nein, dann ließen sie ihn zappeln wie einen Fisch auf dem Trockenen.

Er atmete tief durch. Okay, das war totaler Blödsinn und er regte sich grundlos auf. Seine Nerven lagen einfach blank, das war alles. Außerdem sollten sie ihm alle den Buckel runterrutschen. Er kam auch ohne sie zurecht.

Wobei er jedoch ohne die Zwingen nicht an seinem Kanu weiterbasteln konnte, da als Nächstes das Zusammenkleben einiger Teile an der Reihe war. Vielleicht schleifte er also stattdessen die Schwelle der Haustür etwas ab? Morgens, wenn das Holz vom Morgentau feucht und aufgequollen war, bekam er die Tür nur unter Mühe auf.

Als er sich vor die Schwelle hockte, um sein Vorgehen zu planen, braute sich über seinem Kopf eine dunkle Wolkenwand zusammen und aus der Ferne drang leiser Donner an sein Ohr. Also stand er auf, ging in den Hof, nahm vorsichtig das Kanu von den Sägeböcken, trug es auf die Veranda und legte es zum Schutz vor dem drohenden Regen unters Dach. Dann kehrte er zurück zur Haustür und starrte blicklos auf die Schwelle.

Schließlich riss er sich fluchend aus seinen Träumen und

holte seinen Hobel. Auch wenn er es nicht gerne zugab, fiel es ihm seit dem vorletzten Abend schwer, sich auf irgendwas zu konzentrieren.

Den Hobel in der Hand, kniete er sich vor die Schwelle, und während die ersten Späne flogen, kehrten seine Gedanken zu Drucilla zurück. Seit sie ihr Gift versprüht hatte und davonmarschiert war, hatte er nichts anderes mehr im Kopf.

Sie machte ihn verrückt. Er konnte sich nicht mehr konzentrieren, konnte nicht mehr richtig schlafen und brüllte alle Leute wegen Nichtigkeiten an. Selbst wenn er noch nie der Inbegriff von Freundlichkeit gewesen war, hatte er bisher doch nie so grundlos überreagiert. Aber seit sie ihm dafür gedankt hatte, ihre Glut entfacht zu haben, damit ein anderer das Feuer löschte, war er nicht mehr er selbst.

Er war eifersüchtig. Himmel, er konnte es kaum glauben, aber er war derart eifersüchtig, dass er blanke Nägel hätte fressen können. Es war ein völlig unbekanntes Gefühl, das ihm keineswegs behagte.

Auch wenn er es ihr gegenüber vehement geleugnet hatte, hatte seine Eifersucht, als Dru mit dem Koch so rumgesäuselt hatte, ihn beinahe zerfressen. Sie hatte die Arme gehoben, um ihre seidig weichen Haare auf dem Kopf aufzutürmen, er hatte in den tief ausgeschnittenen Armlöchern ihres pinkfarbenen Tank-Tops ihre Brüste blitzen sehen, und die Erkenntnis, dass auch Carlos ihren Busen sähe und vor allem, dass das von ihr pure Absicht war, nur damit er willig mit seiner Arbeit fortfuhr, hatte ihn schier wahnsinnig gemacht. Ein Glück, dass ihr der Grund für seine Eifersucht nicht bewusst gewesen war – sie hatte tatsächlich geglaubt, er wäre neidisch, weil sie mit diesem selbstzufriedenen Blödmann besser zurechtgekommen war.

Ach, wenn es doch so einfach wäre. Seine Eifersucht hatte ihn regelrecht zerfressen, als sie sich mit der Erklärung an ihm vorbeigedrängt hatte, Schwänze wie den seinen gäbe es jede Menge und sie würde sich einfach einen anderen suchen, um die Sache zu Ende bringen zu lassen, die von ihm begonnen worden war. Außer sich vor Zorn hatte er ihr folgen wollen, als er sich schlagartig daran erinnert hatte, dass er noch im Dienst war. In seinem ganzen Leben hatte er noch keinen Arbeitgeber je betrogen. Allerdings hatte er sich viel zu spät darauf besonnen, dass er selbst in diesem Fall der Arbeitgeber war. Aber bis dahin war sie natürlich schon längst über alle Berge.

Er war ein Idiot. Ein verdammter Idiot. Er hätte sie haben können und hatte die Sache ganz sicher nicht deshalb abgebrochen, weil sie ein braves Mädchen war. Er hatte sie abrupt beendet, weil ihm beinahe herausgerutscht wäre, er wolle Liebe mit ihr machen. *Liebe.* Meine Güte. Zwei lausige Wochen hier an diesem Ort und er kannte sich selbst nicht mehr.

Tatsache war, er war total frustriert und konnte niemandem die Schuld geben außer sich selbst. Als wäre die Wortwahl nicht egal – ob man das, was sie beinahe getan hätten, nun ficken oder Liebe machen nannte, ging es doch am Ende einzig darum, dass sie im Begriff gestanden hatten, es tatsächlich zu tun, und dass er zu blöd gewesen war, um die Gelegenheit zu nutzen. Hätte ihn nicht dieses eine lächerliche Wort derart aus dem Konzept gebracht, hätte er endlich sein brennendes Verlangen stillen können und wäre längst wieder zur Normalität zurückgekehrt. Aber nein, er hatte ja unbedingt …

Mit einem Mal tauchte die Schwelle, an der er so vehement herumgehobelt hatte, wieder vor seinem Auge auf und er musste erkennen, dass er sie beinahe in Grund und Boden verkleinert hatte. »Verdammte Scheiße!« In einem seltenen, unkontrollierten Wutausbruch schleuderte er den

Hobel in den Hof. Na, super! Jetzt musste er ein Holzbrett finden, um die Schwelle zu ersetzen, wenn er nicht wollte, dass der Wind durch seine Hütte pfiff wie über eine gottverdammte Prärie. Wie hatte ihm nur ein derart blöder, amateurhafter, schwachsinniger Fehler unterlaufen …

»Das ist es, was mir an dir gefällt, Carver«, bemerkte eine kühle Stimme. »Deine unerschütterliche gute Laune.«

J.D.s Kopf fuhr in die Höhe und mit wild klopfendem Herzen sah er Dru, die über die Lichtung in seine Richtung geschlendert kam. Sie war arbeitsmäßig mit Shorts und Polohemd bekleidet, aber für den Bruchteil einer Sekunde blitzte das, wie er fürchtete, für alle Zeiten in ihn eingebrannte Bild von ihr mit wirren Haaren, roten, von seinen Küssen angeschwollenen Lippen und ihm entgegengereckten nackten, vollen Brüsten vor seinem geistigen Auge auf.

Sein Schwanz erwachte zuckend zum Leben und erneut fluchend sprang er auf. Oh, nein, ganz sicher nicht. Diese Brücke hatte er hinter sich abgebrochen, und das war vernünftig und gut. Es war allerhöchste Zeit, dass er sich ihr gegenüber geschäftsmäßig neutral benahm. Von nun an wäre er für sie so etwas wie die Schweiz: sauber, unabhängig, neutral.

Und er wollte verdammt sein, wenn er sich nur noch ein einziges Mal fragte, ob sie vorgestern Abend tatsächlich noch bei einem anderen Mann gewesen war.

Er atmete tief durch, überquerte die Veranda und ging lässig die Stufen hinunter in den Hof. Dort bückte er sich nach dem Hobel, richtete sich wieder auf und schaute ihr entgegen.

Sie drückte ihm zwei Schraubzwingen in die Hand. »Hier. Tante Sophie sagt, die hättest du haben wollen und sie hätte vergessen, sie mitzubringen, als sie vorhin hier vorbeigekommen ist.«

»Danke.« Sie sah aus, als wollte sie auf der Stelle wieder gehen, und er hörte sich sagen: »Ich muss ein paar Teile von meinem Kanu neu verkleben, und ich brauche diese Dinger, um sie zusammenzupressen, bis der Klebstoff halbwegs trocken ist.«

»Hmmm.« Sie hätte nicht desinteressierter wirken können, und wieder machte sie Anstalten zu gehen. Dann jedoch blickte sie zögernd zu dem umgekehrt auf der Veranda liegenden Boot sowie auf den Berg von Spänen, der an der Stelle lag, an der zuvor die Türschwelle gewesen war. Ohne die Spur eines Lächelns fragte sie: »Und was soll das da?«

»Die Tür klemmt, wenn es feucht wird. Eigentlich wollte ich die Schwelle nur ein bisschen abhobeln, damit die Tür leichter auf und zu geht.«

»Sieht aus, als hättest du mehr als nur ein bisschen abgehobelt.«

Er zuckte mit den Schultern. »Ich habe wohl etwas übertrieben. Und jetzt muss ich das ganze verdammte Teil neu machen.«

»Ist das der Grund, weshalb du das Ding da durch die Gegend gefeuert hast?«

»Den Hobel. Ja.« Er kratzte sich im Nacken. »Was nicht gerade von besonderer Reife zeugt.«

Sie musterte ihn wortlos.

»Ich war einfach frustriert.« Und diese Frustration nahm minütlich zu. Teufel auch, musste sie so verdammt distanziert sein? Sie sprach mit ihm, als wäre er einer ihrer Gäste – so entsetzlich höflich, dass man nie vermuten würde, dass sie zwei Abende zuvor regelrecht übereinander hergefallen waren.

Der Gedanke brachte ihn wieder zur Besinnung. *Himmel, Carver, was bist du für ein Arschloch.* Er tat so, als hätte nicht er selbst, sondern sie die ganze Sache plötzlich abgebrochen. Sicher benahm sie sich nur auf diese Weise, weil es ihrer Meinung nach seiner Vorstellung entsprach.

Wie es seiner Vorstellung entsprechen sollte … nur, dass es das nicht tat.

Er unternahm einen erneuten Versuch zur Fortführung ihres Gesprächs. »Mir ist aufgefallen, dass der zweite Koch die Arbeit wieder aufgenommen hat. Dann hast du also beschlossen, ihm noch eine Chance zu geben?«

»Ja. Ich habe ihn getroffen, nachdem ich … hm.« Ihr Stottern verriet ihr Unbehagen über die Erinnerung an ihr Zusammensein, dann jedoch straffte sie die Schultern und betrachtete ihn kühl. »Er saß unten am See und war nicht mehr in der Verfassung, um am Wasser oder überhaupt irgendwo draußen herumzuhängen, also habe ich ihn ins Hotel zurückgebracht und in eins der leer stehenden Zimmer verfrachtet.« Sie zuckte mit den Schultern. »Er hat mir gestern versichert, dass er nicht noch mal versuchen wird, mögliche Probleme im Alkohol zu ertränken, so dass ich ihn sozusagen auf Bewährung in seinem Job belasse.«

Es war eine durchaus höfliche Wiedergabe der Tatsachen – was ihn verrückt machte. Wäre es zu viel verlangt, dass sie ihrer Stimme auch nur einen halbwegs interessierten Klang verlieh? Er bat sie ja nicht darum, vor Freude einen Satz zu machen oder ihn gar mit einem *Lächeln* zu beehren – obwohl sie gegenüber allen anderen den Mund so gut wie ständig zu einem Lächeln verzog. Sie könnte doch sicher zusätzlich eine Spur von Wärme zeigen? War das, verdammt noch mal, so furchtbar viel verlangt?

Aber was sollte er anderes erwarten? Schließlich war sie nicht umsonst eine Verwandte der großartigen Edwina. Die Lawrences waren groß darin, einem Zuneigung zu zeigen und sie einem gerade dann, wenn man selbst bereit dazu war, wieder zu entziehen.

J.D. räusperte sich und erklärte tonlos: »Tja, du hast sicher noch zu tun. Lass dich also nicht aufhalten.«

»Was?« Sie schaute ihn mit ihren leuchtend blauen Augen verdutzt an. Dann wurde ihr Blick frostig. »Oh. Ja, natürlich. Viel Glück mit deinem Kanu und dem Ding da.« Sie wedelte in Richtung der Holzspäne, die früher einmal die Schwelle gewesen waren, machte kehrt und stapfte entschlossen davon.

J.D. machte sich wieder an die Arbeit. Es dauerte eine ganze Weile, bis ihm dämmerte, dass Dru, wenn sie den betrunkenen Koch ins Bett verfrachtet hatte, wahrscheinlich nicht mehr die Zeit geblieben war, um sich auf die Suche nach einem anderen Kerl zu machen. Gut. Jetzt konnte er seine dämliche Eifersucht begraben und endlich wieder mit seinem normalen Leben fortfahren.

Weshalb aber hätte er immer noch am liebsten mit der blanken Faust die nächste Mauer eingerammt?

14

Auf dem Heimweg hielt Butch an und kaufte noch ein Sixpack. Schließlich hatte er allen Grund zum Feiern. Er hatte seinen letzten Tag in seinem momentanen Job erfolgreich hinter sich gebracht und das nächste Arbeitsverhältnis fing erst Mitte nächsten Monats an. Also hatte er ein paar Wochen, um den Sommer zu genießen, vielleicht runter zum Alki Beach zu fahren und dort die Mädchen in ihren knappen Bikinis beim In-line-Skaten auf der Strandpromenade zu beobachten. Manchmal war das Leben wirklich schön.

Allerdings wäre es noch erheblich schöner, wenn die Familie des Mannes, den er unabsichtlich erschossen hatte, endlich aufhören würde, dagegen zu kämpfen, dass der Fall abgeschlossen wurde. Unglücklicherweise war in den letzten Wochen kaum was Interessantes passiert, so dass sämtliche lokalen Sender die verdammte Geschichte ständig wieder aufwärmten. Eines der jüngeren, militanteren Mitglieder der Sippe hatte sogar behauptet, dass es ein ausländerfeindliches, in der Rasse des Angestellten begründetes Verbrechen gewesen war.

Was für ein Schwachsinn. Das Ganze war, verdammt noch mal, ein *Unfall.* Hätte der Kerl nicht diese dämliche Bewegung gemacht, die den Eindruck erweckt hatte, er greife nach einer Waffe, wäre ihm nie etwas passiert. Seine Dummheit hatte ihn getötet. Selbst wenn er *lila* gewesen wäre, hätte das nicht den geringsten Unterschied gemacht. Weshalb ließen sie den Typen nicht endlich in Frieden ruhen?

Aber was sollte es, das Interesse der Leute an dieser wirklich unwichtigen Geschichte wäre bestimmt bald erlahmt. Die Statistiken sprachen zu seinen Gunsten – sicher gäbe es jeden Moment eine quotenträchtigere Story, so dass der Bericht von dem erschossenen Verkäufer endlich in irgendeiner Schublade verschwand. Außerdem war J.D. nicht wieder aufgetaucht, so dass selbst wenn die verdammten Sender noch eine weitere Unze der Dramatik aus der bereits völlig ausgelutschten Story pressten, die Chance ziemlich groß war, dass er bereits halb Amerika durchquert hatte und deshalb garantiert nichts mehr von der Sache mitbekam.

Butch holte die Post aus dem Briefkasten im Erdgeschoss des Hauses, machte sich jedoch nicht die Mühe, sie durchzusehen, als er die Stufen zu seiner Wohnung in einem der oberen Stockwerke erklomm. Alles, was sie je per Post bekamen, waren Rechnungen oder Ginas Modezeitschriften und Kataloge. Post fiel ausschließlich in ihren Zuständigkeitsbereich.

Er öffnete die Tür, warf den Stapel achtlos auf die Theke, die Küche und Wohnraum voneinander trennte, nahm eine Flasche aus dem Sixpack und stellte den Rest in den Kühlschrank. Er entfernte den Kronkorken, schnappte sich eine Tüte Chips vom Tresen, marschierte Richtung Couch und schaltete zufrieden den Fernseher ein.

Umgeben von fettigen Krümeln und vor sich auf dem Tisch einen Halbkreis leerer Flaschen, lungerte er immer noch behaglich auf dem Sofa, als Gina schließlich heimkam.

Ein Blick auf das Durcheinander reichte und sie keifte: »Verdammt, Butch! Räum sofort den Mist auf!« Ohne eine Antwort abzuwarten, schleuderte sie ihre Tasche auf den Tresen, marschierte ins Schlafzimmer und warf krachend die Tür hinter sich zu.

Ein paar Minuten später tauchte sie, nunmehr in hautengen Jeans und einem knallroten Pullover, wieder auf und runzelte über das nach wie vor herrschende Durcheinander übellaunig die Stirn. »Ich habe doch gesagt, dass du Ordnung schaffen sollst.«

Butch nahm eine noch bequemere Liegehaltung ein. »Dann komm doch her und überzeug mich.«

Die einzige Reaktion war ein verächtliches Schnauben. »Vergiss es. Ich bin nicht in der Stimmung für einen Aufhüpfer. Und vor allem bin ich, verdammt noch mal, nicht dein Dienstmädchen.«

»He, wer hat gesagt, dass du das bist? Ich räume auf, wenn ich hier fertig bin.«

»Da bin ich ja mal gespannt. Deine Vorstellung vom Aufräumen besteht doch sowieso nur darin, das Zeug in die Küche zu schleppen und es auf den Tresen zu schmeißen, wo ich es dann entsorgen darf.«

»Schimpf ruhig weiter, Baby.« Er verschränkte die Hände hinter dem Kopf und sah sie grinsend an. »Wir wissen doch beide, dass du bloß neidisch darauf bist, dass ich ab heute Urlaub habe. Tja, Pech. Ich bin eben in Feierlaune und du vermasselst sie mir ganz sicher nicht.«

Schulterzuckend setzte sie sich an die Theke und nahm sich die Post vor. Butch hörte, wie sie leise schimpfend die Rechnungen durchging. Dann jedoch hob sie mit einem Mal den Kopf.

»Hey, wusstest du, dass J.D. hinter die Berge gezogen ist?«

Butch erstarrte und ließ, da er plötzlich eine gewisse Übelkeit verspürte, die gerade angehobene Flasche sinken, ohne dass er trank. »J.D. ist noch in Washington?«

»Ja, wie es aussieht, in Okanogan. Ich hatte mich schon gefragt, wohin er mit einem Mal verschwunden war, denn hier habe ich ihn schon eine ganze Weile nicht mehr gesehen. Da, er hat dir eine Postkarte geschickt.« Sie warf sie in seine Richtung und stand auf. »Ich schätze, ich sollte mir allmählich Gedanken übers Abendessen machen. Ist es eigentlich zu viel verlangt, dass du ab und zu auch mal kochst? Schließlich kommst du früher heim als ich.«

Doch er hörte ihr nicht zu. Er rappelte sich auf, bückte sich nach der Karte, die ein paar Meter vor ihm auf dem Teppich gelandet war, drehte sie herum und las den kurzen Text. Seine Beine wurden weich, er stolperte zurück zum Sofa, ließ sich drauffallen, blieb ein paar Minuten versteinert sitzen und starrte auf die Karte in seiner Hand.

Ost-Washington? J.D. war bloß über die Berge nach Ost-Washington gezogen? Wo zum Teufel lag dieser Star Lake? Den Namen hatte er nie zuvor gehört. Auf der Karte stand, es läge im wunderschönen Okanogan, aber wo genau? Okanogan war ein riesiges Gebiet.

Himmel. Er fuhr sich mit der Hand durch das Gesicht. Er war so total sicher gewesen, dass J.D. nach Kalifornien oder eventuell noch weiter fortgezogen war. Der Gedanke, dass er direkt hinter den Bergen sitzen könnte, wäre ihm niemals gekommen. Zum einen, weil es dort für Bauarbeiter so gut wie nichts zu tun gab und zum anderen, weil er selbst einmal mit seinem alten Kumpel zum Fischen dort gewesen war und nie hatte verstehen können, weshalb jemand, der auch nur halbwegs bei Verstand war, ein zweites Mal dorthin fuhr. In seinen Augen war das Ganze eine einzige riesengroße Ödnis, in der es außer hässlicher brauner Erde und jeder Menge Beifußbüschen nichts Besonderes gab.

Aber trotzdem erwarte ich immer noch täglich, dein Gesicht in den Abendnachrichten zu sehen.

Scheiße. Jedes noch so kleine Kaff, in dem sie damals angehalten hatten, hatte über Kabelfernsehen verfügt. Über Kabel gab es in der Gegend die drei wichtigsten Sender von Seattle, KING, KIRO und KOMO.

Und zwei dieser Sender brachten regelmäßig Berichte über den Aufruhr, der von der Familie des Verkäufers angezettelt worden war.

Gottverdammtundzugenäht. Wenn J.D. einen dieser Berichte sähe, würde er ihn in Blitzesschnelle fassen. Womöglich war sein Kumpel schon auf dem Weg zu ihm!

Er rappelte sich mühsam hoch. Ihm war doch nur ein kleiner Fehler unterlaufen und das tat ihm ja auch Leid. Aber was geschehen war, war halt geschehen und ließ sich nicht mehr ändern.

Er wollte aber verdammt sein, wenn er zuließ, dass J.D. sein Leben wegen eines traurigen Clowns versaute, der zu dumm gewesen war, um die Hände hoch zu nehmen, als jemand eine Waffe auf ihn gerichtet hatte. Butch würde einen Atlas suchen und feststellen, wo dieser Star Lake lag.

Tja, und dann würde er am besten in die Offensive gehen.

Wenigstens das Timing war auf seiner Seite – sein nächster Job begann erst in ein paar Wochen, so dass Gina ihm nicht damit in den Ohren liegen könnte, dass er mal wieder eine Sache hinschmiss. Es war falsch gewesen, die Sache schleifen zu lassen – aber diesen Fehler machte er umgehend wieder gut. Er hatte absolut nicht die Absicht, weiter der ständigen Gefahr der Entdeckung ausgesetzt zu sein. Das war keine Art zu leben und es war klar, dass es an der Zeit war, etwas dagegen zu unternehmen. Von nun an beherzigte er wieder die Überlebensregel Nummer eins.

Er müsste J.D. wegräumen, bevor dieser die Gelegenheit bekäme, ihm selbst auf die Pelle zu rücken. Das war sonnenklar.

Drus Bürotür wurde aufgerissen und Tate und Billy stürmten beinahe gleichzeitig herein. »Wir hatten keine Lust mehr, Tischtennis zu spielen«, verkündete ihr Sohn. »Wir bauen uns jetzt eine Festung im Wald.«

Sie spähte aus dem Fenster. Seit gestern sah es stark nach Regen aus, aber obgleich sich immer dunklere Wolken am Himmel türmten, war bisher kein Tropfen gefallen. »In Ordnung, aber macht mir einen Plan von der Stelle, an der ihr die Festung bauen wollt, damit ich euch, wenn nötig, finde.«

»Okay. Können wir im Adlernest fragen, ob sie uns was zu essen mit in den Wald geben?«

»Wenn sie nicht zu viel zu tun haben. Aber keine Limo. Sag, dass sie euch ein paar Tüten Milch einpacken sollen.«

»*Oh, Mann*«, stöhnte er, rannte dann jedoch, dicht gefolgt von Billy, grinsend wieder hinaus.

Dru sah den beiden lächelnd und gleichzeitig kopfschüttelnd hinterher, stand auf, um die sperrangelweit geöffnete Tür wieder zu schließen und kehrte zu ihrer Papierarbeit hinter den Schreibtisch zurück.

Kurze Zeit später schrillte die Gegensprechanlage und ohne den Blick von dem vor ihr liegenden Bericht zu wenden, drückte sie auf den Knopf. »Ja?«

»Dru, ich bin es, Sally. Ich habe hier vorne eine Karte, die Tate und sein Freund für Sie abgegeben haben, und außerdem haben Sie Besuch. Haben Sie Zeit, um Kev Bronsen zu empfangen?«

»Kev?« Sie richtete sich auf. »Ja, sicher, schicken Sie ihn rein.«

Es schien, als hätte sie gerade erst den Finger vom Knopf der Anlage genommen, als er bereits den Kopf durch den Türspalt streckte und sagte: »Ich hoffe, dass ich nicht allzu ungelegen komme. Du hast sicher alle Hände voll zu tun.«

»Da ich das Mittagessen habe ausfallen lassen, könnte ich durchaus eine Pause brauchen.« Sie lächelte ihn an, da es sie wirklich freute, dass er gekommen war. Sie hatten immer eine herrlich unkomplizierte Beziehung zueinander gehabt. »Wollen wir rüber ins Nest und uns dort ein Sandwich genehmigen?«

»Das wäre super.«

Wenig später saß sie ihm gegenüber an einem kleinen Tisch und musterte ihn genauer. Kev war zwar von klein auf gut aussehend gewesen, aber nun verströmte er obendrein noch eine Eleganz und Weltgewandtheit, die ihm als Teenager natürlich noch nicht gegeben gewesen war.

Er streckte seine langen Beine seitlich in den Gang, damit niemand darüber stolpern konnte, wippte mit seinem Stuhl nach hinten und betrachtete sie mit einem schiefen Grinsen. Als sie stumm blieb, zog er fragend die Brauen in die Höhe. »Was ist?«

»Ich habe gerade gedacht, wie weltmännisch du aussiehst. Wir müssen dir doch jetzt wie die reinsten Landeier erscheinen.« Ihr Blick glitt beziehungsvoll über seine teuer geschnittenen braunen Haare und die legere Mischung aus feinem Kaschmirpullover und urigen Levis.

»Während meiner ersten Jahre in der Stadt hätte ich dir sicher zugestimmt«, gab er schulterzuckend zu. »Zu der Zeit war ich ziemlich eingebildet und ungeheuer stolz darauf, es von hier fortgeschafft zu haben. Aber inzwischen habe ich gelernt, dass die Menschen überall ähnlich sind und dass einen etwas von dem grundlegenden Anstand, den die Leute hier besitzen, auf lange Sicht weiter bringt als die oberflächliche Weltgewandtheit vieler Leute in der Stadt. Glaub mir, Dru, wenn man an deren Oberfläche kratzt, kommt darunter in neun von zehn Fällen irgendein armer Teufel mit einer Wagenladung voller Probleme zum Vorschein.«

Er klang derart desillusioniert, dass sie sich beeilte, möglichst trocken zu erwidern: »Ich an deiner Stelle würde die Leute vom Land nicht vorschnell in die romantische Schublade stecken. Du kannst dich doch sicher noch daran erinnern, dass auch hier nicht jeder so anständig ist wie du.«

Er lachte. »Glaub mir, die brodelnde Gerüchteküche von Star Lake kann man nicht vergessen.« Er musterte sie ebenso gründlich wie sie ihn. »Zum Beispiel macht das Gerücht die Runde, du und dieser Carver hättet euch auf seiner Veranda geküsst.« Er schnaubte vorwurfsvoll. »Ich dachte, du hättest einen besseren Geschmack.«

»Also bitte«, empörte sich Dru. »Und das von dem Kerl, der auf der High School ein ganzes Jahr lang hinter Terry MacMann her gewesen ist. Erzähl mir also bitte nichts von gutem Geschmack.«

»Hey, sie hatte wirklich tolle Titten und hat mir auf dem Rücksitz von Dads Chevy ziemlich viele Freiheiten gewährt. Besser hätte es für mich also nicht laufen können.« Die Erinnerung zauberte ein wehmütiges Lächeln in sein gut geschnittenes Gesicht. »Was ist übrigens aus ihr geworden?«

»Irgendwann kam sie auf den religiösen Trip und seither unterrichtet sie an der Sonntagsschule in Yakima. Wie ich hörte, trägt sie inzwischen orthopädische Schuhe und hat einen ganzen Stall voller Kinder.«

»Wow«, antwortete er verschreckt und klang dabei fast wie Tate, als sie ihm erklärt hatte, er dürfe zum Mittagessen keine Limonade trinken. »Was für eine Vergeudung.« Dann grinste er erleichtert. »Du hast mir echt gefehlt, Dru. Es ist schön, dich wieder zu sehen. Was hältst du davon, am Freitagabend mit mir in den Red Bull zu gehen und der Dorfjugend dort zu zeigen, wie man richtig tanzt?«

»Klingt gut. Ich habe schon viel zu lange nicht mehr getanzt.« Dann dachte sie an die Elektrizität, die zwischen ihm und Char geknistert hatte, daran, dass sie und die Freundin sich bereits auf der Schule feierlich versprochen hatten, sich einander im Bezug auf Kerle nie ins Gehege zu kommen, und fügte hinzu: »Allerdings muss ich erst checken, wo ich Tate solange unterbringen kann.«

»Kein Problem. Du weißt, wo ich wohne – ruf mich also einfach an.«

Ein paar Stunden später suchte sie Char in dem winzigen Büro vor dem Massagezimmer auf. Sie lugte durch den offenen Türspalt und sah, dass die Freundin die Füße auf einer offenen Schreibtischschublade liegen hatte und gemütlich in einer Zeitschrift las.

Es versetzte sie immer wieder in Erstaunen, wenn sie Char an ihrer Arbeitsstätte sah. Der Gedanke an bleiche, birkenstockbewehrte New-Age-Jünger verbot sich von allein. Der hellgrüne Kittel war die einzige Konzession, die Char an ihre Arbeit machte – ihr Haar war so wild wie üblich, sie war auffallend geschminkt und ihre Fingernägel leuchteten in einem verführerischen Rot. Dru wusste, dass ihre Kunden bei der ersten Begegnung mit ihr häufig leichte Bedenken hatten, aber niemand, der eine schwedische Massage von Char verpasst bekommen hatte, äußerte danach jemals wieder übereilte Schlüsse wegen ihres etwas grellen Äußeren.

Dru verzog den Mund zu einem Lächeln. »Hi. Hast du eine Minute für mich Zeit?«

Char legte die Zeitschrift auf die Seite, stellte die Füße auf den Boden und richtete sich auf. »Klar, komm rein. Ich habe die ganze Stunde. Mein Drei-Uhr-Termin hat nämlich eben abgesagt.«

»Wie soll man auf diese Weise je reich werden?«

»Keine Ahnung. Andererseits hätte Roberta Manion den Termin gehabt, und egal, wie viel Trinkgeld ihre Tochter einem gibt, bin ich am Ende einer Sitzung mit dieser Xanthippe immer urlaubsreif. Ich schwöre dir, dieses Weib würde sich selbst dann beschweren, wenn ich sie mit einem brandneuen Seil erhängen würde.«

Lachend zog sich Dru einen Stuhl heran, sog die Düfte von Chars aromatischen Ölen tief in ihre Lungen ein und lauschte ein paar Takten von Bizets *Carmen*, deren Melodie aus den Lautsprechern über ihren Köpfen kam. »Ich kann nicht die ganze Stunde bleiben, aber Kev war vorhin hier und ich muss mit dir darüber reden.«

Chars Lächeln war wie ausgewischt. »Was in aller Welt habe ich mit diesem Hornochsen zu tun?«

»Er hat mich eingeladen, Freitagabend mit ihm in den Red Bull zu gehen. Es ist kein Rendezvous«, fügte sie eilig hinzu. »Wir treffen uns einfach als gute alte Freunde, aber ich dachte, ich sollte …«

»Drucilla Jean, meinetwegen kannst du wilden, ungeschützten Sex mit diesem Typen haben.« Char zuckte mit den Schultern. »Obwohl ich als deine Freundin dann ehrliche Zweifel an deinem Urteilsvermögen hegen würde.«

»Verdammt, Char, warum tust du das?«

Char sah sie argwöhnisch an. »Was?«

»Warum tust du so, als wäre er dir völlig wurscht?«

»Tja, lass mich überlegen. Vielleicht, weil er mir tatsächlich egal ist?«

Das konnte sie ihrer Ururgroßmutter erzählen. »Wenn du es sagst.«

»Allerdings sage ich das«, erklärte Char entschieden.

»Okay, dann beweise mir, dass es auch so ist.«

»Wie bitte?«

Dru blickte der Freundin in die Augen. »Du sollst es beweisen.«

»Und wie soll ich das deiner Meinung nach tun?«

»Indem du am Freitagabend mit uns in den Saloon kommst.«

»Ja, sicher, das ist eine hervorragende Idee. Vor allem, da Kev und ich uns so wunderbar verstehen.«

»Du brauchst nicht mal mit ihm zu reden, wenn du es nicht willst. Tu's einfach mir zu Gefallen.«

»Damit ich den ganzen Abend zwischen zwei Stühlen sitze? Ich glaube, das ist nicht so witzig.«

»Dass ich dich richtig verstehe – du bleibst also meinetwegen weg?«

»Verdammt, ja. Und um meiner selbst und Kevs willen. Ich erspare uns allen einen stressigen Abend.«

»Feiges Huhn.«

Char starrte sie mit großen Augen an. »Wie bitte?«

»Du hast mich durchaus richtig verstanden. Du bist ein feiges Huhn.«

»Ist dies die Stelle, an der ich mit dem Fuß auf den Boden

stampfen und brüllen muss: Bin ich nicht, bin ich nicht? Wie alt sind wir, dreizehn?«

»Gaaaackgackgack, gaaackgackgack«, imitierte Dru gekonnt besagtes Federvieh.

»Himmel, also gut, meinetwegen, ich komme am Freitagabend mit.« Sie bedachte Dru mit einem bitterbösen Blick. »Dein Gackern klingt entsetzlich.«

»Mag sein.« Dru stand fröhlich auf. »Aber dafür habe ich echtes psychologisches Geschick.«

Am Mittwochmorgen erschien Tate bei J.D., als dieser gerade die letzte Lackschicht auf sein Kanu gab.

»Oh, wow!«, rief er mit aufgeregter Stimme. »Das Boot ist fertig!«

»Fast«, drang J.D.s gedämpfte Stimme durch den Mundschutz und er bedeutete Tate, dass er besser nicht noch näher kam. »Bleib stehen. Deine Mutter zieht mir das Fell über die Ohren, wenn du Farbe auf deine Kleidung kriegst, und außerdem will ich nicht, dass du die Dämpfe einatmest.« Dann sprühte er weiter gleichmäßig leuchtend rote Farbe auf die Außenwand des Boots.

»Oh, Mann.« Tate hätte am liebsten einen Freudentanz hingelegt. »Kann ich mit dir rausfahren, wenn es ganz fertig ist?«

»Sicher. Solange deine Mutter oder deine Großeltern es dir erlauben.«

»Bestimmt. Sie lassen mich auch immer mit den Ruderbooten fahren, solange ich meine Rettungsweste trage.« Tate setzte sich auf die unterste Stufe der Verandatreppe, beobachtete, wie J.D. die letzten Arbeitsschritte unternahm, und erklärte nach kurzem Schweigen: »Mom hat eine Verabredung.«

J.D. erstarrte, zwang sich dann jedoch, gleichmäßig

weiterzusprühen, damit sich keine Tropfen bildeten. Allerdings malmte er dabei hörbar mit den Zähnen und runzelte die Stirn. »Ach ja?«, meinte er schließlich. »Und mit wem?«

»Keine Ahnung. Mit irgendeinem alten Freund. Sie haben sie geküsst«, erklärte Tate plötzlich anklagend. »Und trotzdem lassen Sie das zu?«

»Ich kann deiner Mutter keine Vorschriften machen.« J.D. wandte Tate beim Reinigen des Werkzeugs bewusst den Rücken zu, denn er wollte den Jungen durch seine impulsive Wildheit nicht erschrecken. Dies war eine der wenigen Situationen, in denen er nicht in der Lage war, sein Mienenspiel zu kontrollieren.

»Die beiden gehen tanzen«, fuhr Tate mit Grabesstimme fort, dann jedoch hellte sich seine Miene wieder auf. »Aber dafür darf ich noch mal bei Billy übernachten.«

J.D. atmete tief ein und vorsichtig wieder aus. »Na, super. Vielleicht kannst du dann ja noch mal einen Film ab dreizehn sehen. Und wann ist dieser tolle Abend?«

»Freitag.«

»Aha. Und wo gehen die Leute hier in der Gegend tanzen?«

»In den Saloon unten im Ort.« Tate zuckte ungeduldig die Schultern. Er hatte von dem Thema eindeutig genug. »Wann glauben Sie, ist die Farbe trocken, damit wir das Kanu zu Wasser lassen können?«

»Ich schätze, Freitag oder Samstag. Ich will ein paar Tage warten, um ganz sicher zu sein. Glaubst du, du kannst mir helfen, das Ding auf die Veranda zu verfrachten, ohne dass deine Klamotten dabei Farbe abbekommen?«

»Na klar!«

Eifrig plappernd schleppte Tate zusammen mit J.D. das Kanu auf die Veranda, wo es vor möglichem Regen sicher war. J.D. jedoch hörte ihm zum ersten Mal, seit sie sich kannten, überhaupt nicht zu.

Er müsste herausfinden, wie der Saloon in Star Lake hieß. Denn dort würde er garantiert am Freitagabend ebenfalls sein, um festzustellen, was genau Drucilla Lawrence mit ihrer *Verabredung* dort trieb.

15

Ein erster Regentropfen fiel und Butch blickte übellaunig zu der tief hängenden, metallisch grauen Wolkendecke auf. Na, fantastisch. Als wäre es nicht schlimm genug, dass er seit seiner Ankunft vor zwei Tagen ständig die wenigen Straßen von Star Lake auf und ab marschiert war, ohne auch nur eine Spur von J.D. zu entdecken. Musste jetzt auch noch der Himmel aussehen, als öffne er jeden Moment die Schleusen? Ein Regenschauer hatte ihm gerade noch gefehlt. Er wäre das so genannte Tüpfelchen auf dem verdammten I.

Dann riss er sich zusammen. Vielleicht reagierte er ein wenig über. Sein wahres Problem bestand darin, dass er nicht einfach zu den Leuten gehen, ein Foto zeigen und sie fragen konnte: *Hey, haben Sie diesen Typen irgendwo hier in der Gegend gesehen?* Nein, besser, er ginge möglichst unauffällig vor.

Deshalb hatte er sich auch in einem Motel zwei Orte weiter einquartiert. Das Ding war die reinste Bruchbude, aber es war Hochsaison und offensichtlich hatte nicht jeder dieselbe Abneigung wie er gegen den Osten, so dass nichts Besseres zu finden gewesen war. Außerdem hatte er nicht die Absicht, ein Zimmer dort zu nehmen, wo auch sein Opfer womöglich abgestiegen war. Verlief alles nach Plan, so würde er von niemandem je mit J.D. in Verbindung gebracht werden.

Natürlich musste er ihn erst mal finden. J.D. könnte überall hier in der Gegend sein, und auch das nur, wenn er, als er die Karte geschrieben hatte, nicht lediglich auf der Durchreise gewesen war.

Aber selbst wenn er noch hier war, gab es eine verwirrend große Anzahl von Orten, an denen er sein konnte. Zum Beispiel gab es sieben Meilen weiter oben in den Bergen direkt am See, nach dem der Ort benannt war, irgendein schickes Hotel. Doch das Ding klang so gar nicht nach der Art von Bleibe, in der ein Typ wie J.D. anzutreffen war. Wahrscheinlicher war es, dass er irgendwo an einem der kleineren Seen steckte, die es unglücklicherweise zu Dutzenden in dieser Gegend gab.

Auch wenn Star Lake für ihn das reinste Kuhdorf war, war es doch der größte Ort in der Umgebung. Alle Menschen, die in einem Umkreis von fünfzehn Meilen lebten, kamen ebenso wie die Touristen, die neben einem hoteleigenen Laden oder einem Geschäft für Angelbedarf weitere Unterhaltung suchten, zum Einkaufen hierher.

Nicht, dass es in Star Lake so viel mehr gab. Butch blickte feindselig die Hauptstraße hinab. Abgesehen von einem Schuppen, dessen Tanzfläche tatsächlich mit *Sägemehl* bestreut war, klappte man vor sämtlichen Läden in dem Kaff sicher spätestens um sechs die Bürgersteige hoch.

Eins musste er zugeben: Dieser Teil Ostwashingtons war wesentlich hübscher als der Teil, in dem er zuvor einmal gewesen war. Aber Himmel. Als machten ein paar immergrüne Bäume am Fuß leuchtend blauer Berge das Fehlen irgendwelcher interessanter Beschäftigungsmöglichkeiten … ganz zu schweigen von einem echten Nachtleben … auch nur halbwegs wett.

Trotzdem käme er vielleicht heute Abend noch einmal auf ein Bier in den Red Bull Saloon zurück. Schließlich war Wochenende und selbst dieser Heuschober war besser als das dämliche Herumsitzen in seinem elenden Motel. Wer weiß, womöglich traf er ja auf ein heißes Häschen, dem ein bisschen Aufregung nicht ungelegen kam.

Dann wäre der Tag zumindest nicht restlos verloren.

Es war Freitagabend und im Red Bull herrschte das typische Wochenendgedränge. Char quetschte sich durch die Tür und wurde von lautem Stimmengewirr sowie von der dröhnenden, aber durchaus anständigen Cover-Version von Dixie Chicks »Don't Waste Your Heart« empfangen. Sie blieb stehen, um ihre Augen an den Unterschied zwischen der grellen Beleuchtung des Parkplatzes und dem gemütlichen Dämmerlicht der Kneipe zu gewöhnen. Dann sah sie sich suchend in dem rauchigen, von den Neon-Bierreklamen in den Fenstern in mattes Rot, Blau und Gold getauchten Laden um. Ihr Blick verharrte auf den über die Tanzfläche wirbelnden Paaren, wanderte jedoch gleich weiter auf der Suche nach ihrer besten Freundin … und der Plage von Star Lake.

Sie seufzte und wünschte sich, sie hätte eine brillante Ausrede gefunden, um heute nicht zu kommen. Aber Dru kannte sie einfach zu gut, und die Herausforderung mit dem feigen Huhn hatte dafür garantiert, dass sie, auch wenn sie absichtlich zu spät kam, auf jeden Fall erschien. Sie entdeckte endlich Kev und ihre Freundin und schlängelte sich widerstrebend durch die vielen Leute in ihre Richtung. Die beiden hatten sich über die Tischplatte gebeugt, da Dru etwas erzählte, und als Char auf sie zuging, sah sie, dass Kev den Kopf zurückwarf und aus voller Kehle lachte.

Ihr Magen verknotete sich. Verdammt. Sie wollte keine

Zeit mit ihm verbringen. Sie hatten sich noch nie verstanden und die ständige Spannung, die zwischen ihnen herrschte, hatte mit gegenseitiger sexueller Anziehungskraft nicht das Mindeste zu tun.

Oder doch?

Sie straffte die Schultern. O nein, hundertprozentig nicht. Er gab ihr pausenlos das Gefühl, völlig … unzulänglich zu sein. So war es damals in der Schulzeit gewesen und irgendwie schaffte er das auch noch heute. Wenn sie mit ihm zusammen war, hatte sie das Gefühl, nicht hübsch, nicht clever, nicht witzig genug zu sein. Welche Frau, die noch ganz bei Trost war, wollte schon Zeit mit jemandem verbringen, der ihr das Gefühl gab, minderwertig zu sein, sie mit gezielten Attacken ständig gemein herausforderte? Inzwischen hatte sie gelernt, als Erste anzugreifen, um nicht wie ein dämliches Opferlamm dazustehen.

Nun, denn. Sie würde gerade lange genug bleiben, damit ihr Stolz gewahrt blieb. Sie fuhr mit ihren Fingerspitzen über den Streifen nackter Haut zwischen dem knappen Top und dem kurzen Jeansrock, den sie trug, und rückte auf dem Weg zum Tisch noch einmal ihren breiten Hüftgürtel zurecht. »Seid gegrüßt, meine Freunde«, gurrte sie ironisch.

Dru blickte auf und strahlte sie an. »Hi! Ich bin echt froh, dass du gekommen bist. Allmählich war ich schon in Sorge, du würdest es aus irgendeinem Grund nicht schaffen.«

Kevs Blick gelangte nicht weiter als bis zu ihrem Nabel.

Sie begann sich zu wünschen, sie hätte sich für etwas weniger Freizügiges als ihr rotes Lycra-Top zu dem Rock entschieden. Dann jedoch zuckte sie mit den Schultern. Das war typisch Kev – wieder einmal gab er ihr das Gefühl, herumzulaufen wie eine kleine Schlampe, obwohl die Hälfte aller Frauen in dem Schuppen nicht anders als sie gekleidet war. Selbst Dru, der in seinen Augen sicher nie auch nur der kleinste Fehler unterlief, trug ein langes, hauchdünnes, pfirsichfarbenes Kleid, von dem Char genau wusste, dass es, wenn sie sich bewegte, wie eine zweite Haut an ihren Schenkeln lag. Es wirkte oben wie ein altmodisches Mieder, und wies eine durchgehende Reihe winzig kleiner Perlmuttknöpfe auf sowie zwei schmale Träger und einen derart tiefen Ausschnitt, dass sich dem Betrachter jedes Mal, wenn sie sich nach vorne beugte, eine Aussicht auf ihre üppige Oberweite bot.

Char wünschte sich, sie hätte ebenfalls den Busen einer erwachsenen Frau.

Sie zog sich einen Stuhl heran, doch noch ehe sie richtig saß, kam auch schon einer der Gäste des Hotels und bat sie um einen Tanz.

Sie schenkte ihm ihr schönstes Lächeln, wiegelte jedoch ab. »Beim nächsten Lied, okay? Ich möchte nur schnell ein Bier.«

Er schlenderte davon und sie fing den Blick der sich zwischen zwei in der Nähe stehenden Tische hindurchschiebenden Bedienung auf. Die Band begann mit einer neuen Nummer und sie musste beinahe schreien, als die Frau an ihren Tisch kam. »Ein Corona mit einer Scheibe Limone, bitte«, bestellte sie lauthals, warf ihr winziges Täschchen vor sich auf den Tisch und wandte sich, als würde Kev nicht existieren, umgehend an Dru. »Die Band ist echt gut, findest du nicht auch?«

»Allerdings. Nicht wahr, Kev, das haben wir auch gerade gesagt.«

Während der nächsten Stunde tanzte Char mit jedem Mann, der sie darum bat, und war sich, nur, um vom Tisch fortzukommen, auch nicht zu schade für eine Reihe mehr oder minder unverhohlener Flirts. Selbst den Touristen, der allzu schnell vertraulich wurde, hielt sie eine Zeit lang aus.

Sie wedelte seine Hand von ihrem Hintern und erklärte ihm, sie hätte kein Interesse daran, etwas mit ihm anzufangen, behielt jedoch ihr Lächeln bei diesen Worten bei. Normalerweise hätte sie auf seine widerlichen Großstädterallüren durch einen gnadenlos gezielten Ruck mit einem ihrer spitzen Knie reagiert.

Als sie gezwungen war, während der Pause der Band mit den anderen am Tisch zu sitzen, gab sich Dru die allergrößte Mühe, sie in die Unterhaltung mit einzubeziehen. Unglücklicherweise hatten dazu weder sie noch Kev besondere Lust. Es gelang ihnen zwar, einander nicht rüde anzufahren, aber das lag wahrscheinlich eher an dem allgemeinen Lärm als an ihrer beider Achtung vor der guten Dru. In der Tat merkte Char, dass ihr ihre beste Freundin von Minute zu Minute stärker auf die Nerven ging.

Was sie sich nicht erklären konnte. Wahrscheinlich war es auch nicht gerade fair, aber sie war wütend, fühlte sich hundeelend und der Anblick von Kev, der sich in dem Bemühen, Dru zu unterhalten, beinahe überschlug, rief ein Gefühl der Enttäuschung in ihr wach. Verdammt, weshalb hatte Dru darauf bestanden, dass sie mitkam? Sie hätte sich doch denken können, dass ein Treffen zwischen ihren beiden besten Freunden ähnlich war, als ob man versuchte, ein Feuer mit Benzin zu löschen. Aber nein, sie hatte ja ihren verdammten Willen kriegen müssen. Nun, Char fand keinen besonderen Gefallen an dem Gefühl, das fünfte Rad am Wagen zu sein.

Was wahrscheinlich der Grund war, weshalb sie, als sie J.D. Carver in Richtung Theke schlendern sah, dankbar aufstand und ihm hinterherlief. »Hallo!«, rief sie, als er sich mit seinem frischen Bier wieder zum Gehen wenden wollte, legte den Ellenbogen auf den Tresen und lächelte ihn an. Wie üblich trug er eine verblichene Jeans und ein strahlend weißes T-Shirt. »Sind Sie allein hier?«

Er nickte. »Und Sie?«

»So gut wie.« Sie zuckte mit den Schultern und wies mit dem Kinn in Richtung des Tisches, an dem die beiden anderen saßen. »Ich bin mit Dru und ihrem Verehrer hier.«

J.D. spähte an ihr vorbei und sie merkte, dass er die Augen, als er die beiden entdeckte, erbost zusammenkniff.

Hervorragend. Wenn schon sonst nichts, war J.D. Carver zumindest ein Typ mit einem ausgeprägten Ego, so dass jetzt vielleicht endlich etwas Leben in den Abend kam. »Sie kennen doch das Sprichwort, zwei sind eine nette Gesellschaft, doch drei sind einer zu viel? Tja, ich bin diejenige, die hier bisher zu viel war. Also gesellen Sie sich zu uns und helfen Sie mir, die Sache endlich ins Gleichgewicht zu bringen.«

»Sehr gern.« Jedoch wirkte das Lächeln, mit dem er sie bedachte, alles andere als freundlich.

Sie wusste nicht, ob sie sich deshalb Sorgen machen oder lieber freuen sollte, entschied sich jedoch – warum auch nicht? – dafür, sich zu freuen. Schließlich war sie selbst ebenfalls nicht gerade allerbester Laune.

Und da Dru ihr die Gesellschaft des Mannes aufgezwungen hatte, von dem sie genau wusste, dass Char ihn möglichst mied, erschien es ihr nur fair, wenn sie sich für diesen Gefallen in gleicher Münze revanchierte.

Verdammt! Butch richtete sich abrupt an seinem Tisch in der hintersten Ecke des Tanzlokals auf. J.D. war hier! Konnte es tatsächlich angehen, dass der Berg zum Propheten gekommen war?

Ohne die Blondine mit dem hübschen Nabel hätte er seinen alten Kumpel vielleicht gar nicht bemerkt. Er hatte sie beobachtet, seit sie hereingekommen war, und sich überlegt, ob er sich ihr nähern sollte oder besser nicht.

Mit ihrem kurzen Rock und dem hautengen, bauchfreien Top, das ihre straffen kleinen Titten hervorragend zur Geltung brachte, war sie genau sein Typ. Er hatte sie mit der Hälfte der anwesenden Männer tanzen und flirten sehen und hätte gern selbst eine flotte Sohle mit ihr aufs Parkett gelegt. Aber der Typ, der zusammen mit der anderen Frau an ihrem Tisch saß, hatte während der gesamten letzten Stunde sämtlichen Männern, die sich ihr genähert hatten, wütend hinterhergesehen, und als ein Kerl beim Tanzen seine Hand auf ihren Hintern geparkt hatte, wäre er fast von seinem Stuhl gesprungen.

Butch hatte keine Ahnung, was zum Teufel zwischen diesen Leuten vor sich ging. Der Typ schien mit der Brünetten mit dem schimmernden Haar und dem üppigen Vorbau gekommen zu sein, aber er sah aus, als flippe er wegen der kleinen Blonden jede Minute aus. Butch selbst hingegen hatte die Absicht, sich während seines Aufenthalts in Star Lake möglichst unauffällig zu verhalten. Deshalb machte er besser einen großen Bogen um sämtliche Beteiligten dieses seltsamen Dreiertisches.

Was, wie sich herausstellte, ein weiser Entschluss gewesen war. Denn da schleppte die Blondine schon J.D. mit an den Tisch.

Butch lehnte sich auf seinem Stuhl zurück und nippte an seinem Bier. Nun, da er nicht länger nach seinem Kumpel suchen musste, kam ihm der Gedanke, dass er noch keine Idee hatte, wie er sich seiner entledigen sollte, ohne dass es ihm selbst Ärger bereitete.

Ganz zu schweigen davon, dass er besser unsichtbar blieb.

Was jede Sekunde torpediert werden könnte, wenn J.D. Platz nähme – nämlich denjenigen, von dem aus er eine gute Sicht auf den gelungenen Vorbau der zweiten Tante hätte und von dem aus ungehindert Butchs Tisch zu sehen war.

Verdammt. Er musste verschwinden, bevor J.D. ihn entdeckte und seinen Plan über den Haufen warf.

Am besten, er ginge auf den Parkplatz und holte seinen Wagen, damit er, falls er einen schnellen Abgang bräuchte, nicht zwischen anderen Autos festsaß. Er hatte gesehen, wie die Fahrzeuge draußen einander blockierten, also wollte er lieber an einer Stelle warten, von der aus er seinem alten Kumpel folgen könnte, wenn dieser das Lokal verließ. Er musste wissen, wo genau die neue Bleibe des guten Carver war.

Wenn er das erst wüsste, konnte er genau planen, wie er ihn am klügsten auf Dauer zum Schweigen brachte.

Himmel, warum gerade ich?, fragte sich Dru verzweifelt, als sie Char und J.D. von der Theke in Richtung ihres Tisches kommen sah. *Ist es nicht genug, dass mein Versuch, meine beiden besten Freunde miteinander zu verkuppeln, derart fehlgeschlagen ist? Es ist mir bereits gelungen, uns allen einen entsetzlichen Abend zu bereiten – ist es da noch erforderlich, dass zusätzlich J.D. an unserem Tisch erscheint?*

Das war mehr als sie ertrug.

Auch wenn ihr Körper – zur Hölle mit der verräterischen Hülle – offensichtlich anderer Meinung war. Er schien nichts anderes zu wollen, als die Nähe eines Mannes, Korrektur – ausgerechnet dieses Mannes.

Sie rutschte unbehaglich auf ihrem Stuhl herum und merkte dabei nicht, dass sie unbeabsichtigt ihre Schultern straffte, wodurch man einen noch ungehinderteren Blick auf ihren verführerischen Busen bekam. Ihre Haut begann zu prickeln, ihr Puls ging merklich schneller und sämtliche Nerven spannten sich an. Um nicht womöglich ihre Hände nach seinem langen, muskulösen Körper auszustrecken, griff sie nach ihrem beinahe vollen Glas und leerte es in einem einzigen langen Zug. Worauf es in ihrem Magen eine unnötige zusätzliche Wärmeentwicklung gab. Das, was zwischen ihnen beiden hinter der Küche des Hotels vorgefallen war, hatte eindeutig Signalwirkung auf sie gehabt. Es war, als wäre sie seither auf seine Berührung konditioniert – ein kurzer Blick genügte und schon wallte neues wildes Verlangen nach diesem Typen in ihr auf.

Tja, Pech, denn ihr Wille war hundertprozentig stärker als ein paar widerspenstige Hormone. In dem Versuch, ihn nicht wie eine Närrin anzugrinsen, wandte sie sich mit einem professionell-kühlen Lächeln an das herankommende Paar.

»Guckt mal, wen ich an der Bar gefunden habe«, meinte Char und strich beinahe zärtlich über J.D.s Arm.

»J.D.«, sagte Dru und hoffte, ihr unpersönliches Lächeln würde nicht durch ein plötzliches Zähneblecken ersetzt. Das erstmalige Verlangen, ihrer besten Freundin sämtliche Finger der rechten Hand zu brechen, traf sie wie ein Schock.

»Drucilla«, erwiderte J.D. Sein Blick war alles andere als unpersönlich, als er erst über ihre offenen Haare, dann über ihre nackten Schultern und schließlich in ihren tiefen Ausschnitt wanderte. Dann zwang er seine Augen in eine andere Richtung und nickte Kev, wenn auch nicht gerade freundlich, zu. »Bronsen.«

Kev reagierte mit dem gleichen Maß an Begeisterung. »Carver.«

Ohne zu fragen, wer wo saß, ging J.D. um den postkartengroßen Tisch, stellte sein Bier ab und warf sich auf den Stuhl direkt neben Dru, der bisher von Char besetzt gewesen war. Die Hände in den Hosentaschen, wippte er auf seinem Stuhl zurück, engte Dru mit seinen breiten Schultern ein und presste einen seiner harten Schenkel fest gegen ihr Bein. Die dabei in Dru aufflammende Hitze stand den Wallungen von Tante Sophie sicher in nichts nach.

Da ihr alter Platz besetzt war, nahm Char schulterzuckend neben ihrem Erzfeind Platz. »So«, erklärte sie mit gut gelaunter Stimme. »Jetzt wird es erst richtig gemütlich.«

Kev machte eine ungeduldige Bewegung, als verließe er am liebsten umgehend den Tisch, doch Char ignorierte ihn so, wie sie bisher den ganzen Abend von ihm ignoriert worden war. Sie beugte sich über den Tisch zu J.D. »Wollen Sie vielleicht tanzen?«

»Klar, warum nicht?« Er stand auf, wartete, bis sie um den Tisch herumgekommen war, legte eine Hand auf die nackte Haut ihres Rückens und führte sie auf die Tanzfläche hinaus.

Dru schluckte mühsam den bitteren Geschmack der unerwünschten Eifersucht herunter und wandte sich an Kev. »Ich fürchte, ich muss mich bei dir entschuldigen. So habe ich mir den Abend ganz bestimmt nicht vorgestellt.«

Er zuckte mit den Schultern. »Manchmal läuft es eben nicht nach Plan«, antwortete er, ohne dass er seinen Blick auch nur für eine Sekunde von der Tanzfläche abwandte. Ein paar Minuten später versteifte er sich merklich. »Himmel, nicht schon wieder diese Krake.«

Dru drehte sich um, um zu sehen, was er meinte. Char tanzte inzwischen mit einem anderen Mann, und als J.D. an ihren Tisch zurückgeschlendert kam, zuckte Dru hastig in die entgegengesetzte Richtung.

Allerdings schien es ihn nicht im Mindesten zu stören, dass sie mit dem Rücken zu ihm saß, denn plötzlich glitten warme Hände unter ihre offenen Haare, nahmen sie in einem Pferdeschwanz zusammen und zogen ihren Kopf langsam daran zurück. Ohne dass sie es hätte ändern können, sah sie ihm plötzlich von unten ins Gesicht.

»Wollen wir tanzen?« Beim Klang seiner dunklen Stimme rannen heiße Schauder über ihren Rücken.

Sie öffnete den Mund um abzulehnen. »Meinetwegen.« Verdammt. Woher war dieses Wort gekommen? Sie wandte sich mit einem entschuldigenden Blick an ihren Begleiter, doch der war völlig von den Geschehnissen auf der Tanzfläche gefangen, so dass sie mit einem Schulterzucken ihr Haar aus J.D.s Faust befreite und sich geschmeidig erhob.

Sie tanzten vielleicht eine halbe Minute zu einer wirklich flotten Nummer, ehe die Band zu einer langsamen, rührseligen Schnulze überging, J.D. sie ohne zu fragen, ob sie sich eventuell lieber wieder setzen würde, eng an seine Brust zog und sie langsam und verführerisch hin und her zu wiegen begann.

Sofort wurden ihre Knochen weich wie Butter und mit einem leisen Seufzer schlang sie ihm die Arme um den Nacken, schmiegte ihre Wange an den weichen Stoff seines T-Shirts und sog begierig den Duft von Waschmittel und Mann in ihre Lungen ein. Er neigte den Kopf und legte seine Wange auf ihre seidig weichen Haare, worauf sie ihre Augen schloss und sich dem warmen Glücksgefühl vollständig hingab.

Er zog sie noch enger an seinen muskulösen Körper, verstärkte besitzergreifend den Druck seiner Hände und schob eines seiner Knie zwischen ihre Beine, so dass es keinen Raum mehr zwischen ihrer beider Leiber gab. Winzige Muskeln tief in ihrem Inneren zogen sich sehnsuchtsvoll zusammen. Sie ermahnte sich erneut, ihr Wille wäre stärker als ein paar widerspenstige Hormone – ein echt guter, charakterfester, nobler Schwur, der Schwur einer selbstbewussten, eigenständigen, erwachsenen Frau.

Weshalb hegte sie also mit einem Mal gewisse Zweifel, ob sie diesen Kampf tatsächlich gewinnen würde?

Oh, Mann, sie hatte ein Problem. Ein riesiges Problem. Und sie war deshalb noch nicht mal in ernsthafter Sorge. Für einen Kampf gegen die Gefühle, die sie überfluteten, sobald sie in den Armen dieses Mannes lag, war es ungefähr fünf Herzschläge zu spät.

16

Char kniff die Hand der Krake zweimal von ihrem Hintern, bevor sie unvermittelt einen Schritt zurücktrat, etwas sagte, was den Mann zornig die Lippen aufeinander pressen ließ, und eilig die Tanzfläche verließ. Statt jedoch zu ihrem Tisch zurückzukehren, stürmte sie in Richtung Tür.

Kev erhob sich halb von seinem Platz, doch die Hand, mit der er sich hatte vom Tisch abstützen wollen, griff auf eine kleine Schultertasche, die neben seinem Ellbogen gelegen hatte, und so setzte er sich wieder. Sie käme garantiert zurück. Auf der ganzen Welt gab es keine Frau, die ihren Schatz an Weiberkrimskrams irgendwo zurückließ. Als er jedoch in Richtung des Ausgangs spähte, sah er, dass die Krake Char aus der Kneipe folgte, und er sprang abrupt auf. Er schnappte sich die Handtasche, stopfte sie in den Hosenbund und boxte sich zur Tür.

Auf den ersten Blick wirkte der Parkplatz menschenleer. Dann jedoch hörte er Stimmen neben dem Gebäude und hastete dorthin. Der Regen, der sich schon seit ein paar Tagen angekündigt hatte, prasselte inzwischen auf das Holzdach des Red Bull und bildete glänzende Pfützen auf dem schwarzen Asphalt des Parkplatzes. Kev hielt sich dicht an der Wand des Saloons, wo ihn das überhängende Gesims vor der Nässe schützte.

»… ein verklemmtes kleines Luder«, hörte er eine heisere Männerstimme, ehe er um die Ecke des Gebäudes bog.

»Woher wollen Sie das wissen?«, fragte Char. »Nur weil ich mich nicht Ihrer so bereitwillig angebotenen Dienste befleißige?«

»He, du würdest jede Menge Spaß mit mir haben. Ich bin ein wirklich heißer Typ.«

Kev bog um die Ecke und sah, dass Char mit dem Rücken an der Wand stand und zornig auf den vor ihr aufragenden Kerl starrte. Sie schnaubte verächtlich. »Das Einzige, was gleich an dir heiß ist, sind deine riesengroßen Ohren. Jetzt hau endlich ab!«

Der Typ jedoch drückte sich stattdessen dicht an sie, löste seine Hände von der Mauer, packte sie bei den Schultern und schüttelte sie unsanft. »Hör zu, du kleine Schlampe …«

Beim Anblick der in ihr zartes Fleisch gebohrten Finger, war es um Kevs Beherrschung endgültig geschehen. »Du hast gehört, was sie gesagt hat«, zischte er die Krake an. »Sieh zu, dass du Land gewinnst!«

Beide Köpfe fuhren herum und Kev merkte, dass Char nicht gerade begeistert wirkte, als sie sah, wer ihr Racheengel war.

»Wer zum Teufel sind denn Sie?«, knurrte die Krake.

»Derjenige, der dir einen Satz blaue Augen verpassen wird, wenn du sie nicht sofort loslässt.«

Der Kerl starrte ihn blöde an. »*Jetzt!*«, bellte Kev wie ein bissiger Hund.

»Immer mit der Ruhe«, meinte der jäh ernüchterte Tourist, ließ seine Hände sinken und trat einen Schritt zurück. »Sie ist sowieso eine frigide Zicke.« Mit diesen Worten machte er kehrt und trollte sich durch den Regen davon.

Char stieß sich von der Wand ab, als hätte sie die Absicht, ihn zu verfolgen. »*Frigide Zicke?* Ich werde dir frigide zeigen, du elendiger Hurenso…«

Kev legte ihr seine Hand unter das Kinn, hob sanft ihr Gesicht an und suchte darin nach Anzeichen für eine Verletzung oder einen Schock. »Ist alles in Ordnung?«

Sie sackte erschöpft gegen die Wand. »Abgesehen von der Tatsache, dass das ein durch und durch beschissener Abend ist?«, fragte sie und fuhr sich müde mit den Händen durch das Haar. »Na, sicher. Es geht mir geradezu fantastisch.«

»Freut mich zu hören, dass es wenigstens einem von uns gut geht. Ich glaube, ich für meinen Teil bin um mindestens zehn Jahre gealtert, als ich mitansehen musste, wie du von diesem Typen angegrabscht worden bist.«

»Ja, sicher, als ob es dich auch nur für fünf Cent interessieren würde, was mit mir passiert.« Sie lehnte den Kopf an seine Schulter. »Wen versuchst du, mit diesem Gerede zum Narren zu halten – ummph.«

Er hatte ihre Hand umfasst und gab ihr, um ihre Tirade zu unterbrechen, einen vorsichtigen Kuss. Eigentlich hatte er nur die Absicht gehabt, ihr zu beweisen, dass nicht jeder Mann ein Tier war.

Aber vielleicht war er genau das, denn kaum hatte sein Mund ihre weichen Lippen berührt, als eine ungeahnte Hitze ihn durchzuckte. Er presste sie ebenso wie zuvor die Krake unsanft an die Wand und sein plötzliches Verlangen raubte ihm beinahe den Verstand.

Ihr Herzschlag begann zu rasen und sie erwiderte seinen leidenschaftlichen Kuss, schlang ihm die Arme um den Hals und schob ihr rechtes Knie an seinem Bein herauf. Dann jedoch stellte sie den Fuß zurück auf den Asphalt, schubste Kev unsanft von sich und funkelte ihn aus zusammengekniffenen Augen an.

»Nein«, sagte sie tonlos und hielt ihn mit der Hand ein Stückchen von sich ab. »Niemals! So leicht wickelst du mich nicht ein – ich habe von Männern die Nase nämlich gestrichen voll.«

Er rang mühsam um Fassung. »Eine Frau, die von Männern die Nase voll hat, küsst anders.«

»Tja, nun, du hast mich halt in einem schwachen Moment erwischt. Aber von jetzt an wende ich mich lieber ausschließlich an irgendwelche mechanischen Hilfsmittel, wenn mich das körperliche Verlangen überkommt.«

Er lachte erheitert. »Glaubst du nicht, dass das vielleicht ein bisschen einsam ist? Und was ist, wenn die Batterien alle sind? Weißt du, wir Männer haben durchaus unseren Nutzen. Ich gebe zu, ich kann dir vielleicht nichts so Tolles bieten wie der Kraftprotz eben ...«

Als sie prustete, fasste er neuen Mut und fügte hinzu: »Aber ich kann dich offenbar zum Lachen bringen, ich kann dich warm halten, wenn die Nächte kälter werden ...« Seine Stimme wurde leiser. »Und ich kann Gefühle in dir wecken, die du mit keinem mechanischen Hilfsmittel je auch nur annähernd erreichst.«

Ein paar Sekunden musterte sie ihn nachdenklich. Dann jedoch wurde ihre Miene abweisend, der alte Argwohn wallte in ihr auf. »*Bitte.* Soll ich etwa glauben, dass du plötzlich Interesse an mir hast?«

»Ganz sicher nicht plötzlich. Ich bin schon seit der High School total auf dich fixiert.«

»Du bist ein echter Lügner! Du hast mich immer behandelt, als hätte ich den Sexappeal einer Flasche Olivenöl.«

»Verdammt, ja! Ich wollte fort aus diesem Kaff! Du hingegen nicht, und ich wusste genau, dass du der einzige Mensch gewesen wärst, der mich hier hätte halten können. Das Risiko wollte ich nicht eingehen.«

»Ach, nee.« Sie schnaubte verächtlich. »Sehe ich aus, als ob ich auf den Kopf gefallen wäre, Bronsen?«

»Nein. Für mich siehst du aus wie eine durch und durch erwachsene Frau.« Er neigte den Kopf, vergrub seine Nase in Höhe ihrer Schläfe in ihrem blonden Haar und atmete tief ein. »Gott, du riechst einfach fantastisch.«

»Ach ja? Willst du wissen, was ich rieche? Reine, unverfälschte Scheiße.« Sie ergriff eine seiner Hände und schnupperte an seinen Fingern. »Ja. Und diese Hand hat gründlich darin gewühlt.«

Er strich mit den Zähnen über ihr Ohrläppchen und lachte unbekümmert.

»Das ist keine Scheiße, Charlotte«, flüsterte er. »Ich habe dich damals schon begehrt und begehre dich noch heute. Nur, dass ich nicht mehr die gleiche Angst wie damals habe und nicht länger versuche, meine Gefühle für dich zu verbergen.« Er glitt mit seiner Zungenspitze über ihre Ohrmuschel und hauchte: »Das kannst du mir glauben oder nicht. Aber so oder so werde ich nicht eher lockerlassen, als bis ich dich bekomme.«

»Ich an deiner Stelle wäre mir da lieber nicht so sicher, dass das gelingt, Kumpel.« Doch sie setzte sich nicht länger gegen ihn zur Wehr, und als er eine Reihe sanfter Küsse auf ihre Kehle regnen ließ, atmete sie zischend ein und bog ihren Kopf ein Stück nach hinten, damit er leichter Zugang zu ihrem Hals bekam.

Ehe er jedoch zu selbstgefällig werden konnte, vergrub sie die Fäuste in seinem braunen Haar und zog seinen Kopf nach hinten. »Woher soll ich wissen, dass dies nicht nur ein Fall von ›Wenn-ich-die-die-ich-liebe-schon-nicht-kriege-liebe-ich-eben-die-die-ich-kriegen-kann‹ ist? Ist es das, worum es geht? Hat Dru dir einen Korb gegeben oder so?«

»Ich habe mich nie auf diese Weise für Dru interessiert,

und das weißt du ganz genau.« Es machte ihn ein wenig wütend, dass sie dachte, er spiele sie gegen ihre beste Freundin aus. »Ich habe sie heute Abend als Freundin eingeladen und ...« Plötzlich traf ihn die Erkenntnis wie ein Fausthieb, dass genau diese Freundin einfach von ihm im Stich gelassen worden war. »Oh, Mist – Dru!«

Eilig zog er Char um die Ecke des Gebäudes. »Ich bin wirklich ein toller Freund«, schalt er sich auf dem Weg zum Eingang. »Ich war derart auf dich konzentriert, dass ich mich nicht einmal daran erinnern kann, was sie gemacht hat oder wo sie war, als ich ging. Aber ich weiß, dass Carver dort war, und ich habe das ungute Gefühl, dass ich sie, als ich sie allein ließ, dem Wolf zum Fraß vorgeworfen habe.«

Zum dritten Mal in acht Minuten zog J.D. seine alte Taschenuhr hervor.

»Musst du vielleicht noch einen Zug erreichen, Carver?«, fragte Dru ihn trocken.

Er schob die Uhr zurück in seine Tasche, sah sie an und schob eine Strähne ihrer seidig weichen Haare sanft hinter ihr Ohr. »Nein. Ich frage mich nur, wann ich Bronsen endlich als Deserteur bezeichnen und dich mitnehmen kann.«

Selbst im Dämmerlicht der Kneipe konnte er erkennen, dass ihr eine leichte Röte in die Wangen stieg, und er wünschte sich dringend, die Band setze nochmals zu einer langsamen, schmeichelnden Nummer an. Er wollte sie erneut in seine Arme ziehen, wollte den Orangenduft ihres Shampoos riechen, ihre weiche Haut unter seinen Händen spüren.

»Kev kommt sicher gleich zurück«, erklärte sie mit einiger Bestimmtheit.

Das fürchtete er auch, doch er zuckte mit den Schultern. »Trotzdem will ich dich mit nach Hause nehmen.« Er war es einfach leid, ständig zu entflammen, das Feuer jedoch vorzeitig wieder löschen zu müssen, ständig auf der Hut zu sein, ehe das, was sich zwischen ihnen abspielte, seinen natürlichen Verlauf und somit sein natürliches Ende nahm. Nie zuvor in seinem Leben hatte er ein derartiges Verlangen nach einer Frau verspürt und er wollte es endlich stillen.

Verdammt, am liebsten hätte er sie mit Haut und Haaren verschlungen. Er sah ihr in die Augen und unternahm nicht den kleinsten Versuch, seine Gefühle zu verbergen.

Sie griff nach ihrem Bierglas und leerte es in einem einzigen langen Zug.

Er blickte auf den leichten Schaumbart, der von dem Bier auf ihrer Oberlippe zurückgeblieben war, beugte sich nach vorn, hielt dann jedoch inne.

Den Schaum zärtlich abzulecken wäre Bestandteil des Manövers, mit dem der Paarungstanz vorangetrieben wurde. Eine weitere Methode die Begierde anzufachen.

Nur, dass es bei ihm nichts mehr anzufachen gab. Ein Kuss – und schon würde er den Tisch mit einer ausholenden Armbewegung leer fegen, damit er Platz für den Liebesakt bekam. Also streckte er nur die Hand aus, strich mit der Spitze seines Zeigefingers über den dünnen Schaum, hob den Finger an seinen Mund und leckte ihn betont genüsslich ab.

Sie rutschte auf ihrem Stuhl herum und schob sich dabei etwas dichter an ihn heran.

J.D. sprang auf die Füße. »Okay, ich denke, dass du verlassen worden bist. Also bringe ich dich wohl am besten sicher he …«

»Hey, tut mir Leid, dass ich einfach so verschwunden bin«, ertönte Kevs ungeliebte Stimme und J.D. drehte sich verbiestert zu dem Kerl herum.

Kev war Hand in Hand mit Char hereingekommen, und ohne sie loszulassen, erklärte er der Freundin: »Char hatte ein kleines Problem mit einem Touristen. Ich werde dafür sorgen, dass sie sicher heimkommt. Bist du bereit zu gehen?«

J.D. baute sich dicht vor seinem Widersacher auf und erklärte: »Ich bringe Dru nach Hause.«

Kev reagierte nicht minder aggressiv. »Vergessen Sie es, Carver. Ich habe sie hierher gebracht, also bringe ich sie auch sicher wieder zurück.«

»Um Himmels willen.« Dru beugte sich nach vorn und blickte an J.D. vorbei auf ihren alten Freund. »Wenn der Testosteronspiegel hier drin noch weiter steigt, werden Char und ich Rettungswesten brauchen, um nicht darin zu ertrinken.«

Char pflichtete ihr bei und J.D. und Kev traten jeweils einen Schritt zurück.

Dru bedachte Kev mit einem Lächeln, worauf sich J.D.s Magen schmerzlich zusammenzog. Dann jedoch erklärte sie: »Es ist wirklich nicht nötig, dass du mich extra heimbringst«, streckte den Arm aus und drückte Kev begütigend die Hand. »J.D. und ich müssen beide den Berg rauf, so dass es keinen Sinn macht, wenn du extra meinetwegen einen Umweg fährst. J.D. wird mich nach Hause bringen. Und du begleitest Char.«

Kev sah sie zweifelnd an. »Bist du sicher?«

»Ja.«

»Okay.« Er legte einen Arm um Chars schmale Schultern. »Dann werden wir jetzt gehen.«

»Wir sprechen uns morgen, Dru«, erklärte Char und wandte sich lächelnd an J.D. »War schön, Sie wieder zu sehen. Danke für den Tanz.«

Und schon waren die beiden verschwunden und J.D.

wandte sich an Dru. »Bist du auch bereit zu gehen?« Wenn sie jetzt Nein sagen würde, brächte er sich um.

Doch sie griff nach ihrer Tasche und stand auf. »Ja.«

Schweigend gingen sie zu seinem Wagen, und sofort, nachdem sie eingestiegen waren, war die Luft in dem alten Mustang von der explosiven sexuellen Spannung zwischen ihnen beiden erfüllt. Tatsächlich hatte J.D. erst die halbe Straße den Berg hinauf geschafft, als er es nicht mehr aushielt, das Fahrzeug in Richtung einer Aussichtsplattform lenkte, die Handbremse anzog und Dru reglos ansah.

»Ich will verdammt sein, wenn ich jetzt versuche, dich wie ein notgeiler Teenie auf dem Rücksitz meines Wagens flachzulegen«, erklärte er ihr tonlos, schlang eine Hand um ihren Nacken und zog ihren Kopf zu sich herüber. »Aber das hier muss einfach sein.« Er presste seinen Mund entschlossen auf ihren.

Sofort teilten sich ihre Lippen und als er seine Zunge tief in ihre Mundhöhle versenkte, keuchte sie leise auf. Ja. Himmel, ja, genau *das*. Genau das hatte er gebraucht – ihren Geschmack, ihre bereitwillige Reaktion.

Er riss sich, um sie nicht doch noch dazu zu überreden, sich auf dem Rücksitz seines Wagens von ihm lieben zu lassen, mühsam von ihr los, lehnte seine Stirn an ihren Kopf und fragte: »Und wo ist heute Abend Tate?«

»Er übernachtet bei Billy in der Stadt.«

Es gab tatsächlich einen Gott. »Kommst du dann mit zu mir?«

Im Dämmerlicht der Armaturenbrett-Beleuchtung sah sie ihn reglos an. »Ja.«

Beflügelt lenkte er den Mustang zurück auf die Straße, brachte ihn wenige Minuten später hinter seiner Hütte zum Stehen, hüpfte aus dem Auto, nahm mit einem ungeduldigen Sprung die Abkürzung über die Kühlerhaube und riss schwungvoll Drus Tür auf, um ihr beim Aussteigen behilflich zu sein. Er zog sie eng an seine Brust, schlug mit seiner freien Hand die Tür zu, umfasste ihre Taille, neigte seinen Kopf und küsste sie erneut. Innerhalb weniger Sekunden stand er lichterloh in Flammen und drückte sie, bereit, mit ihr an Ort und Stelle umzusinken, mit dem Rücken gegen den Wagen.

Doch der prasselnde Regen kühlte ihn glücklicherweise leicht ab. Er trat einen Schritt zurück und strich ihr zärtlich das Haar hinter das Ohr. Wenn er sich nicht zusammenriss, würde sie allmählich auf die Idee kommen, er wäre auf dem Gebiet der körperlichen Liebe ein hirnloser, brutaler Macho. Also ließ er es wohl besser mal schön langsam angehen.

Selbst wenn ihn das schier umbrächte.

Er trat einen Schritt zurück, ergriff zärtlich ihre Hand – »Komm rein« –, führte sie über die Veranda und nahm den Schlüssel von dem schmalen Sims über der Tür. »Möchtest du noch ein Bier, eine Tasse Kaffee oder sonst etwas?« Die Hütte wurde von einer einzigen kleinen Lampe über der Küchenzeile in ein schummriges Halbdunkel getaucht.

Dru trat lächelnd ein. »Nein, danke.« Sie warf ihre Tasche auf das Sofa, wandte sich ihm zu, ließ ihre Hände über seine Brust hinaufklettern bis zu seinen Schultern, stellte sich auf die Zehenspitzen und küsste ihn erneut.

Oh, Mann! Er zog sie in seine Arme und richtete sich mit ihr zu seiner ganzen Größe auf, worauf ihre Zehenspitzen gute zehn Zentimeter über dem Boden baumelten.

Es war einfach herrlich, sie zu küssen. Ihre Lippen waren so unglaublich weich und sie schmeckte süßer und frischer als alle Lippen, die er zuvor gekostet hatte. Er hatte gedacht, alle Küsse der Frauen wären ähnlich, doch offensichtlich hatte er bisher immer die falschen Frauen geküsst, denn

Drus Lippen hatten einen ganz eigenen, köstlichen Geschmack.

Eine Spur von Unbehagen wallte in ihm auf, er machte sich von ihr los und stellte sie vorsichtig wieder auf die Füße.

Sie glitt an ihm herab, bis sie mit den Fußspitzen auf seinen Stiefeln stand, blinzelte ihn an, und beim Anblick ihrer blauen Augen, ihrer geschwollenen Lippen sowie ihrer verführerisch zerzausten braunen Haare war es abermals um ihn geschehen. Er ließ seine Hände über ihren Rücken zu ihrem Hinterteil gleiten, vergrub seine Finger in den wohl geformten Backen und zog sie dicht an sich heran. Der Stoff ihres Kleides war so dünn, dass er kaum zu spüren war.

»Es überrascht mich, dass du in deinem Aufzug heute Abend keinen Massenauflauf provoziert hast«, erklärte er ihr heiser. »Gehst du immer in deiner Unterwäsche aus?«

Sie lachte. »Das ist keine Unterwäsche, Carver, sondern ein *Kleid*.«

»Ach ja? Und wo hast du das erstanden – vielleicht in Miss Kitties Bekleidungsgeschäft für laszive Barmädchen? Alles, was noch fehlt, sind Netzstrümpfe, ein Samtband um den Hals und ein Paar altmodischer Knopfstiefel, damit du wie eins der Mädchen aus dem Wilden Westen aussiehst.« Er rieb seinen Körper an ihrem straffen Bauch. »Eins von denen, mit denen sämtliche Cowboys auf ein Zimmer gehen wollten.«

Sie bedachte ihn mit einem Blick, der beinahe einen Herzstillstand bei ihm verursacht hätte und der seinen bereits harten Schwanz tatsächlich noch härter werden ließ. »Du erscheinst mir eher wie der typische Städter als wie der Cowboy-Typ«, erklärte sie ihm leise. »Aber …« Wieder stellte sie sich auf die Zehenspitzen, küsste ihn auf die Wange und wisperte: »Willst du vielleicht trotzdem mit mir auf ein Zimmer gehen?«

Oh, Mann! Er schlang die Arme um sie und trug sie durch die offene Tür des Schlafzimmers zu seinem Bett.

Butch hatte gewartet, bis J.D. und die Frau um die Hütte herumgegangen waren, bevor er aus seinem am Straßenrand geparkten Wagen gestiegen war. Lautlos hatte er die Tür geschlossen, sich auf Zehenspitzen den dunklen Weg hinaufgeschlichen und, nachdem die Haustür ins Schloss gefallen war, auf der Lichtung gestanden und in Richtung des schwach beleuchteten Gebäudes gespäht. Obwohl er durch das Vorderfenster nur die Umrisse der beiden hatte sehen können, hatte er begriffen, was sie taten. Und dann hatte J.D. dic Frau in irgendeinen anderen, von der Lichtung aus nicht einsehbaren Raum geschleppt.

Er hätte gern gewusst, ob die Hütte J.D. oder der Frau gehörte. Am besten würde er warten, um zu sehen, wer von den beiden bliebe und wer das Haus am Schluss verließ.

Ebenso gern hätte er erfahren, was zum Teufel hier oben vor sich ging. Zuerst war da dieser Typ in dem Saloon gewesen, der aussah, als wäre er mit dem braunhaarigen Mädchen gekommen, obgleich er eindeutig hinter der Blondine her gewesen war. Dann hatte die Blondine J.D. angesprochen, dann hatte sich, während Butch auf dem Parkplatz auf J.D. gewartet hatte, der andere Typ an die Blondine rangepirscht, war schließlich mit ihr weggefahren, und danach war J.D. mit der Brünetten aufgetaucht, und hatte es so eilig gehabt, ihr an die Wäsche zu gehen, wie Butch es noch nie bei ihm erlebt hatte.

Er hatte immer gedacht, das Leben in einer Kleinstadt wäre sterbenslangweilig, ein solches Bäumchen-wechsle-dich jedoch hatte er bisher noch nirgendwo erlebt. Wie stellten die Leute das bloß an – wurden die jeweiligen Partner vielleicht allabendlich verlost? Wenn es ansonsten keine Unterhaltung gab, boten die Einheimischen sie sich offensichtlich selbst.

Nicht in einer Million Jahre jedoch hätte er gedacht, dass der so anständige, pingelige J.D. an solch einem verruchten Treiben jemals teilnahm.

17

J.D. ließ Dru auf die Matratze sinken, schob sich behutsam über sie und fuhr umgehend an der Stelle fort, an der sie im Wohnzimmer abgebrochen hatten. Er küsste sie mit einer Wildheit, die sämtliche Knochen in ihrem Körper vor Wonne schmelzen ließ.

Dann war sein Mund derart plötzlich verschwunden, dass sie verwundert blinzelte, als er sich auf einen Ellbogen stützte, die Hand nach der Nachttischlampe ausstreckte und sie anschaltete. Dann senkte er sich wieder über sie, bedachte sie mit dem für ihn typischen intensiven, ernsten Blick und fuhr mit seinen Fingerspitzen über ihre Brust bis hinauf zu dem ersten Knopf an ihrem Kleid. »Schließlich will ich jeden Zentimeter von dir sehen«, erklärte er, während er die Knöpfe, dafür dass er so große Hände hatte, erstaunlich geschickt durch die winzigen Knopflöcher gleiten ließ.

O Gott, John David. Ich liebe dich.

Hitze wallte in ihr auf. *Bist du jetzt total verrückt geworden?*, wollte ihr Alter Ego wissen. Wie konnte sie diese Worte auch nur denken. Schließlich war der Mann für sie beinahe ein Fremder.

Abgesehen davon …

… dass sie wusste, wie geduldig er mit Tate umging und wie großzügig er, egal, wann ihr Sohn vor seiner Tür stand, mit seiner knapp bemessenen Zeit war, dass er denen, die zu schwach waren, um sich behaupten zu können, bereitwillig half. Und dass er auf seine rauen Worte häufig überraschend sanfte Taten folgen ließ.

Bei ihm fühlte sie sich weiblicher als jemals zuvor.

Tja, da hast du's. Du verwechselst einfach die Aussicht auf heißen Sex mit wahrer Liebe.

Erleichtert, weil sich eine so simple Erklärung für ihren verrückten Gedanken gefunden hatte, packte sie seine Handgelenke, als er anfing, ihr bis zur Hüfte aufgeknöpftes Kleid abzustreifen. »Du zuerst«, sagte sie. »Du bist noch viel zu angezogen.«

Er setzte sich auf, kreuzte die Hände vor seinem flachen Bauch und zog sich mit einer ökonomischen Bewegung, bei der sich seine Muskeln spielerisch bewegten, das T-Shirt nicht nur aus dem Bund seiner Hose, sondern auch gleich über den Kopf.

Sie leckte sich die Lippen. Seine Schultern schimmerten im Licht der Lampe, seine dunklen Haare waren wunderbar zerzaust, in seinen Augen lag ein Ausdruck beinahe schmerzlichen Verlangens und auf einmal war ihr klar, dass es hier um mehr ging, als um eine heiße gemeinsame Nacht.

Wer hätte das je geglaubt?

Wenn Sex alles war, was ihr fehlte, weshalb hatte sie sich dann im Verlauf der Jahre nicht anderer Männer bedient? Sie hatte immer gern mit Tony geschlafen – und hätte weiß Gott seither zahlreiche Gelegenheiten zu irgendwelchen Affären gehabt: Immer wieder hatten männliche Gäste ihr deutlich zu verstehen gegeben, sie stünden ihr gerne zur Verfügung.

Doch regelmäßig hatte sie die Angebote ausgeschlagen. Die wenigen Male, wenn sie eine lockere Verabredung getroffen hatte, hatten ihr bewiesen, dass diese Entscheidung goldrichtig für sie war. Sie fürchtete, sie wäre eine dieser unglücklichen Frauen, für die Sex ohne Liebe einfach undenkbar war. Denn die wenigen Male, in denen es ihr tatsächlich gelungen war, sich einzureden, Sex wäre als netter Zeitvertreib auch nicht zu verachten, hatte sie sich anschließend nicht nur emotional unbefriedigt und unvollständig, sondern regelrecht lasterhaft gefühlt.

Was einfach absurd war – sie *wusste*, es war einfach absurd. Männern war diese Empfindung sicher völlig fremd. Aber so war es nun einmal mit den Gefühlen: Selbst wenn sie widersprüchlich und idiotisch waren, ließen sie sich nicht verscheuchen. Nicht einmal die allerstrengste, mit zahllosen schlagkräftigen Argumenten untermauerte Predigt, die sie sich deshalb gehalten hatte, hatte je etwas genützt.

Aber Sex ohne Liebe war hier nicht das Problem. Sie wünschte sich beinahe, dass es so wäre – doch ihr Herz war vollständig von ihrer Liebe zu diesem Mann erfüllt.

Sie konnte nur beten, dass er es nicht entzweibräche, doch sich aus dieser Angst heraus auch weiter von ihm fern zu halten, war ihr unmöglich. Also gäbe sie sich ihm am besten gleich von ganzem Herzen hin.

Zum Teufel mit ihrer elendigen Furcht.

Sie strich mit den Händen über J.D.s Brust. Sie mochte seine Brustbehaarung, sie war glatt und fein und erstreckte sich in einem Dreieck von seinen Schlüsselbeinen bis hin zu seiner Taille. Die babyweichen Haare auf seinen harten Muskeln wirkten urwüchsig und männlich.

Unter ihrer Berührung atmete er zischend durch und schloss eine Sekunde die Augen. Dann schlug er sie wieder auf, sah ihr ins Gesicht und tupfte mit der Fingerspitze an ihre Nase. »Was ist?«

»Ich denke gerade, wie sehr mir deine Körperbehaarung gefällt.« Sie strich über seinen Bauch und bohrte einen Finger spielerisch in seinen Nabel. »Und wie froh ich darüber bin, dass du keiner dieser Männer mit behaarten Schultern bist.«

Jetzt lächelte J.D. ebenfalls. »Ja, es sieht tatsächlich so aus, als hättest du mehr Haare auf den Schultern als ich.« Er schob ihr sanft die seidigen Strähnen aus dem Gesicht. »Nein … warte … ich glaube, dass es doch an einer anderen Stelle wächst.«

Sie gluckste fröhlich. Nie zuvor hatte er mit ihr rumgealbert und sie nahm diesen Moment wie einen Schatz für alle Zeit in ihrem Herzen auf.

Seine Finger strichen über ihre Brust zu den aufgeknöpften Hälften ihres Kleides. »Ich möchte dich nackt sehen.« Er schob die beiden Seiten auseinander und lachte heiser auf. »Was sicher keine besondere Überraschung für dich ist. Schließlich will ich dich bereits seit der Minute, in der ich dich zum ersten Mal getroffen habe, ohne Kleider sehen.« Er löste das vordere Häkchen ihres Büstenhalters und öffnete auch ihn. Dann zog er den dünnen Kleiderstoff an ihr herunter und bat, als er unter ihren Hüften stecken blieb: »Beweg dich mal ein bisschen in die Höhe.«

Das Nächste, was sie mitbekam, war, dass sie mit nichts als einem Höschen aus spitzenbesetztem Satin und Ledersandalen bekleidet vor ihm auf dem Bett lag.

Ein paar Sekunden starrte J.D. sie schweigend an. »Gott«, hauchte er schließlich mit ehrfürchtiger Stimme und fuhr die Umrisse ihres vollen Busens, ihrer schlanken Taille und ihrer perfekt geschwungenen Hüften mit den Fingern nach. Dann schwang er ein Bein über ihre Schenkel, setzte sich rittlings auf sie und legte seine Hände mit der Empfindsamkeit eines Violinisten, der seine Stradivari stimmte, auf die Rundungen ihrer Brüste.

»Du bist« – er ließ seine Finger ein Stück an ihr heruntergleiten – »ein märchenhaftes« – er spreizte seine Finger und umfasste die beiden straffen Kugeln – »Prachtweib.« Er fing ihre Nippel zwischen je zwei Fingerspitzen und rieb sie sanft.

Ein Stromschlag schoss zwischen Drus pochende Schenkel und instinktiv wölbte sie sich ihm entgegen. J.D.s Beine jedoch hielten sie weiterhin in festem Griff. Ein leises Stöhnen drang aus ihrer Kehle und er beugte sich herab und gab ihr mit heißen, festen Lippen und sinnlich feuchter Zunge einen verführerischen Kuss. Gleichzeitig kneteten, formten, massierten seine harten Hände zärtlich ihre Brüste, fingen ab und zu ihre Nippel und zupften weich daran herum.

Ihre Hände glitten rastlos über seine Schultern und seinen Bauch. Dann streckte sie die Finger nach seiner Hose aus.

J.D. stöhnte, schob sich jedoch gleichzeitig so weit an ihr herunter, dass sie sie nicht fassen konnte, als sie jedoch fragen wollte, was diese Geste zu bedeuten hatte, neigte er erneut den Kopf und nahm ihre linke Knospe in seinen warmen Mund. Wieder drang ein Stöhnen über ihre Lippen und sie konnte an nichts mehr denken als daran, wie herrlich seine eingezogenen Wangen aussahen, als er an ihr saugte, und dass das instinktive Verlangen, ihn endlich in sich aufzunehmen, stärker war als sie. »O bitte«, flehte sie mit erstickter Stimme. »Bitte.«

Er spreizte ihre Beine, streckte sich auf ihr aus, verschränkte ihrer beider Finger und schob ihre Arme hoch über ihren Kopf. In dieser Position reckte sie ihm ihre Brust entgegen und sein harter, weich behaarter Torso schien sie zu zerquetschen, als er die Hüften bewegte und die harte Länge seines Schwanzes spielerisch zwischen ihren Beinen rieb. Wimmernd zog sie die Knie an, um ihn stärker zu spüren, doch noch während sie das tat, stieß er sich von ihr ab, kauerte sich zwischen ihre Beine und sah schwer atmend auf sie herab.

»J.D.!«, kam ihr atemloser Protest.

Immer noch hatte sie die Knie angezogen, und ehe sie die Füße auf die Decke stellen konnte, fuhr er bereits mit den Händen über die Rückseite ihrer Schenkel und wanderte zu ihren Pobacken herauf. Er blickte sie reglos an. »Du hast den tollsten Hintern, den ich je gesehen habe.«

Sie begann laut zu lachen. »Du Lügner. Mein Hinterteil ist viel zu fett.«

»Glaub mir, es ist einfach perfekt. Und das hier« – er strich mit seinen Fingern über das spitzenbesetzte Höschen zwischen ihren Beinen. »Gott, das ist wirklich süß.« Sein Zeigefinger zog eine Linie von ihrem Venushügel bis hinab zu ihrem Po. »Nass«, murmelte er, Dru folgte seinem Blick und sah, dass der Stoff mit jeder Berührung seiner Finger feuchter zu werden schien.

Es war, als würden weitere Blitze sie durchzucken, zugleich jedoch stieg ihr die Schamesröte ins Gesicht und sie musterte ihn unsicher. Sein Blick allerdings verriet nichts als sehnsüchtiges Verlangen, so dass ihre Verlegenheit verflog.

Immer tiefer strich er den dünnen Stoff zwischen ihre femininen Falten. »Wenn das kein hübscher Anblick ist«, murmelte er heiser, umfasste das Gummiband ihres Höschens und zog es an ihr herab, so dass ihre intimsten Körperteile frei lagen. Er leckte sich die Lippen und knurrte: »Gott. Das ist sogar noch hübscher.«

Er streckte die Hand aus, um sie zu berühren, sie jedoch rutschte hastig zum Kopfende des Bettes und setzte sich auf. Das, was sie zwischen ihren Schenkeln spürte, war beinahe nicht mehr zu ertragen. Sie presste sie zusammen und verlangte: »Zieh endlich deine Jeans aus. Schließlich soll es gerecht zugehen hier.«

Er rollte sich vom Bett, stieg aus seinen Stiefeln, streifte die Socken von den Füßen und griff nach dem Knopf seiner Jeans.

Dru kniete sich hin, packte seinen Hosenbund mit beiden Händen und zog ihn mit einem kräftigen Ruck zurück an den Rand des Betts.

»Lass mich das machen«, bat sie flüsternd, strich mit ihren Händen über seinen straffen Bauch, öffnete den Knopf, zog den Reißverschluss herunter und verfolgte, wie ein immer größer werdendes V aus zunächst gebräunter, nach unten jedoch heller werdenden Haut langsam zum Vorschein kam. Ein Streifen dunkler Haare verlief vom Nabel abwärts, bevor er im Schatten des Kleidungsstücks verschwand. »Keine Unterhose«, stellte Dru mit einem zufriedenen Lächeln fest. »Ich habe Char gesagt, dass du wahrscheinlich keine Unterhose trägst.«

Er starrte sie pikiert an. »Du und Char habt euch darüber unterhalten, was für Unterwäsche ich trage?«

»Aber sicher.«

»Und wann war das genau?«

»Ich weiß nicht mehr – ich glaube, gleich am ersten Tag.« Sie zuckte mit den Schultern. »Oder vielleicht auch am zweiten.«

»Verdammt. Ich dachte, nur Männer sprechen über solche Dinge.«

Kichernd streifte sie die Hose endgültig über seine Hüften, worauf ihre Belustigung über seine entsetzte Miene umgehend verflog. Sie schluckte. »Das also ist das Prachtstück.«

»In voller Lebensgröße, Ma'am. Und sehr erfreut, endlich Ihre Bekanntschaft zu machen.«

»Das ist nicht zu übersehen.« Sie schaute ihm ins Gesicht und dann erneut auf seinen Penis. »Anscheinend ist er mehr als nur erfreut.«

Dunkelhäutig, lang und hart stieg sein Schwanz aus einem dichten Nest dunkler Haare empor. »Es ist ziemlich lange her, seit ich zum letzten Mal ein solches Körperteil im Erwachsenenformat gesehen habe«, gab sie unumwunden zu. »Und das hier scheint mir sehr erwachsen zu sein.« Vorsichtig strich sie mit einer Fingerspitze über den flachen Kopf.

Unter der Berührung schlug das Prachtstück erst gegen seinen straffen Bauch und reckte sich ihr dann entgegen. Sie umfasste es mit einer Hand, drückte es leicht und genoss den Kontrast zwischen der samtig weichen Oberfläche und der muskulösen Härte, die sich darunter verbarg.

J.D. atmete röchelnd ein. Heilige Mutter Maria – wenn er nicht eine abrupte Rückentwicklung zum Höhlenmenschen absolvieren wollte, müsste er umgehend etwas unternehmen. Sie raubte ihm den letzten Rest Beherrschung.

Er griff nach der Hand, die seinen Schwanz rieb, um ihre Finger vorsichtig zu lösen. Mit vor Konzentration zugekniffenen Augen entfernte er die herrliche Folter.

Er musste, verdammt noch mal, langsamer vorangehen, wollte er nicht wie ein unerfahrener Teenager auf der Stelle explodieren.

Also manövrierte er sie beide zurück ins Bett, legte sich seitlich neben sie, stützte sich auf dem Ellenbogen ab und gab ihr einen Kuss. Ihr Mund war so wunderbar weich und süß, und sie zu küssen war geradezu beruhigend. Eine Zeit lang hielt er ihr Gesicht zwischen Daumen und Zeigefinger seiner freien Hand und genoss den Geschmack und die Beschaffenheit ihrer vollen Lippen sowie das Gefühl ihrer glatten Haut.

Doch inzwischen waren sie beide viel zu weit, um länger zu warten. Als J.D. merkte, dass Dru rastlos ihre Beine bewegte und dass ihre Hüften kleine, begehrliche Kreise an seinem Unterleib vollführten, hob er den Kopf und flüsterte heiser: »Sag mir, was du willst.«

»Dass du mit mir schläfst«, antwortete sie. »Bitte, J.D. Ich bin so ... oh, Gott, ich bin so furchtbar ...« Sie spreizte die Beine weit. »Ich will dich in mir spüren.«

Mit rasendem Herzschlag zog er die Schublade des Nachttischs auf, schnappte sich ein Kondom, streifte es über und rollte sich vorsichtig auf ihren Bauch.

»Bist du heiß, Drucilla?«, wisperte er und schob seine Finger in das feuchte Delta zwischen ihren Beinen. Der Anblick, das Gefühl der honigsüßen Hitze raubte ihm den Atem und er keuchte hörbar auf. »Oh, ja. Und ob du heiß bist! Und, Himmel ... so ... herrlich ... nass.«

Stöhnend zog sie die Knie an, stellte die Füße auf das Bett und öffnete sich ihm vollends. Jetzt war es endgültig um ihn geschehen, er schob sich über sie, drückte sein Glied mit dem Daumen herunter und rieb mit dem von zahlreichen Nervenenden durchzogenen Kopf einmal, zweimal, dreimal über ihren feuchten Spalt. Es war als gleite er über nassen Satin. Er rutschte ein wenig tiefer und stieß vorsichtig in sie hinein.

Sein Penis war vier, fünf Zentimeter in sie eingedrungen, als sie beide erstarrten und einander ins Gesicht sahen. Dann entfuhr Dru ein »Oh, Gott, *ja*« und J.D. schob sich so tief wie möglich in sie hinein. Ihre Muskeln zogen sich zusammen und er musste die Zähne aufeinander beißen, um nicht einfach loszurammeln wie ein wild gewordenes Karnickel. Er stemmte seine Hände zu beiden Seiten ihrer

Schultern auf die Matratze, löste sich von ihrem Oberkörper, atmete ruhig ein und aus, zog seinen Unterleib zurück und drang vorsichtig und langsam wieder in sie hinein.

So entsetzlich langsam.

Schweißtropfen bildeten sich auf seiner Stirn und bestimmt liefen seine Hoden allmählich bläulich an. Aber, verdammt, er würde dafür sorgen, dass sie bis zum Schluss auf ihre Kosten kam.

Nur, dass Dru nicht derart auf ihre Kosten kommen wollte. Sie hatte das Gefühl, als stünde sie unmittelbar vor einer Explosion. Sie war der Erlösung so nahe – großer Gott, so nahe – aber nein … noch … nicht … ganz … da. Sie wölbte ihm ihre Hüften entgegen und atmete, als er sich noch tiefer in sie vergrub und sie dem Rand des Abgrunds dadurch noch ein kleines bisschen näher rückte, mit einem lauten Zischen ein.

»Oh, *bitte*«, flehte sie mit erstickter Stimme. »Mach ein bisschen schneller. Bitte. Hm!« Sein Glied berührte eine Stelle tief in ihrem Inneren, sie bekam eine Ahnung von der letztendlichen Erlösung, doch schon war sie wieder verflogen, denn er zog sich schmerzlich vorsichtig wieder aus ihr zurück. »Ein bisschen fester.«

Immer noch drang er mit langen, langsamen, gemessenen Stößen in sie ein.

Dru hielt es nicht mehr aus. Wollte er sie vielleicht foppen? Wollte er ihr zeigen, wie ein Städter ein Mädchen vom Land in den Wahnsinn treiben konnte? Sie sah ihm ins Gesicht.

Und merkte, dass es ihm völlig ernst war.

Die angespannten Muskeln seiner Arme und Schultern bildeten ein deutliches Relief. Sein Gesicht, sein Hals und seine Brust waren schweißnass und er sah aus als empfinde er tief in seiner Seele einen fürchterlichen Schmerz. Seine

Stirn war gerunzelt, er starrte blicklos geradeaus und bleckte vor lauter Anstrengung die Zähne.

Sie legte ihre Hände sanft um sein Gesicht. Die Muskeln unter ihren Fingern waren das reinste Granit. »J.D.?«

Es dauerte einen Moment, bis ihre Stimme zu ihm durchdrang, dann jedoch neigte er den Kopf, seine Augen wurden ein wenig klarer und er versuchte, sie zu küssen. Sie hielt ihn nur lange genug von ihren Lippen ab, um zu murmeln: »Geht das auch etwas härter?«, hob vorsichtig den Kopf, um ihn sanft zu küssen, und ließ ihn wieder sinken. »Bitte, John David, liebe mich ein bisschen härter. Ich bin so kurz davor und …«

Mit einem lauten Knurren brach sich seine allzu lange unterdrückte Wildheit endlich Bahn. Er presste seinen Mund auf ihre Lippen und seine Hüften beschleunigten ihr Tempo, bis er sie schließlich in einem regelrechten Trommelfeuer leidenschaftlicher Stöße unter sich begrub.

»Oh, mein Gott«, ächzte sie, als sich ihre Münder voneinander lösten. Er beugte seine Arme, legte seine Brust auf ihren Körper, schob seine Hände unter ihren Po und drückte ihre Hüften eng an seinen Unterleib. Jeder seiner Stöße traf die süße Stelle tief in ihrem Inneren und sie spürte, wie die Erlösung näher und näher kam. »Oh, mein – J.D.? Oh, Gott, oh, Gott, *John David!*«, schrie sie und krallte ihre Finger in seinen Rücken, als sie sich wieder, wieder und wieder um ihn zusammenzog und schließlich in eine Million Einzelteile zerbarst.

»Himmel.« J.D.s Stimme war nur noch ein leises Krächzen. »Himmel, ich komme, Drucilla, ich …« Er zog sich zurück, pumpte ein letztes Mal mit aller Macht in sie hinein und stieß ein langes, raues Stöhnen aus, das sie, wie zuvor seinen Scherz, dankbar in ihrem Herzen verschloss. Für ein paar Sekunden war er wie erstarrt.

Dann brach er auf ihr zusammen.

Eigentlich hätte sein Gewicht sie regelrecht erdrücken müssen, doch war es ein Genuss für sie, als er sie unter seinem Leib begrub. Überall, wo sie einander berührten, vermischte sich ihr Schweiß und sie schlang ihm glücklich die Arme um den Nacken und streichelte zärtlich seine Haare, seine Schultern, seinen Hals.

Ich liebe dich. Sie kniff die Augen zu. *O Gott, ehrlich. Ich liebe dich, John David Carver. Jawohl, ich liebe dich.*

Wie gerne hätte sie die Worte laut gesagt, doch dazu fehlte ihr der Mut. Sie konnte sich noch allzu gut daran erinnern, dass seiner Meinung nach das Zusammensein mit einem anständigen Mädchen nichts als Ärger in sich barg. Also ginge sie die Sache, wenn sie nicht wollte, dass er sie mit einem unsanften Fußtritt wieder aus seinem Bett katapultierte, besser in Ruhe und Gelassenheit an.

Wortlos schlang sie ihre Arme noch etwas fester um seinen Nacken und lauschte dem befriedigten Brummen, das er von sich gab. Also gut. Fürs Erste spräche sie den Satz *Ich liebe dich* ganz sicher nicht laut aus.

Aber niemand auf der Welt könnte sie daran hindern, ihn zu denken. Und zwar so oft und in Bezug auf wen und wann immer es ihr gefiel.

18

J.D. spürte Drus wunderbar weiblich-weichen Körper unter sich und versuchte, nicht zu denken. Da er das Gefühl hatte, als wären sämtliche Hirnzellen in die Kuppe seines Kondoms gerutscht, war das zunächst nicht weiter schwer. Doch sobald das Dröhnen seines Herzschlags in seinen Ohren nachließ und er wieder atmen konnte, stellte er unweigerlich eine Reihe unwillkommener Vergleiche an.

Nie zuvor, selbst nach dem heißest vorstellbaren Sex, hatte er sich auch nur annähernd so gefühlt wie jetzt. Dabei meinte er nicht nur das warme Rauschen seines Blutes infolge der Befriedigung seiner fleischlichen Gelüste, sondern auch den ... inneren Frieden, den er mit einem Mal empfand.

Im Zusammenhang mit ihm war dies ein seltsamer Begriff. Ebenso wie er seinen postkoitalen Zustand für gewöhnlich sicher nicht mit »in Leib und Seele erfüllt« beschrieben hätte, nur, dass es jetzt tatsächlich so war. Oder, um einen anderen Vergleich zu wählen, fühlte er sich wie ein alter streunender Kater, dem unverhofft ein Platz an einem warmen Herd mit täglich drei vollen Futternäpfen zuteil geworden war. Es war eindeutig, dass Sex mit Drucilla eher als »Liebe machen« zu bezeichnen war als die flotten, einmaligen Nummern, die er normalerweise mit irgendwelchen Frauen geschoben hatte.

Dieser Gedanke rief regelrechte Panik in ihm wach.

Er hatte seine sexuelle Neugier in Bezug auf sie befriedigt – und sollte es dabei belassen.

Stattdessen hätte er jedoch am liebsten sofort noch einmal von vorne begonnen. Hätte ihre Erregung Kuss für Kuss, Berührung für Berührung, ganz allmählich gesteigert, bis sie erstickt nach Luft rang, ihn anflehte, sie endlich zu erlösen, sich unter ihm wand und, wenn sie schließlich kam, ihre Beine wie Schraubzwingen um seinen Körper klammerte.

Er vergrub sein Gesicht in ihrem Haar. Als Dru murmelnd ihre Arme fester um ihn schlang, zog er seine Hände unter ihrem Hinterteil hervor und setzte seinerseits zu einer innigen Umarmung an. Gefühle, die er lieber nicht genauer untersuchte, wogten in ihm auf und machten ihn gereizter als besagten alten Streuner, der versuchte, eine schwer erkämpfte Köstlichkeit gegen sämtliche anderen Streuner zu verteidigen.

Er atmete tief ein und leise wieder aus. *Okay, Carver, reiß dich zusammen*, befahl er sich entschieden. *Es ist schlicht die Situation, die diese Gefühle in dir weckt. Allein die Situation.*

Zum ersten Mal seit seinem kurzen Zusammenleben mit Edwina hatte er etwas bekommen, was er sein Eigen nennen konnte – ganz zu schweigen von dem Ort, an dem er sich allmählich ein wenig wie zu Hause fühlte, und von den Leuten, die zumindest das Lippenbekenntnis ablegten, ihn als Teil ihrer Familie zu betrachten. Natürlich wusste er, dass das Gefühl der Dazugehörigkeit bestenfalls trügerisch zu nennen und emotionale Sicherheit ein reiner Mythos war. Sein Leben hatte in den letzten Wochen eine dramatische Veränderung erfahren. Wenn man die Tatsache dazu nahm, dass er nie zuvor mit einer Frau wie Drucilla im Bett gewesen war, hatte man sogar eine ganze Reihe mildernder Umstände für das, was er empfand. Vielleicht war sie doch nicht ganz so bodenständig, wie er anfangs gedacht hatte, aber ein braves Mädchen war sie doch.

Auch wenn ihre Umklammerung, ihre Schreie und die Kratzer, die sie ihm am Rücken zugefügt hatte, nicht für das brave Mädchen sprachen – obgleich er nicht unbedingt beurteilen konnte, wie sich ein braves Mädchen beim Sex benahm.

Er schob den Gedanken beiseite. Also gut, selbst wenn er sie nicht mehr als braves Mädchen sähe, war er doch auch noch nie mit einer *Mutter* im Bett gewesen, zumindest nicht mit einer Mutter, die nur annähernd so fürsorglich wie Drucilla war. Sie war wirklich eine außergewöhnlich gute Mutter. Möglicherweise hatte er, weil er als Kind so etwas nie erlebt hatte, eine besondere Vorliebe für diese Art von Frau.

J.D.s Atem ging ein wenig leichter. Richtig, deshalb kam ihm die Sache so völlig anders als gewohnt vor. Er hatte einfach noch nie eine derart liebevolle Mutter gelie..., verdammt, flach gelegt. Einige der Frauen, die er in irgendwelchen Kneipen aufgelesen hatte, hatten natürlich ebenfalls Kinder gehabt, aber sie schienen stets wesentlich größeres Interesse an der Befriedigung ihrer eigenen Bedürfnisse gehabt zu haben, als an ihrer Brut.

Oder er empfand diese besondere Beziehung zu Dru deshalb, weil sie ihn John David nannte. Niemand nannte ihn bei seinem Namen, und wenn sie es tat, klang eine ... Vertrautheit darin mit, die ihm wirklich nahe ging.

Das war wahrscheinlich der Grund, weshalb er eine solche Zärtlichkeit empfunden hatte, als er Dru gelie..., Mist – gevögelt –, also gut, verdammt, geliebt hatte! Er war Manns genug, um zuzugeben, dass es sich angefühlt hatte wie tatsächliche Liebe.

Wobei er ganz sicher nicht in sie verliebt war. Das war kein Gefühl, an das er glaubte. Zumindest nicht in Bezug auf seine eigene Person.

Dru atmete röchelnd ein und er stützte sich auf seine Unterarme und sah schuldbewusst auf sie herab. »Tut mir Leid. Kriegst du überhaupt noch Luft?«

Sie kicherte und atmete erleichtert durch. »Jetzt ja. Du bist nicht gerade ein Leichtgewicht, nicht wahr?«

Er wollte sich auf die Seite rollen, doch sie schlang ihm erneut die Arme um den Nacken und hielt ihn auf sich fest.

»Ich habe damit nicht sagen wollen, dass du runtergehen sollst«, erklärte sie ihm. »Es gefällt mir, dein Gewicht auf mir zu spüren – solange ich ab und zu noch ein bisschen Luft kriege.« Eines der hinreißendsten Lächeln, die er je gesehen hatte, huschte über ihr Gesicht. »Das Gefühl deines Körpers ist sehr schön«, sagte sie dann mit einer Schüchternheit, die J.D. an ihr völlig neu war.

Sein Herz zog sich zusammen. Als anständiger Kerl würde er diese Sache beenden, ehe Dru zu viel dahinter sah. Er war halt nicht der Typ für eine langfristige Beziehung, würde es auch niemals sein, und es wäre unfair, sie im Glauben zu wiegen, er ließe sich auf etwas Dauerhaftes ein. Am besten wäre es wahrscheinlich, ihr einen Kuss zu geben, zu sagen, »Danke, es war wirklich nett«, und dann den Salto rückwärts zu schlagen.

Aber er war weder anständig noch nett, und er wollte die Sache nicht beenden. Zumindest nicht sofort. Sie war so schön, wie sie mit zerzausten Haaren und geschwollenen Lippen, mit verführerischen, vollen Brüsten und herrlich schmaler Taille unter ihm auf dem Bett lag, und abermals erregt neigte er den Kopf und gab ihr einen Kuss.

Dieses Mal war es ein gemächliches, behagliches Aneinanderreiben warmer Leiber. Dru überraschte ihn, indem sie ihn mit einem Schubs auf den Rücken rollte, sich rittlings auf seine Lenden setzte, und sich mit einem triumphierenden Lachen als die »Königin der Berge« bezeichnete. Dann hob sie ihre Hüften, senkte sie langsam wieder und ihr Lächeln wich einem Ausdruck schwerlidriger Sinnlichkeit, der ihn schier in den Wahnsinn trieb.

Vollends war es um ihn geschehen, als sie wieder mit ihrem *Bitte, John David* begann, und so packte er ihre Hüften, rollte mit ihr in die vorige Lage, drang mit harten schnellen Stößen erneut in sie und erreichte gemeinsam mit ihr einen spektakulären Höhepunkt. Schließlich nahm er sie zärtlich in seine Arme und fiel in einen traumlosen tiefen Schlaf.

Am Morgen wurde er als Erster wach. Es fing gerade erst an zu dämmern und eigentlich war er noch müde. Doch wenn er einmal wach war, konnte er nie mehr einschlafen. Irgendwann im Verlaufe der Nacht hatte es aufgehört zu regnen und erste Lichtstrahlen tasteten sich durch die Ritzen der Jalousie vor seinem Fenster. Er hob den Kopf vom Kissen und betrachtete die eng an seine Brust geschmiegte Dru.

Ihre Gesichtszüge waren entspannt und sie wirkte so völlig unberührt von der Hässlichkeit, die einen Großteil seines Lebens geprägt hatte. Er machte sich klar, dass es richtig wäre, ihr seine Unfähigkeit, eine dauerhafte Beziehung einzugehen, zu offenbaren. Sie war eine anständige Frau und hatte es verdient, die Wahrheit zu erfahren, damit sie eine Entscheidung treffen konnte, wie sie damit umgehen wollte.

Beinahe hätte er zynisch gelacht. Das Resultat würde wohl eindeutig ausfallen. Sobald sie sich darüber im Klaren wäre, was für ein Mann er war und welche Art von Beziehung für ihn Normalität bedeutete, wäre sie wie ein Blitz verschwunden, so dass er sie bestenfalls nur noch kurz von hinten sah.

Der Gedanke störte ihn mehr, als er sich eingestehen wollte. Aber er sagte sich, der Schmerz in seinem Inneren wäre schlicht die Reaktion darauf, dass ihm etwas vorenthalten bliebe – obgleich der Mensch, der ihm diese Sache vorenthielt, er höchstpersönlich war. Er müsste halt dafür sorgen, dass es zwischen ihnen beiden nicht zum kompletten Bruch kam, denn selbst wenn ihre intime Beziehung unweigerlich ein Ende fände, gäbe es nach wie vor die gemeinsame Arbeit.

Es machte also keinen Sinn, die Sache in die Länge zu ziehen, bis sie an den Punkt kämen, an dem selbst die Zusammenarbeit im Hotel nicht mehr möglich war.

Als Dru die Augen aufschlug, lag J.D. nicht mehr neben ihr. Mit einem leisen Seufzer, der angesichts der Schmerzen an ungewohnten Körperstellen in ein leises Jaulen überging, streckte sie sich lang unter der Decke aus. Dann lächelte sie befriedigt, denn der Grund für ihre Schmerzen war einfach allzu herrlich. Genüsslich rollte sie sich auf den Bauch.

Sie hörte, wie die Tür des Badezimmers aufging, und einen Moment später kam J.D. ins Schlafzimmer zurück. Er hatte offenbar geduscht, und trug, auch wenn er noch nackte Füße hatte, bereits ein frisches weißes T-Shirt und die gewohnten Jeans. Seine Wangen und sein Kiefer hatten den seidig weichen Glanz, wie er blanken Babypopos und frisch rasierter Haut vorbehalten war, und mit dem aus der Stirn gekämmten nassen Haar war er schlicht über alle Maßen attraktiv.

Dru setzte sich auf, drapierte sich die dünne Decke um den Körper und strahlte ihn an. »Guten Morgen.«

Er stopfte die Hände in die Hosentaschen. »Morgen.«

Sein Ton war durchaus freundlich und er bedachte sie sogar mit einem Lächeln, aber etwas an seiner Haltung rief Unbehagen in ihr wach.

»Was ist los?«

»Wir müssen miteinander reden.« Er ließ die Schultern kreisen. »Hör zu, Drucilla, es war wirklich …«

»*Unterhaltsam?*«, schlug sie tonlos vor und musterte ihn, als sie seine schuldbewusste Miene sah, mit zusammengekniffenen Augen. Hatte sie sich wirklich so getäuscht? Er war so innig, so zärtlich und so hingebungsvoll gewesen, dass sie am Ende die Überzeugung gehegt hatte, dass er zumindest eine gewisse Zuneigung zu ihr empfand. Doch nun gewann sie das fatale Gefühl, dass sie dabei einem gewaltigen Irrtum aufgesessen war.

»Nein! Das heißt, natürlich war es unterhaltsam – es war

viel mehr als das.« Er ballte die Fäuste, zog die Schultern in die Höhe und starrte sie an. »Scheiße. Das Ganze kommt völlig falsch rüber.« Er bedachte sie mit einem reuevollen Blick. »Dru, die letzte Nacht war wirklich super …«

»Ich habe schon kapiert.« Gott, sie konnte einfach nicht glauben, dass sie eine solche Idiotin gewesen war. Sie kletterte aus dem Bett und wickelte sich die Decke um den Körper. Noch vor fünf Minuten war es vollkommen okay gewesen, in seinem Beisein keine Kleider anzuhaben, nun jedoch erschien ihr das pervers. »Die letzte Nacht war super, aber jetzt ist sie vorbei. Du hast bekommen, was du wolltest, und jetzt ist es Zeit für mich, dorthin zu verschwinden, wohin ich gehöre, damit du deine geheiligte Ruhe hast.« Sie entdeckte ihr Höschen auf dem Boden und ihr Kleid auf der Kommode, wo J.D. es nach dem Aufstehen offenbar für sie bereitgelegt hatte. Sie bückte sich nach dem Slip, griff nach ihrem Kleid und sah sich suchend nach ihren Sandalen um. »Keine Sorge. Ich bin in einer Minute weg.«

Plötzlich stand er hinter ihr, schlang ihr die Arme um den Leib und zog sie eng an seine Brust. Sie versuchte, sich zu wehren, doch er verstärkte seinen Griff und sofort hielt sie inne. Sie wollte verdammt sein, wenn sie sich jetzt auch noch mit ihm balgte, die ganze Situation war sowieso schon erniedrigend genug.

Er rieb seine Wange an ihrer linken Schläfe. »Ich hatte noch nie eine Beziehung, die länger als drei Nächte gedauert hat«, erklärte er leise. »Ich glaube nicht an Märchen und ich bin kein Mann für eine dauerhafte Liebe.«

Dru wusste instinktiv, dass ihm diese Erklärung und gleichzeitige Entschuldigung sicherlich nicht leicht fiel, und sie drehte den Kopf und sah ihn fragend an. »Wer hat dich denn darum gebeten, ein solcher Mann zu sein?« Allerdings hatte ihr Kampfwille sie bereits verlassen. Seine Brust lag schützend an ihrem Rücken, und er hielt sie in seinen Armen warm und sicher fest. Sie wandte ihr Gesicht wieder nach vorne und lehnte sich zärtlich an ihn. »Ich glaube ebenso wenig an Märchen.«

»Aber du glaubst an Beziehungen. Und ich glaube, dass du eines Tages jemanden findest, mit dem du eine perfekte Beziehung haben kannst.«

»Ach ja?«

»Ach ja.«

»Und wie steht es mit dir? Wirst auch du jemanden finden, mit dem du eine perfekte Beziehung haben kannst?«

»Nein«, erwiderte er tonlos. »Und selbst wenn ich diesen Menschen fände, würde es mir ganz sicher gelingen, diese Beziehung zu ruinieren, weil ich keine Ahnung habe, wie man sie auf Dauer am Leben hält. Du hast deine Tante und deinen Onkel als leuchtendes Beispiel, bei denen selbst ich sehen kann, dass die Ehe wirklich glücklich ist.«

»Ja, das ist sie. Aber es ist ihre Ehe. Ich selbst hatte noch nie eine funktionierende Beziehung.«

»Aber du hast eine verdient.« Er lachte verbittert auf. »Du hast was Besseres verdient als einen Kerl wie mich.«

Ihr Magen verknotete sich und sie erwiderte mit ebenso zynischer Stimme: »Meinst du wirklich? Oder ist das nur eine taktvolle Umschreibung dafür, dass du mich loswerden willst?«

Er schlang seine Arme noch enger um ihre Taille. »Ich will dich nicht loswerden.« Er ging ein wenig in die Knie und presste seine Erektion gegen ihr Hinterteil. »Ich will dich lieben, bis du schielst und um Gnade bettelst. Doch wir müssen miteinander arbeiten, Dru, und ich will nicht, dass das eines Tages nicht mehr möglich ist, nur, weil unsere Beziehung den Bach hinuntergeht … was früher oder später unweigerlich passiert.«

»Bist du dir da so sicher?«

»Allerdings. Du kannst mir glauben, dass es so kommen würde. Irgendwann würde ich etwas tun, wofür du mich hassen würdest … also lass uns vernünftig sein und die Sache beenden, bevor es zu spät ist.«

Vielleicht, weil jede Kritik von ihm abzuprallen schien und weil er ständig ein unerschütterliches Selbstvertrauen zeigte, war Dru bisher nie der Gedanke gekommen, dass J.D. möglicherweise nicht allzu viel von sich hielt. Genau das allerdings entnahm sie seinen Worten. Er dachte, sie fände sicher irgendwann eine wunderbare Beziehung, ihm selbst hingegen bliebe das Glück einer dauerhaften Beziehung für alle Zeit verwehrt. Er hatte gesagt, sie hätte etwas Besseres *verdient*.

Und wie stand es mit ihm? Was verdiente er? Weshalb hatte er es nicht verdient, eine Beziehung zu beginnen, ohne von Anfang an zu denken, dass sie seinetwegen dem Untergang geweiht war?

Eventuell täuschte sie sich und wappnete sich deshalb besser vor einem gebrochenen Herzen. Auf der anderen Seite sprach sehr viel mehr für John David Carver als er das einschätzte. Er hätte sie einfach denken lassen können, er hätte sie benutzt, stattdessen jedoch hatte er seine Seele vor ihr ausgebreitet, damit sie sie ganz nach Belieben akzeptierte oder sezierte. Möglicherweise hatte er nie eine funktionierende, liebende Beziehung zwischen zwei Menschen, geschweige denn, was ihn betraf, erlebt. Doch er war ein grundanständiger Kerl.

Sie umfasste die Decke, drehte sich zu ihm um und dieses Mal ließ er die Arme sinken. Es war zu spät, um ihn zu verlassen – die Würfel waren letzte Nacht gefallen. Wenn er sie am Schluss verletzte … nun, zumindest bräuchte sie sich niemals vorzuwerfen, zu feige zur Verfolgung eines Traumes gewesen zu sein und aufgegeben zu haben, ohne es zu versuchen.

»Weißt du was?«, fragte sie und strich mit ihren Fingern von der kleinen Kuhle unterhalb seiner Kehle über den reinen weißen Baumwollstoff seines T-Shirts bis hinab zu seinem Bauch. »Warum setzen wir nicht einfach alles auf eine Karte?«

Er erstarrte und die Muskeln unter ihren Fingern wurden hart wie Stein. Seine Augen blitzten und er blinzelte argwöhnisch auf sie herab. »Geht es dir eventuell um meinen Anteil am Hotel?«

»Um Himmels willen, J.D. Natürlich nicht.«

»Gut. Denn auch wenn ich gesagt habe, dass ich ganz versessen darauf bin, deinen wunderbaren Körper wieder und wieder zu besitzen, bin ich noch lange kein völliger I…«

»Ich spreche von dem Verlangen, das für dich hier unten in mir brennt«, fiel sie ihm ins Wort und legte ihre freie Hand auf ihren Bauch. »Und hier.« Sie hob die Hand an ihr Herz und sah ihm gerade in die Augen. Die Decke begann an ihr herabzugleiten, doch statt sie wieder hochzuziehen, ließ sie es geschehen. »Ich gebe nicht vor zu wissen, was du für mich empfindest, aber ich empfinde etwas für dich, John David, und …«

Etwas funkelte in seinem Gesicht auf und das Nächste, was sie wusste, war, dass er sie gegen die Kommode presste und ihre Unterarme packte.

»Spiel keine Spielchen mit mir, Drucilla«, drohte er mit leiser Stimme.

»Ich spiele keine Spielchen. Ich habe Gefühle für dich und die will ich ergründen. Ich will keinen Rückzieher machen und so tun, als wäre nie etwas zwischen uns passiert, nur damit ich weiter hochanständig Seite an Seite mit dir zusammenarbeiten kann.«

Der Kuss, den er ihr gab, war beinahe grob und bar jeder Beherrschung. Die Decke war irgendwo verschollen und Dru registrierte flüchtig den weichen Stoff seines T-Shirts und den rauen Stoff seiner Jeans auf ihrer nackten Haut, bevor er seine Lippen von ihr losriss, einen kleinen Schritt zurücktrat und sie ihn schwer atmend ansah.

Keuchend betrachtete er sie. »Okay. Lass es uns versuchen«, erklärte er barsch und neigte abermals den Kopf. »Aber wenn das Experiment scheitert, sag nicht, ich hätte dich nicht gewarnt.«

Butch war nicht gerade glücklich, als er J.D. zusammen mit der Puppe über die Lichtung schlendern sah. Gegen fünf hatte es endlich aufgehört zu regnen, aber ihm war kalt, er war bis auf die Haut durchnässt, weil er die Nacht im Freien zugebracht hatte, um nur ja nichts zu versäumen.

Während sein alter Kumpel Carver warm und gemütlich auf einer gut proportionierten weichen Tussi gebettet gewesen war.

Das einzig Gute an dieser miesen Nacht war, dass er mit neunundneunzigprozentiger Sicherheit wusste, dass die Hütte tatsächlich die von J.D. war. Sobald J.D. und die Frau auf dem Waldweg verschwunden waren, den er in der Nacht mehr als einmal abgetrabt war, trat er auf die Lichtung. Der ach so wohlerzogene Carver hatte seinen Wagen stehen lassen und brachte offensichtlich das Mädel gesittet heim. Wahrscheinlich machte die Kleine Urlaub im Hotel oder in einer der anderen, weiter unten am Weg gelegenen Hütten.

Butch schlich sich auf die Veranda und blickte auf das leuchtend rote Kanu, das umgekehrt auf zwei Sägeböcken lag. Verdammt, das Kanu hätte es ihm verraten müssen. J.D. hatte, seit sie einmal als Kinder Kanu gefahren waren, ständig von diesen Dingern geschwärmt.

In der Erwartung, dass abgeschlossen wäre, griff er an den Türknauf. Zu seiner Überraschung ließ er sich drehen und die Tür öffnen. J.D. wurde echt nachlässig. In seiner Bude in Rat City wäre ihm das nie passiert. Das Leben in der Einöde schläferte seine Sinne anscheinend ein.

Was Butch durchaus recht war. Er lugte zur Tür hinein, überlegte es sich anders und zog sie wieder zu.

Er hatte keine Ahnung, wie lange J.D. brauchen würde, um die Frau auf ihrem Zimmer abzuliefern und wieder hier aufzutauchen. Eventuell hatte er ja auch die Absicht, noch einen kurzen Aufhüpfer zu machen.

Aber das Letzte, was Butch wollte, war, dass J.D. erführe, dass er hier war. Ohne jeden Zweifel hatte sein früherer Freund einen Job hier in der Gegend – er hatte es noch nie verstanden, einfach ein bisschen zu entspannen und sich zu amüsieren. Wäre heute nicht Samstag, hätte Butch keine Sekunde gezögert, die Gelegenheit zu nutzen und sich gründlich in der Hütte umzusehen. Doch er wollte das Element der Überraschung nutzen. Der Gedanke, J.D. von Angesicht zu Angesicht gegenüberzutreten, rief nämlich ein leichtes Unbehagen in ihm wach.

Seine Augen huschten erneut über das Kanu. Dann wühlte er in seiner Tasche. Die Idee war zwar ziemlich hinterlistig, aber, verdammt – es war das Beste, was sich innerhalb von wenigen Minuten bewerkstelligen ließ.

Mit diesem Gedanken klappte er die größte Klinge seines Taschenmessers auf.

Unten im Ort lehnte Kev entspannt gegen einer Reihe rüschengesäumter Kissen und beobachtete Char, die mit nichts als seinem weißen Hemd am Körper durch das mädchenhafteste Schlafzimmer hüpfte, das er je erlebt hatte. Nicht in seinen fantasievollsten Träumen hätte er sich vorstellen können, dass es so viele rosafarbene Streifen, Blumen und Nippsachen gab – und dass sie sogar halbwegs friedlich nebeneinander existierten.

Als sich Char nach vorne beugte, um in den großen Mahagonispiegel auf ihrem stoffbekleideten Ankleidetisch zu spähen, war er hin und her gerissen zwischen dem Anblick ihrer verführerisch zerzausten platinblonden Haare und des straffen kleinen Hinterteils, das jedes Mal, wenn sie die Arme anhob, unter dem Saum seines Hemds zum Vorschein kam. Die Patchworkdecke, unter der er lag, hob sich deutlich sichtbar an, und er verzog den Mund zu einem reuevollen Grinsen. Man hätte wirklich meinen können, das gute Stück wäre vollkommen erschöpft.

Es war einfach unglaublich, wie herrlich das Zusammensein mit Char McKenna war. In Washington hatte er nicht mal mehr an sie gedacht – oder zumindest nicht sehr häufig. Doch als sie vor ein paar Tagen in den Laden seines Vaters geschlendert gekommen war, hatte er das Gefühl gehabt, als hätte ihm jemand einen Fausthieb direkt in die Magengrube verpasst. Alles war plötzlich wieder da gewesen – das Verlangen ebenso wie die Unfähigkeit, es ihr zu zeigen, aus Furcht, sie lache ihn nur aus – und automatisch hatte er sich ihr gegenüber wieder möglichst rüde verhalten.

Das war glücklicherweise Vergangenheit. Er rückte eins der kleinen Kissen am Messingkopfteil des Bettes zurecht und grinste amüsiert über das kreative Durcheinander. »Also wirklich, Char, ich bin von dir total enttäuscht.«

Sie wirbelte zu ihm herum und sein Lächeln verschwand, als er das Entsetzen in ihren Augen sah. Verdammt. Er hätte gedacht, dass sie das, was er für sie empfand, seit der letzten Nacht verstand. Also rückte er die Situation sofort zurecht. »Ich hätte gedacht, dass eine Masseurin sich mit Windspielen, Kristallen und Walgesang umgibt.«

Sie atmete auf. »Ach ja? Tja, und ich hätte gedacht, dass ein Anwalt immer in seiner Krawatte schläft.« Dann zuckte sie mit einer ihrer schmalen Schultern. »Anscheinend haben wir uns beide geirrt.«

Trotzdem verriet ihr Blick eine gewisse Unsicherheit und er setzte sich aufrechter hin. Zur Hölle damit, die Sache möglichst locker anzugehen – er wollte jetzt einfach seine Gefühle offenbaren. »Weißt du, ich will in dieser Gegend bleiben. Es könnte sein, dass es in Star Lake für mich nicht genügend Arbeit gibt. Doch auf alle Fälle eröffne ich meine Kanzlei irgendwo in der Umgebung.«

»Weshalb erzählst du mir das?«

»Weil ich verrückt nach dir bin und denke, dass unsere Beziehung etwas ganz Besonderes werden könnte. Und weil ich nicht möchte, dass du denkst, ich vertreibe mir nur mit dir die Zeit, bis ich wieder in die große weite Welt zurückkehre.«

Angesichts ihres Lächelns nahm die stramme Haltung unter der Decke tatsächlich noch zu. »Zieh mein Hemd aus«, bat er sie.

Sie klimperte ihn unter dichten Wimpern hervor an. »Ich glaube nicht. Ich denke, dass ich es sehr lange behalten werde – womöglich kriegst du es nie wieder.« Ehe Kev ihren Gesichtsausdruck genau ergründen konnte, schob sie die Hände unter den Kragen seines Hemdes, stülpte ihn nach oben und schenkte ihm ein verführerisches Grinsen. »Außerdem gehe ich jede Wette ein, dass ein großer Anwalt wie du einen ganzen Schrank voll langweiliger weißer Hemden hat.«

»Tja, das hier ist aber zufällig mein Lieblingshemd.«

»Puh.« Sie schlenderte zurück in Richtung Bett. »Ein fades Hemd ist so gut wie das andere. Was ist an diesem so besonders?«

Er schnellte hoch, packte sie um die Taille, zog sie zu sich auf die Matratze, schob sich auf sie und strich ihr eine Strähne ihrer Haare aus der Stirn. »Dass du es anhast.«

»Oh«, hauchte sie und strahlte ihn an. »Das ist eine wirklich gute Antwort.«

19

»Beeil dich, Mom! Wenn wir zu spät kommen, fährt J.D. noch ohne uns los.«

Dru hielt in der Überprüfung ihrer Badetasche inne, hob den Kopf und merkte, dass ihr Sohn neben der Haustür ungeduldig von einem Fuß auf den anderen hüpfte. »Er wird ganz bestimmt auf uns warten. Außerdem sind wir nicht spät dran. Wir müssen erst in einer viertel Stunde da sein, und bis zu seiner Hütte sind es höchstens fünf Minuten.«

Seine fortgesetzte Unruhe verriet ihr, dass ihre Worte nicht den geringsten Eindruck auf ihn machten, und lachend schnappte sie sich ihre Tasche. »Also gut – ich bin bereit. Machen wir uns auf den Weg.«

Tate stürzte in den Flur, als hätte jemand einen Startschuss abgegeben. Als Dru die Haustür hinter sich abschloss, war ihr Sohn schon nirgends mehr zu sehen.

Sie holte ihn erst auf der Lichtung vor J.D.s Hütte wieder ein, wo er bereits aufgeregt auf der Veranda um das Kanu hüpfte.

Sie lachte vergnügt, und als J.D. in einer abgeschnittenen Jeans, einem schwarzen ärmellosen T-Shirt und ausgelatschten Badeschlappen aus dem Haus kam, nahm auch das Tempo ihres Herzschlags merklich zu.

Seit gestern Nachmittag hatte sie ihn nicht mehr gesehen.

Tate war gegen fünf von Billy zurückgekommen und J.D. war nur noch kurz geblieben und dann heimgegangen.

Es war klar, dass er die Nacht nicht hatte bei ihr verbringen können – nicht, solange ein kleiner Junge in der Nähe war. Trotzdem hatte sie, nachdem er gegangen war, geradezu schmerzliche Sehnsucht nach ihm gehabt. Man sollte nicht meinen, dass eine einzige gemeinsame Nacht eine solche Wirkung haben konnte, doch das war eindeutig der Fall.

Als sie die erwartungsvollen Gesichter des Mannes und des Jungen sah, war sie glücklich darüber, dass das Wetter wieder so schön geworden war. J.D.s Augen blitzten und auch wenn sein Lächeln nicht ganz so breit wie das von Tate war, war er doch eindeutig ebenso aufgeregt über die bevorstehende Jungfernfahrt mit dem selbst restaurierten Boot.

»Hier, hilf mir mal, Kumpel«, sagte er zu dem Jungen, während er die Ausrüstung zusammentrug. »Prüf mit, ob ich auch nichts vergesse. Ich will ganz sicher sein, dass wir für das große Ereignis bestens gerüstet sind.«

»Das will ich doch hoffen.« Dru musterte die auf der Veranda aufgestapelten Utensilien. »Allerdings wird das Kanu unter dem Gewicht all dieser Sachen wahrscheinlich bereits nach einem Meter sinken.«

J.D. grinste ebenso wie Tate, und Dru war überglücklich angesichts der unverhohlenen Freude in seinem für gewöhnlich so verschlossenen Gesicht. Er wirkte so gut gelaunt und fröhlich wie ein Teenager, der, statt die Schulbank zu drücken, heimlich ins Freibad ging.

Er jedoch tat, als wäre er entrüstet. »He«, protestierte er. »So viel ist das gar nicht. Oder, Tate?«, bat er ihren Sohn ohne zu zögern um Unterstützung, die er auch umgehend bekam. Sein Grinsen wurde tatsächlich noch breiter. »Siehst du?«, fragte er. »Dein Sohn und ich sind einer Meinung. Das sind nur ein paar aufblasbare Kissen, ein Paddel und eine Kühlbox, die so klein ist, dass sie kaum der Rede wert ist. Das ist alles. Abgesehen natürlich von unserem Mittagessen, aber das ist ja kein Extra, sondern gehört einfach dazu.« Er deutete auf ihre Tasche. »Und was hast du alles dabei? Wahrscheinlich dein Schminkzeug und lauter solche Sachen.«

»Schminkzeug!« Sie schwang die Tasche empört in seine Richtung, er wich jedoch behände aus. »Ich habe nur das Allerwichtigste dabei. Tja, abgesehen von dem Mittagessen. Das haben wir jetzt doppelt, weil ich nicht wusste, dass du auch was machen würdest, aber ansonsten …«

»Du hast was zum Essen mitgebracht?« Seine Augen blitzten auf. »Was hast du dabei? Ihr Mädels seid auf diesem Gebiet effektiv besser als wir Kerle, was natürlich nur daran liegt, dass euer Platz am Herd ist.«

»Oho!« Sie knallte die Tasche auf den Boden. »Du hast es nicht anders gewollt.« Sie stürzte sich auf ihn, um sich zu rächen, doch ehe sie sich's versah, hielt er sie fest in seinen Armen und zog sie eng an seine Brust.

»*Mom!*« Tates Ton besagte, dass er ihr Betragen nicht gerade amüsant fand. »Lass J.D. in Ruhe – schließlich müssen wir ein Boot zu Wasser lassen.« Er schüttelte indigniert den Kopf und wandte sich an seinen Helden. »Weißt du, was sie wahrscheinlich noch dabei hat?«, fragte er mit derart leidender Stimme, dass man hätte denken können, es handelte sich um eine Riesenflasche Lebertran.

J.D. nickte verständnisvoll, während er gleichzeitig diskret seinen Unterleib an Drus Mitte presste. »Was denn?«

»*Sonnenmilch.* Sie lässt mich nie ohne Sonnenmilch irgendwohin. Und ich wette, sie hat auch Handtücher eingepackt. Als ob wir nicht einfach so trocken werden könnten.«

»He!« Dru reckte gespielt beleidigt die Nase in die Höhe. »So etwas muss ich mir nicht anhören. Ich könnte einfach mein Grillhähnchen nehmen und wieder heimgehen.«

J.D.s Umarmung wurde noch ein wenig stärker, ehe er sie losließ. »Nicht so eilig. Was sagst du, Tate? Ich meine, eigentlich gehören Mädels nicht auf Boote, weil ihnen die gebührende Ehrfurcht und Wertschätzung fehlt. Aber Grillhähnchen …«

»Ja, Mom macht wirklich tolle Hähnchen – vor allem die Schenkel sind phänomenal. Und ich schätze, so schlimm sind Handtücher auch nicht. Vielleicht nehmen wir sie also trotzdem mit.«

»Ich weiß, dass das ein Opfer für dich ist«, erklärte J.D. »Aber ich bin deiner Meinung. Sie darf mitkommen.«

»Ihr beiden seid wirklich zu nett.« Dru spendierte den zweien ein breites Feixen. Dieser scherzende J.D. war völlig neu und überraschend und schlichtweg umwerfend.

J.D. reichte Tate das von ihm zubereitete Essen, damit er es zurück in den Kühlschrank trug, teilte die Sachen in zwei gleich große Berge, damit Dru und Tate sie tragen konnten, schleppte das schwere Holzkanu hinunter in den Hof und stellte es aufrecht vor sich hin.

»Wäre es nicht leichter, einfach das ganze Zeug in das Boot zu legen und gemeinsam zu tragen?«, schlug Dru hilfsbereit vor.

J.D. bedachte sie mit einem Blick, der fragte: *Sehe ich aus, als ob ich Hilfe bräuchte?*, und ließ spielerisch die Muskeln kreisen. Dru schnaubte, gleichzeitig jedoch stieg ihr angesichts dieser machomäßigen Zurschaustellung männlicher Muskelkraft die Hitze nicht nur ins Gesicht.

Tate kam aus dem Haus geflitzt, sie schnappten sich die Sachen, schleppten sie in J.D.s Gefolge hinunter zum See und ein paar Minuten später hatten sie an Bens und Sophies privatem Steg das Kanu zu Wasser gelassen: Es schwamm wunderbar.

Während J.D. sich vor das sorgfältig vertäute Kanu hockte, um alles darin zu verstauen, stieg Dru aus Shorts und T-Shirt, zog, nur noch mit ihrem neuen Badeanzug bekleidet, die Sonnenmilch aus ihrer Tasche, cremte sich sorgfältig ein, reichte ihrem Sohn die Flasche und achtete darauf, dass er beim Einreiben keine Stelle ausließ. Dann gab sie ihm seine Rettungsweste, verstaute ihrer beider Kleidung in der Tasche, blinzelte und entschied: »Ich lasse die Tasche besser hier. Sie beansprucht zu viel kostbaren Stauraum.«

Tate prustete respektlos und kletterte geschickt in das Boot.

J.D.s Blick wanderte von dem tiefen Ausschnitt bis zu den hochgeschnittenen Beinen ihres Badeanzugs, doch als er ihr bedeutete, dem Jungen zu folgen, baute sie sich kopfschüttelnd vor ihm auf.

»Falls du meinst, dass du darum herumkommst, dich ebenfalls einzucremen, hast du dich geirrt. Egal, für wie erwachsen und resistent du dich hältst, kann deine Haut ebenso leicht verbrennen wie die meines Sohnes.«

Er ächzte gequält, zog jedoch folgsam das T-Shirt über den Kopf, ließ sich von Dru etwas Sonnenmilch in die Hand schütten und cremte sich, während sie sich seines Rückens annahm, kommentarlos Brust und Arme ein. »Auch das Gesicht«, befahl sie, während sie sein T-Shirt zu ihren und Tates Sachen in ihre Tasche steckte.

Endlich kletterte sie ins Kanu, J.D. löste das Tau, schob sie vom Ufer ab und schwang sich, während sich das Boot gemächlich vom Steg entfernte, ebenfalls auf seinen Platz. Während er mit kraftvollen, gleichmäßigen Schlägen zu paddeln begann, betrachtete Dru verstohlen sein glückliches Gesicht …

… und quittierte es mit einem Lächeln, das nicht minder glücklich war.

J.D. konnte sich nicht erinnern, wann er zum letzten Mal derart entspannt gewesen war. Die Sonne schien warm auf seine Schultern und die Schreie der Kinder auf dem Floß wurden allmählich vom leisen Plätschern des Wassers, fröhlichem Vogelgezwitscher und dem Rauschen der Bäume am Seeufer ersetzt. Das Kanu glitt geschmeidig durch das ruhige Wasser in Richtung der Seite des Sees, die kaum bis überhaupt nicht bevölkert war.

Er beobachtete Tate, der auf seinem Platz hockte, mit beiden Händen die Seiten des Kanus umklammerte – wie ein kleiner Hund, der den Kopf aus einem geöffneten Wagenfenster streckte, die Nase in den Wind hielt und vor lauter Aufregung den Mund nicht mehr zubekam. Dru schaute abwechselnd ihn und ihren Sohn mit einem warmen Lächeln an. Zusätzlich wartete ein Picknick mit einem köstlichen Grillhähnchen auf ihn. J.D.s Gesichtsausdruck war hell wie die Sonne. Besser als im Augenblick konnte das Leben sicher nicht mehr werden.

Sie hatten den See zur Hälfte überquert, als er merkte, dass Dru plötzlich stirnrunzelnd erst vor sich auf den Boden und dann zu ihm blickte.

»J.D.? Wir haben Wasser im Boot.«

Er lugte ebenfalls hinab und sah, dass tatsächlich Seewasser durch die Planken zu Drus Füßen ins Innere des Kanus drang. Er zog die Brauen in die Höhe. Was zum Teufel war da los? Hatte er irgendwelche Risse in den Zedernplanken übersehen? Angesichts der Sorgfalt, mit der er bei der Renovierung vorgegangen war, war das so gut wie ausgeschlossen. Doch es war nicht zu leugnen, dass das Wasser langsam, aber beständig höher stieg.

Fluchend tauchte er das Paddel tief ins Wasser, hielt das Kanu an und drehte es in die entgegengesetzte Richtung. Dann bat er Dru: »In der Kühlbox ist ein Becher. Fang an zu schöpfen, ja?«

»J.D.?« Tate drehte sich auf seinem Platz im Bug des Kanus um. »Weshalb machen wir kehrt? He! Auf dem Boden steht ja jede Menge Wasser!«

»Ja, wir haben ein Leck.« J.D. sah ihn an. »Prüf nach, ob deine Schwimmweste richtig sitzt.« Dann paddelte er kraftvoll weiter, um sie zurück ans Ufer zu bringen, bevor das Kanu unterging.

Das Wasser stieg immer schneller, und da J.D. wesentlich schwerer war als die beiden anderen, sammelte es sich auf seiner Seite, so dass der Bug inzwischen deutlich aus dem Wasser ragte, während das Heck allmählich sank.

Er wusste, sie würden es nicht schaffen.

»Wow!«, krähte Tate, für den das Ganze noch ein Riesenspaß war.

Um die Gewichtsverteilung auszugleichen, kniete sich J.D. in die Mitte des Kanus direkt neben Dru. »Das Wasser steigt zu schnell«, erklärte er ihr leise. »Ich glaube, es ist sicherer, wenn wir ins Wasser springen, bevor die Situation noch kritischer wird. Tut mir Leid.« Bei der Restauration des Kanus hatte er eindeutig irgendetwas übersehen. Dieser Fehler brachte sie und ihren Jungen nun in Gefahr.

»Oh, nein«, antwortete sie, beugte sich vor und legte ihre Hände fest um sein Gesicht. »Mir tut es Leid, John David. Dein wunderschönes Boot.« Sie gab ihm einen schnellen Kuss und drehte sich, als das Heck des Kanus weiter absackte, um. »Tate, komm her.«

Er rutschte auf die beiden Erwachsenen zu und fragte mit ruhiger Stimme: »Wir verlassen das Schiff?«

»Ich fürchte, ja. Lass mich dir über den Rand helfen.«

J.D. beugte sich nach vorne, griff an Dru vorbei, schob seine Hände unter Tates Achseln und hob ihn vorsichtig ins Wasser. »Tate«, sagte er mit ernster Stimme und beobachtete den Jungen, der in seiner Schwimmweste auf dem Wasser wippte. »Ich möchte, dass du dich so weit wie möglich vom Kanu entfernst.«

Dann wollte er Drucilla helfen, doch sie beugte sich nach vorn, küsste ihn zärtlich auf die Lippen und erklärte: »Ich komme schon zurecht. Konzentrier du dich auf die Rettung deines Kanus.« Danach rollte sie sich mit einem leisen Platsch über den Rand des Boots.

Er wollte das Kanu drehen, solange noch genügend Luft vorhanden war, um es treiben zu lassen, doch das Heck war bereits voll gelaufen und fing allmählich an zu sinken. J.D. schöpfte verzweifelt Wasser und überlegte, was eventuell noch zu retten war.

Vom Heck war kaum noch was zu sehen, der Bug ragte beinahe senkrecht in die Luft und nun war die Frage, ob das Kanu einfach untergehen oder sich vorher überschlagen und mit dem Kiel nach oben landen würde. Er hoffte, Letzteres geschähe – bis er plötzlich den Jungen genau in der Richtung im Wasser treiben sah.

»Tate!«, brüllte er aus voller Lunge. »Verschwinde!« Er sprang auf und machte einen Kopfsprung.

Dru schrie ebenfalls nach Tate und durch das blanke Entsetzen in ihrer Stimme machte Tate, der auf J.D.s Ruf hin losgeschwommen war, eilig noch einmal kehrt. Er war blind für die Gefahr hinter sich und J.D. schwamm schneller als je zuvor in seinem Leben.

Er wusste, er würde es nicht schaffen, Tate vor dem herabstürzenden Bug zu retten. Also steckte er alle Energie in einen letzten Delfinzug, der seine breiten Schultern hoch aus dem Wasser schießen ließ. Sekunden, bevor das Kanu auf die

Wasseroberfläche klatschte, landete er auf dem Jungen und tauchte ihn so tief wie möglich unter. Gleichzeitig explodierte ein glühender Feuerball zwischen seinen Schultern, als das Holz des Bootes krachend auf seinen Rücken traf. Er tauchte unter und trieb mehrere Meter hinunter an einen kühlen, dunklen Ort. Nacken, Schultern, Arme brannten, vor lauter Schmerzen riss er seinen Mund auf und schluckte jede Menge Wasser.

Er sank noch etwas tiefer. Seine Lunge brannte und einen Moment lang war er absolut orientierungslos.

Dann wurde ihm bewusst, dass sein wuchtiger Körper den Jungen nach wie vor unter Wasser drückte und die Schwimmweste nicht funktionieren konnte. Hastig schlang er die Arme um Tates Taille, zog ihn unter sich hervor, schob ihn in Richtung des grüngoldenen Lichts, das in dünnen Strahlen die Oberfläche durchbrach, und tauchte dicht hinter ihm auf.

Sobald ihre Köpfe aus dem Wasser kamen, atmeten sie gierig ein, begannen zu husten und spuckten dabei die Flüssigkeit aus ihren Lungen. Dann war Dru an ihrer Seite, zog Tate in die Arme und hielt ihn, bis der Hustenkrampf vorbei war.

Einen Arm um ihren Hals geschlungen, wandte er sich mit rot geränderten Augen an J.D. und starrte ihn gleichermaßen zornig wie unglücklich an. »Du hast versucht, mich zu ertränken!«

Die Anschuldigung traf J.D. wie ein Fausthieb, und das bisschen Atem, das er wiedererlangt hatte, geriet erneut ins Stocken. Der Teil seines Gehirns, der noch funktionierte, erklärte, Tate hätte ihm den Rücken zugewandt und könne somit nicht verstehen, weshalb J.D. ihn, während er eifrig davongeschwommen war, plötzlich von hinten angefallen und unter Wasser gedrückt hatte.

Trotzdem traf der verletzte Blick des Jungen ihn wie ein Pfeil ins Herz, und er starrte, ohne ein Wort zu seiner Verteidigung zu finden, feindselig zurück.

»Nein!«, keuchte Dru entgeistert, umfasste Tates Kinn und hob seinen Kopf, damit er ihr ins Gesicht sah. »*Nein.* Das Kanu hat einen Salto gemacht und hätte dich voll getroffen! Er musste dich aus dem Weg schaffen, Tate! Er hat dir das Leben gerettet.« Sie paddelte mit dem Jungen zu J.D. »O Gott, John David, danke, dass du meinem Baby das Leben gerettet hast!«

Mit einem Arm hielt sie immer noch den Jungen sicher an ihrer Brust, den anderen jedoch schlang sie J.D. um den Nacken und küsste ihn dankbar auf Kiefer, Kinn und Hals. Dann legte sie den Kopf zurück und sah ihn forschend an. »Du bist verletzt«, erklärte sie. »Ich habe gesehen, wie dir das Kanu auf den Rücken gekracht ist.« Sie versuchte ihn herumzudrehen, um sich seinen Rücken anzusehen. »Zeig mir mal deinen Rücken.«

Nie zuvor in seinem Leben hatte jemand ihn bemuttert und er zuckte unbehaglich zurück. »Es ist nichts weiter«, erklärte er mit rauer Stimme. »Ich bin okay.« Die Stelle zwischen seinen Schultern brannte immer noch wie Feuer, aber hier mitten im See konnte er schließlich nichts dagegen tun. Außerdem war er ein erwachsener Mann und kam durchaus allein zurecht.

Auch wenn es ein schönes Gefühl war, dass Dru derart in Sorge um ihn war.

Nun schlang auch Tate einen Arm um seinen Nacken. »Tut mir Leid, J.D.«, flüsterte er mit bebender Stimme und Tränen in den Augen. »Ich hätte so etwas nicht sagen sollen … ich … habe es nicht so gemeint« – plötzlich brach seine Stimme. »Ich will an Land, ich will heim!«

J.D. wusste noch genau, was für ein Gefühl es mit zehn

Jahren war, vor anderen zu weinen. Deshalb presste er den Kopf des Jungen eng an seine Schulter, damit er das Gefühl hatte, niemand würde seine Tränen sehen. »Deine Mama und ich schwimmen jetzt sofort mit dir ans Ufer und bringen dich nach Hause, Kumpel«, erklärte er leise und rieb seine Wange an Tates nassem Haar. »Versprochen. Außerdem tut es mir Leid, dass ich dir einen solchen Schreck einjagen musste. Wenn es anders gegangen wäre, hätte ich das ganz sicher nicht getan.«

»Okay«, meinte der Junge mit einem leisen Schniefen.

Dann hörte J.D. das Brummen eines Außenbordmotors, hob den Kopf und sah, dass eins der Motorboote des Hotels über das Wasser auf sie zugeschossen kam. Ungefähr hundert Meter von ihnen entfernt drosselte der Fahrer den Motor, schob sich vorsichtig an sie heran und brachte das Boot genau neben ihnen zum Stehen. J.D. erkannte in dem Fahrer einen der jungen Angestellten aus dem Sportgeschäft, der überraschenderweise in Begleitung von Sean, dem Pagen, zu ihrer Rettung gekommen war.

»Alles in Ordnung?«, fragte Sean und sah ihn besorgt an. »Wir haben gesehen, wie das Kanu auf Sie runtergestürzt ist. Ist irgendwer verletzt?«

Tate wischte sich verstohlen die Tränen aus den Augen und um ihm noch einen Augenblick allein zu geben, drängte er Dru sanft in Richtung Boot. »Warum steigst du nicht als Erste ein?«

Sie musterte kurz ihren Sohn, nickte dann jedoch und streckte Sean beide Hände hin, damit er ihr raufhalf.

J.D. verfolgte, wie sie sich hochziehen ließ und geschickt eines ihrer Beine über den Rand des Motorbootes schwang. Seine Verletzung konnte nicht so schlimm sein, wenn er immer noch die Muße fand, ihr wohl geformtes Hinterteil mit dem triefenden Tankini zu bewundern.

Dann packte er Tate, dessen Kopf immer noch an seiner Schulter lag, am Kinn und sah ihm prüfend ins Gesicht. »Bist du bereit, Kumpel?«

»Ja.«

Eine Sekunde zog er den Jungen noch einmal eng an seine Brust. »Ich bin sehr stolz auf dich. Du warst wirklich tapfer und hast deine Sache hervorragend gemacht.« Mit diesen Worten hob er ihn Sean entgegen, der ihn geübt über den Rand neben sich ins Boot schwang, und sah sich ein letztes Mal nach seinem Kanu um.

Er wusste, dass der Bug irgendwo dicht unter der Oberfläche wippte, doch nirgends war auch die kleinste Spur seines so liebevoll restaurierten Gefährts zu sehen. Einen Augenblick lang wogten Verzweiflung und Übelkeit in seinem Innern auf. Dann jedoch zuckte er innerlich mit den Schultern, verdrängte das peinigende Gefühl, umfasste den Rand des Motorboots und zog sich aus dem Wasser.

20

Sophie und Ben warteten bei ihrer Ankunft bereits ungeduldig am Steg. Ein Anruf von Sean hatte sie alarmiert.

J.D. erhob sich steif von seinem Platz, trat einen Schritt zurück und ließ Dru und Tate den Vortritt. Er dankte den beiden jungen Männern für die prompte Rettung, kletterte auf den Steg, beobachtete, wie Ben das Tau des Bootes löste und Sean wieder zuwarf, und atmete in Erwartung der unvermeidlichen Schimpftirade des Älteren tief ein.

Sophie stürzte sich, noch ehe das Boot den Steg wieder verlassen hatte, auf Drucilla und Tate und drückte sie eng an sich. »Ist mit euch beiden alles in Ordnung?«

»Ja«, antwortete Dru. »Aber J.D. ist verletzt.«

»Er hat mich unter Wasser geschubst, Oma«, erklärte Tate mit aufgeregter Stimme und J.D. dachte bewundernd, wie schnell sich der Junge von dem Schrecken doch erholt zu haben schien. »Ich dachte, er wollte mich ertränken, aber er hat mich vor dem Kanu gerettet, das volle Kanne aufs Wasser geklatscht ist. Und dann – pafff – hat es stattdessen ihn selbst erwischt.«

Dru löste sich aus der Umarmung ihrer Tante. »Onkel Ben, da drüben in meiner Tasche sind Handtücher. Könntest du mir die bitte geben?« Dann wandte sie sich an J.D. »Dreh dich um. Ich will mir deinen Rücken angucken.«

»Schon gut«, entgegnete er brüsk. »Das war nicht weiter schlimm. Nicht nötig, dass du deshalb ein solches Aufhebens machst.« Auch wenn die Stelle wie Feuer brannte.

Aber er hatte nichts anderes verdient. Er ließ gequält die Schultern kreisen und hätte angesichts des dabei aufwallenden Schmerzes beinahe gestöhnt.

Dru betrachtete ihn mit zusammengekniffenen Augen. Ihr Adrenalinspiegel war immer noch erhöht und sie war nicht in der Stimmung für seinen ausgeprägten Dickkopf. Er hatte sich ohne Rücksicht auf sich selbst in der Minute der Gefahr für sie und ihren Jungen eingesetzt, aber wenn sie die Rollen einmal tauschen wollte, hieß es »sie solle kein unnötiges Aufhebens machen«.

»Du scheinst nicht zu verstehen«, erklärte sie mit einer Ruhe, auf die sie wirklich stolz war, denn lieber hätte sie ihn angeschrien und durch vehementes Schütteln zur Vernunft gebracht. »Das war keine Bitte. Dreh dich also endlich um!«

Zu ihrer Überraschung gehorchte er tatsächlich. Er wirkte darüber alles andere als glücklich und brummelte Unverständliches, als er ihr seinen Rücken zuwandte.

Sie atmete hörbar zischend ein. Die aufgerissene Haut zwischen seinen Schulterblättern bildete ein rot leuchtendes, auf dem Kopf stehendes V, und weitere Schrammen verliefen entlang seines gesamten Rückgrats. An der Stelle, an der das Kanu ihn getroffen hatte, war die Haut sichtlich geschwollen und dunkelviolette Hämatome blühten wie die Flügel eines bösartigen Schmetterlings auf seinen Schulterblättern.

»Oh«, wisperte sie mit zitternder, ungewöhnlich heller Stimme, räusperte sich und rief: »Onkel Ben! Komm mal bitte her!«

Sie spürte, dass J.D. erstarrte, doch das war ihr egal. Wenn jemand wüsste, was in einem solchen Fall zu tun war, dann ihr Onkel.

Ben musterte J.D.s Rücken und zuckte zurück. »Autsch. Sieht aus, als hätte ihn das Ding tatsächlich mit voller Wucht erwischt.«

»Wenn sich J.D. nicht zwischen ihn und das Kanu geworfen hätte, wäre das Tates Kopf gewesen.«

»Schließlich war es auch mein verdammtes Kanu, durch das er überhaupt erst in diese Situation geraten ist«, knurrte J.D. anklagend.

Auf diese idiotische Bemerkung ging Dru gar nicht erst ein. »Tu was!«, verlangte sie von Ben.

Er tastete vorsichtig an den schlimmsten Abschürfungen herum und nickte. »Lasst uns rauf zum Haus gehen.« Er drückte J.D.s Schulter. »Ich bin sicher, dass das wie der Teufel wehtut, aber ich glaube nicht, dass eine ernsthafte oder dauerhafte Schädigung vorliegt.«

»Genau das habe ich Dru bereits zu erklären versucht«, meinte auch J.D. und drehte sich zu ihnen um. Seine Haltung verriet einen gewissen Argwohn, seine Miene jedoch ließ nicht die geringste Gefühlsregung erkennen. »Hört zu, ich gehe jetzt einfach nach Hause und stelle mich unter die Dusche.«

»Nein«, antwortete Ben entschieden. »Du kommst mit rauf ins Haus und lässt mich die Wunde säubern und ordnungsgemäß verbinden.«

»Opa war Sanitäter in Vietnam«, informierte Tate J.D. mit stolzer Stimme. »Also machst du besser was er sagt.« Er rannte um J.D. herum, um sich die Verletzung mit eigenen Augen anzusehen, der Anblick jedoch ließ ihn erstarren. »Himmel.« Er schluckte und verzog unglücklich das Gesicht. »Ah, verdammt, J.D., es tut mir Leid.«

J.D. drehte sich um und blickte überrascht auf ihn herab. »Es gibt nichts, was dir Leid tun müsste, Kumpel. Du konntest nichts dazu.«

»Oh, nein. Du hast mir gesagt, ich soll so weit wie möglich von dem Kanu wegschwimmen, aber ich war nicht schnell genug.«

»*Nein*«, beharrte J.D., »du hast dich von Anfang bis Ende hervorragend geschlagen. Falls jemanden eine Schuld trifft, dann ausschließlich mich. Ich hätte dich nie in das Kanu lassen sollen, ohne vorher genau zu überprüfen, ob mir bei der Renovierung irgendein Fehler unterlaufen ist.«

»Also *bitte*«, mischte sich Sophie ungeduldig ein und wandte sich stirnrunzelnd an J.D. »Ich habe dich immer als intelligenten Menschen eingestuft, also fang jetzt nicht mit derart schwachsinnigen Äußerungen an.«

Sie griff nach einem Handtuch, legte es dem Jungen um die Schultern, warf eins ihrer Nichte zu, trat mit dem letzten vor J.D. und hielt es ihm mit strenger Miene hin.

Es überraschte Dru zu sehen, dass er unter ihrem Blick ebenso unbehaglich von einem Bein aufs andere trat wie Tate, wenn er der unglückliche Adressat von Sophies Unmut war. Nur hatte J.D. offensichtlich nicht gelernt, dass man in einem solchen Fall am besten irgendwo in Deckung ging. Also nahm er das Handtuch entgegen, schlang es sich um den Nacken, sah ihr ins Gesicht und erklärte starrsinnig: »Trotzdem hätte ich die beiden nicht einfach einer solchen Gefahr aussetzen sollen.«

»Treib mich nicht zur Weißglut, Junge«, begann Sophie hitzig, doch Ben griff beherzt in die Auseinandersetzung zwischen den beiden ein.

»J.D., du begibst dich hier auf ein äußerst gefährliches Terrain«, sagte er und dirigierte den jüngeren Mann entschieden Richtung Weg. »Soph ist nämlich der festen Überzeugung, dass jeder die Verantwortung für sein Tun selber übernehmen soll.«

»Genau das versuche ich ja gerade!«

»Und du machst deine Sache wirklich gut. Was du aber nicht tust, ist Dru und Tate zuzugestehen, die Verantwortung für ihr eigenes Tun selbst zu übernehmen.«

Drucilla, die den beiden dicht auf den Fersen folgte, sah, dass J.D. ihren Onkel verdutzt ansah, ehe er stirnrunzelnd fragte: »Was in aller Welt wollen Sie damit sagen?«

»Verdammt, Junge, denk doch mal drüber nach. Die beiden wussten schon, bevor sie dein Kanu bestiegen haben, dass es ein altes, bestenfalls halbwegs seetüchtiges Wrack war.«

»In Ordnung, das gebe ich zu«, stimmte J.D. überraschend zu. »Aber ebenso wussten sie, dass ich gut im Reparieren aller möglichen Dinge bin. Sie haben darauf vertraut, dass das Kanu nach der Renovierung seetüchtig war.« Er blieb stehen und schüttelte den Kopf. »Und genau das habe ich gedacht. Ich schwöre Ihnen, Ben, ich habe das Boot sozusagen mit der Lupe überprüft. Ich habe alles über das Thema gelesen, was ich in die Finger bekommen konnte, und ich hätte jeden Eid drauf abgelegt, dass es ganz sicher fährt.«

»Du hast halt trotzdem irgendetwas übersehen.« Schulterzuckend setzte sich Ben wieder in Bewegung. »So etwas kann passieren.«

»Mir nicht. Normalerweise nicht.«

Dru wartete mit angehaltenem Atem darauf, dass ihr Onkel J.D. für diese arrogante Haltung runterputzte.

Stattdessen erklärte er mit echter Anteilnahme: »Junge, das mit deinem Boot tut mir wirklich Leid. Ich weiß, dass du vollkommen verrückt nach dem Ding gewesen bist. Aber manchmal kommt es im Leben einfach nicht so, wie man denkt. Falls es dir ein Trost ist: Da das Teil aus Holz ist, wird es wahrscheinlich bald wieder auftauchen, und wenn du dich dann besser fühlst, können wir es gerne bergen.«

J.D. bockte. »Wozu? Wie Sie selbst gesagt haben, war es nichts weiter als ein Wrack, und ganz offensichtlich hatte ich nicht die geringste Ahnung, wie man Boote restauriert.«

Ben öffnete die Tür, trat einen Schritt zurück, ließ J.D. und Dru an sich vorbei ins Haus und bedachte den jüngeren Mann mit einem ruhigen Blick. »Trotzdem. Wenn wir das Ding nicht aus dem Wasser fischen, wirst du nie erfahren, was genau schief gelaufen ist.«

»Ja, sicher.« Dann nickte J.D., wenn auch sichtlich widerstrebend. »Ja, Sie haben Recht.«

Ben führte sie in die Küche und deutete auf einen Stuhl. »Hier, setz dich«, forderte er J.D. auf. »Ich hole schnell das Verbandszeug.«

J.D. schwang den Stuhl herum, breitete sein Handtuch auf der Sitzfläche aus, nahm rittlings Platz, kreuzte die Arme auf der Lehne und stierte trübsinnig ins Leere.

Dru trat hinter ihn, legte ihre Hände auf seine Schultern und begann, ihn zärtlich zu massieren. »Auch mir tut das mit deinem Kanu furchtbar Leid.«

Er drehte den Kopf zu ihr herum. »Warum zum Teufel

seid ihr alle so entsetzlich nett? Schließlich hätte ich um ein Haar deinen Jungen umgebracht!«

»Nein, verdammt, das hast du nicht!« Sie ging neben ihm in die Hocke, umfasste seine Schenkel und knetete sie sanft. »Tate und ich hätten uns niemals damit begnügt, vom Ufer aus zuzugucken, wie du die Jungfernfahrt mit deinem Kanu unternimmst. Onkel Ben hat völlig Recht – wir wussten, welche Gefahr mit einer solchen Fahrt verbunden war. Du brauchst nicht die Verantwortung für die ganze Welt zu übernehmen, John David. Lass uns für unsere eigenen Taten bitte selbst verantwortlich sein.«

J.D.s Augen begannen zu blitzen, ehe er jedoch etwas erwidern konnte, kam Ben mit dem Verbandskasten zurück und sofort danach tobte Tate höchst lebendig, dicht gefolgt von Tante Sophie, durch die Tür. Ein paar Minuten stieg der Lärmpegel beachtlich, während Ben J.D. unter Erteilung guter Ratschläge der anderen den Rücken reinigte und fachmännisch verband.

Dru kam gar nicht auf die Idee, dass das Ganze möglicherweise für Familienfremde ein wenig seltsam war. So ging es nun mal bei den Lawrences zu, wenn einem von ihnen etwas passierte. Sie versammelten sich um ihn und versuchten ihm zu helfen. Und ihrer Meinung nach hatte sich J.D. wirklich sämtliche Befürwortungen heldenhaft verdient.

Doch sie merkte nun, dass er die Dinge etwas anders sah, so dass sie einen Schritt zurücktrat, damit er ein bisschen mehr Raum zum Luftholen bekam. Sie beobachtete unbehaglich, wie der wilde Ausdruck in seinen Augen stärker wurde und wie er vor lauter Anspannung stocksteif auf seinem Stuhl saß.

Sie hätte nicht sagen können, was das Fass zum Überlaufen brachte. Onkel Ben hatte ihn fertig verbunden, Tante

Sophie hatte Kaffee aufgesetzt und sie alle ließen ihn endlich ein wenig in Ruhe. Vielleicht war es Tate, der ihn mit seiner Heldenverehrung schließlich in die Flucht trieb. Oder die Bewunderung, der Sophie während des Kaffeekochens lautstark Ausdruck verlieh.

Aus welchem Grund auch immer, sprang J.D. mit einem Mal von seinem Stuhl. »Ich muss gehen«, erklärte er mit gehetzter Stimme. »Äh, ich muss endlich meine nassen Jeans ausziehen.« Er sah sie alle nacheinander geradezu panisch an. »Tut mir Leid, okay? Ich muss ... einfach gehen.«

Unglücklich und stumm sah Dru ihm hinterher, als er aus der Küche hastete und das Haus fluchtartig verließ.

J.D. stürmte in seine Hütte und blieb dann mühsam um Atem ringend mitten im Esszimmer stehen.

Er raufte sich die Haare, strich sie sich mit beiden Händen aus der Stirn, hielt mit nach vorn ragenden Ellbogen mitten in der Bewegung inne und stöhnte. Himmel. Was *machten* sie mit ihm?

Er hatte bereits vor langer Zeit gelernt, weder zu erwarten noch sich zu wünschen, was es für ihn nicht geben konnte. Das hatte ihn das Leben gelehrt, und es war eine Lektion, die bisher stets von ihm beherzigt worden war.

Jetzt hatte er es mit einer Horde von Lawrences zu tun, die sich die allergrößte Mühe gaben, ihn wie einen verdammten Prinzen zu behandeln – und er konnte sehen, dass sie sich nicht lustig über ihn machten, obwohl sie doch sicher wussten, aus welchen Verhältnissen er kam.

Zur Hölle mit dieser ganzen verfluchten Sippe. Sie ließen ihn denken, er könnte tatsächlich ein vollwertiger, liebenswerter Mensch und kein Abschaum sein. Sie erweckten in ihm merkwürdige, längst verschüttet geglaubte Wünsche von Zugehörigkeit, Zuneigung und – Liebe ...

Verdammt.

Tja, aber er fiele nicht noch einmal auf ein solches Spiel herein. Es täte zu weh, wenn das Luftschloss naturgemäß früher oder später unweigerlich in sich zusammenfiele. Die Lawrences machten sich besser keine allzu großen Hoffnungen, dass er seinen Argwohn aufgab. Er würde ihnen garantiert nicht seine weiche Seite zeigen, in die sich so hervorragend eine Reihe spitzer Messer rammen ließe. Er hatte nicht so lange überlebt, um das zu vergessen.

»J.D.?«

Er wirbelte herum. Dru stand vor der Fliegentür und sah ihn an. Falls sie heute Make-up getragen hatte, war nichts mehr davon zu sehen. Immer noch trug sie ihren nassen Tankini und ihre Haare waren ebenfalls feucht. Die wenigen trockenen Strähnen standen wie Antennen von ihrem Kopf ab und eine baumelte ihr ins Auge.

Aber – zur Hölle mit dem Weib – nie zuvor in seinem Leben hatte sich ihm ein verführerischerer Anblick geboten. Was ihn regelrecht panisch werden ließ.

»Verschwinde, Drucilla.«

»Nein.« Die Fliegentür ging quietschend auf und sie trat über die Schwelle. »Du hast einen schlimmen Tag gehabt, bist eindeutig erregt, und ich lasse dich in einem solchen Moment nicht allein.«

Zorn wallte in ihm auf und er griff dieses Gefühl beinahe dankbar auf. War es, verdammt noch mal, zu viel verlangt, einen einzigen beschissenen Nachmittag für sich allein zu wollen, ehe er sich wieder zusammenriss? Er stapfte durch das Esszimmer und baute sich beinahe drohend vor ihr auf. »Verdammt, geh nach Hause.«

Sie legte eine weiche Hand an seine Wange. »Nein.«

Plötzlich konnte er sich nicht länger beherrschen. Ohne auf den warmen Schauder zu achten, der ihn unter ihrer Berührung urplötzlich durchlief, drückte er sie mit dem Rücken gegen den Rundbogen, der den Ess- vom Wohnbereich der Hütte trennte, und stützte sich mit beiden Händen links und rechts von ihrem Kopf an der Mauer ab. »Was ist?«, fragte er, wütend auf sie, weil sie so hartnäckig war – und auch auf sich selbst, weil es ihm nicht egal war. »Denkst du, nur weil du ein lausiges Mal mit mir im Bett gewesen bist, hättest du das Recht, hier hereinzuplatzen, auch wenn du nicht erwünscht bist?«

Sie sah ihm unerschrocken ins Gesicht. »Ja.«

Alarmiert trat er einen Schritt von ihr zurück. »Geh nach Hause. Ich habe dir, verdammt noch mal, nichts zu bieten.«

»Oh, Mann«, erklärte sie mit ruhiger Stimme. »Das ist die größte Lüge, die mir je zu Ohren gekommen ist. Du hast so vieles zu bieten.«

»Das hier.« Er neigte den Kopf, presste seinen Mund unsanft auf ihre Lippen und stieß seine Zunge tief in sie hinein. Dann riss er seinen Kopf zurück und funkelte sie zornig an. Sein trommelnder Herzschlag sprengte ihm schier die Brust. »Ich bin gut bestückt und kenne ein paar Bewegungen, die dich zu Wachs unter meinen Händen machen«, erklärte er mit grober Stimme und rieb zur Demonstration seinen Schwanz an ihrem Bauch. »Das ist alles, was ich habe.«

»Dann schätze ich, dass ich mich damit zufrieden geben werde.«

Das Blut rauschte in seinen Ohren. »Hast du mir nicht zugehört, Drucilla? Ich kann dir nichts bieten, was ich nicht schon einem Dutzend anderer Frauen angeboten habe.«

Sie zuckte leicht zusammen, sah ihm aber nach wie vor furchtlos ins Gesicht. »Es wird dir nicht gelingen, mich aus deinem Leben zu verscheuchen, John David.«

»Fahr doch zur Hölle«, herrschte er sie heiser an und presste seine Lippen auf ihren vollen Mund. Wenn sie nicht auf ihn hören wollte, müsste er ihr eben ein für alle Male deutlich machen, dass er nicht der war, für den sie ihn anscheinend hielt.

Sein Kuss war heiß und rau und unbeherrscht. Statt sie jedoch damit zu vertreiben, entfachte dieser verzweifelte Kuss in ihr ein ungeahntes Feuer. Sie vergrub die Hände in seinem braunen Haar und küsste ihn nicht minder rau zurück. Worauf es auch noch um den letzten Rest von J.D.s mühsamer Beherrschung geschehen war.

Er konnte weder seinen Mund noch seine Hände von ihr lösen und ohne zu wissen, wie ihm das gelungen war, hatte er plötzlich das Oberteil ihres Tankinis bis unter ihre Achseln hochgeschoben, während das Höschen bereits neben ihr auf dem Boden lag. Ohne seine Lippen von ihr zu lösen, nestelte er an Knopf und Reißverschluss seiner abgeschnittenen Jeans, worauf sie dank der Schwere ihres feuchten Gewichts und der Erdanziehungskraft mühelos hinab auf seine Knöchel glitt. Da er am Morgen keine Unterhose angezogen hatte, holte er tief Luft, als er spürte, wie Dru ihre Hände um seine Hüften gleiten ließ und sein nacktes Hinterteil umfing. Er schob sie an der Wand hoch und drang mit einem kraftvollen, wilden Stoß in sie ein.

Sie schlang ihre Beine um seine Taille und rang keuchend nach Luft. Er lehnte sich abrupt nach hinten, als er spürte, wie ihr Verlangen stetig zunahm. Er bewegte seine Hüften in gleichmäßigen, rhythmischen Stößen und verfolgte begierig das Spiel der Emotionen auf ihren Gesichtszügen.

Sie hatte die Augen geschlossen, riss sie nun aber auf und wisperte: »O Gott, J.D.! O Gott, ich werde, ich will …«

»*Komm.*« Seine Hände legten sich fester um die Rückseiten ihrer Schenkel, er rückte ihre Beine ein wenig höher, beugte seine Knie und drang in einem leicht veränderten Winkel noch tiefer in sie hinein. Tiefer und härter als zuvor, bis ihr Kopf nach hinten sank, sie blind zur Decke starrte und mit einem leisen Wimmern sich ihr Inneres fest um ihn zusammenzog, als sie endlich kam.

Auch er selbst stand kurz vor dem Orgasmus, zog sich für einen letzten Stoß ein Stück aus ihr zurück …

… dachte plötzlich an ein winziges, aber überaus wichtiges Detail und riss seinen Schwanz vehement aus ihr heraus.

»*Nein!* Noch nicht, du bist noch nicht …« Ihre Hüfte bewegte sich suchend in Richtung seines Gliedes und als er, statt sich erneut in sie zu schieben, zwischen den seidig weichen Falten außerhalb der Gefahrenzone blieb, fragte sie jämmerlich: »*Warum?*«

»Kein Kondom«, antwortete er keuchend, sah ihre vor Entsetzen geweiteten Augen, strich mit seiner Erektion einmal, zweimal, dreimal an ihren Schamlippen entlang …

… und ergoss seinen Samen mit einem lauten Stöhnen über ihrem straffen Bauch.

Als die letzte Zuckung verebbte, atmete er zitternd durch, lehnte seine Stirn dicht neben ihrem Kopf an die unebene Wand, sank ermattet gegen sie und quetschte sie zwischen seinem Torso und der harten Mauer ein. Er hatte das Gefühl, als wären sämtliche Knochen in seinem Leib geschmolzen und war zufriedener als je zuvor in seinem Leben – als hätte ihn an einem bitterkalten Tag unvermittelt die Einladung zu einem gemütlichen Abend vor einem prasselnden Kaminfeuer erreicht.

»Gütiger Himmel.« Er schob seine Hände hinter ihren Rücken, um sie vor dem rauen Holz des Türbogens zu schützen und um sie gleichzeitig zu halten. »Es ist ein Wunder, dass du am Rücken nicht total verschrammt bist.«

Sie küsste seinen Hals. »Weißt du was, J.D.?«, raunte sie. »Du bist der größte Betrüger, der mir je über den Weg gelaufen ist.«

Sein Herzschlag setzte aus, sprengte ihm jedoch eine Sekunde später fast die Brust. Argwöhnisch lehnte er sich zurück und musterte sie. »Würdest du mir vielleicht erklären, was zum Teufel du damit meinst?«

»Das hier«, sagte sie und schlang ihre Beine fester um seine Hüften. »Ich meine das hier. Das, was wir beide gerade miteinander hatten, ist ganz sicher nicht das, was du bereits einem Dutzend anderer Frauen angeboten hast.«

21

J.D. richtete sich vorsichtig auf, trug Dru, die immer noch die Arme um seinen Hals und die Beine um seinen Bauch geschlungen hatte, hinüber ins Bad, stellte sie dort auf ihre Füße, befeuchtete einen Lappen mit heißem Wasser und säuberte sie beide oberflächlich.

»Kriege ich darauf keine Antwort?«, wollte sie wissen.

Er zuckte mit den Schultern. »Was soll ich dazu sagen?« Dass er das ungute Gefühl hatte, dass diese Behauptung womöglich stimmte? Er hatte bereits in jungen Jahren die Erfahrung gemacht, dass das Eingeständnis irgendeiner Schwäche dem anderen ungeahnte Macht über einen verlieh.

»Ich verstehe dich nicht«, erklärte Dru frustriert, schnappte sich ein Handtuch und schlang es sich um den Leib. Obgleich sie gewusst hatte, dass er sie nicht mit offenen Armen empfangen würde, hätte sie ihn am liebsten so lange geschüttelt, bis er sich ihr endlich öffnete und ihr ehrlich zeigte, was er für sie empfand.

Stattdessen wartete sie herausfordernd, worauf er in der ihm eigenen kühlen, gefassten Weise reagierte, die ihm so leicht zu fallen schien.

»Was gibt es da nicht zu verstehen?«, fragte er und zuckte mit den Schultern. »Ich bin ein ziemlich einfacher Mann.«

»Oh, ja, einfach.« Beinahe wäre sie an ihrem Zorn erstickt. »Das war bestimmt auch der Grund, weshalb du Sophies und Bens Haus verlassen hast, als wären sämtliche Dämonen der Hölle hinter dir her.«

»Ich weiß nicht, wovon du redest«, erklärte er ihr steif, nahm das andere Handtuch und wickelte es sich betont lässig um die Hüften.

»Oh, doch, das weißt du ganz genau, und wag ja nicht, so zu tun, als ob es nicht so wäre! Du hast es einfach nicht ertragen, dass du von Onkel Ben verarztet worden bist und dass Tante Sophie, Tate und ich in ehrlicher Sorge um dich waren. Warum fällt es dir so verdammt schwer, zu begreifen, dass wir dir eventuell tatsächlich was zu bieten haben? Oder dass das, was sich zwischen uns beiden abspielt, womöglich zu etwas ganz Besonderem werden könnte? Ich weiß, dass du etwas für mich empfindest, J.D.«

»Ach ja? Und wie kommst du darauf, Drucilla? Vielleicht, weil ich dafür Sorge getragen habe, dass du nicht noch einmal schwanger wirst, ohne verheiratet zu sein?«

Eine Minute schwieg sie. Obgleich sie sich fast sicher war, dass er sie mit diesen Worten nur weiter von sich forthalten wollte, taten sie weh.

Sie glaubte, seine Gründe zu verstehen – aber allmählich war sie am Ende ihrer Geduld.

Sie reckte das Kinn. »Willst du die Einzelheiten wissen, John David? Wenn ja, brauchst du mich nur danach zu fragen.«

»So oder so, ist mir das alles völlig schnurz.«

»Ach ja? Ich wette, du bist total versessen auf jedes noch so kleine, schmutzige Detail.« Es erfüllte sie mit einer gewissen Befriedigung, als eine dunkle Röte seinen Hals und seine Wangen überzog, und so fuhr sie fort: »Ich war achtzehn Jahre alt, als ich Tates Vater kennen lernte. Ich war damals am College, zum ersten Mal alleine von zu Hause fort, und dachte, er wäre meine große Liebe. Aber das stellte sich als bloßes Wunschdenken heraus, denn als ich ihm von der Schwangerschaft erzählte, machte er sich sofort aus dem Staub.«

»Verdammt.« J.D.s Miene verriet ehrliche Zerknirschtheit. »Hör zu, du brauchst nicht …«

»Das war nicht das erste Mal, dass jemand mich nicht wollte«, fiel sie ihm ins Wort. Er hatte mit diesem Thema angefangen, also hörte er ihr, verdammt noch mal, jetzt auch bis zum bitteren Ende zu. »Meine Eltern hatten wesentlich größeres Interesse an ihrer Jagd nach Abenteuern als an ihrem Nachwuchs, so dass ich so oft wie möglich von ihnen bei Tante Sophie und Onkel Ben abgeladen worden bin. Was, wie sich zum Schluss herausstellte, ein wahrer Segen war, aber als kleines Mädchen habe ich das nicht so gesehen.« Sie fuhr sich mit den Fingern durch die Haare. Ihr wurde zwar bewusst, wie derangiert sie aussehen musste, sie tat diesen Gedanken jedoch mit einem Schulterzucken ab. »Wie dir bereits aufgefallen sein dürfte, entschloss ich mich, das Baby zu behalten. Und da du Tate kennst, verstehst du sicher, dass ich diese Entscheidung noch keine Sekunde bereut habe. Was vermutlich nicht ganz so auffällt, ist, dass ich damals beschloss, auf Liebe zu verzichten, weil die Liebe wehtut und ich nicht das Verlangen hatte, noch einmal so unglücklich zu sein. Es ist mir gelungen, mein Herz über Jahre hinweg zu verschließen. Und dann bist plötzlich du hier bei uns aufgetaucht.«

»Und dann? Hast du ebenso plötzlich entdeckt, dass du dich in mich verliebt hast?« Er musterte sie zynisch.

Der verächtliche Ton, in dem er diese Frage stellte, traf sie geradewegs ins Herz. Dachte er, es wäre leicht für sie, sich ihm derart zu öffnen? Doch als sie ihn genauer ansah, bemerkte sie die zusammengebissenen Zähne und den argwöhnischen Blick.

Wenn sie auch nur halbwegs clever wäre, würde sie auf seine geringschätzige Stimme hören und sich dadurch schützen, dass sie ihre Gefühle rundweg abstritt. Doch seine mühsam getarnte Miene verlieh ihr den Mut, wahrheitsgemäß zu erwidern: »Ja, genau.«

Eine Unzahl von Gefühlen huschte über sein Gesicht, doch er unterdrückte sie so schnell, dass sie sich fragte, was da eben zum Vorschein gekommen war. Alles, was er ihr jetzt zeigte, war leichte Ungeduld.

»Du kennst mich doch gar nicht«, erklärte er tonlos. »Verdammt, wir kennen einander erst seit ein paar Wochen.«

»Das ist richtig«, stimmte sie bei. »Und ich sage dir ganz ehrlich – wenn Tate mit achtzehn zu mir kommt und mir erklärt, er hätte sich Hals über Kopf in ein Mädchen verliebt, das er so kurz kennt wie ich dich, werde ich alles in meiner Macht Stehende tun, um ihn davon abzuhalten, möglicherweise einen großen Fehler zu begehen.«

»Gott sei Dank.«

»Ich an deiner Stelle würde mich nicht so schnell bedanken.« Sie lächelte, als sie den erneuten Argwohn in seinen Augen sah. »Denn ich kenne dich. Und ich bin nicht mehr die naive Achtzehnjährige, die damals in Tates Vater verschossen war. Selbst wenn ich durchaus die Absicht habe, mich nicht noch einmal blindlings in irgendein Abenteuer zu stürzen, erscheint mir das, was ich für dich empfinde, alles andere als närrisch.«

J.D. schnaubte. »Na klar. Du bildest dir urplötzlich ein,

dich in mich verliebt zu haben. Wenn das nicht närrisch ist, was dann?«

Sie bedachte ihn mit einem geradezu begütigendem Lächeln. »Was genau findest du daran närrisch?«

Erneut hatte er diesen unglücklich-gequälten Blick. »Wie gesagt, Süße, du kennst mich gar nicht richtig.«

»Die wichtigen Dinge weiß ich – ich weiß, dass du hart arbeitest, dass du umwerfend nett zu Tate bist, und so ehrenwert, dass es mich zu Tränen rührt. Du verleihst dem Wort ›Verantwortung‹ eine ganz neue Bedeutung. Also bitte, John David. Ich habe zeit meines Erwachsenenlebens beruflich mit Menschen zu tun gehabt, so dass ich einen guten Mann erkenne, wenn ich einen sehe.«

»Ja, genau«, erklärte er erbost. »Hat dich der heutige Nachmittag denn nicht das Mindeste gelehrt, Drucilla? Ich bin kein Mann, in den man allzu viel Vertrauen setzen sollte.«

»Was für ein absoluter Schwachsinn! Darüber haben wir doch bereits hinlänglich gesprochen.« Sie streckte die Hand nach seiner nackten Brust aus und strich mit ihren Fingern über die harten, warmen Muskeln. »Ich kann es einfach nicht verstehen. Warum weist du jeden Menschen zurück, der dir jemals nahe kommen will?«

»Weil ich dadurch Zeit spare!« Vor lauter Frustration raufte er sich die Haare. »Denkst du, ich hätte nie Nähe zu einem Menschen haben wollen? Meinst du, ich hätte es nicht schon versucht? Tja, ich habe es nicht nur gewollt, ich habe mir sogar die allergrößte Mühe gegeben, in der Hoffnung, dass ich eventuell einmal das fände, was ein paar glücklichen anderen Menschen zuteil geworden ist. Aber ich habe die Erfahrung gemacht, dass jede Beziehung – mag der Anfang auch noch so viel versprechend sein – am Ende doch nur zerbricht.«

»Und weshalb glaubst du, dass das auch in Zukunft so weitergehen muss?«

»Um Himmels willen, Drucilla – werd endlich erwachsen.« Er schüttelte den Kopf, sah sie bedauernd an, streckte die Hände aus und strich ihr die Haare aus dem Gesicht. Dann vergrub er die Finger in den dichten Strähnen hinter ihren Ohren und fuhr mit seinem Daumen ihre Wangenknochen nach. »Nein, vergiss, dass ich das gesagt habe. Du hast es verdient, dir deinen großäugigen Optimismus so lange wie möglich zu bewahren. Aber ich warne dich: Wenn du weiter mit mir zu tun hast, wirst du ihn unweigerlich verlieren. Und wirst mich ganz sicher mit anderen Augen sehen. Wenn ich eins gelernt habe, dann, dass es früher oder später allen so mit mir geht.«

»Tja, ich bin nicht alle, und ich habe nicht die Absicht, dich irgendwann mit anderen Augen zu sehen.«

Sie hasste die zynische Ungläubigkeit, mit der er sie musterte, weshalb sie sich auf die Zehenspitzen stellte, um ihn sanft zu küssen. Sie umfasste seine Unterarme, um nicht die Balance zu verlieren, und spürte, dass sie so starr waren, als wären sie aus Holz. Sie lehnte den Kopf nach hinten und sah ihm in die Augen. »Wenn es eins gibt, das ich tun will, Carver, dann ist es schlichtweg mehr, als nur mit dir zu tun zu haben. Also siehst du besser zu, dass du dich an diese Vorstellung gewöhnst.«

Seinem Gesichtsausdruck zufolge war genau das seine Befürchtung. Um nicht zu weinen, tätschelte sie mit einem reumütigen Lachen seine starren Muskeln. »Du brauchst deshalb nicht so alarmiert zu gucken.«

»Verdammt, Dru, einer von uns beiden muss doch einen klaren Kopf behalten. Ich habe in meinem Leben Dinge getan, bei denen sich dir dein Magen umdrehen würde.«

»Wann?«, fragte sie. »Als du noch ein Kind warst? Denn

du hast als Erwachsener nie auch nur wegen der kleinsten Kleinigkeit vor Gericht gestanden.«

»Woher willst du das wissen?«

»Als Edwina dir ihren Anteil an dem Hotel vererbt hat, haben wir dich genauso überprüft wie jeden anderen Bewerber für eine Spitzenposition in unserem Unternehmen. Du hast ein lupenreines Führungszeugnis. Also hör endlich auf zu versuchen, mich davon zu überzeugen, dass du so etwas wie ein Schwerverbrecher bist.« Sie fuhr mit ihren Knöcheln über seinen straffen Bauch. »Ich will dich nicht bedrängen. Und es ist nicht so, dass ich dich darum bitte, mit mir vor den Traualtar zu treten. Ich will einfach Zeit mit dir verbringen, okay?«

»Ja«, stimmte er vorsichtig zu. »Ich verbringe auch gern Zeit mit dir.«

Eine wohlige Wärme breitete sich in Drus Körper aus. »Siehst du. Dann denk, solange wir zusammen sind, einfach daran, dass ich, auch wenn ich dich erst seit kurzem kenne, eine ziemlich gute Menschenkenntnis habe, dass ich dich als das schätze, was du bist; und dass ich bereit bin, solange zu warten, bis du selbst dich ebenfalls zu schätzen lernst.«

Da wirst du lange warten müssen, war alles, was er denken konnte. Wie gern würde er ihr glauben. Doch er hatte halt etwas an sich, weshalb ihn früher oder später jeder Mensch verließ. Ihr jetzt zu glauben und später die unweigerliche Desillusionierung in ihren und auch in den Augen der anderen Lawrences entdecken zu müssen, hielte er nicht aus.

Also war alles, was er rausbrachte: »Ich werde es mir merken.«

Butch blickte sich um, um sicher zu gehen, dass niemand in der Nähe war, ging dann neben der hinteren Stoßstange von J.D.s Mustang in die Hocke und schraubte den Deckel des

Benzintanks auf. Es war ihm zuwider, immer noch hier rumzuhängen – er wollte endlich fort aus dieser Ödnis, zurück in das Leben, das er kannte.

Er schob einen Schlauch ins Innere des Tanks und überlegte, ob er seinen Plan, J.D. zu eliminieren, eventuell besser aufgab und seine Zelte hier in der Umgebung abbrach. Falls sein alter Kumpel tatsächlich etwas in den Nachrichten gesehen hatte, hatte er ihn doch zumindest bisher nirgendwo verpfiffen. J.D. schien in Gedanken nur noch bei der Brünetten mit den großen blauen Augen und dem ausladenden Vorderbau zu sein. Vielleicht also sollte er einfach packen und verschwinden.

Dann dachte er, *ja, sicher*. Als hätte sich J.D. jemals länger als ein paar Tage für ein Weibsbild interessiert. Und die verdammten Nachrichtensender konnten nicht aufhören mit der rührseligen Geschichte, die von der Familie des erschossenen Verkäufers in Umlauf gebracht worden war.

Mit neuer Entschlossenheit saugte Butch am oberen Ende des Schlauchs und steckte es dann in die Öffnung des ersten der beiden Zwanzigliterkanister, die er mitgebracht hatte, damit das Benzin aus dem Tank des Mustang nicht womöglich auf die Erde lief und dort verräterische Spuren hinterließ.

Nachdem Dru gegangen war, um nach ihrem Sohn zu sehen, wanderte J.D. rastlos durch die Räume seiner Hütte und suchte nach etwas – *irgendetwas* –, was er tun konnte, um nicht länger nachdenken zu müssen. Doch er fand nichts, also kehrten die Gedanken, die er so verzweifelt zu verdrängen wünschte, unweigerlich zurück. Er gäbe seinen linken Hoden, um nicht nachdenken zu müssen, denn das, was er empfand, seit Dru ihm ihre Liebe offenbart hatte, brachte ihn völlig aus dem Konzept.

Er hatte nur selten vor irgendetwas Angst; das war der Vorteil seiner rauen Jugend. Wenn man es schaffte, diverse Kinderheime und Pflegefamilien zu überleben, überlebte man beinahe alles, was einem das Leben an Widrigkeiten bot.

Aber wenn er ehrlich mit sich selbst war, musste er gestehen, dass ihn die von Dru eingestandene Liebe regelrecht panisch werden ließ. Er hatte Angst davor, wie sehr er diese Liebe wollte. Angst, dass er, wenn er sie akzeptierte, in eine Art Abhängigkeit geriet.

Angst davor, was aus ihm würde, wenn – verdammt, nicht *falls* – sie ihm diese Liebe irgendwann wieder entzog.

Eventuell waren diese Ängste nicht gerade rational, aber die Fähigkeit zu lieben und Liebe anzunehmen, basierte auf Vertrauen – und er hatte keine Ahnung, ob er überhaupt vertrauen konnte.

Und trotzdem …

Ein großer Teil von ihm vertraute Dru bereits. Falls jemand sein Vertrauen verdiente, dann ganz sicher sie. Sie war grundehrlich und so wahnsinnig anständig – völlig unbefleckt von dem Schmutz und Elend, von dem ein Großteil seines Lebens gezeichnet worden war.

Und jetzt erwog er allen Ernstes die Möglichkeit einer Beziehung – zu einer grundsoliden Frau. Er zog sie tatsächlich ernsthaft in Erwägung! Und zum ersten Mal seit Jahren ging er nicht von vornherein von der Garantie des Scheiterns aus. Sie brachte ihn dazu, *falls* statt *wenn* zu denken. *Falls* die Sache am Ende schief ging und nicht sofort *wenn*.

Wenn das kein Vertrauen war, was dann?

Verdammt, es war doch sowieso alles längst entschieden. Niemals gäbe er diese Beziehung so einfach wieder auf. Zöge er jetzt den Schwanz ein, täte das nicht minder weh als weiter durchzuhalten und mit ansehen zu müssen, wie sie ihn am Schluss verließ. Er war praktisch veranlagt, weshalb also genoss er das, was sie zu bieten hatte, nicht, solange er es von ihr bekam?

Sein Marsch durch die Hütte brachte ihn ins Schlafzimmer zurück und er stoppte kurz und sah zum Schrank. Dann machte er wieder kehrt, um den Raum zu verlassen, blieb jedoch, noch ehe er die Tür erreichte, erneut stehen. Er durchquerte das Zimmer, öffnete die Tür des Schranks und griff nach seiner Tasche, die seit dem Tag seiner Ankunft im obersten Regal verstaut gewesen war.

Er setzte sich aufs Bett, starrte eine Zeit lang auf das in seinem Schoß liegende Gepäckstück und nahm schließlich zögernd Edwinas Briefe daraus hervor.

Er fischte nach der Uhr von Edwina Lawrences Vater, strich mit dem Daumen über die Gravur auf dem goldenen Deckel und betrachtete sie reglos. Dann steckte er sie zurück in seine Hose, legte die Tasche neben sich auf die Decke und öffnete den ersten der versiegelten Briefe.

Er war ähnlich wie die wenigen Briefe, die er nach seinem Auszug bei Edwina noch gelesen hatte, und er presste die Lippen aufeinander. Sie schrieb, dass sie ihm einen Diebstahl, den er nie begangen hatte, großmütig verzieh.

Oder vielleicht nicht?

Er las den Brief noch einmal, diesmal mit den Augen eines Mannes, statt mit den Augen eines verletzten, verbitterten Jungen. Nun wurde ihm bewusst, dass das möglicherweise anders gemeint war. Er starrte auf Edwinas krakelige, altmodische Handschrift.

Ich habe an mich selbst immer die höchsten Ansprüche gestellt. Aber jetzt wird mir bewusst, dass wir alle Fehler machen und dass man im Bruchteil einer Sekunde ein falsches Urteil fällen kann – das einen von dem Moment an für alle Zeit verfolgt. Komm heim, J.D. Bitte. Gib uns die

Chance, diese ganze unselige Geschichte endlich zu begraben.

Als Junge hatte er die Worte so verstanden, dass sie die höchsten Ansprüche an ihr eigenes Verhalten stellte, ohne zu erwarten, dass er diesen Ansprüchen ebenfalls genügte. Er hatte daraus geschlossen, ihrer Meinung nach könne er diese Erwartungen sowieso niemals erfüllen, aber sie nähme ihn großmütig trotzdem wieder bei sich auf.

Als Erwachsener erkannte er, dass ihre Worte anders verstanden werden mussten. Der Ton des Schreibens war viel trauriger als er ihm erinnerlich gewesen war. Erfüllt von einem seltsamen, schmerzhaften Bedauern, dass er etwas so Wertvolles durch eigene Dummheit ignoriert hatte, griff er nach dem zweiten Brief, öffnete den Umschlag und zog das einzelne Blatt teuren Büttenpapiers vorsichtig heraus.

Mein lieber J.D.,
ich hätte nicht geglaubt, dass es möglich ist, die Umstände unseres Auseinandergehens noch mehr zu bedauern als ich es bereits tat. Dann wurde heute Morgen die Uhr meines geliebten Vaters tief zwischen den Kissen der Chaiselongue in seinem Arbeitszimmer entdeckt. Mein Liebling, es tut mir so entsetzlich Leid, dass ich auch nur eine Sekunde an dir gezweifelt habe. Bitte, bitte vergib mir und komm heim. Oder ruf mich wenigstens an. Wir müssen miteinander reden.

Deine dich liebende
Edwina

Mit eng gewordener Kehle las J.D. auch die anderen Briefe durch, Botschaften, die ihm von Pflegefamilie zu Pflegefamilie gefolgt waren. Einige der Schreiben hatten ihn sofort erreicht, andere hatten eine Reihe von Nachsendeadressen auf den Umschlägen vermerkt.

Er bedauerte zutiefst, nicht einen Einzigen dieser Briefe aufgemacht zu haben. Um seiner selbst und um Edwinas willen. Er hatte Jahres seines Lebens damit zugebracht, verletzt und wütend auf sie zu sein … und das vollkommen ohne Grund. Immer wieder bat sie ihn um Verzeihung, immer wieder versicherte sie ihm ihre Liebe, und während er im Schlafzimmer einer der Hütten saß, die sie ihm hinterlassen hatte, gestand er sich endlich ein, dass er vielleicht nicht ganz so unschuldig an dieser bitteren Geschichte war. Denn er selbst hatte Edward Lawrences Uhr versehentlich auf der Lehne der Chaiselongue zurückgelassen, von wo aus sie dann zwischen die Kissen gerutscht war.

Schlimmer noch: Er hatte mit der Arroganz der Jugend unmögliche Ansprüche an Edwina gestellt. Er hatte ihr vorgeworfen, ihm nicht zu vertrauen, hatte ihr selbst jedoch nicht das geringste Vertrauen geschenkt. Auf ihre Frage nach der Uhr hatte er, statt einfach zu erklären, er wisse nicht, wo das kostbare Stück geblieben war, starrsinnig die Lippen aufeinander gepresst. Und war, statt darauf zu vertrauen, dass das Missverständnis aufgeklärt würde, beim ersten Anzeichen von Schwierigkeiten feige davongelaufen.

Plötzlich verspürte er das dringende Bedürfnis, mit Dru zusammen zu sein. In Vorfreude auf ihr Verständnis und ihre Wärme legte er die Briefe wieder in die Tasche und wandte sich zum Gehen.

Es war geradezu teuflisch, statt der jahrelangen Überzeugung, ungerecht behandelt worden zu sein, der plötzlichen Erkenntnis gegenüberzustehen, dass man gravierende Fehler gemacht hatte.

22

Als jemand an die Tür ihres Apartments klopfte, als hätte sie seit mindestens drei Monaten keine Miete mehr bezahlt, riss Dru sie in der Erwartung, J.D. im Flur stehen zu sehen, eilig auf. An seiner Stelle jedoch lehnte Char mit halb geschlossenen Augen und viel zu schlaff, um derart laut geklopft zu haben, an der gegenüberliegenden Wand.

Sie bedachte Dru mit einem träumerischen Lächeln. »Hallo, Fremde.«

Dru starrte sie mit großen Augen an. Ihre Freundin wirkte irgendwie … verändert. Einen Moment lang hätte sie nicht sagen können, worin diese Veränderung bestand, dann jedoch wurde ihr bewusst, dass Char aussah, als hätte jemand sie … »Oh, mein Gott. Du und Kev habt euren Eiertanz endlich beendet!«

»Sieht man mir das derart an?«, fragte Char mit einem kehligen Lachen, stieß sich mit einer geschmeidigen Bewegung von der Wand ab und kam näher.

»Nicht im Geringsten, ich habe nur geraten«, kam Drus trockene Antwort. Dann stieß sie die Freundin in die Rippen. »So wie du aussiehst, nehme ich an, dass es …«

Chars Lider klapperten und sie verzog den Mund zu einem Lächeln.

»… eine *äußerst* befriedigende Erfahrung für dich war«, beendete sie ihren Satz. »Ich schätze, das erklärt, warum ich schon seit ein paar Tagen nichts mehr von dir gehört habe.« Sie begann ebenfalls zu grinsen. »Möchtest du einen Tee? Ich habe auch Pepsi, falls du einen Muntermacher brauchst. Oder« – sie öffnete den Kühlschrank und durchforstete den Inhalt – »einen Krug mit frischer Kirschlimo.«

»Wer hat die Limo gemacht, du oder Tate?«

»Ich.«

»Dann nehme ich die. Er nimmt immer zu viel Zucker.«

»Ja, der brave Junge befolgt tatsächlich das Rezept. Hol du schon mal zwei Gläser.«

Char tat wie ihr geheißen, Dru nahm ein paar Eiswürfel aus dem Gefrierschrank, schenkte ihnen ein und sie setzten sich einander gegenüber an den Tisch.

Char stützte das Kinn auf eine Hand und erklärte mit einem träumerischen Lächeln: »Kev sagt, dass er schon seit der High School in mich verschossen ist.« Sie giggelte verwundert. »Kannst du dir das vorstellen? Und ich hielt ihn damals für ein totales Arschloch.« Dann schaute sie Dru scharf an. »Aber wie steht es mit dir? Freitag im Red Bull sah J.D. aus, als ob er dir am liebsten an Ort und Stelle die Kleider vom Leib gerissen hätte. Wie ging es also weiter, als er dich heimgefahren hat?«

Am liebsten hätte Dru der Freundin alles gestanden, damit diese ihr helfen konnte, endlich Klarheit in diese verworrene Gefühlswelt zu bringen. Ehe sie jedoch Luft holen konnte, klopfte es schon wieder an der Tür.

»Aber hallo, wer kann das nur sein?«, fragte Char mit einem breiten Grinsen. »Schließlich sind alle deine Freunde bereits hier versammelt.«

»Entzückend.« Dru feixte sie gespielt verärgert an und machte auf.

»J.D.!« Nicht dass sein Erscheinen sie sehr überraschte, doch lag diese übliche Distanziertheit nicht mehr in seinen Augen. Was war nur heute los?

Er starrte sie wortlos an und zog sie ruckartig an seine Brust. Fest schlang er seine Arme um sie und vergrub seine Nase in ihrem dichten Haar.

»Was ist los?«, murmelte sie an seiner Schulter. »Ist irgendwas passiert, John David?« Sie versuchte sich von ihm zu lösen, um ihm ins Gesicht blicken zu können, doch er verstärkte seinen Griff und so schmiegte sie sich schließlich eng an ihn. »Ist alles in Ordnung?«

Er lachte leise auf. »Abgesehen davon, dass sich soeben gezeigt hat, dass eine zwanzig Jahre alte Überzeugung vollkommen falsch gewesen ist …«

»Habe ich den Namen J.D. gehört, Drusie?«, drang Chars Stimme aus der Küche und J.D. wurde starr. »Immer herein in die gute Stube«, lud sie ihn fröhlich ein. »Wir veranstalten gerade ein wildes Kirschlimo-Gelage.«

J.D. ließ die Arme sinken und trat einen Schritt zurück. »Tut mir Leid. Ich wusste nicht, dass du Besuch hast.«

Wieder bekam er seinen gewohnten kühl-distanzierten Blick und Dru, die den Eindruck hatte, als wäre er am liebsten sofort geflüchtet, ergriff entschlossen seine Hand.

»Char ist kein Besuch, sie ist eine Freundin. Und zwar, wie ich hoffe, von uns beiden.« Sie zog ihn über die Schwelle. »Also komm rein und trink ein Glas Limonade mit uns. Oder, wenn dir das lieber ist, habe ich sogar ein richtiges Erwachsenengetränk für dich.«

Worauf er mit einem leicht schiefen Lächeln reagierte. »Es ist ein paar Jahre her, seit ich zum letzten Mal Limo getrunken habe, aber damals war ich der Ansicht, dass es auf der ganzen Welt nichts Besseres zu trinken gab.« Und damit folgte er ihr tatsächlich in die Küche.

Während sie vor ihren Gläsern saßen, schien er sich ein wenig zu entspannen. Er scherzte mit den beiden Frauen, und auch wenn er vielleicht nicht ganz so häufig lachte wie mit Dru alleine, lächelte er doch zumindest ab und zu. Trotzdem hatte Dru das eindeutige Gefühl, dass er es nicht erwarten konnte, bis ihre Freundin endlich ging. Auch wenn seine Miene Gelassenheit spiegelte, spürte sie seinen inneren Aufruhr und sehnte sich danach, endlich zu erfahren, weshalb er, als er bei ihr geläutet hatte, derart emotional gewesen war.

Allerdings bekam sie keine Gelegenheit mehr zu einem Gespräch unter vier Augen, denn gerade als Char gehen wollte, tauchten Tate und Tante Sophie in der Wohnung auf.

J.D. grüßte die beiden liebenswürdig, konnte jedoch gleichzeitig einen leisen frustrierten Seufzer nicht unterdrücken. Was Dru durchaus verstand. Die Tatsache, dass er, mit welchem Problem auch immer, zu ihr gekommen war, freute sie natürlich. Aber sie wollte darüber auch reden, und es machte nicht den Eindruck, als ob sie beide in absehbarer Zeit dazu Gelegenheit bekämen.

Als Sophie von ihren und Bens Plänen für den Abend sprach, wurde Dru klar, dass sie ihn nicht einmal in seiner Hütte besuchen konnte. Sie nickte nur hilflos, als er sich mit einem letzten sehnsüchtigen Blick in ihre Richtung verabschiedete und sich wieder in die Einsamkeit seiner Unterkunft begab.

Um zehn Uhr an diesem Abend war Dru mit den Nerven fertig. Tate lag inzwischen im Bett und sie wählte hastig die Nummer des Empfangs. Das Hotel bot Babysitter an, und dies war genau der passende Moment, diesen Service selbst einmal zu nutzen.

Als man ihr versicherte, dass noch ein Babysitter frei war, sagte sie mit einem erleichterten Seufzer: »Gut. Würden Sie ihn darum bitten, dass er raufkommt? Tate schläft und ich muss noch mal für circa eine Stunde weg.«

Fünfzehn Minuten später überquerte sie die Lichtung vor der Hütte und erklomm eilig die Stufen zur Veranda. Motten flatterten um die Lampe über ihrem Kopf, während sie laut klopfte.

»Hi.« Die Tür quietschte ein wenig, als J.D. sie aufschob. »Ich hätte nicht erwartet, dich heute noch zu sehen.«

»Ich habe kurzfristig einen Babysitter engagiert.« Sie schmiegte sich an seine Brust, schlang ihm die Arme um den Hals, stellte sich auf Zehenspitzen, küsste ihn zärtlich auf die Lippen, trat einen Schritt zurück und sah ihm ins Gesicht. »Du warst heute Nachmittag ziemlich erregt. Erzähl mir, was passiert ist.«

Er zögerte, als hätte er es sich, nachdem er ihre Wohnung verlassen hatte, wieder anders überlegt. Doch dann führte er sie zum Schaukelstuhl im Wohnzimmer, zog sie auf seinen Schoß, legte die Arme um sie und brachte den Stuhl, indem er sich mit einem Fuß abstieß, leicht zum Wippen.

Er erzählte ihr von Edward Lawrences verschwundener Taschenuhr, seiner empörten, verletzten Flucht aus Edwinas Haus und den Briefen, die ihm durch sämtliche Pflegefamilien und Heime gefolgt waren.

»Und bis heute hast du sie nie gelesen?«, fragte sie, als er verstummte.

»Nachdem ich die ersten Briefe gelesen hatte, sah ich keinen Sinn darin, weitere zu lesen. Ich war mir völlig sicher zu wissen, was drin stand.«

Er hatte eindeutig Schuldgefühle und Dru rieb ihre Wange in der Mulde zwischen seiner Brust und seiner Schulter und musterte ihn. Mit zusammengekniffenen Augen starrte er nun reglos auf die gegenüberliegende Wand.

»Tu dir das nicht an«, bat sie ihn leise. »Das hat Edwina schon getan. Ich erinnere mich, dass sie, als ich noch ein kleines Mädchen war, von dir erzählt hat. Nur, dass ich damals nicht wusste, dass du derjenige warst – du warst einfach irgendein Junge, den sie, wie sie sagte, völlig falsch behandelt hatte. Und das hat sie sich bis zu ihrem Ende niemals verziehen.«

»Ach, verdammt.« Er wandte sich ihr zu. »Weißt du, ich habe sie wirklich mehr als gern gehabt. Als ich sie kennen lernte, muss sie um die sechzig gewesen sein – ich erinnere mich noch, dass sie mir uralt vorkam. Aber sie kannte sich mit Dingen aus, von denen ich bis dahin nie auch nur gehört hatte, und sie hat mich besser behandelt als jeder andere Mensch, dem ich je begegnet bin.«

»Du hast sie geliebt«, stellte Dru mit sanfter Stimme fest und blinzelte die Tränen, die sich angesichts seines Elends in ihren Augen sammelten, angestrengt zurück.

»Ja, ich schätze, ich habe sie geliebt. Sie war der erste Mensch, auf den ich traf, der tatsächlich Niveau hatte. Sie war der Ansicht, dass zum Beispiel gutes Benehmen bei Tisch von Bedeutung wäre, und sprach mit ernster Miene über persönliche Ehre – wovon ich, das kannst du mir glauben, dort, wo ich bis dahin aufgewachsen war, nie auch nur gehört hatte. Genau das hat es so hart für mich gemacht, als plötzlich alles zwischen uns zerstört war. Aber zumindest hatte ich das Gefühl, ungerecht behandelt worden zu sein, das mich anschließend gewärmt hat.« Er gab ein humorloses Lachen von sich. »Und jetzt stellt sich heraus, dass ich offensichtlich selbst schuld daran bin, das alles weggeworfen zu haben. Womit also soll ich mich von nun an wärmen, wenn mein Leben wieder einmal kalt und einsam wird?«

»Mit mir.« Dru reckte sich, presste einen liebevollen Kuss auf seinen Mund, umfasste sein Gesicht mit beiden Händen, sah ihm in die Augen und wiederholte mit entschiedener Stimme. »Mit mir – ich werde dafür sorgen, dass du nicht mehr frierst. Ich liebe dich, John David.«

Ein undefinierbares Leuchten trat in seine Augen und sein Griff um ihren Körper war beinahe schmerzlich, als er nun den Mund auf ihre Lippen presste und begann, die Knöpfe ihres Tops zu öffnen.

»Weißt du, du brauchst mir das nicht zu sagen«, murmelte er, nur, um einen Augenblick später leise zu verlangen: »Sag es mir noch einmal.«

Am späten Vormittag des nächsten Tages betrat J.D. seine Hütte und strebte geradewegs ins Bad. Grashalme klebten an seinem T-Shirt und in den verschwitzten Falten seines Nackens, und die Knöchel seiner rechten Hand sowie sein Unterarm waren ölverschmiert. Er zog sich das T-Shirt über den Kopf, warf es auf den Boden, duschte sich, schnappte sich ein Handtuch vom Haken an der Wand und trocknete sich im Schlafzimmer ab.

Währenddessen dachte er an Drus *Ich liebe dich* von gestern Abend. Argwöhnisch beleuchtete er die Erinnerung von allen Seiten, scheute davor zurück, machte jedoch auf der Stelle wieder kehrt und betrachtete das Erlebnis erneut. Diese Worte hatte nie zuvor ein Mensch zu ihm gesagt. Am liebsten dachte er an die Stelle, an der er sie gebeten hatte, den Satz zu wiederholen. Sie hatten sich mit geradezu schmerzlicher Langsamkeit geliebt und ihrer beider Höhepunkt so lange hinausgezögert, bis er dachte, der Schädel würde ihm zerbersten – und das alles nur, um von ihr zu hören: »Ich liebe dich, John David. Oh, bitte, *bitte*, ich liebe dich, J.D.«

Himmel. Und er hatte stets von sich behauptet, so etwas nicht zu brauchen.

Er stand verträumt in der Mitte des Zimmers, schüttelte jedoch schließlich die Bilder und Gedanken seufzend ab und nahm ein frisches T-Shirt aus der Kommode. Es reichte. Er hatte zu tun und wenn er so weiter trödelte, käme er mit der Arbeit nicht voran.

Gerade hatte er sich das T-Shirt über den Kopf gezogen, als er Schritte auf der Veranda und ein Klopfen an der Eingangstür vernahm. Er stopfte sich das T-Shirt in die Hose und eilte durch den Flur.

Durch die Fliegentür waren Sophie, Ben und Tate zu sehen.

»Hi«, sagte er mit überraschter Stimme. »Was ist los?« Es war noch lange nicht Mittag und, wie sie sicher wussten, hätte er eigentlich im Hotelgarten zu tun. Was also brachte Drus Familie um diese Zeit hierher?

Drus Familie. Sein Herz begann zu rasen und er richtete sich zu seiner ganzen Größe auf. »Geht es um Dru?« Hastig riss er die Tür auf und trat auf die Veranda. »Ist sie verletzt ...«

»Mit Dru ist alles in Ordnung, Junge«, beruhigte ihn Ben, und Sophie starrte ihn entgeistert an. »Oh, mein Lieber, *nein.*«

Sie tätschelte ihm begütigend den Arm und fügte in zerknirschtem Ton hinzu: »Es tut mir Leid. Wir wollten dich ganz sicher nicht erschrecken.«

»Wir wollen dich abholen, weil sie dein Kanu bringen«, erklärte Tate mit aufgeregter Stimme.

»Was?« Er hatte zwar die Worte durchaus verstanden, nur hatte sein Hirn ein bisschen Verspätung. Er atmete tief durch, um seinen Herzschlag zu beruhigen, und fragte: »Dann hat also jemand mein Kanu gefunden?«

»Ein paar von den Rettungsschwimmern hatten heute frei und dachten, es wäre vielleicht amüsant, danach zu tauchen«, erläuterte Ben. »Es war wohl nicht besonders schwierig, weil der Bug schon wieder an der Wasseroberfläche war. Auf jeden Fall haben sie eben angerufen, um uns zu informieren, dass sie es an unseren Steg ziehen. Wir dachten, du wärst vielleicht gern dabei, um zu überprüfen, was nicht in Ordnung war.«

Und ob J.D. das wollte! Er wollte sofort losstürmen, als ihm etwas einfiel. »Verdammt. Ich kann nicht. Ich muss zurück an die Arbeit.«

»Junge, einer der Vorteile als Eigentümer ist, dass man, wenn etwas Wichtiges anliegt, hier und da mal die Arbeit verschieben kann.«

»Ja, und das würde ich auch bestimmt tun. Allerdings schneidet einer der Rasenmäher nicht mehr richtig und der Scherkopf müsste unbedingt zum Schärfen zu McCready's.«

»Das kann ich doch übernehmen«, erklärte sich Sophie spontan bereit. »Geh du ruhig mit Ben.«

Ja! Am liebsten wäre er auf der Stelle Richtung Seeufer gerannt, doch der verdammte, ihm von Edwina eingetrichterte Sinn für Anstand, befahl ihm, ihr noch die Gelegenheit zu einem Rückzieher zu geben. »Sind Sie sicher?«

»Allerdings. Ich denke, es ist wichtiger, dass du dein Kanu überprüfst, als dass ich es beglotze.«

»Danke, Sophie. Kommen Sie mit der Gangschaltung zurecht?«

»Na sicher. Es ist schon eine Weile her, aber ich habe mit dem Pickup meines Vaters Auto fahren gelernt, und wenn man es einmal gelernt hat, vergisst man es nie mehr.«

»Wenn es Ihnen nichts ausmacht, könnten Sie einfach meinen Wagen nehmen. Ich habe den Scherkopf schon in den Kofferraum gelegt. Nein, verdammt, wie konnte ich das vergessen?« Enttäuscht machte er einen Schritt zurück und vergrub die Hände in den Taschen seiner Jeans. »Sie können das Ding unmöglich in den Laden schleppen. Es ist nicht besonders schwer, aber all die Messer sind nicht nur gefährlich, sondern auch völlig ölverschmiert.«

»Ich bin kein hilfloses kleines Frauchen, J.D.«, fauchte Sophie ihn ungehalten an. »Und mein Körper reagiert auf Wasser und Seife genauso wie der deine.« Dann wurde ihre Miene wieder entspannter. »Tut mir Leid.«

»Oma, hast du wieder einen deiner Menopausen-Momente?«, fragte Tate mit mitfühlender Stimme.

Sie drückte ihn an sich. »Nein, mein Liebling. So sehr es mich auch schmerzt, es zugeben zu müssen – manchmal bin ich schlicht und einfach ein reizbares altes Weib.« Dann wandte sie sich lächelnd an J.D. »Mike McCready wird mir helfen. Geh du nur mit Ben. Tate, hättest du Lust, mich zu begleiten?«

»Och, nee. Ich will mit Opa und J.D. runter an den Steg.«

»Okay.« Sie küsste ihn auf die Stirn und wandte sich über seinen Kopf hinweg nochmals an J.D. »Mein Lieber, wo finde ich die Schlüssel?«

J.D. ging die Autoschlüssel holen und brachte sie noch bis zum Wagen. »Bremse und Lenkung gehen nur, solange der Motor an ist, der Rest ist vollkommen normal«, erklärte er zum Abschied. »In der Tat hat die Kiste für ihr Alter erstaunlich wenig Macken. Nur dürfen Sie nicht auf die Benzinanzeige achten. Sie steht immer auf leer, doch momentan ist der Tank fast voll.«

Sophie schwang sich hinter das Steuer, trat einmal kurz aufs Gas, brachte den Motor dadurch zum Heulen, schnallte sich mit einem kessen Grinsen an und machte sich mit dem Armaturenbrett vertraut. Dann fuhr sie langsam rückwärts auf den Weg, winkte dem Jungen und den beiden Männern fröhlich zu, legte den ersten Gang ein und preschte gut gelaunt davon.

»Auf geht's!«, meinte Tate, sobald der Wagen um die erste Kurve verschwunden war, und rannte Richtung See.

J.D. wandte sich an Ben. »Danke«, sagte er und fügte, als dieser ihn fragend ansah noch ein »Dafür, dass Sie gekommen sind, um mich zu holen. Das war wirklich nett« hinzu.

»Kein Problem. Du hast es verdient, zu erfahren, weshalb dein Kanu untergegangen ist. Wenn es mein Boot wäre, würde ich auch wissen wollen, was falsch gelaufen ist.«

»Ja, das will ich ganz bestimmt. Bis Sie mir eben eröffnet

haben, dass das Boot geborgen worden ist, war mir gar nicht klar, wie sehr.« Er stopfte die Hände in die Hosentaschen und kreiste unbehaglich mit den Schultern. »Dafür bin ich Ihnen etwas schuldig.«

»Gut.« Ben griff in die Brusttasche seines Hemdes und zog eine Zigarette daraus hervor. »Dann wirst du ja sicher nichts dagegen haben, wenn ich ein paar Züge mache, solange Tate nicht in der Nähe ist.«

»Verdammt, so viel bin ich Ihnen aber nicht schuldig.«

Lachend zündete sich Ben die Zigarette an, hielt sie jedoch so, dass der Wind den Rauch nicht zu J.D. pustete.

Als sie den Steg erreichten, stand Tate dort bereits bei den beiden jungen Tauchern. Einer von ihnen vertäute, während Tate ihn mit Fragen bombardierte, sorgfältig sein Ruderboot, und der andere zog an einem Seil J.D.s Kanu zum Ufer. J.D. lief zu ihm, half ihm, das Boot an Land zu zerren und gemeinsam legten sie es mit dem Kiel nach oben auf den Steg.

Er dankte den beiden jungen Männern, hockte sich, während sich Ben noch mit den beiden unterhielt, neben das Kanu und strich mit einer Hand über den geschwungenen Rand.

Das Boot war leicht verzogen, jedoch dafür, dass es vierundzwanzig Stunden unter Wasser gelegen hatte, in einem überraschend guten Zustand. Er kippte es auf die Seite und sah es sich genauer an.

Das Zedernholz war derart aufgequollen, dass ein mögliches Problem mit bloßem Auge nicht zu erkennen war. Nach kurzer Prüfung drehte er das Boot mit einem frustrierten Seufzer wieder um. Dann starrte er aufs Heck des Kanus und knetete sorgfältig mit seinen Fingern an den Längsrippen herum.

»Hast du schon was gefunden?«, hörte er plötzlich Drus

Stimme, hob den Kopf und sah, dass sie eben auf den Steg trat.

Sie hockte sich neben ihn und drückte ihm aufmunternd die Schulter. »Onkel Ben hat mich angerufen und mir gesagt, dass Jake und Colin dein Kanu geborgen haben. Hast du schon entdeckt, weshalb es untergegangen sein könnte?«

»Noch nicht.« Während sie sich wieder aufrichtete und zu Tate und Ben ging, kneteten seine Finger den Kiel vorsichtig weiter. Die beständige Unterstützung, die er von dieser verrückten Familie bekam, rief eine wohlige Wärme in ihm wach.

Auf einmal gab das Holz unter seinen beiden Mittelfingern nach. J.D. zuckte zurück und knetete dann erneut an der Stelle herum. Sie fühlte sich eindeutig schwammig an und unter dem Druck seiner Finger löste sich etwas von dem leuchtend roten Lack. »Was zum Teufel ist denn das?«, murmelte er verwundert.

»Hast du was gefunden, Junge?« Ben ging auf der anderen Seite des Kanus in die Hocke.

»Ja, aber ich bin nicht sicher, was.« Er tastete ein Stückchen weiter. »Verdammt, hier ist noch so eine Stelle.« Seine Finger fanden einen zweiten Fleck, an dem die Farbe abging. »Ich wünschte, ich hätte meinen Werkzeuggürtel um. Ein Messer oder ein Meißel wäre jetzt nicht schlecht.«

Ben fischte ein Messer aus einer seiner Hosentaschen und hielt es ihm hin. »Hilft dir das hier?«

»Ja. Danke.« Als sich Dru erneut zu ihnen gesellte, hob er kurz den Kopf, klappte dann eine der Klingen des Taschenmessers auf und kratzte damit die Farbe von der ersten weichen Stelle.

»Was ist das, J.D.?«, fragte Tate, der sich an seinen Rücken lehnte und neugierig über seine Schulter lugte.

»Da bin ich mir noch nicht ganz sicher. Geh einen Schritt zurück, ja? Du wirfst einen Schatten auf das Kanu.«

»Aber ich will …«

»Tate, geh einen Schritt zurück«, befahl Dru ihrem Sohn energisch. »Oder besser noch, komm hierher auf unsere Seite. Von hier aus kannst du alles genau verfolgen, aber du nimmst J.D. nicht die Sicht.«

Unbehaglich legte J.D. die erste Stelle frei. In der Hoffnung, dass er sich vielleicht irrte, kratzte er auch an der anderen Vertiefung und setzte sich danach fluchend auf die Fersen.

»Was ist los, Junge?«

J.D. blickte Ben über den Kiel des Kanus an. »Es ist kaum zu erkennen, aber es sieht ganz so aus, als hätte jemand absichtlich hier und hier« – mit der Spitze von Bens Messer wies er auf die beiden Stellen – »Löcher in das Holz gebohrt und sie dann neu lackiert.«

»Verdammt. Du denkst, jemand hätte mit Absicht …?«

»Ja, und wahrscheinlich finde ich noch mehr versteckte Lecks, denn ich erinnere mich daran, dass das Wasser an mehreren Stellen durch den Boden kam.«

»Weshalb sollte jemand so was tun?«

J.D. zuckte mit den Schultern, weil er es selbst beim besten Willen nicht verstand. In dieser Sache verließ er sich am besten auf seinen Instinkt.

»Okay, lass es mich anders formulieren«, meinte nun Ben. »Weshalb sollte jemand *dir* was antun wollen?«

J.D. dachte an das Verfahren gegen seinen alten Arbeitgeber und die Drohungen von dessen Sohn. Aus irgendeinem Grund wanderten seine Gedanken plötzlich zu seinem Wagen und zu …

»Scheiße!« Er sprang auf die Füße und starrte Ben panisch an. »Sophie!«

23

Ben handelte sofort. »Los, mein Wagen steht am nächsten!« Beide Männer rannten in atemberaubendem Tempo den Weg zu Bens und Sophies Haus hinauf.

Dru und Tate stürmten, obgleich sie keine Ahnung hatten, was überhaupt los war, hinter ihnen her.

Bei der Garage angekommen, riss Ben sofort die Tür seines Buicks auf, J.D. jedoch legte eine Hand auf seinen Arm und hielt ihn zurück. »Falls irgendetwas mit meinem Wagen nicht in Ordnung ist, brauchen wir vielleicht ein paar Geräte. Sie haben jede Menge Werkzeug in Schuppen und Garage – lassen Sie uns zusammensuchen, was wir brauchen könnten.«

Es dauerte nur wenige Minuten, die Werkzeuge zu finden und im Kofferraum des Buicks zu verstauen. Dann sprangen alle vier in den Wagen, Ben lenkte ihn rückwärts aus der Garage, schaltete auf D, wendete und raste mit jaulenden Reifen die Bergstraße hinunter.

Als sie um die erste Kurve schlidderten, packte J.D. Sophies Mann am Arm. »Fahren Sie langsamer«, befahl er mit ruhiger Stimme. »Dadurch, dass Sie uns gegen einen Baum fahren, helfen Sie Sophie ganz sicher nicht.«

Dru, die auf dem Rücksitz saß, hörte, wie ihr Onkel nach Luft rang und diese zischend wieder ausstieß. Trotzdem nahm er den Fuß etwas vom Gas.

Sie beugte sich nun zwischen den beiden Männern nach vorn, vergrub ihre Finger tief in J.D.s Schulter und fragte: »Was ist überhaupt los?«

Seine Miene war reglos, doch sie sah die Furcht in seinen Augen und ihre eigene Panik verdoppelte sich. J.D. war nicht der Typ, der sich grundlos vor etwas ängstigte.

»Sieht aus, als hätte jemand mein Kanu sabotiert«, erklärte er tonlos. »Und deshalb wäre es durchaus möglich, dass dieser Jemand sich auch an meinem Wagen zu schaffen gemacht hat.«

»*Warum?*«, fragte sie entgeistert, winkte jedoch sofort ab. »Das ist im Moment egal. Was hat Tante Sophie damit zu tun?«

»Deine Tante ist mit meinem Wagen in den Ort gefahren.« Mit kurzen Sätzen erklärte er, wie es dazu gekommen war, und als er geendet hatte, löste Ben den Blick lange genug von der Straße, um J.D. kurz von der Seite anzuschauen.

»Die Frage von Dru ist durchaus berechtigt«, knurrte er. »Wer hätte ein Interesse daran, dein Boot oder dein Auto zu sabotieren?«

»Ich habe mir bereits das Hirn zermartert und der Einzige, der mir einfällt, ist Robbie Lankovich«, erwiderte J.D.

»Der Sohn des Typen, der deinetwegen im Gefängnis sitzt? Der, der sich für so schlau hält?«

»Ja. Als ich Lankovich verpfiffen habe, hat Robbie jede Menge Drohungen gegen mich ausgestoßen. Auf die ich damals nicht viel gab.«

Dann zuckte er fluchend mit den Schultern. »Trotzdem ergibt das Ganze keinen Sinn. Wenn Robbie mich hätte aus dem Weg schaffen wollen, wäre es wesentlich schlauer gewesen, das zu versuchen, *bevor* es zur Verhandlung gegen seinen Alten kam. Andererseits ist das typisch Robbie: Er ist ein solcher Schei…, äh, Idiot, dass man dreiviertel von dem, was er sagt, an die Hasen verfüttern kann.« Er kreuzte die Arme vor der Brust und schob die Hände, als wäre ihm kalt, unter die Achseln. »Trotzdem, er ist eindeutig verrückt – und der einzige Mensch, der mir einfällt, der glauben könnte, eine Rechnung mit mir zu begleichen.«

Dru musterte Tate, der gegen sein normales Naturell ruhig auf seinem Platz saß, aber mit großen Augen aufmerksam aus dem Fenster starrte.

Plötzlich rief er: »Opa! Da drüben ist J.D.s Wagen.« Dann warf er sich in den Sitz zurück und wisperte: »O Mann. Das sieht nicht gut aus.«

Drus Magen verknotete sich. Großer Gott. Es sah aus, als hätte Sophie versucht, eine Abkürzung zu nehmen, wäre dabei jedoch in einem zu großen Bogen um die Kurve gefahren, um rechtzeitig abbiegen zu können. Der Wagen war über den Weg hinausgeschossen und ragte jetzt schräg über der Böschung. Der Vorderreifen auf der Fahrerseite schwebte frei über dem Abgrund und der Hinterreifen stand nur noch teilweise auf festem Grund. Sophie saß stocksteif hinter dem Lenkrad. Es wirkte, als wäre sie beim Anblick der steilen Felswand direkt neben ihrem Fenster vor Entsetzen erstarrt.

Ben knirschte einen unflätigen Fluch, aber J.D. sagte mit beherrschter Stimme: »Fahren Sie dicht hinter den Wagen, aber bleiben Sie weit genug vom Rand entfernt, um nicht weitere Erde oder Gesteinsbrocken zu lösen.«

Dann drehte er sich um und wandte sich an Dru und Tate. »Ihr beiden müsst euch absolut ruhig verhalten und vor allem in ausreichendem Abstand zu dem Mustang bleiben, bis wir eure Tante sicher auf die Straße zurückgezogen haben. Meint ihr, dass ihr das schafft?«

»Ja, natürlich«, meinte Dru und Tate nickte wortlos mit weit aufgerissenen Augen.

»Gut.«

Sobald Ben auf Parken gestellt und die Handbremse gezogen hatte, stiegen sie alle aus und J.D. eilte zum Mustang, um Sophie zu versichern, dass sie umgehend gerettet werden würde. Dru legte ihrem Sohn einen Arm um seine schmalen Schultern und führte ihn aus der Gefahrenzone, wurde aber von J.D.s Stimme gestoppt. »Ich weiß, dass ihr uns helfen wollt.«

Er kam näher und hielt ihr eine Hand voll Fackeln hin. »Ihr könntet diese Dinger hinter der Kurve aufstellen. Das wird die Autofahrer warnen, damit es nicht zu einem weiteren Unfall kommt.«

Dank der Aussicht, endlich etwas Nützliches tun zu können, hellte sich Tates Miene auf, und Dru vermutete, dass ihr Gesichtsausdruck dem ihres Sohnes durchaus ähnlich war. Sie nahm die Fackeln und Bens Einwegfeuerzeug entgegen, stellte sich auf die Zehenspitzen und küsste J.D. schnell auf den Mund. »Danke.«

Sie und Tate brauchten nicht lange, um die Fackeln oberhalb der scharfen Kurve zu positionieren. Dann kehrten sie an den Unfallort zurück und beobachteten, wie sich J.D. auf dem Rücken unter das hintere Ende seines Mustangs schob, um dort die Kette, die unter Bens Buick verschwand, mit Hilfe eines Metallhakens zu verankern.

Dru hielt die Luft an. Der Wagen hing in gefährlicher Schräglage halb über dem Abgrund. Aus Furcht, die geringste Bewegung könnte reichen, um den Mustang entweder auf J.D.s Brust krachen oder aber mit Tante Sophie zusammen in die Tiefe stürzen zu lassen, wagte sie kaum zu atmen.

J.D. war sich der prekären Situation ebenfalls bewusst. Aber wenn er zerquetscht würde, bevor es ihm gelänge, die Kette mit der Achse des Mustangs zu verbinden, hätte er dafür, dass Sophie seinetwegen derart in Gefahr war, nichts Geringeres verdient. Er atmete tief durch und konzentrierte sich ganz auf seine Arbeit. Eine Minute später hatte er sein Werk erfolgreich vollendet, robbte unter dem Wagen wieder hervor und winkte Ben, der sich umgehend hinter das Lenkrad seines Buicks schob.

»Okay!«, rief J.D. und sprang auf die Füße. »Und jetzt fahren Sie ganz langsam an.« Er ging in die Hocke und wandte sich durch das Beifahrerfenster an Sophie. »Ich gebe Ihnen ein Zeichen, wenn die Reifen wieder auf festem Boden stehen. Dann drehen Sie das Lenkrad so weit es geht nach links«, wies er sie mit ruhiger Stimme an. »Keine Sorge, wir haben Sie im Handumdrehen in Sicherheit.«

Sie starrte ihn aus schreckgeweiteten Augen an und nickte zum Zeichen, dass sie ihn verstanden hatte, beinahe unmerklich mit dem Kopf.

Ben lenkte den Buick rückwärts quer über die Straße, die Kette zwischen den beiden Wagen spannte sich sichtbar an und Kies knirschte unter dem Hinterreifen des Mustangs, als er sich Zentimeter für Zentimeter vom Abgrund fortzubewegen begann. Während einiger grausiger Sekunden drehte sich das Vorderrad völlig sinnlos in der Luft, dann jedoch traf es ebenfalls auf festen Boden und Sophie drehte entsprechend J.D.s Anweisung das Steuer so weit es ging nach links.

Ben brachte den Buick erst zum Stehen, als der Mustang in sicherem Abstand vom Abgrund wieder auf der Straße stand. Doch dann hielt ihn nichts mehr. Mit einem lauten Juchzer sprang er aus dem Wagen und rannte zu seiner Frau, die von J.D. behutsam aus dem Mustang gezogen worden war.

Er riss Sophie in seine Arme und rückte einen Moment später ein Stückchen von ihr ab. »Ist alles in Ordnung?«, wollte er wissen. Statt jedoch eine Antwort abzuwarten, presste er sie sofort wieder an seine Brust und rieb seine Wange zärtlich in ihr zerzaustes braunes Haar. »Himmel, hatte ich eine Heidenangst«, gab er unumwunden zu. »Es fühlt sich so gut an, dich im Arm zu halten. Und? *Ist* alles in Ordnung?«

»Ja. Nein. Ich bin nicht sicher«, erklärte sie unter hysterischem Gelächter. »Ich weiß immer noch nicht genau, was passiert ist, Ben … aber eine Zeit lang dachte ich, dies wäre mein sicheres Ende.« Ihre Zähne klapperten und sie schmiegte sich noch enger an seine breite Brust, damit sich so viel Wärme wie möglich vom Körper ihres Mannes auf sie übertrug. »Als ich losgefahren bin, war alles in Ordnung, aber dann fing der Motor an zu stottern und schließlich ging er plötzlich einfach aus – ich konnte nichts dagegen tun. Die Lenkung und die Bremsen haben kaum noch funktioniert. Es war wie der Versuch, ein Nilpferd durch eigene Muskelkraft in eine ihm nicht genehme Richtung zu bewegen.« Ihr Zittern wurde stärker und sie klammerte sich an Ben fest. »Himmel, lass mich jetzt bloß nicht los. Ich hatte eine solche Angst.«

Dru und Tate warfen sich mit in die Umarmung und J.D. verfolgte einen Moment den Austausch glückseliger, familiärer Küsse, bevor er sich abwandte, die Kette von den beiden Wagen löste, sie in den Kofferraum des Buicks warf und diesen für den Fall, dass womöglich ein Fahrzeug um die Kurve geschossen kam, an den Rand der Straße fuhr. Sobald das Auto dort sicher stand, kehrte er zurück zu seinem eigenen Wagen, um festzustellen, weshalb der Motor versagt hatte.

Der Grund dafür war eindeutig – Sophie hatte die Symptome derart gut beschrieben, dass er als Erstes den Benzintank überprüfte. Er war leer, ohne dass irgendwo eine undichte Stelle zu entdecken war.

Die Gruppenumarmung war beendet und Ben führte Sophie sanft in Richtung des Buicks. »Sehen wir zu, dass wir dich nach Hause schaffen«, meinte er und wandte sich fragend an J.D. »Hast du schon eine Ahnung, was passiert ist?«

»Sieht aus, als hätte jemand meinen Benzintank geleert.«

Ben grunzte und wedelte in Richtung seines Buicks. »Steig ein. Wir werden darüber reden, sobald Sophie sicher zu Hause auf dem Sofa sitzt.«

Auf der Fahrt zum Haus der Lawrences war J.D. äußerst schweigsam. Er wusste, was er zu tun hatte, und so beugte er sich schließlich nach vorn, tippte Ben auf die Schulter und fragte: »Könnte ich mir vielleicht den Laster ausleihen, um Benzin für den Mustang zu besorgen und den Scherkopf in der Werkstatt abzuliefern?«

»Natürlich.« Ben brachte den Buick direkt vor der Veranda des Hotels zum Stehen. »Die Schlüssel liegen am Empfang.«

J.D. stieg aus dem Wagen, beugte sich noch einmal hinunter, blickte durch Bens offenes Fenster in Sophies kreidiges Gesicht und räusperte sich. »Es tut mir wirklich Leid, dass Sie in diese schreckliche Geschichte mit reingezogen worden sind«, erklärte er und bezog Dru und Tate durch eine Drehung seines Kopfs in die Rede mit ein. »Tut mir Leid, dass ich euch alle da reingezogen habe. Gebt mir ein, zwei Stunden, um mein Zeug zu packen, dann bin ich weg.«

Sophie und Tate schrien erschrocken auf und Ben sagte: »Also bitte, Junge! Du solltest keine derart überstürzte Entscheidung treffen. Lass uns in Ruhe darüber reden.«

Doch es war der Schock in Drus Gesicht, der J.D. bis ins Mark traf. Gegen seinen Willen blickte er sie an und starrte in zwei laserblaue Augen, die ihm signalisierten, dass sie sich durch diese Aussage von ihm verraten fühlte.

Es wäre verführerisch gewesen, sich in seinen Schuldgefühlen zu vergraben, doch zu seiner Rettung wallte eine gesunde Portion Ärger in seinem Inneren auf. Verdammt, schließlich war es nicht so, dass er gehen *wollte* – es ging einzig darum, sie und ihre Familie aus der Schusslinie zu bringen! Er schlug mit der flachen Hand auf den Fensterrahmen, richtete sich auf und marschierte entschlossen zum Hotel.

Er hätte wissen müssen, dass er sich nicht so einfach verdrücken konnte. Als er ein paar Minuten später die Fahrertür des Lasters aufriss, wurde er im Innern bereits von Dru erwartet.

Sie musterte ihn reglos. »Du hast dir doch wohl nicht allen Ernstes eingebildet, du könntest so schlicht von der Bildfläche verschwinden, oder?«

Er rammte den Schlüssel ins Zündschloss, drehte ihn herum, legte den Rückwärtsgang ein und blickte sie, ehe er das Fahrzeug auf die Straße lenkte, kurz von der Seite an. »Glaub mir, Süße, zwischen uns beiden ist nie auch nur das Geringste schlicht.«

Sie antwortete nicht, und er war fest entschlossen, ebenfalls zu schweigen. Ein Entschluss, den er jedoch bereits drei Minuten später wieder über Bord warf. »Ich hole Benzin für mein Auto, danach packe ich und dann bin ich weg.«

Er hätte erwartet, dass sie ihm widerspräche, doch sie kreuzte wortlos die Arme vor der Brust und starrte aus dem Fenster. Auch als er kurze Zeit später hinter seinem Mustang hielt, um den Scherkopf des Rasenmähers umzuladen, gab sie keinen Ton von sich, und während der gesamten restlichen Fahrt bis hinunter in den Ort hielt sie ihr Schweigen durch. Statt jedoch weiter die Landschaft anzustarren, wandte sie den Kopf und musterte ihn. Die ganze Fahrt hindurch ließ sie ihn nicht mehr aus den Augen, blieb jedoch stumm.

Allmählich wurde er nervös.

Es half auch absolut nicht, dass er jedes Mal, wenn er einen anderen Gang einlegen musste, ihre leicht gebräunten Schenkel direkt neben seinen Fingern aufblitzen sah. Er konnte der Versuchung, eine Hand auf die samtene Haut ihres Beins zu legen, nur mit größter Mühe widerstehen. Wie gerne hätte er ein letztes Mal seine Hand darauf gelegt und die festen Muskeln darunter gespürt.

Aber wenn er sie jetzt berührte, wäre es, als triebe er die letzten Nägel in seinen eigenen Sarg.

Das hieß, wenn sie ihn bei einem solchen Annäherungsversuch nicht gleich die Faust an einer besonders empfindlichen Stelle spüren lassen würde.

Dru wartete, bis er den Scherkopf abgegeben, einen Benzinkanister gefüllt und die Rückfahrt angetreten hatte, bevor sie etwas sagte. Während der letzten zwanzig Minuten hatte sie versucht, eine logische Argumentationskette zu basteln, am Ende jedoch kam einzig ein »Geh nicht, J.D.« heraus.

Seine Arme wurden steif und die Knöchel seiner Hände traten, als er das Lenkrad umklammerte, leuchtend weiß hervor. Seine Augen glühten wie Kohlen, als er sie ansah. Und was sie in ihren Tiefen entdeckte, war nicht gerade zu ihrer Beruhigung angetan.

»Ich muss«, antwortete er.

»Das ist lächerlich. Natürlich musst du nicht.«

»Doch, verdammt, ich muss!« Er raufte sich frustriert mit einer Hand die Haare. »Denkst du, für mich wäre das leicht?«

»Ja, das denke ich. Wenn es nicht leicht für dich wäre, hättest du es nicht so verdammt eilig mit dem Packen.«

»Ich habe keine Wahl, Drucilla! Ich dachte, ich könnte hier ein neues Leben beginnen, aber das ist eindeutig nicht möglich. Und ich will verdammt sein, wenn ich tatenlos zusehe, wie irgendeine Bombe aus meinem bisherigen Leben über dir und Tate und deiner Tante und deinem Onkel explodiert.«

Die Mischung aus Wut und Enttäuschung lag ihr wie Blei im Magen. »Dann willst du also behaupten, dass du von hier verschwindest, weil du uns gern hast?«

Es schien ihm zu widerstreben, es zugeben zu müssen, doch schließlich nickte er widerwillig. »Ja.«

Worauf sie verächtlich schnaubte. »Also bitte! Menschen, die einander gern haben, halten ja wohl zusammen.«

»Sie tragen dafür Sorge, dass denen, die sie gerne haben, nichts passiert!«

»Was ein weiterer Beweis für die Richtigkeit meiner Behauptung ist. Um *uns* scheint es hier nicht zu gehen, J.D. Dieser Robbie hat es auf *dich* abgesehen und nicht auf uns, weshalb also musst du von hier verschwinden? Ebenso gut könntest du bleiben und wir könnten gemeinsam dafür sorgen, dass dir nichts passiert.«

»Ja, sicher«, fuhr er sie zornig an. »Als könnte eine Familie von Hotelbetreibern es mit einem Irren aufnehmen.«

»Und für wen hältst du dich – für Supermann vielleicht?«

»Natürlich nicht«, knurrte er, doch Dru ging achtlos über diesen Widerspruch hinweg.

»Ich denke, doch. Ich denke, *du* denkst: Nur, weil du als Kind in einer Reihe von Pflegefamilien warst, bist du um Welten härter und zäher als beispielsweise ich.«

Jetzt reckte er das Kinn. »Das hat mit Denken nichts zu tun – ich bin tatsächlich um Welten härter und zäher als du!«

»Was bildest du dir eigentlich ein? Meinst du, dein Leben wäre so viel schlimmer gewesen, weil deine Mutter dich nicht wollte? Tja, dann erzähl ich dir mal was – meine Eltern haben mich ebenfalls nicht gewollt. Ich habe ebenso wie du gelernt, auf mich selber aufzupassen, danke. Und ich will und brauche es ganz sicher nicht, dass du dich für mich opferst.«

Er lenkte den Laster auf seinen Stellplatz neben dem Hotel und musterte sie kühl. »Ich werde von hier verschwinden, Drucilla.«

»Und inwiefern soll das uns und vor allem mir eine Hilfe sein? Welchen Vorteil haben ich, Tate, Tante Soph und Onkel Ben davon, dass du abhaust und dich zu einer beweglichen Zielscheibe für deinen Gegner machst, ohne dass wir je erfahren werden, was zum Teufel aus dir wird?«

»Ich bringe euch aus der Schusslinie.«

»Und was ist mit der Tatsache, dass ich dich liebe? Zählt das überhaupt nicht? Es scheint ein Satz zu sein, den du gern hörst – aber ich schätze, im Grunde ist dir meine Liebe völlig egal.«

Eine Sekunde sah er aus, als würde er explodieren, dann jedoch betrachtete er sie wie eine Fremde. Dru hätte sich nicht gewundert, wenn er ihr Recht gegeben hätte, doch er sagte tonlos: »Sie ist mir sogar sehr wichtig, trotzdem bleibe ich nicht hier.«

Zornig sprang sie aus der Kabine, hielt noch kurz die Tür auf und erwiderte: »Dann bist du ein Narr. Denn du hättest mich haben können, aber du hast aus dem dümmsten Grund der Welt auf mich verzichtet: deinem verdammten, arroganten, machomäßigen Stolz.«

Bevor sie die Tür endgültig ins Schloss warf, setzte sie noch verletzt hinzu: »Ich hoffe, dass dieser Stolz dich, wenn es kalt und einsam wird, wenigstens ein bisschen wärmt.«

24

»Ich hoffe, er hält dich wenigstens ein bisschen warm«, äffte J.D. Dru, während er, den Benzinkanister auf der Schulter, den Weg hinunter in Richtung seines Mustangs trabte, übellaunig nach. *Hält dich warm, hält dich warm, hält dich warm*, hallten die Worte durch seine Gedanken und egal, wie sehr er auch versuchte, sie zum Verstummen zu bringen, begleiteten sie ihn wie ein endloser, blecherner Chor aus einem Fiebertraum hartnäckig auf seinem Weg.

Du hättest mich haben können, wisperte Drus Stimme. *Aber du hast aus dem dümmsten Grund der Welt auf mich verzichtet: deinem verdammten, arroganten, machomäßigen Stolz.*

Er fluchte und versuchte abermals, die Stimmen – vor allem die letzte – zum Verstummen zu bringen. Verdammt, wozu brauchte er schon Stolz, um sich zu wärmen? Er hatte seine Empörung. Seit zwanzig Jahren hatte er sich nirgendwo so daheim gefühlt wie in der Star Lake Lodge. Drucilla, Tate, Sophie und Ben hatten beinahe so etwas wie eine Familie für ihn bedeutet. So wie Dru es formulierte, könnte man tatsächlich meinen, er würde aus der Tür schlendern, seine Taschenuhr schwenken und dabei noch fröhlich pfeifen – während er das Gefühl hatte, als risse man ihm ohne Betäubung sämtliche Eingeweide aus dem Leib.

Nie zuvor hatte er einen Menschen gekannt, der auch nur entfernt wie Dru gewesen wäre. Nie war ihm bewusst gewesen, dass es möglich war, das für eine Frau zu empfinden, was er für sie empfand. Er hatte sich alle Mühe gegeben, diese Wahrheit zu verdrängen, zu tun, als verbände sie nichts als körperliche Lust. Doch nun, da Lankovich es ihm unmöglich machte, hier zu bleiben, ohne dadurch Dru und ihre Familie in Gefahr zu bringen, konnte er die Fakten nicht länger leugnen. Sicher, am liebsten würde er Tag und Nacht mit Drucilla schlafen, doch was noch viel mehr wog: Er hätte gern mit ihr und ihrem Jungen gelebt. Er wünschte sich das Recht, sie zu beschützen, Tate zu erziehen wie seinen eigenen Sohn, derjenige zu sein, der dafür Sorge trug, dass der Hotelbetrieb erfolgreich lief. Er wollte die Art Leben, von der er stets geglaubt hatte, sie wäre anderen vorbehalten, die Art Leben, von der Dru ihm gezeigt hatte, dass sie vielleicht auch die seine hätte sein können.

»Vielleicht« ist hier das Schlüsselwort, mein Junge. J.D. erreichte seinen Mustang und stellte den Benzinkanister auf den Boden. Tatsache war, wenn Lankovich diesen besonderen Traum nicht plötzlich hätte platzen lassen, hätte es wahrscheinlich jemand anderes getan. Er konnte es nicht länger leugnen: Für das Leben in einer Disney-Familie war er einfach nicht gebaut. Bevor er die Lawrences getroffen hatte, hatte er nicht einmal geglaubt, dass es so was tatsächlich gab.

Die Erkenntnis, dass so etwas existierte, war für ihn zu spät gekommen und hinterließ deshalb einen bitteren Geschmack. Er seufzte tief, klappte die Motorhaube seines Wagens hoch und den Tankdeckel zur Seite, und füllte den Inhalt des Kanisters bis auf die letzte Tasse, die er in den Vergaser kippte, sorgfältig in den Tank.

Während er die Motorhaube wieder zuschlug, den leeren Kanister in den Kofferraum des Mustangs warf und sich hinters Steuer setzte, erschien es ihm wie ein schlechter Witz, dass Robbie Lankovich für sein Elend verantwortlich war. Er hätte geschworen, dass der Kerl nur große Töne spuckte, ohne dass er auf seine Worte je Taten folgen ließ.

Als der Wagen sofort ansprang, lächelte er grimmig. Irgendwie war es passend, dass das Anlassen des Mustangs das Erste war, was ihm an diesem Tag gelang. Er schlug den Weg zu seiner Hütte ein.

Dru hatte wissen wollen, welche Gefahr Robbie für sie und ihre Familie darstellte, wenn er es doch auf J.D. abgesehen hatte. Verdammt, womöglich hatte sie Recht. Vielleicht könnte er tatsächlich …

Er verbot sich diese Überlegung. Nein. *Nein*, verdammt, denk am besten gar nicht erst darüber nach. Wie sollte er weiter mit sich leben, falls einem der Lawrences etwas passierte? Er tat das Richtige, indem er ging. Etwas anderes konnte er nicht tun.

Es war schmerzlich. Aber er würde es überleben.

Er parkte den Wagen hinter seiner Hütte, stieg aus und warf die Tür ins Schloss. Er müsste seine Sachen packen und von hier verschwinden, bevor er etwas Dummes täte – wie zum Beispiel zu beschließen, trotz der Risiken für Dru und ihre Familie doch zu bleiben.

Versunken in einen Traum, von dem er genau wusste, dass er nie wahr werden würde, betrat er das Haus und hatte bereits fast das Schlafzimmer erreicht, als er merkte, dass er nicht allein war. Ein Mann saß in dem breiten Schaukelstuhl am Fenster. Die Nachmittagssonne kam von hinten, so dass sein Gesicht im Schatten lag.

Die Waffe, die er in der Hand hielt, war jedoch deutlich zu erkennen, und er zielte damit geradewegs auf J.D.s Brust.

Ein Blick in Drus Gesicht genügte, damit sich Char bei der Angestellten am Empfang, mit der sie gerade ihre Massagetermine besprach, entschuldigte, und ihr hinterherlief. Sie holte sie gerade noch ein, bevor sich die Tür des Fahrstuhls zwischen ihnen schloss.

»He, Dru. Warte.«

Dru schien sie nicht zu hören. Also hielt Char schnell die Hand zwischen Tür und Rahmen und gesellte sich, als die Tür noch einmal aufglitt, zu ihrer Freundin in den Lift.

Endlich drehte Dru den Kopf, Char jedoch hatte den Eindruck, als ob die Freundin sie immer noch nicht wahrnahm. »Dru? Was ist passiert?«

Als keine Antwort kam, streichelte Char der Freundin sanft den Arm.

Dru zuckte zusammen, blinzelte und merkte endlich, dass ihre beste Freundin sie voller Sorge betrachtete. »Char?«

»Wo ist Tate, Drusie?«

»Bei Tante Sophie. Ich will nicht, dass er mich so sieht.« Ihr Kinn begann zu zittern und sie sah die Freundin hilflos an. »Ich kriege nicht mal mehr mein Mama-Gesicht hin.«

»Was ist passiert?«

Wieder wogte der Schmerz in ihrem Inneren auf und sie schlang sich, als würde sie frieren, die Arme um den Körper. »Er geht weg, Char.«

»Wer ge…? J.D.?«

»*Ja.*« Wütend blinzelte sie die aufsteigenden Tränen zurück. »Dieser Scheißkerl. Dieser widerliche Scheißkerl.«

»Aber warum? Er ist doch vollkommen verrückt nach dir.«

»Er sagt, er tut es, um mich zu *beschützen.* Mich und Tante Soph und Tate – uns alle.«

»Zu beschützen? Wovor?«

»Irgendjemand hat sich an seinem Kanu und seinem Wagen zu schaffen gemacht.« Dru atmete tief durch und riss sich weit genug zusammen, um Char zu berichten, was vorgefallen war.

»Und er denkt, dass er dich, indem er von hier fortgeht, vor diesem Kerl beschützen kann? Das ist ja geradezu romantisch.« Dru mussten ihre Gefühle deutlich anzusehen sein, denn Char runzelte die Stirn. »Ich meine dafür, dass er ein widerlicher Scheißkerl ist.« Sie hustete und fragte dann: »Und was hast du dazu gesagt?«

»Ich habe versucht, ihn zu bewegen, es sich noch mal zu überlegen. Ich habe mit ihm herumgestritten, bis ich kaum noch Luft bekommen habe.« Gleichzeitig wisperte eine Stimme, *nicht wirklich*, und versuchte ihr zu sagen, dass sie zu schockiert gewesen war, um effizient zu diskutieren, doch sie schüttelte den Kopf. »Ich habe ihm erklärt, dass dieser Lankovich es doch eindeutig auf ihn und nicht auf uns abgesehen hat, so dass es keinen Grund gibt, Star Lake zu verlassen. Aber er hat sich in den Kopf gesetzt, dass die einzige Antwort darin besteht, von hier zu verschwinden. Er hört nicht mal richtig zu.« Der Lift hielt und die beiden Frauen traten in den Korridor hinaus, passierten einen Putzwagen und stiegen die Privattreppe zur Dachwohnung hinauf. Unvermittelt wandte sich Dru, immer noch mit vor der Brust verschränkten Armen, erneut der Freundin zu. »Also habe ich zu ihm gesagt, etwas Dümmeres hätte ich in meinem ganzen Leben nicht gehört und ich würde nur hoffen, dass sein verdammter Stolz ihn nachts, wenn es kalt wird, etwas warm hält.«

»Und?«

»Und was?«

»Was meinst du damit, und was? Das ist *alles*?«, fragte Char mit ungläubiger Stimme. »Du hoffst, dass sein Stolz ihn warm hält? Ich schäme mich für dich, Lawrence. Schon als Zehnjährige hast du mich in sämtlichen Diskussionen mit deinen Argumenten an die Wand geredet, und jetzt, wo es um mehr geht als jemals zuvor, hoffst du lediglich, dass *sein Stolz ihn warm hält*? Etwas so Banales hätte ich von dir nicht erwartet.«

Drus Elend wurde durch eine Woge heißen Zorns ersetzt. »Ich hatte das Gefühl, als hätte mich plötzlich ein Siebentonner überrollt, McKenna. Was hätte ich denn machen sollen, ihn anflehen, dass er bleibt?«

»Verdammt, ja, wenn es das ist, was du wirklich willst. Und wenn du ehrlich denkst, dass er ein widerlicher Scheißkerl ist, dann hättest du ihm wenigstens noch ordentlich die Meinung geigen sollen. Willst du ihm, wenn er sowieso geht, nicht wenigstens noch genau sagen, wie du dich dabei fühlst?« Char legte den Kopf auf die Seite und betrachtete Dru mit hochgezogenen Brauen. »Wie *fühlst* du dich überhaupt?«

»Wie eine Närrin. Als hätte ich mich abermals von meinen Hormonen zu dem Glauben verleiten lassen, ich hätte die Liebe meines Lebens gefunden, obwohl ich in Wirklichkeit wieder einmal nur einen Mann gefunden habe, dem es anscheinend einzig um die vorübergehende Befriedigung irgendwelcher körperlicher Gelüste ging. Mit ihm bin ich das größte Risiko meines Lebens eingegangen, Char. Ich hätte es besser wissen müssen, aber trotzdem habe ich's getan – ich habe mich der Möglichkeit geöffnet, mich noch einmal zu verlieben. Und obwohl er nie etwas in der Richtung gesagt hat, habe ich mir ernsthaft eingebildet, ihm ginge es genauso. Es wäre nicht nur eine kurzfristige Affäre, sondern wahre Liebe.« Sie funkelte Char giftig an. »Aber offenbar geht es nur mir so, denn sonst könnte er wohl kaum einfach so von hier verschwinden.«

»Ich denke, das genau solltest du ihm sagen.«

Richtig. Endlich gewann der Zorn die Oberhand über Drus Verletztheit, sie straffte die Schultern und sah die Freundin an. »Ja. Stimmt. So leicht werde ich es ihm nicht machen – schließlich kann er mich nicht fallen lassen wie eine heiße Kartoffel und sich dann unter irgendeinem hirnrissigen Vorwand mir nichts, dir nichts verdrücken.« Sie machte kehrt, marschierte zurück zum Fahrstuhl, drückte auf den Knopf und nahm, als der Lift nicht sofort kam, vor lauter Zorn die Treppe.

»So ist es besser. Mach ihn fertig, Mädel«, feuerte Char sie an.

»Hallo, J.D.« Der Mann mit der Waffe stand gelassen auf, machte einen Schritt nach vorn und trat dadurch aus dem blendenden Hintergrundlicht heraus. Die Pistole war nach wie vor auf J.D.s Brust gerichtet.

»Butch?« Das Erkennen seines alten Freundes traf ihn wie ein Fausthieb und J.D. rieb sich mit den Fingerspitzen den Solarplexus, als hätte sein früherer Kumpel ihn tatsächlich dort erwischt. Die andere Seite seines Hirns dachte jedoch: *Aha.* »Tja, hol mich doch der Teufel«, sagte er und beäugte den Mann, den er immer als seinen engsten Freund betrachtet hatte. »Wusste ich doch, dass Robbie Lankovich zu feige für so was ist.«

Butch begann dröhnend zu lachen. »Du dachtest, *Junior* hätte diese kleinen Unfälle inszeniert? Himmel, Junge, all die Wochen in der Einöde haben dich eindeutig um den Verstand gebracht. Nicht nur, dass Robbie nie den Mumm zu so was hätte, ist er obendrein viel zu sehr damit beschäftigt, die Fehler von Big Daddy auszubügeln. Er verbringt fast seine gesamte Zeit damit, dem Finanzamt zu erklären, wo die ganze Knete seines Alten abgeblieben ist.«

»Ach ja? Tja, ich bitte meine Fehleinschätzung zu entschuldigen, aber schließlich hatte ich keine Ahnung, was hinter diesen Anschlägen steckt.« J.D. setzte sich auf den Rand des Sofas, legte die Hände auf die Knie, blickte in Butchs lächelndes Gesicht und versuchte, das Grinsen seines Freundes mit der Waffe in Einklang zu bringen, die er in der Hand hielt. Während er sich einesteils standhaft weigerte zu glauben, dass Butch je auf ihn schießen würde, erwog und verwarf er andererseits eilig diverse Möglichkeiten, sich aus dieser unangenehmen Lage zu befreien.

Es wäre eine echte Hilfe, wenn er wüsste, was zum Teufel der Grund für Butchs plötzliche Feindschaft war. »Ich kann ehrlich behaupten, dass mir nie auch nur der Gedanke gekommen ist, mein bester Freund könnte mich aus dem Weg schaffen wollen. Hättest du vielleicht Lust mir zu sagen, warum?«

»Tu nicht so, als ob du das nicht wüsstest, Carver.«

»Tut mir Leid, aber ich habe keine Ahnung. Hast du eventuell das mit der Lodge herausgefunden und bist aus irgendeinem Grund deswegen sauer?«

»Wegen dieser Lodge?« Butch zwinkerte verständnislos. »Was hat die Lodge damit zu tun?«

»Ich habe einen Teil davon geerbt. Erinnerst du dich noch an Edwina Lawrence? Ihr hat ein Teil dieser Anlage gehört und sie hat ihn mir hinterlassen.«

»Tja, wenn das nicht mal wieder perfekt ist.« Butch verzog angewidert das Gesicht. »Ich meine, das ist mal wieder typisch. Wie kommt es, dass du zwar ständig in derselben Scheiße watest wie wir anderen, aber dass du trotzdem irgendwie immer wie eine verdammte Petunie riechst?«

»Ich schätze, das liegt einfach an meinem guten, sauberen Leben.«

»Du findest das natürlich witzig, du heuchlerischer Wichser. Du hast dafür gesorgt, dass Lankovichs Laden dicht gemacht wird und dass zwei Dutzend Männer ihre Jobs verlieren. Aber musst du dich wie wir anderen abmühen, um was anderes zu finden? Verdammt, natürlich nicht. Du erbst stattdessen einfach ein schickes Hotel.«

»Für diese Sache werde ich mich ganz sicher nicht bei dir

entschuldigen«, schnauzte J.D. ihn an. »Schließlich habe nicht ich dich um deinen Job gebracht, sondern Lankovich selbst. Wenn ich ihn nicht verpfiffen hätte, wäre das Gebäude wie ein verfluchtes Kartenhaus zusammengefallen und womöglich wären dabei Unschuldige verletzt worden oder sogar gestorben.«

»Na und? Das wäre doch nicht deine Schuld gewesen. Wir haben getan, was man uns gesagt hat.«

»Himmel, Butch, du änderst dich nie, oder? Ist der Satz *Das ist nicht meine Schuld* vielleicht deine ganz persönliche Hymne? Wessen Schuld ist es, dass du hier stehst und eine Waffe auf mich richtest, wenn nicht deine eigene?«

»Deine. Wenn du mir nicht meinen Job genommen hättest, wäre das alles nicht passiert.«

»Und ich nehme an, wenn ich ertrunken oder mit meinem Wagen verunglückt wäre, wäre auch das meine eigene Schuld gewesen.« J.D. legte die Hände fester um die Knie, um seinem früheren Freund nicht an die Gurgel zu springen und ihm dadurch eine Entschuldigung zu liefern, tatsächlich auf ihn zu schießen. »Ich hatte echt vergessen, was für eine schräge Sicht der Dinge du doch meistens hast. Das hier ist sicher deine Version von ›Wenn-in-China-ein-Sack-Reis-umfällt‹, oder? Wenn jemand einer Sache wegen stirbt, die du in Gang gebracht hast, aber du guckst dabei nicht wirklich hin, ist das dann trotzdem wirklich Mord?« Er schnaubte verächtlich. »Ehrlich, ich kann mich nur darüber wundern, dass ausgerechnet du Junior einen Feigling nennst. Ich hätte nie erwartet, dass du jemals hier auftauchen würdest, um mich, während du mir ins Gesicht siehst, zu erschießen. Die Löcher im Kanu und der leere Tank passen viel besser zu dir. Wenn du mich jetzt nämlich erschießt, kannst du hinterher wohl schlecht so tun, als wäre es nicht wirklich passiert.«

»Halt die Klappe!«

»Oder was?«, fragte J.D. und nickte in Richtung der Pistole. »Willst du mich, wenn ich weiterrede, etwa allen Ernstes mit dem Ding da erschießen?«

»Ja.«

»Und wenn ich mich ruhig und nett verhalte, tust du es dann nicht?«

Butch trat unruhig von einem Fuß auf den anderen.

J.D. lachte verbittert auf. »Genau das habe ich mir gedacht. Und da es nun mal so aussieht, als wolltest du mich sowieso erschießen, gibt es für mich wohl kaum einen Grund, den Mund zu halten, nur weil du es willst.«

»Ich nenne dir einen gottverdammten Grund«, knurrte Butch, kniff die Augen zu zwei Schlitzen zusammen und beugte sich drohend vor. »Ich kann dafür sorgen, dass du schnell und schmerzfrei stirbst, oder ich kann dir vorher noch die verdammten Kniescheiben rausschießen.«

»Du hast Recht, das ist wirklich ein Anreiz.« Die angedrohte Gewalt kam für ihn völlig überraschend: Butch war immer ein Hitzkopf gewesen, bösartig jedoch nie. Trotzdem verzog J.D. keine Miene, denn eine der obersten Regeln in Rat City besagte, dass der Kerl mit dem besten Pokerface für gewöhnlich gewann. »Willst du mir gütigerweise vorher noch erzählen, warum du mich erschießt?«

»Du hast wirklich keine Ahnung, oder?« Butch rieb sich mit der freien Hand den Nacken und funkelte J.D. zornig an. »Na super – das ist echt die Krönung. Ich hätte also einfach zu Hause bleiben und uns beiden diesen ganzen Scheiß ersparen können.«

Obgleich seine Neugier geweckt war, zuckte J.D. gleichmütig mit den Schultern. »Es zielt niemand mit einer Waffe auf dich, um dich zum Bleiben zu bewegen. Du kannst also immer noch nach Hause fahren.«

»Dafür ist es jetzt zu spät. Ich kenne dich: Wenn du erst irgendwo Lunte gerochen hast, fängst du an herumzuschnüffeln und gibst nicht eher Ruhe, als bis du die ganze Wahrheit herausgefunden hast. Genau deshalb bin ich hier – weil du am Telefon gedroht hast, mein Geheimnis zu lüften. Du bist wie ein verdammter Pitbull, J.D. So bist du ewig gewesen.« Er wedelte mit der Pistole. »Steh auf.«

J.D. erhob sich. *Er hatte am Telefon gedroht?*

»Jetzt dreh dich um.«

J.D. begann zu lachen. »Bist du verrückt geworden? Wenn du mich schon erschießen willst, dann kannst du es, verdammt noch mal, auch ruhig von vorne tun.«

Butch schüttelte empört den Kopf. »Denkst du, dass ich das nicht tue?«

»Ich denke, dass es wesentlich eher deinem Stil entsprechen würde, jemanden kalt zu machen, wenn du ihm dabei nicht in die Augen sehen musst.«

»Tja, nun, weißt du was, Kumpel? Ich habe meinen Stil geändert.«

J.D. wollte einfach nicht glauben, dass Butch ihn tatsächlich kaltblütig ermorden könnte, und zwar nicht nur, weil es dabei um sein Leben ging. »Das tut mir Leid zu hören. Seit wann?«

Butch stierte ihm mordlüstern ins Gesicht. »Seit mich der Verkäufer im One Stop dazu gezwungen hat, ihn zu erschießen.«

25

Dru hatte bereits einen Fuß auf der Verandatreppe, als sie plötzlich merkte, dass in J.D.s Hütte zwei Menschen miteinander sprachen. Gefangen in ihrem eigenen wütenden inneren Dialog achtete sie zunächst nicht auf die Worte. Als jedoch eine ihr fremde Stimme etwas von erschießen sagte, wurde sie schreckensstarr. O Gott, was war da los?

Sie wusste, dass sie Hilfe holen sollte, und schlich rückwärts. Dann jedoch zog die Neugier sie statt in Richtung des Hotels zum hinteren Fenster des Wohnraums. Die Hütte stand ein wenig erhöht, so dass sie selbst, als sie sich auf ihre Zehenspitzen stellte, nur einen kleinen Teil des Zimmers sah. Sie entdeckte J.D. und einen Mann, der mit dem Rücken zu ihr stand.

Das Fenster stand offen und als J.D.s Stimme die spannungsgeladene Stille unterbrach, drang sie mit einer Klarheit an ihr Ohr, die sie zusammenfahren ließ.

»Ach, verdammt, Butch. Dann hast du also tatsächlich diesen Laden überfallen?«

»Gina hatte mich mal wieder kurz gehalten«, erklärte der andere Mann mit beleidigter Stimme. »Du weißt ja, wie sie ist – ich konnte sie unmöglich fragen, ob sie mir Geld für Bier gibt.«

»Also bist du stattdessen mit der Waffe in der Hand in einen Supermarkt gegangen, in dem du ständig Kunde bist, und hast ihn überfallen?«, fragte J.D. mit ungläubiger Stimme. »Um Himmels willen, ist dir eigentlich klar, was du mir gerade erzählst? Du hast einen Mann *erschossen*.«

»Es hätte nicht dazu kommen müssen! Er hat mich praktisch dazu gezwungen. Der Typ hätte mir ja einfach dic Kohle rüberschieben können, aber *nein*, er musste ja unbedingt den Helden spielen. Man hätte denken können, es wäre seine eigene Knete, so fest entschlossen war der, sie zu behalten. Wenn du mich fragst, hat er regelrecht darum gebeten, dass ihn jemand erschießt.«

Dru rann ein Schauder über den Rücken, als hätte sie etwas Unheimliches berührt.

J.D. murmelte angewidert: »Ach du große Scheiße.«

»Fahr zur Hölle, Carver!«, schnauzte Butch ihn an, machte drohend einen Schritt nach vorn, blieb jedoch wieder stehen und Dru merkte, wie seine Haltung einen Teil der Angespanntheit plötzlich wieder verlor.

»Weißt du, ich habe dich immer gemocht. Aber ich bin es einfach leid, dass du immer den Saubermann hervorkehrst. Als würde *deine* Scheiße nicht stinken, J.D.«

Sein Lachen klang alles andere als sympathisch. »Und eigentlich steckst du bis zu deinem selbstgerechten Hals genau mit in dieser Scheiße drin. Du hast mir ein Alibi gegeben, Kumpel – dadurch hast du dich mitschuldig gemacht. Wie gefällt dir das? Das nennt man, glaube ich, Ironie des Schicksals.«

»Tja, weißt du, Butch – ich habe ein wenig darüber nachgedacht, was bei uns als Freundschaft oder Loyalität bezeichnet wird, und ich bin zu dem Schluss gekommen, dass es keine Freundschaft ist, wenn man Jahre später zur Erwiderung eines alten Gefallens gezwungen wird.«

»Das sehe ich anders, Kumpel.«

»Ach ja? Dann guck doch mal, wohin uns dieser Mist gebracht hat. Als du den Bullen erzählt hast, du wärst mit mir zusammen gewesen, habe ich dir nur deshalb nicht widersprochen, weil ich das Gefühl hatte, ich wäre dir noch etwas schuldig.«

»Und ob du mir was schuldig warst. Schließlich habe ich dir mal das Leben gerettet.«

»Ja, das stimmt. Und denk nicht, das wüsste ich nicht ausreichend zu schätzen. Aber seit ich Seattle verlassen habe, bin ich mit Menschen zusammen, die einander wirklich lieben und sich umeinander kümmern. Und soll ich dir was sagen? Sie scheinen keine Strichliste zu führen, wer wann was für wen getan hat. Ich glaube, dass eine echte Freundschaft darin besteht, den schwierigeren Weg zu wählen und sich zu weigern, für seinen Freund zu lügen, wenn er eine Sache verbockt hat. Wenn ich den Bullen sofort gesagt hätte, dass wir nicht zusammen waren, fiele es dir jetzt eventuell nicht so verdammt leicht, eine Pistole auf mich zu richten, um mich genau wie den Verkäufer in dem Laden zu erschießen.«

O Gott, o Gott. Als ihr klar geworden war, dass der Mann in J.D.s Hütte höchstwahrscheinlich der war, der sich an seinem Kanu und seinem Wagen zu schaffen gemacht hatte, hätte sie sofort Hilfe holen sollen. Jetzt hatte sie Angst, J.D. könnte in der Zwischenzeit etwas Schreckliches passieren. Sie spähte um sich, entdeckte einen großen, halb in der trockenen, harten Erde unter dem Fenster vergrabenen Stein, ging in die Hocke und scharrte geräuschlos mit einem kleineren Stein daran herum.

Butch schnaubte verächtlich. »Du meinst, dass dein Hals, wenn du mich sofort verpfiffen hättest, jetzt nicht derart in der Schlinge stecken würde?«

»Nein, verdammt! Ich meine, dass es einfach traurig ist, dass es dir von Mal zu Mal leichter zu fallen scheint, abzudrücken. Verdammt, ich weiß nicht, Butch. Womöglich hättest du so oder so keine Gewissensbisse gehabt. Aber zumindest hätte ich nicht dazu beigetragen, dass du dich offenbar problemlos in einen Killer verwandelt hast.«

Als Butch meckernd lachte, machte Dru eine Pause, hob den Kopf und starrte zum Fenster hoch. Allmählich empfand sie neben ihrer kalten Panik glühend heißen Zorn.

»Der gute alte J.D.! Himmel, ist dir eigentlich klar, wie altmodisch du bist? Du hast mehr Gewissen, als gut für einen Menschen ist. Findest du das nicht manchmal selbst?«

»Ständig.«

»Aber trotzdem tust du stets das Richtige, nicht wahr? Vielleicht ist dieses Kaff mitten im Nichts ja genau das Passende für dich.« Er lachte höhnisch. »Tja, ich kann dafür sorgen, dass du nie mehr von hier fort musst. Dreh dich um.«

J.D. knurrte. »Vergiss es. Wie ich bereits sagte, kannst du mir, verdammt noch mal, zumindest ins Gesicht sehen, wenn du mich erschießt.«

»Und wie ich bereits sagte, Arschloch, ist das kein Problem.«

Nein! Dru rüttelte verzweifelt an dem Stein, um ihn endlich aus der Erde zu befreien.

»Allerdings dürfte es schwierig für dich werden zu entkommen, wenn du eine von Kugeln durchsiebte Leiche mitten in meinem Wohnzimmer zurücklässt«, erklärte J.D. Dru, die allmählich völlig panisch wurde, bewunderte ihn wegen seiner Gelassenheit. »Willst du tatsächlich mit dieser Sache durchkommen? Wenn ja, solltest du mich möglichst weit weg in den Wald bringen.«

Was zum Teufel machst du da? Den Stein zwischen den Händen, sprang Dru auf die Füße. War er total *verrückt*?

»Bist du eigentlich total plemplem«, wiederholte Butch fast ihre Gedanken, nur, dass er nicht entsetzt, sondern argwöhnisch klang. »Weshalb solltest du mir helfen wollen?«

»Weil mir die Menschen hier am Herzen liegen und ich nicht will, dass sie in diese Sache mit hineingezogen werden. Es gibt da einen zehnjährigen Jungen, der mich ständig besucht, und ich will nicht, dass er meine sterblichen Überreste hier entdeckt. Verdammt, Butch, sie denken sowieso, dass ich heute abhaue. Also lass uns packen und verschwinden. Dann wird nie jemand erfahren, dass du in dieser Gegend gewesen bist.«

»Okay«, kam Butchs tonlose Antwort. »Aber für den Fall, dass du irgendwelche faulen Tricks versuchen willst, sage ich dir besser, dass ich dann noch mal zurückkommen und die Brünette mit den tollen Titten, mit der ich dich neulich gesehen habe, dafür zahlen lassen werde.«

»Was zum Teufel hat sie damit zu tun?«

»Ich bin mir nicht sicher. Aber ich spüre, dass sie an all dem nicht ganz unbeteiligt ist.«

»Wie gewöhnlich lässt dein Gespür dich auch in diesem Fall elendig im Stich. Aber wie auch immer – ich habe nicht die Absicht, irgendetwas zu versuchen.«

»Gut, dann hol jetzt deine Sachen.«

Dru rannte auf Zehenspitzen zurück vor die Hütte, schlich sich lautlos auf die Veranda, presste sich direkt neben der Tür gegen die Wand und atmete, da sie die Befürchtung hatte, jeden Augenblick zu hyperventilieren, so langsam wie möglich aus und ein.

Sie konnte die Stimmen der Männer hören, verstand über dem Rauschen des Bluts in ihren Ohren jedoch nur jedes dritte Wort.

Es dauerte eine halbe Ewigkeit, bis sie die beiden Richtung Haustür kommen hörte. Endlich öffnete sich die Tür. Sie umklammerte den Stein mit beiden Händen und presste sich noch enger an die Wand.

Die Reisetasche in der Hand trat J.D. als Erster durch die Tür. Der Anblick seiner breiten Schultern und seines kräftigen Rückens in einem seiner üblichen weißen T-Shirts beruhigte sie ein wenig. Beim Anblick der bedrohlichen schwarzen Pistole in der Hand des anderen Kerls, der ihm folgte, wurde ihr bewusst, dass sie tatsächlich dazu in der

Lage wäre, ihn umzubringen. Wenn sie jetzt schlapp machte, wäre J.D. garantiert bald tot.

Und sie wollte verdammt sein, wenn sie tatenlos dabei zusah.

Sie atmete stumm ein, hob die Arme hoch über den Kopf, machte einen großen Schritt nach vorn und ließ den Stein mit aller Macht auf den Hinterkopf des Widerlings krachen. Sie versuchte sich vorzustellen, es wäre der Verandapfosten, um nicht daran zu denken, dass sie tatsächlich einen lebendigen Menschen attackierte. Trotzdem nahm sie noch ein bisschen von ihrem Schwung zurück.

Dennoch hatte sie in ihrem ganzen Leben nie etwas Grässlicheres gehört.

Gleichzeitig mit dem Stein polterte die Waffe des Mannes auf die Veranda, ehe der Kerl selbst leblos in sich zusammensank.

J.D. wirbelte herum und glotzte mit offenem Mund erst auf den bewusstlos am Boden liegenden Butch und dann auf die kreidebleiche, leicht schwankende Dru, die aussah, als würde sie vom nächsten Windhauch umgeblasen.

Der große Stein zu ihren Füßen erklärte, was passiert war.

»Verdammt, Schätzchen.« Er bückte sich nach der Waffe, schob vorsichtig die Spitze seines Zeigefingers durch den Abzugsbügel und hob, als sie leise stöhnte, alarmiert den Kopf. »Pst. Es ist alles gut. Jetzt fall mir nur nicht in Ohnmacht.«

»Habe ich ihn umgebracht?«

Damit auch weiterhin Butchs Fingerabdrücke als Einzige auf der Waffe wären, umhüllte J.D. sie mit dem Saum seines T-Shirts und verstaute sie im Bund seiner Hose. Hoffentlich schoss er sich jetzt nicht selber in den Schwanz!

Dann legte er seine Finger auf Butchs Halsschlagader und tastete nach seinem Puls. »Nein. Er wird es überleben.«

»O Gott, John David, hast du gehört, was sein Kopf für ein Geräusch gemacht hat, als ich ihn mit dem Stein getroffen habe?«

»Nein. Schließlich war ich darauf gefasst, jeden Augenblick einen Schuss in den Rücken zu be...«

»Hast du jemals eine Wassermelone fallen lassen?«, fragte sie erschaudernd. »Genauso hat es geklungen. Genau wie eine reife Wassermelone, die auf den Boden fällt und platzt.«

»Versuch an etwas anderes zu denken.« Er erhob sich, zog sie in seine Arme und schloss einen Moment die Augen. Er hätte nicht erwartet, sie je wieder zu halten. Er spürte, dass sie zitterte, und ihm wurde bewusst, dass es nicht genügte, wenn er sie umarmte. Also strich er ihr besänftigend mit der Hand über das Haar. »Jetzt ist alles gut, Liebling. Pst. Du hast mir das Leben gerettet.« Er hatte selber einen Plan gehabt, um seinen Hals aus der Schlinge zu ziehen, aber sie hatte die Sache absolut professionell für ihn erledigt. »Beruhige dich. Es wird alles gut.«

»Ich glaube, mir wird schlecht.«

»Brrr.« Er drehte sie um und bugsierte sie an das Geländer der Veranda. Dort stützte sie sich mit beiden Händen ab und beugte sich nach vorn.

Hilflos massierte er ihr die Schultern, während sie ein paarmal würgte, dann jedoch hob sie den Kopf und erklärte: »Ich schätze, das war falscher Alarm.« Sie atmete tief durch und sah ihn über die Schulter hinweg an. »Ich glaube, jetzt bin ich wieder okay.«

Er zog sie erneut in seine Arme. »Armer Liebling.« Er stellte erleichtert fest, dass ein wenig Farbe in ihre Wangen zurückgekehrt war. »Bevor Butch wieder zu sich kommt, rufe ich besser im Büro des Sheriffs an.«

Dru löste sich weit genug von ihm, um ihn mit ihren blauen Augen anzublitzen. »Wer zum Teufel ist das?«

»Er war mal mein bester Freund. Er hat in Seattle jemanden getötet.« J.D. hatte es nicht eilig damit, ihr zu erklären, dass Butch nur, weil *er* ihm ein Alibi gegeben hatte, beinahe ihren Sohn ertränkt, ihre Tante ermordet und sie vor lauter Panik sterben lassen hätte. »Ich rufe jetzt den Sheriff an«, wiederholte er. »Willst du mit reinkommen?«

»Ja.« Dann jedoch besann sie sich anders. »Nein. Mein Magen hat sich noch nicht ganz beruhigt. Ich glaube, ich bleibe besser hier draußen an der frischen Luft.«

Er hasste es, sie mit einem, wenn auch ohnmächtigen Butch allein zu lassen. Doch verstand er ihr Bedürfnis, draußen zu bleiben und den beruhigenden Duft und Anblick der grünen Bäume auf sich einwirken zu lassen. Er hielt sie einen Moment auf Armeslänge von sich fort, sah ihr prüfend ins Gesicht und ließ sie schließlich widerstrebend los.

Auf dem Weg in die Hütte hockte er sich noch einmal neben Butch, um seinen Zustand zu überprüfen. Seltsamerweise war das Erste, was er dabei empfand, abgrundtiefes Bedauern. Sie hatten viele gute Zeiten miteinander erlebt und eine lange gemeinsame Vergangenheit. Das konnte er nicht mit einem Schulterzucken abtun.

Doch er müsste daran arbeiten, genau das zu erreichen. Denn Butch war es tatsächlich ernst gewesen mit der Drohung ihn zu töten. Müde stand er auf. Großer Gott. Was für eine grässliche Geschichte.

In der Hütte ging er schnurstracks zum Telefon, rief im Büro des Sheriffs an und erklärte mit wenigen Sätzen, was passiert war. Dann wählte er Bens und Sophies Nummer, um auch die beiden über die Geschichte zu informieren.

Allerdings hatte es bei ihnen gerade zum ersten Mal geklingelt, als er plötzlich Drus gellenden Hilfeschrei vernahm.

J.D.s Blut gefror zu Eis, er ließ den Hörer fallen, rannte hinaus auf die Veranda und zog im Laufen die Pistole aus dem Bund seiner Jeans. Nie zuvor in seinem Leben hatte er sich derart schnell bewegt.

Butch war zu sich gekommen und hatte Dru beim Fußgelenk gepackt. Er hatte sie eindeutig überrascht, denn sie stierte wie hypnotisiert auf ihn herunter und schrie sich die Kehle aus dem Leib. J.D. hechtete auf Butch zu und trat ihm so gewaltig gegen den Arm, dass er jaulend losließ.

Am liebsten hätte er mehr als einmal zugetreten. Erfüllt von einem glühend heißen Zorn hockte er sich neben seinen alten Kumpel und presste ihm den Lauf der Waffe dorthin, wo sein Hals auf seinen Kiefer traf. »Ein falscher Atemzug, du Hurensohn, und ich blase dir den Schädel weg.«

Stöhnend hielt sich Butch den Arm und J.D. blickte auf die röchelnde Dru. »Alles in Ordnung, Schätzchen?«

Ihre Zähne klapperten, sie machte einen Hüpfer rückwärts, schlang sich die Arme um die Brust und starrte auf die beiden Männer, als wären sie zwei wilde Tiere, die sich jeden Moment auf sie stürzen könnten, um sie zu zerfetzen. Ihr Blick war panisch und sie war genauso weiß wie in dem Moment, nachdem sie Butch mit dem Stein niedergeschlagen hatte.

Trotz der Wut, von der er nicht gewiss hätte sagen können, ob sie gegen Butch oder ihn selbst gerichtet war, sagte er mit sanfter Stimme: »Okay, ich sehe, dass du nicht in Ordnung bist. Ich wollte gerade deine Tante und deinen Onkel anrufen und glaube, dass ich den Hörer nicht aufgelegt habe. Warum gehst du nicht gucken, ob jemand in der Leitung ist?«

Sobald sie im Haus verschwunden war, packte er Butch bei den Haaren, riss seinen Kopf nach hinten und presste die Mündung der Pistole noch fester gegen seinen Hals.

»Nenn mir einen guten Grund, weshalb ich nicht einfach abdrücken und uns allen dadurch eine Menge Ärger ersparen sollte.«

»Himmel, Mann«, krächzte sein alter Kumpel. »Das willst du doch bestimmt nicht …«

»Da irrst du dich, Amigo. Ich will nämlich sehr gern.« Er stieß die Waffe noch tiefer in die empfindliche Haut direkt unter Butchs Kinn. »Sehr, sehr gern sogar.«

Butchs Nasenflügel bebten und von seinen Augen war vor lauter Panik fast nur noch das Weiße zu sehen. »Denk eine Minute darüber nach, J.D. Du bist nicht der Typ, der kaltblütig einen anderen ermordet.«

»Das dachte ich bisher auch«, stimmte J.D. ihm unumwunden zu. »Aber das war, bevor du dich an meiner Frau vergriffen hast.« Er neigte seinen Kopf und murmelte dicht an Butchs linkem Ohr: »Es wäre die perfekte Lösung, findest du nicht auch?«

Butch verdrehte die Augen und zappelte kurz. »Was willst du damit sagen?«

»Wenn ich dich töten würde, würde ich der Welt im Allgemeinen einen großen Dienst erweisen und ich selbst könnte wegen des Alibis, das ich dir gegeben habe, nicht mehr in die Bredouille geraten. In der Tat, je mehr ich darüber nachdenke, umso besser gefällt mir die Idee. Willst du wissen, was ich dem Sheriff erzählen werde, wenn er nachher kommt?«

»J.D. …«

»Officer, ich weiß wirklich nicht, *warum* er mich töten wollte«, sagte J.D. mit verletzter und gleichzeitig passend verwirrter Stimme. »Ich dachte, wir wären gute Freunde, aber er hat immer wieder gesagt, er würde mich mit in den Wald nehmen und mir das Hirn rauspusten. Glücklicherweise hat Ms. Lawrence ihm, bevor es dazu kam, einen Stein auf den Kopf gedonnert. Das war, kurz bevor ich Sie angerufen habe. Nur, dass er gar nicht bewusstlos war und Dru am Bein gepackt hat. Ich habe nach ihm getreten, aber er hat versucht, an die Waffe heranzukommen, die ich ihm abgenommen hatte, und wir haben miteinander gerungen. Dann ging die Pistole los ... einfach los. Gott, ich wollte ihn bestimmt nicht töten.« J.D. stieg ein scharfer Ammoniakgeruch in die Nase und als er auf Butch herabsah, bemerkte er zwischen dessen Beinen einen nassen Fleck. Dieser Anblick war derart befriedigend für ihn, dass sein Zorn verflog. »Huch. Es ist nicht gerade lustig, wenn man, statt zu drohen, plötzlich selbst derart bedroht wird, findest du nicht auch?«

Butch funkelte ihn aus zusammengekniffenen Augen an. »Du drückst nicht ab, oder, Carver?«

»Nein.« Er lockerte den Druck der Waffe. »Nicht, solange du mich nicht dazu zwingst.«

»Weißt du, das ist der Unterschied zwischen uns beiden«, erklärte Butch verächtlich. »Wenn es ans Eingemachte geht, bist du einfach ein Jammerlappen.«

»Ach ja? Vielleicht ist dir aufgefallen, dass nicht ich mir in die Hosen gemacht habe. Und der Unterschied zwischen uns beiden besteht darin, dass ich weiß, was im Leben wichtig ist, während du armseliger kleiner Scheißer keinen blassen Schimmer davon hast.«

»Oh, ich weiß sehr wohl, was wichtig ist.«

»Ja, das ist sicher auch der Grund, weshalb du lieber einen kleinen Verkäufer erschossen hast als deine Frau um Geld für Bier zu bitten. Oder – das wäre mal was völlig Neues für dich gewesen – endlich den Arsch hochzukriegen und einen Job zu finden, damit du dein Bier allein bezahlen kannst.«

»Du selbstgerechtes Arschloch. Wenigstens werde ich

mich darüber freuen können, dass du ebenfalls hinter Gittern landen wirst.«

»Das werden wir ja sehen. Ein weiterer Unterschied zwischen uns beiden ist, dass ich weiß, dass ein Mord mich sicher nicht davor bewahrt. Aber das kapierst du nicht, nicht wahr, Butch? Du hast immer noch nicht begriffen, dass es falsch war, einen Mann zu töten, nur, weil er zwischen dir und einem Sixpack stand.«

Die Tür ging quietschend auf. J.D. hob den Kopf und merkte, dass Dru im Flur der Hütte stand und sie beide beobachtete. Er versuchte vergeblich ihr Gesicht hinter dem Fliegengitter zu erkennen. Dann knirschte der Kies auf dem Weg hinter dem Haus.

Er konzentrierte sich wieder auf Butch. »Sieht aus, als wäre dein Taxi da, mein Freund.«

Er steckte die Waffe zurück in den Bund seiner Hose, zerrte Butch mit seiner freien Hand unsanft auf die Füße und einen Moment später bog der Stellvertreter des Sheriffs um die Ecke.

Doch so froh J.D. auch über sein Erscheinen war, hatte er doch das Gefühl, dass dies das Ende nicht nur der Träume seines alten Kumpels, sondern auch seiner eigenen Träume war.

26

Sobald der stellvertretende Sheriff Butch im Polizeiauto verfrachtet hatte, baute sich Dru vor J.D. auf und klopfte ihm mit der flachen Hand aufgebracht gegen die Brust. »*Fahr einfach mit mir in den Wald und erschieß mich dort?*«, wiederholte sie seine Worte, schlang ihm ihre Arme um die Taille und hielt ihn mit der Kraft der Verzweiflung fest. Gott, sie hatte solche Angst um ihn gehabt. Sie schmiegte ihre Wange eng an seine Brust, schaute ihm dann jedoch abermals zornig ins Gesicht und erklärte: »Dafür hättest du es verdient, dass du von *mir* erschossen wirst.«

»Ich weiß.« Er zog sie in seine Arme und hielt sie eine Weile stumm fest. Dann rückte er gezwungenermaßen ein Stückchen von ihr ab und sah sie derart traurig an, dass sich ihr Magen verknotete.

»Es tut mir Leid, Dru«, sagte er, während er sanft mit seinen Daumen über die Vertiefung oberhalb ihres Schlüsselbeins strich. »Es tut mir Leid, dass du das gehört hast. Es tut mir Leid, dass du gezwungen warst, Gewalt auszuüben. Verdammt, es tut mir Leid, dass ich dich überhaupt in diese ganze grässliche Sache mit hineingezo…«

»Drucilla!« Beim Klang von Sophies aufgeregter Stimme drehte Dru den Kopf und sah, dass ihre Tante und ihr Onkel den Weg heraufgelaufen kamen.

Der Wagen des Sheriffs fuhr gerade rückwärts aus der Einfahrt und sie konnte sehen, dass Butch mit geradezu gekränkter Miene durch das Seitenfenster sah. Ein Schauder rann ihr über den Rücken. Das Letzte, was sie wollte, war, dass ihr Sohn auch nur in Sichtweite von diesem Schurken geriete – selbst wenn dieser Mörder ihn nur kurz sah, wäre das bereits zu viel. Sie löste sich aus J.D.s Umarmung und hastete ängstlich auf Tante und Onkel zu.

»Schon gut«, meinte Sophie, und ihre Fähigkeit, die Gedanken ihrer Nichte zu lesen, hatte etwas Tröstliches für Dru. »Tate liegt in seinem Bett und schläft. Wir haben mit dem Babysitter telefoniert und gesagt, dass es noch ein bisschen dauert. Was ist *passiert*, Liebling? Du hast dich am Telefon ziemlich undeutlich ausgedrückt.«

»Vielleicht kann ich die Sache erklären«, mischte sich

J.D. in das Gespräch und erzählte knapp, was vorgefallen war.

Als Dru merkte, dass er die Absicht hatte, seine eigenen – guten – Taten mit keiner Silbe zu erwähnen, vervollständigte sie die Schilderung. Die ganze Zeit über jedoch hatte sie das Gefühl, eine gespaltene Persönlichkeit zu haben. Sie war hin- und hergerissen zwischen glühender Bewunderung für seinen Mut und mühsam unterdrücktem, nicht minder glühendem Zorn. Sie wollte, dass ihre Tante und ihr Onkel ein vollständiges Bild von den Geschehnissen bekamen, zur gleichen Zeit jedoch …

»J.D. hat diesem Butch erklärt, wenn er ihn in seiner Hütte erschießen würde, würde er bestimmt erwischt – und dann hat er ihm allen Ernstes geraten, ihn mit in den Wald zu nehmen und ihm in aller Ruhe dort eine Kugel in den Kopf zu jagen!« Sie musste es aussprechen, sonst platzte sie womöglich noch.

»Um Himmels willen, Dru!«, fuhr J.D. sie derart wütend an, dass sie erschrocken blinzelte. »Wenn die Sache schief gegangen wäre, hätte ich nicht gewollt, dass du oder Tate mich findet, aber aus deinem Mund klingt das, als hätte ich bereitwillig das Opferlamm gespielt.«

»Wie sollte es auch anders klingen, denn schließlich habe ich genau das gedacht.«

»Bestimmt hatte J.D. einen Plan, um sich zu retten«, mischte sich Ben taktvoll ein.

»Und ob.« Gleichzeitig jedoch verzog J.D. den Mund zu einem schiefen Grinsen. »Womit ich jedoch nicht sagen will, dass ich nicht echt dankbar war, als du mir die Sache abgenommen hast.«

Zu ihrem Entsetzen konnte sich Dru nicht länger beherrschen und brach in lautes Schluchzen aus.

»Verdammt. Ach, verdammt, Liebling.« J.D. zog sie in

seine Arme. »Nicht. Bitte. Nur nicht weinen.« Er umarmte sie fest und wiegte sie beruhigend hin und her. »Tut mir Leid, dass du ihn niederschlagen musstest. Ich weiß, dass Gewalt dir völlig fremd ist.«

Während sie gleichzeitig ein Teil seines Lebens war. Auch wenn er diesen Satz nicht laut aussprach, war er es, der Dru derart zum Weinen brachte. Sie wusste inzwischen genau, wie J.D.s Gedankengänge funktionierten. »Du willst uns immer noch verlassen, nicht wahr?«

»Natürlich will er das nicht, Schätzchen«, antwortete Ben an seiner Stelle. »Du bist jetzt noch erregt, aber sobald du ein bisschen Abstand bekommen hast, wird dir klar werden, dass es für J.D. keinen Grund mehr gibt zu gehen.«

Doch Dru spürte J.D.s innerliche Starre und sie hatte die Traurigkeit in seinem Blick gesehen. Also wischte sie sich die Tränen aus den Augen und sah Tante und Onkel bittend an. »Könnte ich einen Moment allein mit J.D. sprechen?«

»Ja, natürlich.« Sophie hakte sich bei ihrem Gatten ein. »Komm mit, Liebling.«

»Aber …«

Sie bedachte ihren Mann mit einem strengen Blick und wandte sich mit einem sanften Lächeln an die Nichte. »Wenn du uns brauchst – wir sind zu Hause.«

Kurz darauf waren die beiden verschwunden, und J.D. musterte Dru aufmerksam. Als sie sich aus seiner Umarmung löste, einen großen Schritt zurücktrat und ihm mit vor der Brust gekreuzten Armen wortlos ins Gesicht sah, wurde ihm bewusst, dass die nächsten Minuten äußerst schwierig werden würden.

Ihr Blick sagte: *Ich warte auf deine Erklärung, Freundchen*, und er kreuzte ebenfalls kampfbereit die Arme vor der Brust. »Guck mich nicht so an.«

»Du hast die Absicht, aus meinem Leben zu verschwinden – also hast du nicht zu bestimmen, wie ich gucke.«

Er machte einen Schritt in ihre Richtung, denn am liebsten hätte er sie gepackt und geschüttelt – oder aber in den Arm genommen und geküsst, bis sie ihren starrsinnigen und zugleich angewiderten Gesichtsausdruck verlor. Stattdessen blieb er mit fest verschränkten Armen vor ihr stehen.

Sie jetzt zu berühren, wäre eine schwachsinnige Idee. Nicht, wenn er die Absicht hatte, von hier zu verschwinden, damit sie das Leben fortführen könnte, das sie gehabt hatte, bevor er in die Idylle eingedrungen war.

Das Leben, das ihr zustand.

Also reckte er zornig seinen Kopf. »Kannst du vielleicht plötzlich Gedanken lesen?« Er durfte keine Schuldgefühle zeigen. Selbst wenn es ihn umbrächte, würde er tun, was für sie das Beste war. »Weshalb zum Teufel bildest du dir ein, du wüsstest, was ich will?«

Sie reckte ebenfalls das Kinn. »Hast du vor zu bleiben?«

Ach, verdammt. Damit kam sie leider direkt auf den Punkt. Er blickte in ihre großen, himmelblauen Augen und erklärte: »Ich habe Butch ein Alibi gegeben für den Tag, an dem er den Verkäufer in dem Supermarkt erschossen hat. Bis heute wusste ich nicht, dass er den Mann getötet hat, aber dadurch wird mein Verhalten nicht entschuldigt. Ebenso wenig wie durch die Tatsache, dass ich Butch was schuldig war dafür, dass er mich als Kind davor bewahrt hat, von einem Fabrikdach zu fallen. Ich möchte jedoch, dass du weißt, dass ich ihm geglaubt habe, als er mir erzählt hat, er wäre, während der Supermarkt überfallen worden war, bei einer Frau gewesen. Ich schwöre dir, ich hätte niemals für ihn gelogen, wenn ich auch nur eine Sekunde gedacht hätte, er hätte etwas mit dem Überfall zu tun.« Wenigstens das musste sie ihm glauben.

»Natürlich nicht«, stimmte sie ihm zu seiner Erleichterung zu. »Aber warum hast du nicht diese Frau für ihn aussagen lassen?«

»Weil er mit der schlimmsten Furie in der gesamten westlichen Hemisphäre verheiratet ist und ich wusste, dass sie ihm die Eier abschneiden und sie zum Abendbrot servieren würde, wenn sie je erführe, dass er sie betrügt.« *Na klasse, Carver.* Er hatte einem Mörder ein Alibi gegeben, damit dessen Frau nicht merkte, dass er sie betrog. Wirklich heldenhaft, nicht wahr?

Er stöhnte leise. »Ich habe keine vernünftige Entschuldigung für das, was ich getan habe. Ich habe mich einfach dazu überreden lassen – was einer der Gründe dafür ist, dass ich nach Seattle zurückfahren und mich den Behörden stellen muss.«

»Was werden sie mit dir machen?«

Er zuckte mit den Schultern. »Vielleicht komme ich mit einem blauen Auge davon. Vielleicht aber stecken sie mich auch direkt in den Knast.« Letzteres hielt er für wahrscheinlicher, doch das sagte er nicht laut.

Dru ließ die Arme etwas sinken und schlang sie, als würde sie plötzlich frieren, eng um ihren Körper. »Aber so oder so hast du nicht die Absicht, noch mal zurückzukommen, oder?«

Er hielt dem Blick aus ihren schmerzerfüllten Augen stand. »Nein.«

Dru spürte, wie etwas in ihrem Inneren zerbrach. Sie hatte genug von seinem Gespräch mit Butch mit angehört, um zu wissen, dass er etwas für sie empfand. Und *trotzdem* war er bereit, einfach zu gehen und die Kostbarkeit ihrer Verbindung fortzuwerfen.

Er warf *sie* wie einen wurmstichigen Apfel weg!

Wie eine Flamme, die plötzlich frischen Sauerstoff bekam, loderte heißer Zorn in ihr auf. Er brannte heißer und stärker als ihr Schmerz und sie war dankbar für die reinigende Hitze.

»Tja, das kommt dir doch sicher sehr gelegen, oder?«, fragte sie mit kühler Stimme.

Er sah sie reglos an. »Was?«

»Auf diese Weise kannst du dich klammheimlich aus einer Affäre stehlen, die dir allmählich langweilig geworden ist.«

»Himmel, Dru. Du kannst doch unmöglich glauben …«

»Warum nicht? Habe ich vielleicht irgendeinen Liebesschwur von dir überhört? Nein – du hast mich von Anfang an davor gewarnt, dass du nicht an die ewige Liebe glaubst, nicht wahr?« Sie schlang die Arme noch enger um sich, bemühte sich jedoch gleichzeitig um ein möglichst gleichgültiges Gesicht. Es erschien ihr lebenswichtig, dass er nicht erführe, wie verletzt und vor allem wie wütend sie war. »Also tu dir keinen Zwang an, wenn du jetzt verschwinden willst. Ich bin es schließlich gewohnt, von den Männern wie ein benutztes Kleenex weggeworfen zu werden, nachdem sie ihr Vergnügen mit mir hatten.«

Die Flammen ihres Zorns loderten immer höher. Am liebsten hätte sie ihn geschlagen, hätte sie ihm die gleichen Schmerzen zugefügt, die sie empfand. »Aber, John David, lass mich dir noch sagen, wie es für mich dann weitergehen wird. Sobald du verschwunden bist, werde ich runter in den Red Bull fahren, mir einen netten Cowboy suchen, ein paar langsame Tänze mit ihm drehen, ein paar Gläser mit ihm trinken und – wer weiß? Vielleicht nehme ich ihn am Ende des Abends noch mit heim. Schließlich weiß ich aus zuverlässiger Quelle, dass ich das perfekte Schlampenkleid besitze, in dem ich den Männern …«

Er packte ihre Arme, schüttelte sie unsanft, schob sich

dicht an sie heran und knurrte: »Du würdest *mein* Kleid anziehen, um einen anderen zu verführen?«

»Allerdings, Kumpel. Vielleicht erspare ich mir dieses Mal die Mühe, auch noch Unterwäsche zu tragen. Auf diese Weise braucht mein neuer Stecher keine Zeit zu verlieren, bevor er ans Eingemachte geht.«

»Nie im Leben! Kein verdammter Cowboy sollte es jemals wagen, Hand an dich zu legen. Du gehörst nämlich *mir*.«

»Als deine Frau.« So hatte er sie Butch gegenüber genannt.

»Genau! Und niemand legt Hand an meine Frau außer …« Plötzlich ließ er von ihr ab und machte einen Schritt zurück. »Oh. Wirklich clever. Aber es wird nicht funktionieren, Dru. Außerdem würdest du so etwas niemals tun.«

»Wer sagt das? Du wirst ja nicht hier sein, weshalb also sollte ich auf diesen Spaß verzichten?«

»Ich schätze, es gibt keinen richtigen Grund, aber ich kenne dich, Lady. Ich bezweifle nicht, dass du früher oder später mit einem anderen ins Bett gehst, aber ganz sicher nicht mit dem ersten Mann, der dir über den Weg läuft, nur weil du sauer auf mich bist.«

»Aber früher oder später werde ich mit einem anderen ins Bett gehen.« Sie sah, dass seine Wangenmuskeln zuckten. »Und dieser Gedanke gefällt dir ganz und gar nicht, habe ich nicht Recht?«

»Nein.«

»Warum?« Sie war sich nicht sicher, wen von ihnen beiden sie durch die Verfolgung dieses Themas stärker quälte, ihn oder sich selbst. »Weshalb interessiert dich das? Schließlich bist du dann nicht mehr hier.«

»Du kapierst es einfach nicht, nicht wahr, Dru?« Er raufte sich die Haare und funkelte sie aus zusammengekniffenen Augen an. »Ich werde wahrscheinlich in den *Knast* gehen. Himmel, könnten zwei Menschen verschiedener sein als wir beide? Du führst dein ordentliches Leben, umgeben von deiner Familie und deinen Freunden, die immer nur das Beste für dich wollen, während mein bester Freund mich umbringen wollte und meine Zukunftsaussichten alles andere als rosig sind. Wir haben nichts gemeinsam, was die Grundlage für eine dauerhafte Beziehung bilden könnte.«

»Du irrst dich! Gott, nie im Leben habe ich einen Mann getroffen, der sich so bemüht hat, ein falsches Bild von sich zu zeichnen!« Ihr Zorn wurde durch Entschlossenheit ersetzt. »Beantworte mir nur noch eine Frage, ja? Was empfindest du für mich?«

Er wartete so lange mit der Antwort, dass ihr das Herz bis in die Kehle schlug. Verdammt, egal, welchen Preis er dafür zahlen müsste – er war fest entschlossen, sie vor seinem angeblich schlechten Einfluss zu bewahren.

Zu ihrer Überraschung jedoch erklärte er schließlich, wenn auch zögernd: »Ich … mag dich.«

»Du magst mich«, wiederholte sie. »So wie Crème Brûlée? Oder wie das Reparieren irgendwelcher Sachen? Oder, nein, warte! Wahrscheinlich bin ich einen Hauch wichtiger als diese Beispiele. Vielleicht wie ein kleines Hündchen?«

Seine Brauen zogen sich wie dunkle Gewitterwolken auf seiner Stirn zusammen. »Wie die Luft, die ich zum Atmen brauche, bist du jetzt zufrieden?«

Ja. Trotz seiner gerunzelten Stirn fasste sie ein wenig neuen Mut. »Sogar *sehr*. Obgleich du an deiner Rede noch ein wenig hättest feilen können.« Sie strich mit ihren Fingerspitzen über seinen Arm. »Ich liebe dich, John David. Liebst du mich auch?«

»Was, wenn ich es tue, Drucilla? Das wird nichts daran ändern, dass …«

»Liebst du mich?«

»Verdammt, hörst du mir bitte endlich zu? Es macht keinen Unterschied, ob ich dich liebe oder nicht ...«

»Liebst du mich?«

»Ja! Aber so einfach ist das nicht ...«

»Doch, doch, das ist es. Wir lieben einander und das ist das Einzige, was zählt.«

Er stopfte die Hände in die Hosentaschen und ließ die Schultern hängen. »Ich wünschte mir, dass es so wäre. Aber die Wahrheit ist nun einmal die, dass ich mich meiner Vergangenheit stellen muss, und zwar ganz allein.«

»O nein. Du sagst, wir wären so verschieden. Der einzige wirkliche Unterschied zwischen uns beiden ist, dass ich mein Leben lang die Unterstützung anderer hatte, du hingegen nicht. Aber du bist jetzt nicht mehr allein.«

»Dru...«

»Du hast einen Fehler gemacht«, fuhr sie in dem verzweifelten Verlangen, dass sie zu ihm durchdrang, mit eindringlicher Stimme fort. »Tate, Tante Sophie, Onkel Ben und ich – wir alle kennen dich. Du hast es nicht verdient, wegen dieser Geschichte ins Gefängnis zu wandern, und wenn nötig, gehen wir deshalb bis vor das oberste Gericht. Und wenn das nicht reicht und du tatsächlich zu einer Haftstrafe verurteilt wirst, werde ich halt warten, bis du wieder rauskommst.«

Seine Miene wurde steinern und seine Stimme hatte einen Klang, der keinen Widerspruch mehr zuließ. »Nein. Das wirst du nicht. Kehr zurück zu deinem alten Leben, Drucilla. Genauso mache ich es auch.«

Sein Blick und seine Stimme waren derart kompromisslos, dass Drus Überzeugung erneut ins Wanken geriet.

Himmel. Würde sie es niemals lernen? Inzwischen sollte sie wissen, dass sie niemanden zwingen konnte, sie zu lieben und zu bleiben, wenn er es nicht wollte. Zeit ihres Lebens war sie verlassen worden, egal, wie sehr sie sich auch danach sehnte, dass es einen Menschen an ihrer Seite hielt. Je eher sie es akzeptierte, umso besser für sie alle. Sie trat einen Schritt zurück und ließ die Arme sinken.

»Ich weiß nicht, warum ich dachte, dass du anders als die anderen bist«, erklärte sie ihm traurig. »Weißt du was? Ich gebe auf. Kehr zurück zu deinem alten Leben, John David.« Ein letztes Mal musterte sie sein Gesicht. Sie war müde. Müde und erschöpft. »Ich hoffe, dass dich das glücklich machen wird.«

Mit diesen Worten wandte sie sich ab und ließ ihn allein auf der Lichtung zurück.

J.D. fixierte den inzwischen menschenleeren Pfad. Ihm war hundeübel. Eben noch hatte ihm Dru mit blitzenden Augen versichert, sie würde praktisch alles für ihn tun – und jetzt stand er plötzlich verlassen vor der Tür seiner Hütte.

Wieder einmal allein.

»Tja, umso besser«, sagte er, starrte auf die Stelle, wo sie verschwunden war und wandte sich der Verandatreppe zu. »Umso besser.« Er bückte sich nach seiner Tasche.

Sie hatte das getan, worum er sie gebeten hatte und was das Beste für sie war. Er war immer schon allein gewesen und so gefiel es ihm am besten. Er ging die Treppe hinunter in Richtung seines Wagens.

Ich hoffe, dass dich das glücklich machen wird.

Er ließ seine Tasche auf die Erde fallen, als es ihn wie ein Blitz durchfuhr.

Zeit seines Lebens hatte er sich ein Zuhause gewünscht. Weshalb also warf er das Zuhause, das ihm hier liebevoll angeboten wurde, so gedankenlos weg?

Aus lauter Angst, Dru eines Tages enttäuschen zu können. Irgendwie war es ihm besser erschienen, ihr jetzt weh zu tun als später, wenn es kein Zurück mehr für sie gab.

Nie zuvor jedoch hatte er eine solche Resignation in ihrem Blick gesehen. Er hatte sie wütend und erregt erlebt, verächtlich, glücklich und verletzt. Niemals jedoch resigniert. Bis vor ein paar Minuten.

Und er hatte diese Resignation bei ihr bewirkt. Er hatte sie verstoßen und sich obendrein geweigert, ihr die Verantwortung für ihre eigenen Entscheidungen zu überlassen. Was hatte Ben über Verantwortung gesagt? Dass sie manchmal bedeutete, andere schwere Entscheidungen allein fällen zu lassen, statt zu versuchen, ihnen zukünftige Schmerzen zu ersparen, indem man sie gar nicht erst frei wählen ließ?

Er hatte Dru die Möglichkeit der Wahl genommen. Und aus welchem Grund? Weil er eventuell für seine Rolle bei dem von Butch begangenen Verbrechen verurteilt werden würde?

Was, wenn sie ihn nicht ins Gefängnis steckten? Wollte er tatsächlich den Rest seines Lebens in einem Einzimmerapartment nach dem anderen verbringen, ohne jemals einen Ort wirklich sein Zuhause nennen zu können? Wollte er weiter als Außenseiter leben und seine Dosis Familienglück darauf beschränken, dass er ab und zu einen Blick auf die Leben anderer Menschen warf?

»Verdammt. Was bin ich doch für ein Idiot.«

Aber zumindest ein nicht ganz und gar kompletter Idiot.

Er sprintete den Weg hinunter zum Hotel.

Als Dru eilige Schritte hinter sich hörte, trat sie blicklos zur Seite. In der Ferne hörte sie fröhliches Rufen und nahm an, dass da noch ein später Gast an der ausgelassenen Feier teilnehmen wollte.

Stattdessen ächzte eine Stimme ihren Namen, jemand

packte sie am Arm, wirbelte sie herum – und sie schaute erschrocken in J.D.s Gesicht.

Er nahm ihren zweiten Arm und atmete, statt etwas zu sagen, keuchend ein und aus. Unsicher, ob sie die Kraft zu einer weiteren Sparringrunde hätte, schloss sie die Augen.

Er schüttelte sie sanft, sie schlug die Augen wieder auf und beobachtete, dass er mühsam schluckte. »Drucilla Lawrence?«, begann er mit heiserer Stimme. »Willst du meine Frau werden?«

»W-was?« Doch sie hatte ihn verstanden, wusste, sie hatte die Worte ganz genau gehört. Plötzlich wurde ihr so leicht ums Herz, dass sie meinte, es flöge ihr davon. »Du willst mich heiraten?«

»O ja.«

Nachdem er sich so beharrlich geweigert hatte, sie an seinem Leben teilhaben zu lassen, kamen ihm diese Worte verdächtig mühelos über die Lippen, und sie bedachte ihn mit einem unsicheren, argwöhnischen Blick. »Weshalb sollte ich dir das jetzt auf einmal glauben? Schließlich ist es keine fünf Minuten her, dass du dein Leben alleine verbringen wolltest.«

»Vor fünf Minuten war ich ein Idiot. Jetzt bin ich eine ganze Ecke klüger. Ich will den Rest meiner Tage mit dir verbringen, Dru. Ich will mit dir alt werden, will Tate aufziehen als wäre er mein Sohn und weitere Kinder mit dir haben.«

Er neigte seinen Kopf, gab ihr einen sanften Kuss und sah sie mit leuchtenden Augen an.

»Du bedeutest mir so viel«, erklärte er mit ungeahnter Inbrunst. »Ich liebe dich mit einer Innigkeit, die ich niemals für möglich gehalten hätte. Ich weiß, es war total blödsinnig von mir, dich aus meinen Problemen heraushalten zu wollen, aber der Gedanke, dir könnte irgendwas passieren, war mir unerträglich. Doch ich schätze, niemand kommt durchs Leben, ohne dass er ab und zu ein paar Schrammen abkriegt, oder?«

»Niemand«, stimmte sie ihm zu. »Ich glaube, der Trick besteht darin, dafür zu sorgen, dass nur die guten Zeiten zählen, und mit beiden Händen die Menschen festzuhalten, die einen lieben, damit man, wenn die Zeiten einmal nicht so gut sind, Unterstützung hat.« Sie umfasste sein Gesicht mit beiden Händen. »Bist du bereit, dich in guten und in schlechten Zeiten von mir unterstützen zu lassen, John David?«

Seine Augen leuchteten noch heller als zuvor. »*Ja.*« Er riss sie in seine Arme und presste sie so eng an seine Brust, dass sie mühsam nach Luft schnappte. »Großer Gott, ja. Ich kann mir zwar immer noch nicht vorstellen, dass du mir womöglich in der Besucherzelle eines Gefängnisses gegenübersitzen sollst, aber wenn du sagst, dass du mich auch in dieser Sache unterstützen willst, dann wird das wohl so passieren. Ich liebe dich so sehr, Dru. Lass mich der Mensch sein, der bis ans Lebensende an deiner Seite ist. Lass mich nicht noch einmal allein in die Kälte zurückkehren.«

»Wenn du nicht willst, brauchst du nie wieder allein zu sein«, erwiderte sie sanft, legte den Kopf in den Nacken und grinste ihn an. »Solange du mich jeden Streit gewinnen lässt und mir jeden Wunsch erfüllst.«

Er versteinerte – und dann legte sich der ihr inzwischen so vertraute Ausdruck des »Rechtlosen« auf sein zuvor so zärtliches Gesicht. Er erklärte: »Da kannst du lange warten, Süße«, fuhr mit seinen Händen über ihr Hinterteil und tat etwas derart Verruchtes mit seinem Prachtstück, dass sie giggelnd aufjapste. »Und zwar mindestens die nächsten fünfzig Jahre.«

Epilog

Am Ende einer ereignisreichen Woche und einer langen Fahrt nach Hause hielt J.D. Dru schnell am Arm zurück, ehe sie energisch an Bens und Sophies Haustür klopfte. Die Sonne ging inzwischen früher unter und selbstmörderische Motten brachten sich im warmen Licht der Lampe über der Veranda in Scharen um. Sie sah ihn fragend an. Statt etwas zu sagen, drückte er sie gegen die Holzwand und stützte sich mit beiden Händen links und rechts von ihren Schultern ab.

»Dies ist wahrscheinlich die letzte Minute, in der wir allein sind, bevor Tate nachher ins Bett geht. Wie wäre es also, bevor wir reingehen, noch mit einem raschen Kuss?«

Wie immer ging sie zu seiner großen Freude sofort auf diesen Vorschlag ein, schlang ihm die Arme um den Hals, legte den Kopf in den Nacken und spitzte einladend die Lippen. Er küsste sie erst sanft, dann jedoch mit wachsender Begierde.

Einen Moment später strich er mit dem Daumen über ihr leicht gerötetes Gesicht und trat mit einem »Es ist gut, wieder daheim zu sein« einen Schritt zurück. »Ich freue mich schon auf die Ruhe und den Frieden.« Er klopfte und drehte, ohne eine Antwort abzuwarten, erwartungsvoll den Knauf.

»Hm, was das angeht, J.D.«, begann Dru, als er sie vor sich ins Haus einließ und blickte leicht verlegen über ihre Schulter. »Vielleicht hätte ich dich warnen sollen …«

»*Überraschung!*«

Wie vom Donner gerührt stand J.D. auf der Schwelle, als hinter jedem Möbelstück in Bens und Sophies Wohnzimmer jemand zum Vorschein kam. Es wirkte, als wäre der Raum mit Dutzenden von Menschen angefüllt, dabei waren es nur Sophie, Ben, Tate, Char und Kev sowie einige ihm bekannte Angestellte des Hotels. Er sah Dru an, die mit den Schultern zuckte und ihn mit einem schelmischen Lächeln angrinste.

»Ich nehme an, dass du das wusstest?«

Sie klapperte unschuldig mit den Lidern. »Es ist nicht völlig auszuschließen, dass Tante Sophie etwas davon erwähnt hat, als ich angerufen habe, um ihnen die frohe Nachricht zu verkünden.«

»Gratuliere, mein Lieber«, jubelte Sophie, küsste J.D. auf die Wange und tätschelte ihm fröhlich den Arm. »Ich war mir sicher, dass der Staatsanwalt die richtige Entscheidung treffen würde, aber trotzdem bist du bestimmt erleichtert, dass es endlich vorbei ist.«

»Allerdings, das bin ich.« Er und Dru hatten die letzten anderthalb Wochen in Seattle verbracht, um die Sache mit dem falschen Alibi zu klären. Sowohl Polizei als auch Staatsanwaltschaft hatten seinen Hintergrund, seine Arbeitszeugnisse und seine momentane Lebenssituation genauestens überprüft und am Ende davon abgesehen, Anklage gegen ihn zu erheben. Abgesehen von der Aussage, die er während der Verhandlung gegen seinen ehemaligen Freund noch machen müsste, war dieser Teil seines Lebens endgültig abgeschlossen.

Sophie verschwand in die Küche, um für Erfrischungen zu sorgen. Die Gäste scharten sich um J.D., um ihm zu gratulieren und Tate wich nicht von seiner Seite.

Schließlich zupfte ihn der Junge am Arm. »Jetzt können Mom und du doch heiraten, oder?«

»Ja.« Solange das Damoklesschwert einer möglichen Inhaftierung über ihm geschwebt hatte, hatte J.D. gezögert, die Zukunft konkret zu planen. Dru hingegen hatte keine derartigen Vorbehalte gehabt und bereits eine kleine Kirche in Star Lake gebucht und Blumenarrangements sowie ihr Hochzeitskleid bestellt. Char hatte sich schon ein Brautjungfernkleid ausgesucht und Sophie würde selbstverständlich die Hochzeitstorte backen. Die diversen Damen waren wie eine Naturgewalt und J.D. und die anderen Männer zogen die Köpfe ein und hofften, einigermaßen ungeschoren aus diesen Festivitäten herauszukommen.

J.D. bedachte Tate mit einem breiten Grinsen. »In weniger als einem Monat.«

»Hm, J.D.?« Tate zögerte einen Moment, dann jedoch reckte er das Kinn, straffte entschlossen die Schultern und sah seinem großen Vorbild scharf ins Gesicht. »Wenn du meine Mutter heiratest ... kann ich dann Daddy zu dir sagen?«

J.D. starrte seinen zukünftigen Stiefsohn sprachlos an. »Du willst mich *Daddy* nennen?«, platzte es endlich aus ihm heraus, am liebsten jedoch hätte er sich die Zunge abgeschnitten, als er Tates Gesicht sah.

»Vergiss es.« Tate wandte sich ab. »War eine bescheuerte Idee.«

»Verdammt, nein, das vergesse ich bestimmt nicht.« J.D. nahm den Jungen in den Schwitzkasten, zog ihn eng an seine Seite und versetzte ihm einen spielerischen Stoß zwischen die Rippen. »Das ist sogar eine *hervorragende* Idee. Es wäre mir eine Ehre, Tate. Ich kann dir gar nicht sagen, wie stolz mich dieser Vorschlag macht.«

Tate hob jetzt den Kopf und strahlte ihn an. »Ehrlich?«

»Oh, ja. So ehrlich hab ich selten was gemeint!«, ulkte J.D., um der Situation etwas die Ergriffenheit zu nehmen.

»Cool.« Er schlängelte sich aus J.D.s Arm. »Lass mich los. Das muss ich sofort Mom erzählen.« Glücklich rannte er davon.

J.D. war nie rührselig gewesen und er wusste nicht genau, wie sich der dicke Kloß in seinem Hals herunterschlucken ließ. Unauffällig verkrümelte er sich auf die Veranda.

Gott, er hatte so vieles bekommen, dass er es manchmal richtig mit der Angst zu tun bekam. Ständig dachte er, er würde eines Morgens erwachen und erkennen, dass es sich nur um einen tollen Traum gehandelt hatte, dass er in Wirklichkeit immer noch in seiner kleinen Wohnung in Seattle lebte …

… und immer noch allein war.

»J.D.?« Dru trat neben ihn. »Alles in Ordnung?«

Er schlang seinen Arm um ihre Schulter, zog sie dicht an seine Seite, sog die Hitze ihres Körpers dankbar in sich auf und rieb sein Kinn an ihrem schimmernden, seidig weichen Haar. »Tate hat mich gefragt, ob er mich Daddy nennen kann.« Ehe er weitersprechen konnte, musste er sich räuspern.

»Ich weiß, er hat es mir erzählt.« Sie schmiegte sich an seine Schulter. »Und er hat mir auch erzählt, was du geantwortet hast. Das war wirklich lieb.«

»Es war nicht *lieb*. Es war die Wahrheit. Es ist mir tatsächlich eine Ehre, dass er mich als Vater will.«

»Ich denke, er ist derjenige, der sich geehrt fühlt.« Er spürte die Bewegung ihrer Wange, als sie ihr an seiner Brust liegendes Gesicht zu einem Lächeln verzog. »Nur noch dreieinhalb Wochen, John David. Dann gehörst du mir, ganz und gar mir.«

»Das nennst du *nur*? Einem Typen, der sehnsüchtig darauf wartet, endlich offiziell das Bett mit dir teilen zu dürfen, erscheint das wie eine halbe Ewigkeit.«

»Armes Baby.« Sie wackelte ein wenig mit den Hüften, schob die Hände in die Gesäßtaschen seiner Hose, drückte kräftig zu, rieb ihre Brüste fest an seiner Brust, stellte sich auf die Zehenspitzen und flüsterte verführerisch: »Ich verspreche dir, dass sich das Warten lohnt.«

»Oh, Mann.« Er presste sie eng an sich. »Womit habe ich ein solches Glück verdient? Das ist besser als ein Hauptgewinn beim Lotto.«

»Ach ja? Dann gefällt es dir also, Anteilseigner eines Hotels zu sein?«, stichelte sie.

»Es gefällt mir, Anteil an deinem Leben zu haben. Der Rest ist lediglich das so genannte Tüpfelchen auf dem I.« Er strich mit beiden Händen über ihren Rücken. »Besser als jetzt kann es wohl kaum noch werden.«

»Das sehe ich anders.« Dru schenkte ihm ein Lächeln, das ihn Wachs in ihren Händen werden ließ. »Denn, John David, dies ist erst der Anfang, weshalb es garantiert noch viel besser werden wird.«